Claudio Paglieri

Das letzte Abendmahl
für Commissario Luciani

atb aufbau taschenbuch

CLAUDIO PAGLIERI, geboren 1965 in Genua, leitet die Ressorts Sport und Kultur der Genueser Zeitung »Il Secolo XIX«. Bekannt wurde er durch die humoristischen Biographien der beiden Comichelden Tex Willer und Dylan Dog. Seit 2006 erscheinen seine unverwechselbaren Krimis um den asketischen, misanthropischen Genueser Ermittler Marco Luciani, die allesamt in deutscher Übersetzung im Aufbau Taschenbuch Verlag vorliegen:

Kein Espresso für Commissario Luciani
Kein Schlaf für Commissario Luciani
Keine Pizza für Commissario Luciani
Kein Grappa für Commissario Luciani
Kein Vorteil für Commissario Luciani

Luciani steckt in der Krise: Im Polizeipräsidium wüten Unternehmensberater, zu Hause geht die Villa seiner Eltern gemeinsam mit den Ersparnissen der Mutter den Bach runter, und die Kriminalität ist auch nicht mehr das, was sie einmal war: kein interessanter Mord weit und breit, um sich abzulenken. Stattdessen zwingt ihn der neue Polizeichef Bonucci, sich mit dem berühmten, in anonymen Briefen bedrohten Restaurantkritiker Dario Dolci möglichst viel in der Öffentlichkeit zu zeigen, um das Image der Genueser Polizei aufzupolieren – reine Folter für den medienscheuen, dem Essen gänzlich abgeneigten Commissario. Ausgerechnet als endlich doch eine Leiche auftaucht und Luciani die Chance wittert, seinen unliebsamen Schützling abzuschütteln, wird dieser mit schweren Vergiftungserscheinungen in die Notaufnahme eingeliefert. Und obendrein steht plötzlich Lucianis verflossene Geliebte Sofia in seinem Büro und hält eine weitere Überraschung für ihn bereit.

Claudio Paglieri

Das letzte Abendmahl für Commissario Luciani

Roman

Aus dem Italienischen von
Christian Försch

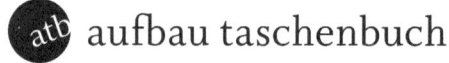 aufbau taschenbuch

Die Originalausgabe mit dem Titel
L'ultima cena del commissario Luciani
erschien 2014 bei Edizioni Piemme, Casale Monferrato

MIX
Papier aus verantwor-
tungsvollen Quellen
FSC FSC® C083411
www.fsc.org

ISBN 978-3-7466-3133-2

Aufbau Taschenbuch ist eine Marke
der Aufbau Verlag GmbH & Co. KG

2. Auflage 2021
© Aufbau Verlag GmbH & Co. KG, Berlin 2015
© 2014 Edizioni Piemme SpA, Milano
Umschlaggestaltung morgen, Kai Dieterich
unter Verwendung von Motiven von
© plainpicture/Matthew Bauer, iStockphoto/neirfy
Satz LVD GmbH, Berlin
Druck und Binden CPI books GmbH, Leck, Germany
Printed in Germany

www.aufbau-verlag.de

Marta, Leonardo und unseren Fernsehabenden
mit »MasterChef« gewidmet

Prolog

Marco Luciani kam aus dem Baluardo, lächelte, sog die frische Luft ein und kniff die Augen zum Schutz gegen die Sonne zusammen. Beim Check-up war alles gutgegangen, sein Herz hatte ihm keinen Streich gespielt, selbst unter Maximalbelastung, auch dieses Jahr war er auf dem Trimmrad des Sportmediziners nicht mit einem Infarkt zusammengeklappt. Nun verfügte er über sein schmuckes Attest für Leichtathletikwettkämpfe, wenn es ihn juckte, konnte er wieder mal einen Halbmarathon oder, wer weiß, gar einen Marathon laufen.

Es war ein herrlicher, glasklarer Tag, ein Boot glitt fröhlich über das Wasser des Porto Antico und passierte das Aquarium und die Kugel von Renzo Piano. Marco Luciani schloss die Augen. Genua konnte einem Augenblicke totalen Glücks schenken, wie Morphin, wenn es einem das Gefühl gibt, dass im nächsten Moment der Schmerz vergehen und alles wieder in Ordnung kommen wird. Das Gefühl, man müsste nur einmal kurz die Augen schließen, und danach würde man sich wundersamer Weise in Barcelona oder Sydney wiederfinden.

Er sah auf die Uhr. Halb zehn. Er hatte noch ein wenig Zeit, bevor er zurück ins Büro musste, und beschloss, eine kleine Runde durch die Gassen zu drehen, auf der Suche nach irgendeinem altbekannten Laden oder Gesicht. Früher hatte er dort gewohnt, in einer heruntergekommenen Zweizimmerwohnung zwischen Ghetto und Maddalena, aber nachdem man ihn auf die Straße gesetzt hatte, war er vorübergehend bei seiner verwitweten Mutter im Badeort Camogli eingezogen, von wo aus er sich eine neue Bleibe suchen wollte.

In die Altstadt verschlug es ihn nur noch beruflich, und auch das immer seltener. In den letzten Jahren war die Mordrate zurückgegangen, die wenigen Tötungsdelikte waren jämmerlich: Händel zwischen armen Schluckern, die in einer Tragödie endeten, Greisinnen, die wegen ein paar Hundert Euro von ihren Enkeln, von Nachbarn oder Räubern abgestochen wurden. Diese Fälle waren schnell gelöst und hinterließen eher ein Gefühl der Verbitterung als innerer Befriedigung.

Der Commissario schlüpfte in die Via al Ponte Calvi, einen Moment unschlüssig, ob er in die Via del Campo schwenken sollte, aber die Angst vor den üblichen Refrains von Fabrizio de André, die aus den Lautsprechern dröhnten, trieb ihn nach rechts, in die Via Fossatello. Der Belastungstest hatte ihn durstig gemacht, und er beschloss, in die Bar zu gehen, in der er früher öfter mal auf dem Weg zum Buchladen einen Espresso getrunken hatte. Aber den Buchladen »San Luca« gab es nicht mehr, ebenso wenig wie die Bar. An Stelle des Ersteren gab es nun einen Chinesen, der alles Mögliche zu Schleuderpreisen verhökerte. An Stelle der Bar gab es nur ein geschlossenes Metallgitter. Er versuchte es in der Via della Maddalena, aber dort waren praktisch alle Läden verrammelt. In der ganzen Straße waren vielleicht noch sieben oder acht Geschäfte übrig, sogar die Imbissbuden der Südamerikaner waren schon nach wenigen Monaten pleitegegangen. Selbst zu dieser frühen Morgenstunde sah man nur Nutten und Freier. Er dachte, dass man sich auch gleich die Metallrollos schenken und die Prostituierten direkt ins Schaufenster hätte stellen können, man konnte auf die Heuchelei verzichten und aus der Maddalena ein echtes Rotlichtviertel machen. Das hätte den Kollegen die ebenso regelmäßigen wie nutzlosen Razzien erspart und Touristen aus allen Ecken Europas angelockt. Mädchen im Fenster, Hanfläden, ein paar Tattoo-Studios und dazu – warum nicht? – die Lautsprecher mit »Bocca di Rosa«, Fabrizio de Andrés berühmtem Chanson auf eine Prostituierte, die das Bild abrundeten.

Er drehte ab zur Piazza Lavagna e le Vigne und trat, um seinen Durst zu löschen, in die nächstbeste geöffnete Bar. Einer dieser neumodischen Schuppen voller Lackaffen, handtuchschmal, inklusive Tresen gerade mal einen Meter breit und sechs Meter tief, im Angebot Minicroissants von der Größe eines halben Daumens und siebenundzwanzig verschiedene Kaffeesorten, mit Sahne, Mandeln, Honig, Haselnuss, venezolanischer Zartbitterschokolade, costa-ricanischer Zartbitterschokolade, weißer Schokolade mit Zimt, und dann natürlich marokkanische Kaffeesorten, abessinische, solche mit Toffee-Aroma und solche mit Pinienkernen oder Pistazienmus.

Als der Commissario ein Lemonsoda orderte, konnte sich der Barkeeper ein Grinsen nicht verkneifen. »Lemonsoda führen wir nicht.«

»Was soll das heißen, das führt ihr nicht?«

»Das heißt, dass ich nicht einmal weiß, ob's das überhaupt noch gibt, das ist eines dieser Produkte, die … na ja, die sind halt irgendwie so.«

Marco Luciani ging der Typ schon enorm auf die Eier, er war Barkeeper, nicht mehr und nicht weniger, aber mit seiner schwarzen Weste und seinem gespreizten Getue hoffte er wohl als Sommelier durchzugehen. »Irgendwie wie?«, hakte er nach, denn in Sachen Lemonsoda kannte er keine Kompromisse.

»Na ja, halt so. Nicht besonders gesund. Irgend so ein Massenprodukt, wer weiß, wie das überhaupt gemacht wurde.«

Wie es gemacht wird, korrigierte Marco Luciani ihn im Stillen. Gut wird es gemacht, so sieht's aus.

»Haben Sie jemals den Chinotto Lurisia probiert?«, fragte der Barkeeper mit einem herablassenden Lächeln.

Der Commissario schüttelte den Kopf. »Nein, aber für Chinotto habe ich nichts …«

»Das ist aber nicht so ein Chinotto, wie Sie jetzt meinen«, zwinkerte ihn sein Gegenüber an, wobei er gleichzeitig einen komplizenhaften Seitenblick auf zwei Gäste warf, die einen Kaffee mit diversen Braunmaserungen schlürften, »nicht wie der aus der Dose im Supermarktregal.«

Marco Luciani wollte sich umdrehen und gehen, aber der Barkeeper kam ihm zuvor. »Hier bitte«, sagte er und hatte schon ein Fläschchen geöffnet, »probieren Sie mal, was das für ein Stoff ist. Dieser Chinotto bildet einen Slow-Food-Schutzraum in der Region Savona. Denken Sie mal, der wurde gerade noch vor dem Aussterben bewahrt. Und das Mineralwasser Lurisia, nun, das bedarf keiner Referenzen. Ich serviere ihn ohne Eis, dann kommt das Aroma besser zum Tragen.«

Der Commissario betrachtete das Glas mit ratloser Miene. Die Farbe versprach nichts Gutes, ebenso wenig der Geruch. Er führte es an die Lippen und schmeckte etwas in Richtung verbrannter Zucker, penetrant genug, um jegliche Andeutung nicht identifizierbarer Zitrusfrüchte zu vernichten.

»Und, was sagen Sie?«

Ich sage, wenn kein Schwein mehr Chinotto anbaute, dann wird das wohl seinen Grund gehabt haben, und dieses Gesöff schmeckt einfach bekackt, dachte er, auch wenn seine Kinderstube die Oberhand behielt: »Ungewöhnlich. Ein ungewöhnlicher Geschmack. Was macht das?«

»Drei fünfzig.«

»Meine Fresse«, dachte Marco Luciani, und diesmal sprach er es auch aus. »Siebentausend Lire für ein Schnapsfläschchen von fünfundzwanzig Zentilitern?«

Der Barkeeper war sprachlos. »Nun …«

»Nun was? Zu drei Euro fünfzig könnten Sie zwei Dosen Lemonsoda ausschenken und zwei Menschen glücklich machen«, sagte er, während er das Geld auf den Tresen packte und mit dem Blick die zwei Gäste erdolchte, die zu ihm herübergesehen hatten. Diese widmeten sich sofort wieder dem schichtweisen Abtragen ihrer Kaffees, einen Braunflöz nach dem anderen löffelnd.

Übelster Laune trat er in die Gasse, in die das Sonnenlicht dieses strahlenden Tages nicht vordringen konnte. Ich muss an Lemonsoda schreiben, die sollen die Aufmachung ändern, dachte er, keine Dosen und keine Plastikflaschen mehr, sie müssen eine Werbung aus den Siebzigern auskramen – vielleicht die mit dem Gorilla Orang Soda –, ein hübsches Fläschchen aus geriffeltem Glas designen und die Operation Nostalgie & Gesundheit starten, mit Bio-Orangen und -Zitronen und einer hundertprozentigen Preissteigerung, falls sie nicht vom Markt gekegelt werden wollen.

ERSTER TEIL

Nadia

»Gib mir noch sechshundert Gramm Gehacktes, dann mach ich für morgen Fleischbällchen.«

»Sofort.«

Mohamed suchte das passende Stück aus, schlug mit sicherer Hand das gewünschte Quantum ab und zerschnitt es in kleine Stücke, die er nacheinander im Fleischwolf verschwinden ließ. Er wog das Gehackte ab und erstellte die Gesamtrechnung: »Dreizehn dreißig. Mit einem kleinen Rabatt sind das dreizehn, schöne Frau«, lächelte er.

»*Shukran*«, sagte Nadia und errötete. Sie hatte sich nie ins Arabische vorgewagt, und der vertrauliche Umgang mit den Ladenbesitzern beschränkte sich auf ein paar Worte, Grußformeln. Sie verließ die Halal-Metzgerei, um ihre Runde fortzusetzen. Obst und Gemüse hatte sie schon gekauft, ebenso die Gewürze. Auch Milch und Käse. Sie brauchte noch Brot und Kakaopulver für das Frühstück der Kinder. Im Supermarkt hätte sie alles auf einmal bekommen, aber die Qualität war deutlich schlechter als in den kleinen Läden. Zum Glück können wir es uns erlauben, ein bisschen mehr auszugeben und den Kindern frische und gesunde Produkte zu bieten, dachte sie. Fouad brachte seine zweitausendeinhundert Euro im Monat nach Hause, manchmal auch ein bisschen mehr, und selbst wenn das wenig war gemessen an seinem Arbeitseinsatz, konnten sie sich nicht beklagen. Sie kam damit aus und versuchte immer, noch etwas zur Seite zu legen für den Urlaub, den sie inzwischen seit zwei Jahren vor sich herschoben. Sie kaufte in einer Bäckerei einen Brotlaib und Kakao, dann ging sie an einem vor wenigen Tagen eröffneten Weinladen vorbei und betrachtete die Auslagen. Es gab dort einen Rossese Riserva, der ihr förmlich zuzuzwinkern schien, von den Champagnerflaschen ganz zu schweigen. Drinnen musste irgendwo auch original russischer Wodka stehen, Belenkaya. Sie lächelte, als sie daran dachte, wie sie ihn das letzte Mal getrunken hatte. Das war hundert Jahre her. Das war in einem anderen Leben gewesen, sie noch ein anderer Mensch, jung, mit wirren Ideen. Jetzt war sie eine erwachsene Frau, die nicht mehr rauchte. Man kann nicht rauchen, wenn man zwei kleine Kinder in der Wohnung hat, und draußen, nun, da war einfach keine Zeit, sich irgendwo hinzusetzen und eine Zigarette anzustecken.

»Hallo, Nadia, wie geht's?«

Manuela, die Mutter eines Klassenkameraden von Lorenzo, grüßte und schien stehen bleiben zu wollen.

»Gut, danke. Aber ich bin spät dran, ich muss noch ein paar Sachen besorgen. Wir sehen uns an der Schule.«

Sie beschleunigte den Schritt und war froh, sich gleich losgeeist zu haben. Manuela steckte immer ihre Nase in anderer Leute Angelegenheiten und behandelte sie von oben herab, mit einem mitleidigen Lächeln, als hätte sie Nadia gerade erst aus einem Schlauchboot steigen sehen. Sie dachte schnell wieder an ihr Rezept für die Rinder-Tajine. Was fehlte noch? Koriander, sagte sie sich. Fouad hatte eine Schwäche für Koriander, sie weniger, und den Kindern war er zu penetrant. Sie schaute auf die Uhr: Es war sowieso zu spät, um noch einmal zurückzugehen und ihn zu holen. Er wird darauf verzichten müssen, dachte sie, ich verzichte seinetwegen auch auf vieles, ein Mal wird er auch ohne seinen Koriander auskommen. Und während sie das dachte, schlugen ihre Beine den Rückweg ein und trugen sie zum Laden.

Sie erreichte die Schule fast im Laufschritt, wobei das lange

Kleid ihren Gang ein wenig behinderte. Die anderen Mütter standen alle schon vor dem Tor. Sie trugen enge Jeans und Röcke, oftmals kürzer, als es ihrem Alter angemessen war. Auch wenn einige sich offen gestanden in Form hielten, der Geldadel, der nichts zu tun hatte und täglich zwei, drei Stunden im Fitnesscenter herumturnen konnte. Viele trugen hohe Absätze, um ihren schönen knackigen Hintern auszustellen, und es gab eine, die mit über vierzig ein T-Shirt mit der Aufschrift »Morgen bin ich ein braves Mädchen« trug, gestützt von zwei absolut waagrechten Titten. Nadia starrte sie ungläubig an, die Frau ließ sogar ein Lächeln aufscheinen, soweit die Botox-Lähmung in ihrem Gesicht das gestattete.

Nadia hatte sich an die ironischen und mitleidigen Blicke gewöhnt, ebenso daran, alleine auf die Kinder zu warten, im Niemandsland. Auf der einen Seite die Italienerinnen, auf der anderen die Ausländerinnen. Marokkanerinnen, Rumäninnen, Pakistani und Ecuadorianerinnen. Mit ihrem langen Kleid und dem Kopftuch gehörte sie nicht mehr zur ersten Kategorie. Seit sie einen Moslem geheiratet hatte, waren alle ihre Freundinnen auf Abstand gegangen, eine nach der anderen, unter den verschiedensten Vorwänden. Nur eine war so ehrlich gewesen zu sagen, dass sie mit Nadias Mann nichts zu tun haben wollte, auch nicht indirekt, denn Moslems betrachteten Frauen als niedere Wesen, und im 21. Jahrhundert hatten solche Vorstellungen keine Existenzberechtigung mehr. Nadia hatte zu erklären versucht, dass es sich anders verhielt, dass es nur eine andere Sicht auf die Dinge war. Sie hatten gestritten, und das war das Ende ihrer Freundschaft gewesen.

Aus anderen, aber ähnlichen Gründen hatte sie in der Community der Tunesierinnen keinen Anschluss gefunden. Untereinander waren sie sehr solidarisch, aber mit anderen Ausländerinnen gingen sie keine Bindungen ein. Und Nadia trauten sie gar nicht über den Weg. Wenn sie in einem Raum waren, sprachen sie reinstes Arabisch miteinander, diskutierten oder lachten, aber wenn zufällig sie eintrat, brachen sie sofort ab und stiegen auf Italienisch um. Aus Rücksicht, hatte sie anfangs gedacht. Doch dann merkte sie, dass sie Italienisch redeten, ohne etwas zu sagen, sie lachten nicht, echauffierten sich nicht, und keine ließ sich auf mehr als unverbindlichen Smalltalk ein.

In diesem Augenblick erschienen Lorenzo und Samir auf dem Treppenabsatz in Begleitung der beiden Lehrerinnen. Nadia setzte ein strahlendes Lächeln auf, winkte ihnen, und die Kinder kamen angerannt. Sie küsste sie und drückte sie fest an sich. Samir ließ es geschehen, aber Lorenzo entwand sich genervt.

»Mama, ich bin acht!«, schnaubte er mit einem Seitenblick auf seine Kameraden.

»Gut, dann hilf mir mit dem Einkauf.« Nadia reichte ihm eine Tüte, nahm Samir an die Hand und machte sich auf den Heimweg. Ein langer Nachmittag wartete auf sie, mit Hausaufgaben, Kochen und Wäsche.

»Was gibt es heute zu essen, Mama?«

»Spaghetti mit Tomatensoße.«

»Fein!«

Die Kinder wirken entspannt, dachte Nadia. Wäre schön, wenn sie heute nicht streiten würden. Und wenn Fouad ein bisschen früher nach Hause käme, könnte ich sie zeitig ins Bett bringen und dann selbst mit ihm ins Bett gehen. Sie hatte Lust, mit ihrem Mann zu schlafen. Sie hatte schnell gelernt, dass Ehen fast immer dann nicht funktionierten – egal ob zwischen Italienern oder gemischt –, wenn nicht ausreichend gevögelt wurde.

Luciani und Dolci

Gegen zehn kam Marco Luciani auf die Dienststelle. Ober-wachtmeister Iannece, Assistent, Fahrer und Mädchen für alles, hielt vor seiner Bürotür Wache.

»Guten Morgen, Iannece.«

»Guten Morgen, Commissario«, grüßte der Beamte zurück, ohne sich zu rühren. Stattdessen musterte er ihn eingehend, um herauszufinden, ob er heute gut oder schlecht gelaunt war.

»Was ist los? Darf ich eintreten?«

Iannece bedeutete ihm, er solle sich ein wenig von der Tür entfernen, dann flüsterte er: »Regt Euch nicht gleich auf, Commissario. Es ist jemand in Eurem Büro.«

»Wer soll das sein?«

»Das werdet Ihr nie erraten.«

»Deswegen habe ich ja gefragt. Ich will nicht raten.«

Iannece grinste über das ganze Gesicht: »Dario Dolci.«

»Und wer ist das?«

Der Beamte riss Mund und Augen auf. »Wie, wer ist das? Das wisst Ihr nicht?«

»Iannece, würde ich dich fragen, wenn ich es wüsste?«

»Richtig, aber wisst Ihr das wirklich nicht …? Dario Dolci, einer der größten Kulinarikfachleute in Italien, und wahr-scheinlich nicht nur in Italien. Er ist im Fernsehen, als einer der Juroren von ›Stelle in Cucina‹, und dann ist er ständig ir-gendwo Studiogast.«

»Sehe ich aus wie jemand, der sich Kochsendungen im Fernsehen anschaut?«

Iannece starrte ihn an und zog eine Grimasse. Die knapp siebzig Kilo, die sich auf einen Meter siebenundneunzig Körpergröße verteilten, bezeugten, dass Essen nicht gerade die Lieblingsbeschäftigung des Kommissars war.

»Ich vergaß: Bei Euch ist ja immer Fastenzeit, Commissario.«

»Wie auch immer, was will er denn? Und wer hat ihn in mein Büro gelassen?«

»Psst, sprecht leise, Commissario, sonst hört er Euch. Ich bat ihn herein, weil er sagte, er will mit Euch sprechen, und nur mit Euch, er hat auf den Polizeichef verwiesen und dann noch auf diesen und jenen. Ihr kennt ihn nicht, der hat einen Riesenzirkus veranstaltet, hat alle zur Schnecke gemacht, auch Inspektor Vitone.«

»Und ihr habt euch zur Schnecke machen lassen?«

»Ja, gut, das macht er immer, auch im Fernsehen. Sie müssten mal hören, wie er die Möchtegernköche niedermacht. Er hat einen unmöglichen Charakter, aber das macht ihn so sympathisch. Außerdem, wenn der sich erst einmal irgendwo hingesetzt hat, dann lässt er sich von keinem mehr vertreiben.«

»Ich vertreibe ihn, Iannece. Dem trete ich dermaßen in den Hintern …«

Iannece setzte ein feines Lächeln auf. Das möchte ich nun wirklich einmal sehen, dachte er.

Marco Luciani riss die Tür zu seinem Büro absichtlich so schwungvoll auf, dass sie gegen die Wand krachte. Er wollte dem Kerl in den Rücken fallen, so dass dieser aus dem Stuhl hochschreckte und sofort in die Defensive geriet. Doch Luciani starrte dem Besucher unversehens in die Augen, hatte dieser sich doch auf dem Drehstuhl des Kommissars niedergelassen und den Schreibtisch okkupiert. Lucianis Vorstoß quittierte er nur mit dem Anflug eines ironischen Lächelns im Mundwinkel. »Und endlich erschien der Feldherr«, sagte er, demonstrativ eine Taschenuhr betrachtend. »Ich dachte, unsere wackeren Ordnungshüter träten schon bei Sonnenaufgang in Aktion.« Luciani musterte ihn einige Sekunden lang. Die einzige Definition, die ihm in den Sinn kam, war: gewaltig. Seine Leibesfülle schien die Hälfte des Zimmers einzunehmen. Obwohl er saß, war klar, dass er mindestens eins neunzig groß war. Der glattrasierte Schädel ähnelte einem Poller auf der Hafenmole, die Arme waren breit wie Kälberschenkel und endeten in großen, plumpen Händen. Unter seiner Ringerbrust wölbte sich ein runder, agiler Wanst hervor, der unter Weste und Hemd zu brodeln schien, auf der Suche nach Lebensraum. »Sie werden mir nachsehen, dass ich mich auf Ihrem Platz niedergelassen habe, aber ich fürchtete, der Einrichtung Schaden zuzufügen«, sagte er lächelnd und auf die Besucherstühle deutend, die seinem Gewicht definitiv nicht standgehalten hätten.

Luciani blieb stehen und wartete darauf, dass der Mann sich erheben würde, doch dieser schien daran keinen Gedanken zu verschwenden.

»Nehmen Sie ruhig Platz, Commissario, ich werde nicht viel von Ihrer Zeit stehlen.«

»So viel ist sicher«, erwiderte der regungslos, »Herr …«

»Och, Commissario. Jetzt tun Sie nicht so, als kennten Sie mich nicht.«

»Oberwachtmeister Iannece hat mir Ihren Namen vor einer Minute genannt, aber ich habe ihn bereits vergessen.«

Sein Gegenüber räusperte sich. »Lassen wir die Vorreden, sagen wir also, dass ich ein x-beliebiger Bürger bin, der gekommen ist, um sich unter Ihren Schutz zu stellen. Meinen Namen finden Sie hier, mit unsicherer Handschrift von Untermenschen geschrieben«, sagte er und warf mit theatralischer Geste zwei Dutzend Kuverts verschiedener Farben und Formate auf den Schreibtisch.

Und da der Kommissar nicht beeindruckt schien, fuhr er fort: »Anonyme Briefe. Mit Todesdrohungen. Diese hier habe ich allein im letzten Monat bekommen. Seitdem ich beschlossen habe, sie aufzubewahren. Vorher hatte ich sie direkt in den Mülleimer entsorgt.«

»Für Restmüll oder Altpapier?«, fragte Marco Luciani.

Sein Gegenüber hob eine Augenbraue. »Bitte?«

»Haben Sie daran gedacht, sie in die weißen Altpapier-Tonnen zu werfen?«

»Was soll das? Nehmen Sie mich nicht ernst?«

»Keineswegs. Ich habe erfahren, dass Mülltrennung Leben retten kann. Aber Sie sind nicht der Typ, der sich um Derartiges sorgt, oder? Jemand, der anonyme Schreiben aufbewahrt, aber so damit umgeht, sie überall mit Fingerabdrücken verschmiert …«

Sein Gegenüber war einen Moment sprachlos, fing sich aber schnell wieder. »Ehrlich gesagt gab ich mich nicht der Illusion hin, die Fingerabdrücke des Absenders darauf zu finden. Ich nehme an, dass selbst die unbedarftesten Banditen inzwischen Handschuhe zu benutzen wissen.«

»Sie sollten Kriminelle nie überschätzen, Bürger. In der Mehrzahl der Fälle sind sie dumm und ignorant. Deshalb erwischen wir sie. Den jungen Leuten sage ich immer: Wenn ihr später einmal Verbrecher werden wollt, müsst ihr ordentlich büffeln.«

»Ich merke, dass Sie zu Scherzen aufgelegt sind, Commissario. Ich hätte mich vielleicht besser an die Carabinieri wenden sollen.«

»Die Scherze werden gar kein Ende nehmen, wenn Sie zu den Carabinieri gehen.«*

»Glauben Sie, das sei lustig?«

* In Italien gehören Carabinieri-Witze zu den beliebtesten.
  (Anm. d. Übers.)

»Glauben Sie, es sei lustig, in mein Büro zu kommen und dort einen großen aufgeblasenen Ballon zu finden, der meinen Stuhl besetzt und wärmt. Ich hasse es, meinen Stuhl angewärmt vorzufinden. Was hielten Sie davon, vor die Tür zu gehen, höflich anzuklopfen, zu warten, bis ich ›Herein‹ rufe, und noch einmal von vorn zu beginnen?«

Sein Gegenüber musterte ihn, diesmal mit größerer Sorgfalt. »Polizeichef Bonucci, mein teurer Freund, hatte mich vorgewarnt, Sie seien ein ganz spezieller Zeitgenosse. Wissen Sie was? Ich glaube, wir werden gut miteinander auskommen«, lächelte er und räkelte sich lustvoll auf seinem Stuhl.

»Das glaube ich kaum.«

»Es ist keine böse Absicht, Commissario. Aber wenn ich erst einmal sitze, fällt es mir nicht so leicht, wieder hochzukommen.«

Iannece stand stumm da und beobachtete den Schlagabtausch wie hypnotisiert. Es schien eine dieser Natur-Dokus aus Afrika zu sein, in der sich eine Giraffe und ein Flusspferd abtasten und reizen, ehe es zum finalen Duell kommt.

Marco Luciani näherte sich dem Schreibtisch, wo der Mann seinen Spazierstock abgelegt hatte. Es war ein eleganter Stock aus Eschenholz mit einem Elfenbeinknauf in Form eines Windhundkopfes.

»Kein Fels ist zu groß, um angehoben zu werden, vorausgesetzt der verfügbare Hebel ist lang genug«, sagte er, den Stock ergreifend und seine Stabilität prüfend, »und wird an der richtigen Stelle eingeführt. Falls Sie Hilfe brauchen …«

Sein Gegenüber betrachtete ihn zuerst ungläubig, dann indigniert.

»Das ist unerhört. Unerhört. Ein Bürger … ein ehrlicher Bürger, der seine Steuern zahlt und sich in Lebensgefahr befindet, begibt sich in den Schutz der Ordnungsmacht, und was erhält er im Gegenzug? Billige Ironie und unterschwellige Drohungen. Ich werde mich beschweren, Commissario, ich werde mir Gehör verschaffen …«

Marco Luciani drosch den Stock mit voller Kraft auf den Schreibtisch, und diesmal hob es Dario Dolci aus dem Stuhl. »Ich habe verstanden«, schrie er, »Sie sind ein Verrückter. Einer der vielen Verrückten, die zum Leidwesen unseres bedauernswerten Landes eine Führungsposition bekleiden.«

Er wollte sich erheben, und Iannece trat näher, bereit, ihm zu helfen.

»Das mache ich allein«, sagte der Besucher. Er stützte die Hände auf den Schreibtisch und stemmte sich mit Mühe hoch, wobei er eine Grimasse des Schmerzes unterdrückte. »Das eigentliche Problem sind die Knie«, seufzte er und betrachtete den Kommissar von unten her, ohne jedoch auch nur die Andeutung einer Solidaritätsbekundung zu ernten. Er streckte eine Hand aus und ließ sich den Stock reichen, dann baute er sich in seiner ganzen beachtlichen Leibesfülle vor Luciani auf und fixierte ihn aus wenigen Zentimetern Abstand. Zwar befanden sie sich fast auf Augenhöhe, aber angesichts der Eiseskälte, die ihm aus den hellblauen Augen des Kommissars entgegenwehte, schlug Dolci als Erster den Blick nieder.

»Es widerstrebt mir, abgegriffene Formeln zu verwenden. Aber ich versichere Ihnen, das wird noch ein Nachspiel haben.«

»Iannece, begleite den Herrn.«

Der Oberwachtmeister erwachte aus seinem Lähmungszustand.

»Kommen Sie, Maestro, wir trinken erst einmal einen Kaffee. In zehn Minuten kommen wir zurück, klopfen, und dann wird sich der Kommissar schon beruhigt haben, Sie werden sehen.«

Der Besucher zuckte die Achseln. »Zurückkommen? Ich denke nicht dran. Was ich dem Kommissar zu geben hatte, gab ich ihm. Was ich zu sagen hatte, ist gesagt. Ich hoffe für ihn, dass er mich nicht auf dem Gewissen haben wird.«

Der Anruf von Polizeichef Bonucci kam vor der Mittagspause. »Ich hatte vergessen, Sie vorzuwarnen, Commissario. Sie sind aber auch … Was fällt Ihnen denn ein?! Einen Dario Dolci so zu behandeln. Wissen Sie, dass der sich an die Presse wendet? Oder er fängt an, im Fernsehen zu polemisieren … Ich musste alle Register ziehen, um ihn zu beruhigen.«

»Hätte er eine Vorzugsbehandlung verdient gehabt, nur weil er eine Berühmtheit ist?«

»Das habe ich nicht gesagt. Jeder Bürger verdient, dass wir ihm Aufmerksamkeit und Gehör schenken. Wenn es sich jedoch um eine Berühmtheit handelt, ist ein bisschen mehr Fingerspitzengefühl angezeigt. Dolci ist eine Person öffentlichen Interesses, und er hat um unseren Schutz gebeten.«

»Aber wohnt er nicht in Mailand? Was haben wir damit zu tun?«

»Der Mailänder Polizeichef will sich nicht damit befassen. Er meint, Dolci sei nur auf Publicity aus. Er hat versprochen, Ermittlungen anzustellen, in Wahrheit ist ihm das schnurz. Und da Dolci sich oft in Ligurien aufhält und in Santa Margherita ein Haus hat, habe ich meine Hilfe angeboten.«

»Warum haben Sie das getan?«

»Wie, warum habe ich das getan?! Aus wenigstens zwei exzellenten Gründen. Erstens ist es für uns eine große Chance. Wir können auf uns aufmerksam machen, Imagepflege betreiben, uns mit einer alles in allem einfachen Dienstleistung auszeichnen. Wir können in der Öffentlichkeit Sympathien gewinnen, indem wir eine äußerst populäre Persönlichkeit schützen.«

»Und ihr zu weiterer Publicity verhelfen.«

»Die hat er nicht nötig. Und er ist an Anwürfe gewöhnt. Aber diese Briefe sind neu, anders als gewöhnlich. Und die

Anrufe. Zudem meint er, man habe seinen Wagen manipulieren wollen. Wenn ihm etwas zustößt ...«

»Wenn ihm etwas Irreparables zustößt, wird die Mordkommission sich mit Freuden darum kümmern. Mit besonderer Freude. Solange es sich jedoch nur um Drohungen handelt ...«

»Prävention ist besser als Repression, Commissario. Mir scheint nicht, dass bei euch zur Zeit Mordermittlungen laufen, folglich könnt ihr verhindern, dass es neue gibt. Und außerdem ...«

»Und außerdem?«

»Dario Dolci hat ausdrücklich nach Ihnen verlangt. Er konnte sich an den Fall mit der Leonardo-Zeichnung erinnern. Ein Fall, der, die Bemerkung sei mir gestattet, auf medialer Ebene besser hätte genutzt werden sollen. Jedenfalls ist er einer Ihrer glühendsten Bewunderer. Oder vielleicht sollte ich sagen, war. Wie auch immer, ich habe ihm mein Wort gegeben, dass Sie sich darum kümmern werden.«

»Aber Personenschutz«, warf Luciani ein, »fällt nicht in meinen Aufgabenbereich.«

»Hören Sie, Commissario, ich will nicht erneut den Vortrag der letzten Woche halten. Sie wissen, dass ich das Personal verschlanken und die Ausgaben innerhalb von drei Jahren um dreißig Prozent kürzen muss. Es ist nicht der Moment, bei unserer Arbeit allzu wählerisch zu sein. Andernfalls werde ich Sie daran erinnern müssen, dass es in dieser Stadt seit Monaten keinen Mordfall gegeben hat und dass die Mordkommission im Moment eindeutig übersetzt ist. Nach Meinung der Optimierer wäre einer der Inspektoren im Passamt oder in der Abteilung für Ausländerkriminalität viel besser aufgehoben.«

»Was verstehen denn die Optimierer davon?!«, protestierte Luciani, »wir haben das Personal schon letztes Jahr reduziert, so wie den Treibstoff, die Spesen ... Die sollen einmal mit mir reden, ich erkläre ihnen, wie hier die Arbeit läuft!«

Die Stimme des Polizeichefs wurde eisig: »Mit Ihnen reden? Sie haben das Treffen schon drei Mal unter verschiedenen Vorwänden verschoben. Glauben Sie nicht, wir werden die Umstrukturierung der Abläufe nicht angehen, nur weil Sie sich rarmachen! In dieser schweren Zeit, in dieser Finanz- und Vertrauenskrise, dürfen wir nicht fragen, was unser Land für uns tun kann, sondern was wir für unser Land tun können.«

Jetzt komm mir nicht mit Kennedy, dachte Marco Luciani, bloß nicht Kennedy! Polizeichef Bonucci redete noch eine Weile weiter, aber Luciani hörte nicht mehr zu. Er dachte daran, wie oft dieser Satz benutzt worden war, um die Arbeitnehmer, die Bürger, die Steuerzahler ins Knie zu ficken. Die Vereinigten Staaten hatten zu ihren Bürgern gesagt: »Geht und seht, wie ihr zurechtkommt!«, ansonsten hatten sie sie mit den Verkehrsmitteln, Krankenhäusern und Schulen eines Dritte-Welt-Landes abgespeist, mit der Bankenkrise in den Bankrott getrieben und als Kanonenfutter für Kriege und Versuchskaninchen für die Pharmaindustrie missbraucht.

»Haben Sie mich gehört, Commissario?«

»Wie?«

»Ich sagte, nächste Woche werde ich die zweite Sektion aufstocken müssen, und Inspektor Vitone …«

»Inspektor Vitone ist bei mir unabkömmlich. Calabrò ist im Urlaub, und wenn ich damit beschäftigt sein sollte, diesen Typen zu beschützen, müsste Vitone die Abteilung leiten.«

Ihm schien, dass der Polizeichef, am anderen Ende der Leitung, lächelte. »Dann zähle ich also auf Sie.«

»Einen Moment«, sagte Luciani, »Sie haben mir den zweiten Grund, aus dem ich ihn beschützen soll, nicht genannt.«

»Der zweite Grund, Commissario, ist meine Frau, ein großer Fan von Dolci. Sie lässt sich keine seiner Sendungen entgehen. Sie hat sein Buch gekauft, kocht Schritt für Schritt die Rezepte nach, und ich habe den begründeten Verdacht, dass

sie nächstes Jahr an der Vorauswahl seiner Sendung teilnehmen wird. Wenn Dolci etwas zustößt, wird meine Frau keinen
Frieden finden. Und Sie werden doch meine Frau nicht ent-
täuschen wollen, oder, Commissario?«

Marco Luciani schluckte. Es gab nicht viele Leute, die ihn
einschüchterten, aber Ida Bonucci gehörte dazu. Ein Dampf-
hammer, der immer das letzte Wort haben wollte, und wenn
sie einen erst einmal in die Ecke getrieben hatte, ließ sie ihre
Haken auf einen einprasseln wie Carlos Monzon, herz- und
erbarmungslos, bis man bereute, geboren worden zu sein.

»Ich werde Dolci kontaktieren. Ich werde sein Telefon überwachen lassen. Und dann gebe ich Ihnen Bescheid.«

»Perfekt. Meine Frau wird Ihnen dankbar sein.«

»Richten Sie ihr schöne Grüße aus«, sagte Marco Luciani.

»Wird gemacht.«

Der Kommissar fluchte leise. Als Polizeichef Iaquinta vor einigen Monaten versetzt worden war, hatte er sich so gefreut, dass
er einen fatalen Fehler begangen hatte: Er hatte sich auf einen
vertraulichen Umgang mit dem neuen Chef eingelassen. Zum
großen Erstaunen seiner Kollegen und seiner selbst hatte er
sich sogar zum Mittagessen bei den Bonuccis einladen lassen,
wo er die Gattin kennengelernt hatte. Die Art Frau, die er in
seinen Träumen gerne auf der Straße getroffen hätte, um sie
mit der Trambahn zu überrollen. Von ihrer Laune hing die des
Mannes ab, und von der des Mannes das Schicksal Vitones
und vieler anderer unschuldiger Männer, für die Luciani sich
verantwortlich fühlte.

Er seufzte und beschloss, eines der hellblauen Kuverts zu öffnen. Das Papier war dick, Recyclingpapier, das doppelt so viel
kostete wie normales, statt die Hälfte. Er benutzte ein Taschentuch, um keine Fingerabdrücke zu hinterlassen. Die Nachricht

darin war aus bunten, den Schlagzeilen einer Zeitschrift entnommenen Buchstaben zusammengesetzt: »Du wirst bald sterben, du Schwein. Du wirst in deinem Fett ersaufen.« Der Kommissar suchte die anderen hellblauen Umschläge heraus und öffnete sie nacheinander. Mit derselben Technik gebastelte Sätze, die Botschaft immer ähnlich: »Du Schwein, friss deine Scheiße, vom Kochen verstehst du eh nichts.« – »Du Schwein, es ist Zeit, dass du geschlachtet wirst.« Die Tatsache, dass sie alle in Rom abgestempelt waren, konnte helfen, die Ermittlungen einzugrenzen – auf einige Millionen Leute.

Dann gab es eine Reihe weißer Kuverts, die aus Mailand geschickt worden waren. Die Botschaften waren mit einem normalen Computer geschrieben und ausgedruckt worden: »Drecksfaschist. Du wirst nur deshalb nicht wie der Duce enden, weil es keine Straßenlaterne gibt, die dich tragen könnte. Wir werden dich nicht aufknüpfen, sondern mit deinen Eingeweiden strangulieren.« – »Du fetter Nazi-Scherge, deine Stunde naht.« Marco Luciani öffnete ein paar, alle im selben Tonfall, bis ihm langsam übel wurde.

Schließlich gab es noch andere weiße Umschläge, die mit Schablone beschrieben waren. Sie wiederholten immer nur denselben simplen Satz: »Bereite dich auf deinen Tod vor.« Sie trugen keinen Poststempel, mussten also direkt in Dolcis Briefkasten eingeworfen worden sein. Jemand aus seinem unmittelbaren Umfeld, vielleicht ein Verwandter oder eben ein Nachbar. Oder, und das wäre Grund zur Sorge gewesen, jemand, der ihn überwachte und sich vielleicht anschickte, in Aktion zu treten.

Er ordnete die Umschläge wieder, rief die Kriminaltechnik an, damit diese sie abholte, und öffnete die oberste Schublade seines Rollschranks, um sie bis dahin aus dem Weg zu räumen. Die Lade war mit Papieren vollgestopft: Vernehmungsprotokollen ohne Unterschrift, unvollständigen Rapporten, Zuschriften von Bürgern, die sich über irgendwas empörten, Visitenkarten, Zeitungsausschnitten von Artikeln, die ihm missfallen hatten und die er eigentlich an die Presseabteilung hatte weiterleiten wollen. Er öffnete auch die anderen Schubladen, aber sie waren ebenfalls überfüllt mit Fotos, misslungenen Phantombildern und vergessenen Vorschlägen für Belobigungen. Und mit Briefen, die seit Jahren hartnäckig an seine einstige Wohnung in der Maddalena zugestellt wurden und die ihm sein eifriger Ex-Nachbar von Zeit zu Zeit vorbeibrachte: Rechnungen, Mahnungen, sogar Werbung und Bettelbriefe der Gemeinde oder von afrikanischen Kindern. Ohne nachzudenken, öffnete er die unterste Schublade, die er niemals anrührte. Sie war leer, abgesehen von einem Kuvert in Übergröße, an ihn adressiert, aber ohne Absender und mit einem zwei Jahre alten Poststempel der Vereinigten Staaten. Er spürte, wie sich die Haare an seinen Armen aufstellten und ihm kalter Schweiß auf die Stirn trat.

Marco Luciani versteckte den Umschlag behutsam, als könnte er explodieren, unter den anonymen Drohbriefen, dann ließ er sich gegen die Stuhllehne fallen. Sie kam ihm lauwarm vor, und er löste sich von ihr, um dem Kontakt mit Dolcis Geistern zu entgehen. Ohne es zu merken, begann er mit dem Oberkörper zu schaukeln, vor und zurück, vor und zurück, er wiegte sich wie in einem Schmerz, der einfach keine Ruhe geben wollte.

Inspektor Vitone klopfte hektisch und schob den Kopf durch den Türspalt. »Darf ich?«

»Komm rein, Vitone, komm ruhig. Wie ist es gelaufen?«

»Schlecht, Commissario. Sehr schlecht.«

»Was ist los?«

»Los ist, dass Herr Dolci ein absolutes Aas ist. Ich hoffe, dass ihm tatsächlich jemand eine Bombe in seinen verschissenen Wanst schiebt.«

»Vitone! Von dir hätte ich so was nicht erwartet.«

»Entschuldigen Sie, aber der hat es geschafft, dass mir die Sicherungen durchgebrannt sind. Er meinte, er wolle nur mit Ihnen sprechen, mit dem Kommissar persönlich, und als ich sagte, das sei unmöglich, behandelte er mich wie … Na ja, vergessen wir's.«

»Das heißt: keine Anzeige? Kein Protokoll?«

Vitone holte zwei Blatt Papier aus der Tasche. »Hier bitte. Sie ist fertig. Aber nicht unterschrieben. Er meinte, er würde sie nur in Ihrem Beisein unterschreiben.«

»Ich verstehe nicht, warum er mich unbedingt wiedersehen will.«

»Er sagte, er traue nur Ihnen.«

»Aber ich traue ihm nicht. Kein bisschen.«

»Wissen Sie was? Das ist dann sein Pech. Selbst wenn ihm etwas zustößt – solange es keine Anzeige gibt, kann uns keiner was«, lächelte Vitone.

Marco Luciani warf ihm einen vielsagenden Blick zu, und der Inspektor errötete. Solche Reden sollte man vor seinem Chef besser nicht schwingen. Seit Jahren traktierte er sie mit dem Begriff des Arbeitsethos und betete ihnen vor, dass sie zuerst auf ihr Gewissen und dann auf Luciani oder den Polizeichef hören sollten.

»Haben Sie sich die Briefe angesehen, Commissario? Muss man die ernst nehmen?«, fragte Vitone, um sich aus der Verlegenheit zu befreien.

»Schwer zu sagen. Einige wirken sehr naiv, andere machen mir eher Sorgen. Ich habe sie der Kriminaltechnik gegeben, damit sie nach Fingerabdrücken suchen, aber das wird schwierig.«

»Was wollen wir also tun? Von Dolci soll ich Ihnen das hier geben«, sagte er und reichte ihm ein Billett.

Der Kommissar studierte es. Es war eine höchst luxuriöse

Karte, elfenbeinfarben, mit dem Aufdruck »Dario Dolci, Maestro di cucina« in der rechten oberen Ecke. In der Mitte, mit Füllfederhalter und in tadelloser Handschrift, eine Einladung: »Hochgeschätzter Commissario Luciani, ich würde mich geehrt fühlen, Sie an meiner Tafel begrüßen zu dürfen, heute Abend Punkt acht im Restaurant ›Giulietta‹. Ich erwarte Sie.«

»Das kann er vergessen«, brauste der Kommissar auf und warf das Billett direkt in den Papierkorb. »Mich zum Abendessen einladen, da kann er gleich einen Taubstummen zum Karaoke bitten.«

In diesem Moment klingelte das Telefon. Ein interner Anruf, aus der Telefonzentrale. »Commissario, ich habe Frau Bonucci auf Leitung eins«, tönte es aus dem Lautsprecher.

»Sag ihr, ich bin in einer Besprechung, nein, sag ihr, du hast mich nicht finden können.«

Vitone stand unbeteiligt vor dem Schreibtisch, aber seine Augen funkelten.

»Okay, geh ruhig. Ich werde mich darum kümmern«, sagte Marco Luciani. Kaum war der Inspektor vor der Tür, fluchte er im Stillen und durchsuchte den Papierkorb, bis er die Einladung gefunden hatte.

Luciani und Dolci

»Sehen Sie, Commissario, für einen Behinderten ist Reichtum kein Luxus, sondern Notwendigkeit. Wissen Sie, was ein maßgeschneidertes Hemd kostet? Oder eine Hose? Wissen Sie, dass ich bei den meisten Fluggesellschaften zwei Tickets kaufen müsste, wenn ich in der Economy Class fliegen wollte? Was mir übrigens nicht im Traum einfiele. Entweder fliege ich Erster Klasse, oder ich bleibe zu Hause. Behindert zu sein ist ein Unglück, das nur Geld lindern kann. Die Leute behandeln einen nur dann gut, oder besser, tolerieren einen nur, wenn man ihren Widerwillen, ihren Ekel vergelten kann. Oder wenn man berühmt ist. Deshalb muss ich immer in vorderster Reihe, immer im Mittelpunkt stehen, im Fernsehen auftreten. Glauben Sie, das macht mir Spaß?«

»Ja«, sagte Marco Luciani.

Dario Dolci war einen Moment überrascht, dann lachte er herzhaft. »Es macht mir tatsächlich einen Heidenspaß! Den Kitzel der Fernsehkamera, Commissario … haben Sie den je gespürt? Und dann diese armen Teufel, die Kandidaten, die von Ihrem Urteil abhängen, sich mit Schmähreden überziehen lassen und am Ende noch ›Danke, Maestro‹ sagen. Überlegen Sie mal, ist das nicht fabelhaft?«

Er amüsierte sich wie ein Kind und lachte weiter, während der Kommissar peinlich berührt den Blick schweifen ließ. Sie waren die einzigen Gäste im Lokal, abgesehen von zwei Pärchen mittleren Alters. Von ihrem Tisch aus bot sich ein spektakuläres Panorama über das nächtliche Genua, mit den Kreuzfahrtschiffen im Golf, den Lichtern des Hafens und dem Leuchtturm.

»Ich habe meine Reise nach Genua auf einige Tage ausgedehnt, um ein paar Restaurants auszuprobieren«, hatte Dolci zur Begrüßung gesagt. »Dieses hier zählt zu meinen Favoriten in ganz Ligurien, vor allem wegen des Ausblicks. Für gewöhnlich genieße ich beim Speisen gerne die Schönheit meiner Tischgenossin, aber bei einem Rendezvous unter Männern ist das Ambiente von fundamentaler Bedeutung.«

Während der Kellner die Teller abtrug, trat der Ober diskret an den Tisch, verneigte sich leicht und fragte, ob alles zur Zufriedenheit sei.

Dolci musterte ihn mit beleidigter Miene: »In der Kartoffeltarte fehlte Salz. Ungesalzen schmeckt eine Kartoffeltarte nach nichts, fade, trist, wie Kartoffelpüree im Krankenhaus.« Er wandte sich an den Kommissar. »Da sie glauben, Salz sei schädlich, verwenden sie es nicht mehr. Jahrhunderte auf dem Maultierrücken von Recco nach Piacenza, nach Varzi, nach Castellaro und sogar über den Stockalperweg bis ins Kanton Wallis, um Fässer mit Natriumchlorid zu transportieren, sind ihrer Meinung nach Zeitverschwendung gewesen, eine Flause. Ihr seid Küchenchefs, gütiger Gott, tut eure Arbeit, und überlasst den Ärzten die ihre!«

»Ich werde es ausrichten«, sagte der Ober.

»Dafür war das Kaninchen nach ligurischer Art herrlich. Göttlich«, fügte Dolci im Flüsterton hinzu, kaum dass der Ober verschwunden war, »aber das sagt man ihnen besser nicht, sonst steigt es ihnen zu Kopf.«

Er holte ein Notizbuch aus der Tasche, schraubte seinen Füller auf und schrieb, langsam und sorgfältig. Erst als der Kellner zurückkam, um Wein nachzuschenken, schraubte er ihn schnell wieder zu und ließ ihn in der Tasche verschwinden. Sie schwiegen, bis der Mann wieder außer Hörweite war.

»Sie hatten gesagt, Sie würden kein Urteil abgeben«, merkte der Kommissar an.

»Hmm … ehrlich gesagt bin ich noch unentschieden. In jedem Fall muss man sie jedoch schmoren lassen. Die wahren Küchenchefs geben ihr Bestes nur, wenn sie unter Druck stehen.«

Das Abendessen zog sich über einen Zeitraum hin, der Marco Luciani geradezu surreal erschien. Jeder Gang wurde begleitet von einem Ballett aus Tellern, Besteck, Verbeugungen, Einführungen und Erläuterungen, dem Stammbaum von Zutaten und Zubereitungsmethoden. Zu jeder Etappe der Reise – Vorspeisen, erster und zweiter Gang, Dessert – bildeten ein »Gruß aus der Küche« und ein Amuse-Gueule den Auftakt – Prä-Antipasto, Prä-erster Gang, Prä-zweiter Gang, Prä-Dessert. Zum Glück waren die Portionen klein, aber die vier Präludien allein wären für den Kommissar mehr als eine komplette Mahlzeit gewesen.

Er schaute Dolci weiter beim Essen zu, während ihm zunehmend übel wurde, dann versuchte er, das Gespräch auf ein paar Einzelheiten zu bringen, die ihm bei der Ermittlung helfen konnten.

»Im Internet habe ich einiges über Sie gelesen.«

»Ich dachte, die Polizei wüsste schon alles von jedem.«

»Sicher. Aber das Internet liefert auch noch den Rest.«

»Ich kann mir schon denken, was Sie gefunden haben«, brummte sein Gegenüber. »Die Leute nutzen das Internet nur, um ihr Gedärm zu entleeren. Die Luft in einer öffentlichen Toilette ist wohltuender.«

»Nun, die Schmähungen kommen ein bisschen aus allen Ecken. Sie haben es geschafft, sich überall Feinde zu schaffen. Sie haben anhängige Verfahren sowohl mit der Slow-Food-Kette Eataly wie mit McDonald's. Schön ausgewogen. Aus den autonomen Zentren kamen schon früher Drohungen. Dieses

Jahr ist Ihretwegen die Jüdische Gemeinde auf die Barrikaden gegangen, und selbst die Amerikanische Botschaft hat eine Protestnote formuliert.«

»Die Wahrheit tut weh, Herr Kommissar. Und ich sage immer die Wahrheit.«

»Was mich am meisten beeindruckt hat, ist Ihre Biographie. Humanistisches Gymnasium. Universitätsdiplom in Chemie. Anfänge im Journalismus. Dann der Schwenk in die Gastronomie. Eine kuriose Laufbahn.«

»Auf die Universität ging ich in der Hoffnung, schnell Geld zu machen. In den Siebzigerjahren waren Chemiker sehr gefragt. Tatsächlich habe ich dann einen anderen Beruf ergriffen, aber das Studium hat mir im Bereich der Kochkunst, der Weine und der Konditorei viel gebracht, denn das alles ist im Grunde eine Frage der Dosierung. Was den Journalismus betrifft – wie sagte Mussolini? Mit dem kommt man überallhin, vorausgesetzt man steigt rechtzeitig aus.«

»Und die Geschichte Ihres Namens? Warum diese Änderung?«

»Ich habe ihn geändert, um Erfolg zu haben. Wenn Vor- und Nachname mit demselben Buchstaben beginnen, können die Leute ihn sich leichter merken. Carlo Cracco. Bruno Barbieri. Don Draper. Von den Comics gar nicht zu reden: Peter Parker. Dylan Dog. Martin Mystère. Nathan Never.«

»Topolino.«

»Das ist nur die italienische Variante von Mickey Mouse. Donald und Dagobert Duck. Ein alter Trick, aber er funktioniert immer, Herr Kommissar. Ich hatte schon das Glück, einen sprechenden Nachnamen zu haben, aber Giampieri Dolci hätte einfach nicht funktioniert. Dario Dolci dagegen, zack, zack, kurz, trocken, beherzt. Dario Dolci: Da läuft einem das Wasser im Mund zusammen. Perfekt.«

Er musste diesen Kniff schon zigmal erklärt haben, aber er war befriedigt, als hätte er soeben das Rad neu erfunden.

»Bedenken Sie, ich habe mich schon als Kind so rufen lassen, ohne dass mir die Gründe für diese Wahl bewusst gewesen wären. Ich wollte einen gewichtigen Namen, den eines Kaisers. Mein Favorit war Alessandro, Alexander …«

Der Kommissar zuckte zusammen, als er diesen Namen hörte. Einen Moment fragte er sich, ob Dolci ihn absichtlich genannt hatte, ob er Bescheid wusste.

»… aber Alessandro Dolci ist zu lang und hat eine disharmonische Note, also habe ich einen anderen Kaiser gewählt. Der ebenfalls Großes geleistet hat. Mögen Sie Geschichte, Commissario?«

»Jedenfalls mehr als Gastronomie.«

»Nun, ein paar Bücher zur Gastronomiegeschichte sind durchaus lesenswert, seien Sie versichert. Sie ist fraglos wahrhaftiger als die von den Siegern geschriebene, die man uns in der Schule lehrt. Jedenfalls war Kaiser Darius eine große Persönlichkeit, aufgeklärt, modern. Er baute Straßen und Kanäle, förderte den Handel, reformierte die Justiz …«

Zur Freude des Kommissars drehte sich die Konversation eine Weile um das antike Persien. Dolci sprach und aß, aß und sprach. Schwer zu sagen, was ihn tiefer befriedigte.

»Zurück zu den Briefen …«, versuchte Luciani es erneut. »Einige davon wurden direkt in Ihren Postkasten gesteckt. Aus Erfahrung sage ich Ihnen, dass das nur eins bedeuten kann: Der Absender ist jemand aus Ihrem direkten Umfeld.«

»Was meinen Sie damit?«, empörte sich Dolci.

»Niemand würde von weit her kommen, oder auch nur aus einem anderen Stadtteil, um Ihnen einen anonymen Brief ins Haus zu bringen. Sie haben mir außerdem gesagt, dass es einen Concierge gibt, ein Bote hätte also auffallen können. Die Logik sagt, dass es jemand ist, der im Haus wohnt oder arbeitet, er geht täglich ein und aus und kann das Kuvert einstecken, ohne Verdacht zu erregen. Vielleicht während er seine eigene Post holt.«

Die Miene des Kritikers verfinsterte sich. »Daran hatte ich nicht gedacht. Aber so gesehen erscheint es ausgesprochen logisch.«

»Hatten Sie kürzlich Streit mit einem Nachbarn?«

»Sicherlich, Herr Kommissar. Wer hat keinen Streit mit den Nachbarn? Ich bin zudem gezwungen, mit einer Bande zurückgebliebener, scheinheiliger, geiziger und ungezogener Konservativer zu leben.«

»Ich dachte, die Konservativen lägen Ihnen.«

»Wenn sie aufgeklärt sind. Die Welt hat trotz meiner Bemühungen Fortschritte gemacht, die ich oft nicht gutheiße, aber einige davon weisen interessante Vorzüge auf … Für meine Nachbarn wird dagegen alles zum Problem. Eine Hausantenne, um Himmels willen! Die Fußböden erneuern, wo denken wir hin! Da müssen die Originalkacheln aus dem achtzehnten Jahrhundert her, um die zerbrochenen zu ersetzen. Jede davon handgemacht, mit Methoden, die von den Terrakotta-Meistern aus dem Herzogtum Parma, Piacenza und Guastalla überliefert wurden, und so teuer wie ein kompletter neuer Bodenbelag, aber alles wegzuschmeißen und einfachen weißen Marmor mit schwarzer Maserung zu verlegen, daran ist nicht zu denken. Das wäre ein Anschlag auf Tradition und Schicklichkeit des Hauses. Sehen sie außerdem noch zwei oder drei Fernsehkameras und ein Häufchen Journalisten, die mich an der Haustür abfangen, dann rufen sie die Polizei. Nicht zu reden von dem, was meine Frau aushalten muss, deren einziger Fehler ist, dass sie jung und schön ist, und Ausländerin.«

»Apropos, von ihr haben Sie mir noch nichts erzählt.«

»Sie haben mich nicht nach ihr gefragt.«

»Vielleicht geben Sie mir einfach einen kleinen Überblick

über Ihre familiäre Situation. Frauen, Kinder, Verwandte und Ihr aktueller Lebenspartner.«

Dolci lächelte. »Ich habe geheiratet, als ich noch ein grüner Bursche war. Ein jugendlicher Irrtum, der die klassischen sieben Jahre gehalten hat. Danach war ich immer Single, bis ich Vika getroffen habe. Victoriya. Sie kommt aus der Ukraine, ein seriöses Mädchen. Sie hat Sprachen studiert und lebt seit 2000 in Italien, arbeitete in einer Kommunikationsagentur. PR eben. Ich lernte sie vor drei Jahren kennen, es war Liebe auf den ersten Blick.«

»Für beide?«, fragte Marco Luciani in möglichst neutralem Ton.

Sein Gegenüber grinste. »Ich weiß, wenn man mich so ansieht, mag man es kaum glauben … Es gibt aber Frauen, die Sicherheit suchen, die einen Mann wollen, der sie beschützt. Andere dagegen ziehen die Dünnen oder gar Mageren vor. Die werden wohl einen leicht masochistischen Zug haben, all diese Ellbogen und spitzen Knochen beim Liebesspiel … *Mamma mia*, ich darf gar nicht daran denken.«

Marco Luciani hob die Augenbrauen. Wenn er sich die arme Ukrainerin vorstellte, die sich um den Restaurantkritiker wand, kamen ihm jene großen roten Bälle mit Haltegriffen in den Sinn, mit denen er als Kind hüpfen wollte, aber dauernd auf die Nase flog. Wie hießen sie noch?

»Wie dem auch sei, die Liebe beginnt immer im Kopf: ein Blick, eine treffende Pointe … Wir verstanden uns auf Anhieb. Und ich bin nicht von gestern, Herr Kommissar, auch ich weiß, dass mein Ruhm, meine Stellung, meine finanziellen Mittel ihr Gewicht haben, doch dafür schäme ich mich nicht. Sie gehören zu meinen Gaben, so wie die Schönheit eine von Vikas Gaben ist. Gerade dieses Wort, *Gaben*, das sowohl immaterielle wie materielle Vorzüge bezeichnet, bestätigt, dass man einst das Körperliche, das Moralische und das Finanzielle als eine große

Einheit begriff. Es ist ebenso dumm zu sagen: ›Wenn der kein Geld hätte, würde sie ihn nicht lieben‹, wie es dumm wäre zu sagen: ›Wenn die Amatriciana ohne Speck gemacht wäre, würde ich sie nicht essen.‹ Klar nicht.«

Der Kellner brachte das Dessert. Ein langer, schmaler rechteckiger Teller, auf dem vier Bällchen unterschiedlicher Farbe lagen, jedes mit eigener Soße und Dekoration.

»Und der Rest Ihrer Familie?«

Der Kritiker nahm das erste Bällchen zwischen die Lippen, dann ließ er es auf die Zunge gleiten. In dem riesigen Mund wirkte es so winzig, dass der Kommissar sich fragte, wie er überhaupt seinen Geschmack wahrnehmen konnte. Dolci schloss die Augen, kaute einige Sekunden, und als er sie wieder aufschlug, schien er fast gerührt.

»Meine Eltern sind leider nicht mehr. Mama ist vor zehn Jahren verstorben, Papa hat uns verlassen, als ich noch klein war. Ich begriff erst sehr viel später warum. Er hatte herausgefunden, dass er nicht mein richtiger Vater war. Ich bin das, was man einst einen illegitimen Sohn nannte. Meinen leiblichen Vater habe ich praktisch nie gesehen, er hatte eine andere Familie und viel Verantwortung. Er ließ mir nie besondere Hilfe zukommen, und ich bat auch seine anderen Kinder, die ehelichen, nie darum. Das waren auch noch andere Zeiten, es gab keine DNA-Tests, man trug diese Bettgeschichten nicht in die Öffentlichkeit. Alles, was ich besitze, habe ich mir alleine erkämpft, und ich bin stolz darauf.«

»Sie sagten, Sie leben mit Ihrer Frau zusammen. Wer frequentiert noch die Wohnung? Hausangestellte, Putzfrauen?«

»Wir haben ein philippinisches Paar, Benigno und Gloria Maria. Ich habe für Hausarbeit keine Zeit und Vika kein besonderes Talent. Die beiden sind hochanständig, verheiratet, katholisch, arbeitsam. Sie wohnen nicht bei uns, sie kommen frühmorgens und gehen nachmittags gegen fünf nach Hause.

Donnerstags haben sie frei. Sie beziehen beide einen regulären Lohn, und die Sozialabgaben werden abgeführt, falls Sie das überprüfen wollen.«

»Und der Fahrer, den ich hier vor der Tür gesehen habe? Er scheint kein Philippiner zu sein.«

»Ach ja, Xabier. Ein Baske aus San Sebastián, aber es fließt sicher arabisches und maurisches Blut in seinen Adern. Wissen Sie, dass die Spanier die besten Rennfahrer der Welt sind? Seit sie den Stierkampf nicht mehr haben, müssen sie ihre Männlichkeit am Steuer von Motorrädern und Autos beweisen. Xabier ist schon über zwei Jahre bei uns, und bislang hatte ich nie Grund zur Klage. Im Gegenteil, er war es auch, der die Manipulationen am Wagen bemerkte.«

»Was für Sabotageakte?«

»Einmal ist jemand in die Garage eingebrochen und hat alle vier Reifen zerstochen. Ein anderes Mal haben sie eine Radaufhängung, oder wie das heißt, angesägt. Der Reifen drehte sich nach außen weg, aber zum Glück fuhren wir langsam. Meine Frau bekam allerdings einen Riesenschreck.«

»Der Fahrer wohnt nicht bei Ihnen?«

»Nein, aber ich lasse ihn ziemlich oft kommen, inzwischen fast jeden Tag. Mein rechtes Bein macht mir Scherereien, und ich kann nur mit Mühe Auto fahren. Vika fährt auch nicht gerne, vor allem keine langen Strecken und nicht nachts. Sie arbeitet viel, und abends ist sie oft müde. Sie macht die Pressearbeit für mich, filtert die Anrufe und die Termine. Aber sie bekommt kein Gehalt. Wir haben ein gemeinsames Konto, auf das sie freien Zugriff hat, und auch die anderen werden sehr großzügig behandelt. Das alles sage ich Ihnen, damit Sie sich kein falsches Bild von ihr machen, und auch nicht von den anderen.«

»Inwiefern?«

»Keine der Personen, die für mich arbeiten, ist daran interessiert, mich umzubringen. Ich bin ihr Goldesel.«

Fouad

»Ist es gestattet, Signor Emilio?«

»Komm rein, Fouad, Ich habe schon auf dich gewartet.«

Der Tunesier trat sicheren Schrittes ins Büro. Ein großer, heller Raum. Das Fenster neben dem Schreibtisch bot einen schönen Blick über den Hügel hinter Imperia mit seinen silbrig schimmernden Olivenhainen.

»Nimm Platz. Was wolltest du mir sagen?«

»Nun, Signor Emilio, ich wollte Sie fragen … Ich arbeite nun schon lange hier. Ich arbeite viel, ich beklage mich nicht, bin zuverlässig …«

Sein Gegenüber nickte.

»Also, um es kurz zu machen, ich bin gekommen, weil ich Sie um eine Lohnerhöhung bitten will.«

Herr Emilio runzelte die Stirn, die joviale Miene war verschwunden.

»Schon wieder?«

»Wie, schon wieder? Ich bekomme immer noch denselben Lohn wie am Anfang, wie vor drei Jahren.«

»Und ist das nichts? Wie viel bekommst du? Zweitausend?«

Fouad nickte. »Zweitausendeinhundert.«

»Von so einem Lohn können viele andere hier bei uns nur träumen! Zweitausendeinhundert im Monat, weißt du eigentlich, wie viel das ist?«

»Aber ich arbeite für zwei. Und kein anderer hier kann, was ich kann.«

»Meinst du? Jetzt überspann den Bogen mal nicht, denn so einen wie dich finde ich jederzeit wieder.«

»Einen, der Tag und Nacht ohne feste Schichten arbeitet, der zu allem Ja sagt, der ein erstklassiges Produkt herstellt und den Mund hält? Sind Sie sicher?«

Der Mann aus Imperia schnaubte. Er war alles andere als sicher, sonst hätte er ihn längst zum Teufel gejagt, diesen Scheißaraber.

»Und was ich dir unter der Hand zahle?«, fragte der Präsident mit gedämpfter Stimme. »Das sind noch einmal tausend im Monat.«

»Aber die bekomme ich nur im Oktober, November und Dezember. Für die Überstunden.«

»Dafür und für alles andere.«

»Ich will aber eine offizielle Lohnerhöhung. Nicht viel, zweihundert Euro. Damit ich sie meiner Frau zeigen kann. Sie beklagt sich, dass ich zu viel arbeite, nie zu Hause bin. So kann ich ihr wenigstens beweisen, dass sich die Opfer lohnen.«

Der Chef musterte ihn. »Du zeigst ihr deine Lohntüte?«

»Sicher. Wenn ich nach Hause komme, gebe ich sie ihr. Es ist die Frau, die Tag für Tag den Haushalt besorgt. Sie muss wissen, wie viel sie ausgeben kann.«

Sein Gegenüber kniff die Augen zusammen und reckte ihm einen Finger entgegen. »Deine Frau weiß aber nichts von den Extrazahlungen?«

Fouad errötete und lächelte wie ein Kind. »Signor Emilio …«

Sie lachten in kumpelhaftem Einvernehmen. Auch wenn er sich in den Dienst von Frau und Familie stellt, muss ein Mann seinen Spielraum haben, eine kleine Marge für seine persönlichen Freiheiten.

»Die Bilanzen der Firma kennst auch du. Wir sind nicht auf Rosen gebettet, müssen die Kosten senken. Auf deinen offiziellen Lohn muss ich eine Menge Abgaben leisten.«

»Hören Sie, Signor Emilio. Ich erwarte nichts ohne Gegenleistung. Sie geben mir eine Lohnerhöhung, und ich schraube Ihren Umsatz hoch.«

»Wie denn?«

»Mit einem neuen Zulieferer.«

»Zulieferer von was?«

»Öl, was sonst? Spitzenqualität zum Spitzenpreis. Ausschließlich von Oliven aus meinem Dorf. Den besten.«

»Was bedeutet Spitzenpreis?«

»Das, was wir unseren aktuellen Zulieferern zahlen, minus drei Prozent.«

Sein Gegenüber riss die Augen auf. »Wegen drei Prozent stelle ich nicht um, das Risiko ist zu groß.«

»Aber das ist natives Öl, lupenrein. Zum Verschneiden von …«

Der Chef hob die Hand und brachte ihn zum Schweigen, dann dachte er eine Weile nach.

»Spitzenqualität. Garantiert.«

»Woher kommen die Oliven?«

»Aus meiner Gegend, Sfax. Sie sind schön, schmackhaft, in der prallsten Sonne gereift. Der Ölgehalt liegt bei fünfzehn Prozent, manchmal auch achtzehn.«

»Darüber muss ich nachdenken. Jedenfalls, wenn du diesen Herren meine Nummer geben willst …«

»Nein. Das ist mein Geschäft. Sie trauen nur mir.«

Herr Emilio breitete die Arme aus. »Also was willst du dann von mir?«

»Wissen, dass Sie mitmachen. Ich bin der Mittler, meinen Anteil bekomme ich von den Zulieferern. Ich verkaufe an Sie weiter, wir verarbeiten die Oliven, Sie behalten Ihren Gewinn. Und alle sind zufrieden.«

Der Mann aus Imperia dachte eine Weile schweigend nach.

»Darüber muss ich mit Franco reden.«

Fouad schüttelte den Kopf. »Wenn Sie mit ihm reden, wird er Nein sagen. Das Geschäft bleibt unter uns beiden.«

»Franco ist mein Partner. Ich kann es ihm nicht verschweigen.«

»Ihr Partner will die Kontrolle über alles haben, aber hier drinnen ist er nie. Er versteht nichts von Öl, seine Freunde liefern uns Dreck, verzeihen Sie, den wir teuer bezahlen. Woher stammen die Oliven? Aus Kalabrien? Die tunesischen sind viel besser und kosten weniger. Vergessen Sie ihn, Herr Emilio. Hören Sie auf mich. Meine Zulieferer sind zuverlässige Leute.«

»Das sind auch die Kalabrier.«

Fouad schüttelte den Kopf. »Wo sind wir hingekommen mit Ihren Partnern? Die Firma läuft schlecht, das Produkt ist nicht gut, ihr seid hoch verschuldet. Sie nehmen sich die Firma, pressen sie aus wie eine Olive, sie nehmen sich den Saft, und dann hauen sie ab, lassen nur den Bodensatz zurück.«

Der Präsident dachte an den Kalabrier. Franco. Nach außen hin ließ er Emilio gewähren, aber inzwischen wussten alle, dass er in der Firma das Sagen hatte. Gefiel ihm das? Nein. Hätte er gerne wieder die alten Zeiten gehabt, in denen er alles alleine entscheiden und verdienen konnte, so viel er wollte? Natürlich, so wie er gerne wieder jung gewesen wäre, mit einem Dauerständer und einem Kopf voller Projekte. Er betrachtete den Tunesier mit müder, kummervoller Miene. »Hör mal, Fouad. Ich rede jetzt mal wie ein Vater zu dir. Was fehlt dir denn? Du bist in Italien, hast eine ordentliche Arbeit, eine tüchtige Frau, zwei schöne Kinder … verdienst gut. In ein paar Jahren hast du dir eine gewisse Stellung erarbeitet. Warum willst du alles ruinieren? Hör auf mich, stürz mich nicht ins Unglück.«

Der Tunesier zuckte mit den Achseln. »Ich bin nicht nach Italien gekommen, um mich mein Leben lang Tag und Nacht krummzulegen. Ich arbeite schon drei Jahre hier. Ich bin fähig.

Ich bin nicht auf den Kopf gefallen. Ich will richtiges Geld und einen Schreibtisch wie den hier.«

»Einen Schreibtisch … machst du Witze? Ich würde lieber heute als morgen mit dir tauschen. Du bekommst den Schreibtisch, die Sorgen, meine achtundfünfzig Jahre und meine zwanzig Kilo Übergewicht. Ich deine Muskeln, deine dreißig Jahre und deinen sicheren Lohn. – Und deine schöne Familie«, fügte er nach einem Augenblick hinzu.

»Versprechen Sie mir, dass Sie wenigstens darüber nachdenken.«

»Das werde ich tun.«

»Ach, Fouad«, sagte er, während dieser die Tür öffnete, »zum Monatsende wirst du eine Lohnerhöhung bekommen. Von hundertzwanzig Euro.«

Als er nach Hause fuhr, stellte Fouad das Radio an und fing leise zu singen an. Signor Emilio ist zu feige, dachte er, er fürchtet sich vor seinem eigenen Schatten und sieht nicht ein, dass er auf diese Weise in ein paar Jahren dichtmachen kann. Er kapiert nicht, dass der Betrieb, wenn er gut geführt würde, von einem Jüngeren mit Ideen, funktionieren und einen Profit abwerfen könnte, von dem er gar keine Vorstellung hat.

Luciani

Es war einer dieser Tage, an denen man Gott dankt, dass er Camogli geschaffen hat. Der Himmel war klar, die Sonne frühlingshaft. Marco Luciani zog die Jacke aus und krempelte die Ärmel hoch, dann ging er an der Bar vorbei, wo Zeitungsdirektoren, Schriftsteller und Richter ihren Kaffee tranken, und setzte sich auf die Terrasse eines anderen Lokals, vor sich das Meer, hinter sich die Promenade. Er hatte vergessen, welchen Schatz eine halbe Stunde Freizeit darstellte, einen Luxus, den zuerst die Ankunft Alessandros und dann Tante Rinas in eine Fata Morgana verwandelt hatten. Er dachte ungläubig an die nicht allzu weit zurückliegende Zeit, in der manchmal gar Langeweile aufkam und er sich wünschte, ein Serienmörder oder wenigstens ein banaler Totschläger könnte die Stadt unsicher machen und ihn auf den Plan rufen. Er fühlte sich wohl in Camogli, in der Familienvilla, aber das Zusammenleben mit Mutter und Tante war nicht einfach. Ohne es zu merken, hatte er sich einspinnen lassen, die Übergangslösung wurde zum Dauerzustand. Häufig kam ihm seine Zweizimmerwohnung in der Altstadt in den Sinn, eine objektiv schäbige Bleibe, wo er jedoch seine Ruhe gehabt hatte, sich um niemanden kümmern musste. Ich könnte eine andere Wohnung suchen, dachte er, der Tante geht es wieder besser, und Mama ist noch rüstig und klar. Wenn ich mich nicht schleunigst davonmache, ist es zu spät: Irgendwann wird sich ihr Zustand unweigerlich verschlechtern, und am Ende friste ich mein Leben als Altenpfleger.

»Guten Tag, Commissario, erinnern Sie sich an mich?«

Marco Luciani öffnete die Augen und starrte einen Moment lang einen Mann mit offenkundig schwarz gefärbten Haaren an, der ihm lächelnd die Hand hinstreckte.

»Um ehrlich zu sein …«, sagte er schließlich und ließ seine im Schoß verschränkt.

»Brambilla. Vom gleichnamigen Maklerbüro.« Da Luciani schwieg, fuhr er fort: »Wir haben uns bei der Beisetzung Ihres Vaters getroffen. Aber da waren damals so viele Leute … Ich sehe Sie jedenfalls oft hier im Ort, Ihre Silhouette ist unverwechselbar. Haben Sie etwas dagegen, wenn ich Ihnen eine Sekunde raube?«

Natürlich habe ich was dagegen, dachte Marco Luciani, das ist meine vermaledeite halbe Stunde Glückseligkeit. Besser gesagt, war. Er machte eine Bewegung mit dem Kopf, die »Ja, nein, weiß nicht, kein Kommentar, verrecke« bedeuten konnte.

Der Mann setzte sich mit dem Rücken zum Meer und verdeckte dem Kommissar die Sicht. »Einen Cappuccino, mit Kakao bestäubt«, sagte er dem Kellner, der sich genähert hatte. »Nehmen Sie auch etwas?«

»Nein danke, ich bin bedient.«

»Ich werde Ihnen nicht die Zeit stehlen. Es geht um eine Sache, die ich schon länger mit Ihnen besprechen wollte, eben seit dem Verscheiden Ihres Vaters, mit dem ich gut befreundet war. Ich hätte auch Ihre Mutter kontaktieren können, aber das wäre mir respektlos erschienen: Sie ist eine hellsichtige, kluge Frau, doch nun, nehme ich an, leiten Sie, Herr Kommissar, die Geschicke des Hauses.« Er wartete auf ein Zeichen der Zustimmung, und als dies ausblieb, fuhr er fort: »Jedenfalls, was ich Ihnen vorschlagen wollte … Hören Sie. Ich vermittle Apartments, hier in der Gegend, aber vor allem befasse ich mich mit Immobiliengeschäften der Premiumklasse. Camogli hat ein großes Entwicklungspotential, es ist ein Örtchen, wo nicht zu viel gebaut wurde, und so Gott will, wird es dabei bleiben, es fehlt schlichtweg der Platz. Doch die bestehende Bausubstanz erfährt nicht immer … die Wertschöpfung, die sie verdient. Können Sie mir folgen?«

Der Kommissar hatte die Augen halb geschlossen und fixierte einen Punkt hinter der rechten Schulter des Mannes, an dem sich die Wellen kräuselten, um dann in gleichmäßigem Rhythmus zur Strandlinie hin auszulaufen.

»In den letzten Jahren habe ich mich mit der Renovierung zweier bildschöner Villen befasst. Eine an der Via Aurelia, kurz vor der Ortseinfahrt, und eine Richtung Ruta. Villen von achthundert Quadratmetern, die langsam verfielen, weil die Eigentümer sich nicht um sie kümmern konnten. Einst gehörten solche Objekte großen Familien mit ausreichend Dienerschaft, um sie zu pflegen: Gärtner, Butler, Zimmermädchen, Hauswart …, aber wer kann sich das heute noch erlauben? Wenn sie dann vererbt werden, brechen einem die Erbschaftssteuern das Genick. Einige Nachkommen haben sie verschleudert, andere sogar der Kirche vermacht, damit die dafür aufkommt. Es waren die reinsten Schuldenfallen.«

Er hielt inne, um sich dem Cappuccino zu widmen. Mit dem Teelöffel machte er sich zuerst über den Milchschaum her, auf den herzförmig der Kakao gestreut war. Dann führte er die Tasse an die Lippen und schlürfte den flüssigen Teil. Der Kommissar schwieg beharrlich, ganz in die Betrachtung des Meeres versunken.

»Entschuldigen Sie. Wo war ich … ach ja. Wunderschöne, aber zu große Häuser. Die heutzutage kaum noch die Lebensqualität erhöhen. Ich erinnere mich, dass sich auch Ihr Vater Cesare beklagte, wie viel ihn seine schöne Villa koste, die er doch so sehr liebte. Villa Patrizia ist ein wahres Schmuckstück, Commissario, aber wenn ich mir die Bemerkung erlauben darf, sie verdiente es, wieder in ihrem einstigen Glanz zu erstrahlen.«

»Ich habe nicht vor, sie zu verkaufen.«

Sein Gegenüber hob die Hände. »Ich bin nicht an einem Kauf interessiert. An diesem Brocken würde selbst ich mich verheben. Meine Idee, mein Vorschlag ist ein anderer. Die Villa ist … wie groß? Sechshundert Quadratmeter, vielleicht ein wenig mehr?«

»Möglich.«

»Ich habe sie mir von außen einmal angesehen. Man könnte sie renovieren, indem man sie in kleinere Apartments aufteilt. Durch deren Verkauf könnte man die Renovierungskosten decken und außerdem einen ordentlichen Gewinn erzielen. Mit dem Sie ein ebenso schönes, aber kleineres Haus kaufen könnten, dessen Unterhaltung weniger kostet. Und außerdem könnten Sie noch etwas zum Leben zurücklegen.«

»Ich bin durchaus in der Lage, mich selbst zu finanzieren«, unterbrach ihn Luciani.

»Entschuldigen Sie. Ich habe mich schlecht ausgedrückt. Ich meinte …«

»Ich habe verstanden, was Sie meinen, Herr Brambilla. Meine Mutter wird diese Villa niemals verlassen. Wir verkaufen nicht.«

Der Mann gab sich nicht geschlagen. »Das dachte ich mir. Aber es gibt eine Lösung. Ihre Mutter braucht nur eines der Apartments zu behalten. Eine Option, von der ich persönlich abrate, in so einem Fall ist ein klarer Schnitt meiner Meinung nach besser, weil man sich sonst herabgestuft fühlt, man ist nicht mehr der alleinige Herr im Haus. Ich will sagen, man muss sich mit den Nachbarn arrangieren. Garten und Pool werden Gemeinschaftseigentum. Aber ich meine, besser so, besser sie mit einigen wenigen Leuten von einem gewissen Niveau teilen, als sie verfallen zu sehen, meinen Sie nicht? Das hängt dann davon ab, wie jemand empfindet, im Allgemeinen wickeln wir solche Operationen mit den Erben ab, und die beschließen, alles zu verkaufen und wegzuziehen, aber in diesem Fall verstehe ich, dass die emotionale Bindung zu stark ist …«

»Herr Brambilla.«

»Bitte, Dottore.«

»Wir. Verkaufen. Nicht.«

Der Makler lächelte und drückte den Rücken in die Stuhllehne, als wollte er sich entmaterialisieren. »Einverstanden. Einverstanden. Ich bin ein wenig vorgeprescht, das gebe ich zu, aber angesichts Ihrer Lage dachte ich … Wie auch immer, Sie müssen mir jetzt keine Antwort geben.«

»Wie ist meine Lage?«

Der Mann wurde knallrot. »Ihre … Lage. Ja, ich meine, Ihr Vater ist nicht mehr, und Ihre Mutter … Ich weiß, dass da noch eine weitere betagte Person mit im Haus wohnt. Das sind schwierige Lebensphasen, da musste ich auch durch, mit meiner Mama. Alzheimer, leider.« Da Marco Luciani nichts erwiderte, erhob er sich. »Denken Sie darüber nach. Völlig unverbindlich. Sie können ja einmal bei mir vorbeikommen, nur um sich eine Vorstellung von den Beträgen zu machen. Die Margen sind interessant. Das Marktniveau ist niedrig, es gibt üppige Subventionen für Renovierungskosten, und wenn die Arbeiten abgeschlossen sind, wird der Markt sich wieder erholt haben. Ich sage, das ist ein gutes Geschäft. Nein, ein exzellentes Geschäft.«

»Für Sie oder für uns?«

»Für alle. Auch für die zukünftigen Käufer«, sagte Brambilla und verabschiedete sich. Der Kommissar spürte einen Stich mitten im Bauch. Etwas Schlimmes kündigte sich an.

Er kehrte nach Hause zurück, öffnete das Tor, doch statt direkt auf die Glastür zur Küche zuzugehen, schwenkte er nach links Richtung Garten. Seine Mutter hatte ihn immer liebevoll gepflegt, aber jetzt, da sie sich um die Tante kümmern musste, blieben ihr weniger Zeit und Energie. Die Rosensträucher waren von Unkraut überwuchert, das überall auf dem Vormarsch war. Der Rasen hätte schon seit mindestens zwei Monaten gemäht werden müssen, Marco Luciani hatte versprochen, sich darum zu kümmern, hatte es aber nicht geschafft. Er kam an den Pool, in dem schon lange kein Wasser mehr war. Die Plane, die ihn bedeckte, hatte unter dem Gewicht des Laubs und des Regens nachgegeben und einen Teil des Bodens freigelegt. Das Mosaik war nicht mehr intakt, die ersten Steinchen waren unter Hitze und Frost abgeplatzt. Er wagte sich bis zum Tennisplatz vor. Das Netz, mit Wasser und Schlamm getränkt, lag seit Jahren auf dem Boden, die Betonplatten hatten sich entlang der Aufschlag- und Seitenlinien geöffnet. Er drehte sich nach der Villa um und betrachtete eingehend die Fassade. Mehrere Ziegel waren zerbrochen, aus den Dachrinnen sprossen Grasbüschel. Die Hälfte der Jalousien war seit Jahren geschlossen, der Verputz war grau geworden und kreuz und quer von Rissen durchzogen, die Schminke zerlief, die Fenster waren von Tränen geschwollen. Hier geht alles den Bach runter, dachte Marco Luciani, und je mehr Zeit vergeht, desto geringer sind meine Chancen, noch etwas zu retten.

Er dachte an Brambillas Worte zurück, an die widerliche Attitüde des Mannes, der meint, alles tausend Mal besser zu wissen. Aber vielleicht traf es in diesem Fall zu, manchmal sehen Außenstehende Dinge, die man täglich vor Augen hat und nicht mehr wahrnimmt. Allerdings hatte Brambilla einen Ausdruck verwendet, der einen Nerv getroffen hatte. Seine Lage. Genau so hatte er es formuliert, seine Lage. Und Marco Luciani glaubte nicht, dass er sich auf das Zusammenleben mit Mutter und Tante bezog.

Als er an dem Olivenbaum mit der zerschlissenen Hängematte vorbeikam, schaute er zu Boden und schlug schnell ein

Kreuzzeichen, ehe er das Haus betrat. Donna Patrizia und Tante Rina saßen in der Küche und tranken Tee.

»Komm, Marco, setz dich ein bisschen zu uns.«

Er nahm Platz, betrachtete sie stumm, dann schaute er seiner Mutter in die Augen: »Mama, wie ist es um unsere Finanzen bestellt?«

Nadia

Fouad wartete, bis Nadia den Tisch abgedeckt, das Geschirr gespült und die Kinder ins Bett gebracht hatte. Er ging, ihnen Gute Nacht zu sagen, löschte das Licht und ermahnte sie, gut in der Schule mitzumachen, wenn sie am Samstag mit ihm zum Fußballspielen in den Park wollten. Dann kehrte er in die Küche zurück. Nadia hatte das Bügelbrett geholt und wärmte das Bügeleisen an.

»Muss das jetzt sein?«, fragte er, indem er auf seine Frau zutrat und sich an ihren Hintern schmiegte.

Sie entwand sich. »Ich hatte seit heute Morgen noch keine freie Minute.«

»Du Ärmste«, antwortete er und knetete ihre Brust.

»Die Kinder schlafen noch nicht«, sagte sie.

Fouad murmelte etwas auf Arabisch und stellte den Fernseher an.

»Dreh ihn leiser.«

»Ich weiß, ich weiß.« Er schaltete auf das Fußballspiel um und setzte sich aufs Sofa.

»Ich würde abends gerne auch was anderes machen als bügeln«, setzte Nadia an, »aber die Kinder müssen zur Schule gebracht werden. Der Einkauf muss erledigt, das Essen gekocht, Geschirr gespült werden. Deine Mutter muss zum Arzt begleitet, die Wohnung geputzt, die Kinder abgeholt, das Abendessen gekocht werden. Ich bin alleine und habe keine Sekunde Ruhe.«

»Was hat die Ärztin wegen meiner Mutter gemeint?«

»Alles in Ordnung, glaube ich.«

»Wie, glaube ich?«

»Deine Mutter hat mich nicht mit reingelassen. Danach hat sie gesagt, es sei alles in Ordnung.«

»Ich hatte gesagt, du sollst das überwachen«, beschwerte sich Fouad.

»Ich kann doch nicht mit Gewalt eindringen. Warum bringst nicht du sie einmal hin?«

»Weil ich arbeite. Ich arbeite den ganzen Tag, falls du das nicht gemerkt hast. Und dann sind das Frauensachen.«

Nadia hob die Stimme. »Du machst es dir einfach. Die Sachen, die du nicht gern tust, sind für dich Frauensachen. Alle Hausarbeiten sind Frauensachen. Alles Unangenehme ist Frauensache. Ich kann mich aber nicht um alles kümmern.«

Fouad lächelte in sich hinein. Wenn sie sich so beklagte, hieß das, sie war schon lange nicht mehr auf ihre Kosten gekommen. Er wusste sie immer zu beschwichtigen, und diesmal wusste er sogar, was er ihr antworten konnte.

»Bald wirst du nicht mehr alleine sein. Okay?«

»Was heißt das?«

»Ich habe beschlossen, dass ich eine Haushaltshilfe für dich nehme.«

Nadia hob die Augen von dem Hemd, das sie gerade bügelte. »Ernsthaft?«

»Ja.«

»Aber können wir uns das leisten?«

»Sicher. Heute habe ich mit Signor Emilio geredet. Und zwar Klartext. Ich habe eine Lohnerhöhung bekommen.«

Nadia drehte sich um. »Wie viel?«

»Hundertzwanzig Euro.«

»Das ist nicht schlecht.«

»Das ist nicht schlecht? Das sind sechs Prozent mehr!« Nie bist du zufrieden, dachte er.

»Entschuldige, Liebling. Ich wollte sagen, das ist gut. Sehr gut. Die können wir sehr gut gebrauchen.« Sie bügelte weiter, während er den Ton ein wenig lauter drehte und die Spieler auf Arabisch zusammenstauchte.

Ehe er zu Bett ging, nahm Fouad die Ölflasche und begann, sich Arme, Brust und Nacken einzureiben. Er war vollkommen nackt, und Nadia kam nicht umhin, diesen großen muskulösen, gut gebauten Körper zu bewundern. Das Öl ließ ihn wie einen griechischen Gott erstrahlen, verlieh dem Bart im Lampenlicht rötliche Reflexe. Jedes Mal wenn Fouad sich einölte, spürte Nadia ein Kribbeln in der Magengrube und eine angenehme Wärme im Bauch, sie dachte an das erste Mal, als sie ihn dabei beobachtet hatte, und an das, was danach geschehen war. Fouad begann, sich zu massieren, ließ die Hände über Waden, Schenkel und sein erigiertes Glied gleiten. Sie war immer noch ein bisschen böse auf ihn, weil er so viel weg war, weil er in seinem Egoismus die gesamte Last von Haushalt und Familie auf ihr ablud. Und weil er sie gezwungen hatte, einen Großteil des Tages mit seiner Mutter zu verbringen. Aber als Fouad sich dem Bett zuwandte, dachte Nadia, dass sie Lust hatte, ihn in sich zu spüren, groß und stark wie ein Wildpferd, bis sie ihn zähmen, zum Aufgeben zwingen würde, zwischen ihren Schenkeln. »Die Tajine war gut«, sagte er.

»Danke, Liebling.«

»Aber der Koriander fehlte.«

»Ich weiß, entschuldige, der Laden hatte keinen mehr.«

Fouad trat ans Bett. »Dafür werde ich dich bestrafen müssen.«

Nadia verbarg den Anflug eines Lächelns: »Nein, bitte nicht.«

»O doch!«

Dann fanden seine öligen Hände unter den Laken ihren nackten, warmen Körper.

Luciani

Als er ins Büro kam, erwartete Iannece ihn an der Tür. Seine Miene war besorgt. »Signor Commissario, habt Ihr die Zeitung gesehen?«

»Noch nicht. Warum?«

»Es ist auf der ersten Seite.«

»Was?«

»Nicht was. Wer. Sie.«

»Ich?«

»Ja. Schauen Sie hier.«

Iannece legte ihm den »Secolo XIX« auf den Schreibtisch. Auf der Titelseite prangten er und Dolci, wenn auch ein wenig unscharf, am Tisch eines Restaurants. Die Schlagzeile lautete: »Todesdrohungen gegen Dolci. Kommissar Luciani ermittelt.«

»Wer hat dieses Scheißbild geschossen?«, platzte Luciani heraus und fing an, den Artikel zu lesen, der mit vertraulichen Details nur so gespickt war. Er berichtete von ihrem Treffen, von den anonymen weißen und hellblauen Briefen, dann rekapitulierte er einige von Dolcis jüngeren Meinungsäußerungen, die erzürnte Reaktionen und sogar eine parlamentarische Anhörung nach sich gezogen hatten.

»In einem ordentlichen Krimi«, sagte Iannece, »ist der Täter immer der Butler. In diesem Fall der Kellner.«

»Nein, das glaube ich nicht«, sagte Luciani. Er erinnerte sich an ein Pärchen, das fast genau hinter ihm gegessen hatte. Die Aufnahme war ungefähr von dort gemacht worden, deshalb sah man Luciani auch von schräg hinten. Dolci hatte man von vorne getroffen. War es denkbar, dass er nichts davon mitbekommen hatte?

»So ein Sauhund!«, sagte er laut.

»Wer, der Kellner?«

»Nein, Dolci. Das hat er absichtlich gemacht. Er hat sie bestellt. Niemand sonst wusste, dass wir dort zu Abend essen würden.«

»Vielleicht sind sie zufällig vorbeigekommen, haben Euch gesehen, erkannt und das Foto geschossen. Und dann haben sie es an die Zeitung geschickt.«

»Hm ... ich weiß nicht, das sieht mir nicht wie ein Handy-Bild aus. Die haben eine richtige Kamera benutzt. Wenn ich es mir recht überlege, habe ich sogar ein Blitzlicht bemerkt, aber ich dachte, das wären die üblichen Kretins, die die Gerichte fotografieren. Ich saß fast genau mit dem Rücken zu ihnen. Dolci hätte es jedoch merken müssen.«

»Kann das die Ermittlungen behindern, Signor Commissario?«

»Nun, mir wäre lieber gewesen, man wüsste nichts davon. Und dann all die Einzelheiten aus dem Artikel ... Entweder sind sie von hier hinausgetragen worden, was ich nicht glaube, oder es kann nur er gewesen sein.«

»Aber wozu sollte er das der Presse erzählen?«

»Der nimmt uns die ganze Zeit auf den Arm, Iannece. Er will nur Publicity. Da ist er bei mir aber an den Falschen geraten. Ich gehe jetzt zum Polizeichef und sage ihm, dass die Sache damit erledigt ist.«

Polizeichef Bonucci hatte ihn am Vortag mit seinem Vortrag über die Ausgabenlast und dem Vorschlag, einen seiner Inspektoren einzusparen, kalt erwischt. Aber die schlaflose Nacht, in der er versucht hatte, das absurde Essen mit Dolci zu verdauen, hatte in Marco Luciani wieder den Kampfgeist geweckt. »Um Leute zu bewachen, gibt es Personenschützer«, legte er ohne Vorreden los, »Spezialbeamte. Ich bin für diese Arbeit nicht die Idealbesetzung. Ich neben Dolci, damit ziehen wir die Aufmerksamkeit erst richtig an.«

»Bestens. Perfekt. Alle sollen euch sehen, sollen euch zusammen sehen«, sagte Bonucci, inbrünstig nickend.

»Aber wozu?«

»Zum Wohl der Dienststelle! Weil das für uns eine großartige Werbung ist. Heutzutage ist alles eine Imagefrage, und ob es uns gefällt oder nicht, wir müssen lernen, das zu nutzen. Wissen Sie, wer heute das Symbol des Kampfes gegen die Mafia ist? Ein Priester. Und das Symbol des Kampfes gegen die Camorra? Ein Schriftsteller. Exzellente Leute, Gott bewahre, aber früher bewunderten die Leute die Richter, die Kommissare wie Sie, auch einfache Polizisten. Wir hatten ein Image, das man zerstört hat, und jetzt müssen wir es wieder aufbauen.

Deshalb sage ich Ihnen klipp und klar, dass ich da nicht mitspiele, wenn Dario Dolci allein den Ruhm einheimst, weil er bedroht wird, und deshalb will ich, dass Commissario Luciani wie ein Saugnapf an ihm klebt, damit die Leute sehen, was wir tun, und damit auch wir den gerechten Anteil öffentlicher Anerkennung abbekommen.«

»Und ich spiele da nicht mit, Tag und Nacht wie ein Saugnapf an Dolci zu kleben, wer weiß wie lange. Sie kriegen von mir Dienstwaffe und -ausweis zurück, und keiner trägt dem anderen etwas nach«, sagte Luciani und erhob sich.

Der Polizeichef wedelte mit den Armen. »Commissario, Sie sind immer gleich so … radikal. Ich habe nicht gesagt, dass Sie Dolci heiraten sollen, und wir sind uns auch einig, dass kein Notfall vorliegt. Eine diskrete, phasenweise Überwachung reicht. Wenn er zu Hause ist, braucht es das nicht, da gibt es die Conciergerie, Videokameras, die Hausangestellten und den

Fahrer … Die Mailänder können höchstens nachts eine Streife vor der Tür lassen. Sie sollen ihn nur bei öffentlichen Auftritten begleiten. Zu dem einen oder anderen Mittag- oder Abendessen oder in seine Sendungen und wo immer eine Fernsehkamera läuft. So etwas eben. Und solange Sie mit Dolci befasst sind, wird Vitone Ihren Platz einnehmen.«

Marco Luciani betrachtete ihn, und in diesem Moment hatte er die Gewissheit, dass es nicht Dolci gewesen war, der am Vortag den Fotografen bestellt hatte, sondern der Polizeichef persönlich.

Gereizter als zuvor kam er ins Büro zurück. Iannece und Vitone erwarteten ihn, ein verschlagenes Grinsen im Gesicht. »Ist es gut gelaufen, Commissario?«

»Sehr gut. Wir werden Dolci beschützen, wie es unsere Pflicht verlangt.«

Vitone schüttelte den Kopf. »Aber wozu sollen wir Steuergelder ausgeben, um jemanden zu schützen, der den Ärger mit der Lupe sucht? Der hat für jeden ein böses Wort.«

»Du kennst das Sprichwort, Vitone: Ich teile deine Meinung nicht, werde aber bis zu meinem letzten Atemzug kämpfen, damit du deine Meinung frei äußern kannst.«

»Wer sagt das denn?«, fragte Iannece.

»Voltaire, wenn ich nicht irre.«

»Da ist drauf geschissen. Er teilt seine eigenen Meinungen, und dann muss er auch bereit sein zu sterben. Was haben wir damit zu schaffen?«

»Ja, gut. Gab es sonst noch was?«

»Ich habe Ihnen die Informationen über Dolcis Angestellte auf den Schreibtisch gelegt«, sagte Vitone.

»Und der Herr, mit dem Sie verabredet sind, wartet auf Sie«, fügte Iannece hinzu.

Marco Luciani kramte in seinem Gedächtnis – ohne Erfolg.

»Der Optimierer«, skandierte Iannece, als er seine ratlose Miene sah.

»Das heißt, Herr Kommissar, Sie können weder Ihre genauen Arbeitszeiten noch die Ihrer Mitarbeiter angeben?«

Der pedantische Tonfall und der Piemonteser Akzent des Optimierers gruben sich wie abgebrochene Fingernägel in Lucianis Magen. Der Kommissar holte tief Luft und ermahnte sich weiterhin, wie schon die letzten zehn Minuten, seit der Typ angefangen hatte, ihn mit Fragen zu bombardieren, zur Ruhe.

»Sehen Sie«, sagte er, jede einzelne Silbe betonend, als spräche er mit einem Kleinkind oder einem Schwerhörigen, »unsere Arbeit lässt uns niemals los. Geschieht ein Mord, haben wir nicht nur einen Fulltime-Job, sondern wir denken Tag und Nacht daran, träumen davon und quälen uns mit der Lösung herum. Und da wir nicht immer die Lösung finden, liegt er uns auch die nächsten Monate und Jahre im Magen. Durch meinen Kopf toben Protokolle, Alibis, Indizien, Spermaflecken, Widersprüche, weinende Angehörige, Geschrei, Geruch von Blut und Exkrementen, Scheren, Bohrer, verbrannte Leichen und Kinder, die sich in der Obhut entfernter Verwandter befinden. Glauben Sie, dass meine Arbeit vorbei ist, wenn ich hier herauskomme? Nun, Sie irren sich. Ich denke jeden Tag an den Fall eines Mädchens, das in Sestri Ponente ermordet wurde, eine meiner ersten Ermittlungen. Es sind vielleicht … fünfzehn Jahre vergangen, doch die Mutter ruft mich jeden Monat einmal an, meist am Einundzwanzigsten, dem Tag, an dem das Kind getötet wurde, und fragt mich nach Neuigkeiten. An jedem Jahrestag kommt sie in die Dienststelle, und ich schwöre Ihnen, dass ich lieber sonst wo wäre, als diese Frau zu sehen, die inzwischen verwitwet ist, weil ihr Mann an seinem gebrochenen Herzen gestorben ist. Sie kommt, und ich weiß nicht einmal, ob sie mich anklagen will oder ob sie wirklich an ein Wunder glaubt oder einfach meint, es ihrer Tochter schuldig zu sein. Aber ich versichere Ihnen, wenn es gerade einmal keinen aktuellen Mordfall in dieser Stadt gibt und Sie auf dem Kommissariat vorbeischauen, dann werden Sie mich und meine Kollegen bei der Durchsicht der Akten dieses oder eines ähnlichen Falles finden, Fälle, die oft ›Altfälle‹ genannt werden, während sie für mich Gewissensfälle sind, weil sie mir und uns, den unvollkommenen Polizisten, auf dem Gewissen lasten.«

Marco Luciani hatte alles gegeben, und einen Moment lang hatte er, während er sich reden hörte, selbst einen Schauer und einen Anflug von Gänsehaut gespürt. Der Optimierer dagegen nahm die Brille ab, putzte bedächtig die Gläser mit einem Wildledertuch, setzte sie auf und blätterte wieder in seinen Unterlagen.

»Was die *cold cases* betrifft, liegen uns interessante Statistiken vor. Jedes Kind weiß, dass die Aufklärungsquote sinkt, je mehr Zeit nach einem Mord vergeht. Bei neunzig Prozent der gelösten Fälle, ich wiederhole: neunzig Prozent, ist diese Lösung innerhalb einer Woche da. Ist erst einmal ein Jahr verstrichen, so kann man die Mörder, die dann noch dingfest gemacht werden, in ganz Italien an zwei Händen abzählen. Sind zehn Jahre vergangen, dann ist jede Minute, die man mit der Lektüre alter Akten verbringt, absolute Zeitverschwendung.«

»Das stimmt doch nicht!«, widersprach Luciani, »in den letzten Jahren sind berühmte Fälle gelöst worden. Die römische Gräfin, das ebenfalls in Rom in seinem Büro erstochene Mädchen. Und dann das andere, das man auf dem Dachboden einer Kirche gefunden hat, in Kalabrien, glaube ich.«

»Ja, diese Fälle sind mir bekannt, dank der neuen Möglichkeiten der DNA-Bestimmung ist man zur Lösung gelangt. Tatsächlich haben wir es hier mit einer neuen Methode zu tun, und die ändert das Bild, nicht die geniale Eingebung eines Ermittlers, der zehn Jahre später vom Mars herabschwebt. Wie auch immer, auch die DNA-Analyse ist nicht unumstritten, wie Sie genau wissen. Solange der Täter nicht gesteht, bleiben Zweifel. Und wenn der Täter sich in der Zwischenzeit ein neues Leben aufgebaut, wenn er eine Frau und kleine Kinder hat, dann meinen manche gar, es sei nicht richtig, sie für seine Tat büßen zu lassen. So hat es auch bei dem Fall in Rom keine Verurteilung gegeben. Was den letzten von Ihnen angeführten Fall betrifft, gab es keine Ermittlung, sondern nur einen zufälligen Leichenfund bei Renovierungsarbeiten. Ich behaupte nicht, dass das keine guten Nachrichten wären, das sind wichtige Erfolge, vor allem in Sachen Medienwirksamkeit, aber trotzdem sind es insgesamt nur zwei, drei Fälle. Statistisch unbedeutend. Und letzten Endes vielleicht sogar kontraproduktiv.«

»Tatsächlich?«

»Sicher. Weil sie der Öffentlichkeit gravierende Ermittlungspannen enthüllen. Dies alles sind Fälle, die man leicht schon damals hätte lösen können, im ersten Fall durch eine bessere Übersetzung eines abgehörten Telefonats, im zweiten durch härtere Verhöre eines Verdächtigen, im dritten durch die genauere Durchsuchung einer Örtlichkeit, die man versäumt hatte.«

Bei Marco Luciani kam schwarzer Rauch aus den Nasenlöchern. »Kein Ermittler ist unfehlbar. Doch mit Sicherheit geben alle ihr Bestes, und das unter schwierigsten Arbeitsbedingungen.«

»Und genau deshalb bin ich hier. Um Ihnen zu helfen, die Arbeitsumstände zu verbessern. Sie effizienter zu gestalten. Wenn Sie das Dossier aufschlagen, das ich Ihnen gegeben habe, werden Sie auf Seite sechs ein interessantes Schema finden. Es erklärt, wie man Hindernisse mit dem APS, *applied problem solving*, aus dem Weg räumt. Der erste Schritt ist das *problem fin-*

ding, dann das *problem sharing*, um schließlich eben zum *problem solving* zu kommen.«

»Und welches wäre in unserem Fall das Problem?«

Sein Gegenüber zeigte ein feinsinniges Lächeln. »Es gibt viele. Sehr viele. Die gesamte Arbeitsorganisation hier hat sich auf völlig irrationale, zufällige Weise entwickelt. Manchmal bedingt durch *emergency situations*, manchmal durch *personal egoism*. Die Arbeit hat sich den Bedürfnissen der Arbeiter angepasst, und nicht umgekehrt. Flexible Arbeitszeiten statt eines *timetable*. Leute, die außerhalb der Dienststelle arbeiten, mit daraus resultierenden Mehrkosten. Und so weiter.«

»Da Sie die Probleme erkannt haben, nehme ich an, dass Sie auch eine Lösung parat haben.«

»Sicher. Deshalb sind wir hier, aber niemand von uns hat eine Zauberformel. Der Schlüsselbegriff, den Sie, der Sie faktisch Manager in diesem Unternehmen sind, kennen müssten, steht auf Seite neun und lautet PDCA: *plan, do, check, act.*«

»Ich bin kein Manager, ich bin Polizeikommissar.«

»*Plan*, den Eingriff planen. *Do*, Gegenmittel ausprobieren. *Check*, kontrollieren, ob das Mittel funktioniert. Und im positiven Fall *act*, agieren, ihn in die Alltagsroutine integrieren und einen positiven Kreislauf in Gang setzen, auch Deming-Kreislauf genannt, bei dem jeder weiß, was er zu tun hat, und wo die wieder in Gang gesetzte Maschinerie sich von allein in die richtige Richtung bewegt. Es ist nicht gesagt, dass der erste Check positiv ist, oft muss man, auch wenn die *root cause* identifiziert ist, verschiedene Mittel ausprobieren, ehe man zum *act* gelangt. In der Zwischenzeit kann man aber trotzdem schon einmal mit *troubleshooting*-Maßnahmen intervenieren.«

»Das wollte ich gerade vorschlagen.«

Unbeirrbar fuhr der Optimierer fort: »Dann muss ich noch eine Sache anfügen, die Ihnen womöglich nicht behagt.«

»Eine mehr oder weniger …«, schnaubte Luciani.

»Wir haben eine Tiefenanalyse der *costumer satisfaction* in Ihrem Bereich durchgeführt. Auch wenn Ihre Tätigkeit recht ausgefallen ist, bleiben Sie dennoch ein Unternehmen, das in Kontakt mit der Öffentlichkeit steht. Und entscheidend ist, wie die Öffentlichkeit die erhaltene Dienstleistung wahrnimmt. Der Kunde hat immer recht, sagt man nicht so?«

Ich stecke ihm jetzt eine richterliche Anordnung zur Entfernung in die Tasche, treibe ihn mit Arschtritten über die Piazza della Vittoria bis zum Bahnhof Brignole, und dann setze ich ihn in den ersten Viehwaggon Richtung Frankreich, dachte Marco Luciani.

»Die Bürger oder die Angehörigen der Opfer habe ich nie als Kunden begriffen«, sagte er.

»Und das ist ein Fehler, Commissario. Denn genau sie sind es, die Ihnen letztendlich das Gehalt zahlen. Beamter zu sein bedeutet nicht, dass man über Qualität und Quantität der Arbeit keine Rechenschaft ablegen müsste.«

Die Unterstellung, er arbeite nicht genug, führte bei Luciani zu einer heftigen Beckenbodenkontraktion. »Sie machen Witze, oder? Gibt es hier eine versteckte Kamera? Kommt jetzt gleich irgendein Idiot aus dem Fernsehen zum Vorschein?«, fragte der Kommissar und sah sich um, auf der Suche nach einem Objektiv.

Sein Gegenüber errötete und schien zum ersten Mal die Beherrschung zu verlieren. »Was tun Sie da, Commissario? Sie machen sich über meine Arbeit lustig, während ich hier bin, um Ihre zu verbessern! Merken Sie nicht, dass Sie allesamt an alten Denkmustern kleben, dass die Leute keinen Respekt mehr vor Ihnen haben und das Vertrauen in die Polizei geschwunden ist? Glauben Sie, die Kinder sagen immer noch: ›Wenn ich groß bin, will ich Polizist werden‹? Mitnichten. Wissen Sie, dass mittlerweile in jedem zweiten Krimi die Täter Polizisten sind? Wissen Sie, welches Bild der Polizei aus unserer Marktforschung resultiert? Korrupte Leute, ohne Bezug zur Bevölkerung, die nur an ihre Interessen denken. Die Mörder nur fangen, wenn das Opfer aus ihren eigenen Reihen, aus ihrer Kaste kommt. Wissen Sie, mit wem sie Sie vergleichen, Commissario? Mit den Politikern. Fern der Realität, eingekapselt in einen Kokon aus Privilegien, die sie nicht missen wollen, und außerdem, vor allem hier in Genua, gewalttätig.«

Marco Luciani sprang auf und reckte sich zu seinen vollen hundertsiebenundneunzig Zentimetern Körpergröße.

»Ich habe noch nie so viel Schwachsinn auf einmal gehört. Kaste? Privilegien? Wie viel verdienst du damit, dass du hier auftauchst, um mir zu sagen, dass ich meine Arbeit nicht zu tun verstehe? Du hast nur in einem einzigen Punkt recht, Arschloch. Im letzten, den du genannt hast. Wenn du nicht in drei Sekunden verschwunden bist, optimiere ich dir die Visage.«

Luciani zuckte, als wollte er um den Schreibtisch sprinten, und sein Gegenüber sprang mit unvermuteter Behändigkeit ebenfalls auf (»Eins«), packte seinen Aktenkoffer mit beiden Händen und presste ihn an die Brust. Dann wich er zum Ausgang zurück, wobei er einige Blätter verlor und ein paar Mal fast stolperte (»Zwei«), doch er schaffte es zur Tür, öffnete sie und witschte auf den Flur, ohne ein Wort zu sagen. »Drei«, flüsterte Marco Luciani kopfschüttelnd. Es kündigen sich harte Zeiten an, dachte er, hier wird man auch nicht mehr arbeiten können. Ich werde mir schnell einen Plan B ausdenken müssen.

Fouad und Nadia

»Kinder! Schaut euch das mal an! Schnell!«

Fouads Stimme klang aufgeregt. Lorenzo und Samir traten aus ihrem Zimmer. »Papa, wo bist du?«

»Im Bad. Schaut euch das an!«

Die Kinder rannten zum Vater. Er stand vor der Toilette, im Gesicht ein breites Lächeln, und deutete in die Schüssel.

»Bah, das stinkt!«, sagte Samir und hielt sich die Nase zu.

»Schaut mal, was euer Vater gemacht hat!«

Lorenzo kam näher. Was konnte da in der Toilettenschüssel sein? »Ich muss keine Angst haben, stimmt's, Papa?«

»Aber nein, das ist etwas ganz Natürliches. Nur sehr groß. Schau, da!«

Lorenzo blieb auf Sicherheitsabstand und stellte sich auf die Zehenspitzen, um einen flüchtigen Blick hineinzuwerfen.

»Hast du gesehen, was für ein Ding? Mindestens dreißig Zentimeter lang. Und auch ganz schön dick. Um das runterzuspülen, werde ich es mit der Klobürste teilen müssen.«

»Stark«, sagte Lorenzo.

»Komm, sieh's dir auch an, Samir.«

»Nee, ich find das eklig!«, schrie der Bruder und rannte weg, die Nase zwischen den Fingern.

»Er ist noch klein«, sagte der Vater lächelnd. »Du dagegen bist groß und hast schon einen Sinn dafür. Ein solcher Schiss am Morgen vertreibt Kummer und Sorgen. Denk dran, jeden Tag ein ordentliches Ding abseilen, das ist der erste Schritt auf dem Weg zum Glück.«

Lorenzo lachte. Wie schön, den Vater glücklich zu sehen! Es kam nicht oft vor.

»Kann ich ein Foto davon machen?«

»Klar. Prima Idee.«

»Das stellen wir bei Instagram rein.«

Fouad dachte einen Moment nach. »Mal sehen.«

Lorenzo rannte in sein Zimmer und kam mit dem Handy zurück, das sein Vater ihm zum Geburtstag geschenkt hatte, gegen den Willen der Mutter.

»Nur jemand aus Sfax bringt so etwas zustande, Lorenzo. Denk dran. Weißt du noch, was Sfax bedeutet?«

»Nein. Was bedeutet es?«

»Es kommt von ›Gurke‹. Wir aus Sfax nennen uns so, weil unser Ding groß wie eine Gurke ist. Die Italiener haben nur ein Gürkchen, die Ärmsten. Wir eine Gurke. Erinnere dich daran, wenn du groß bist, und erinnere auch deine Freundinnen dran.« Er brach in schallendes Gelächter aus, zog die Spülung und verließ das Bad.

»Was gibt es zu lachen? Ich will es auch hören.« Nadia war aus der Küche gekommen. Lorenzo ging ihr entgegen, in der Hand das Smartphone: »Schau mal, Mama, schau, was Papa gemacht hat!«

Sie betrachtete das Foto und warf ihrem Mann einen derart enttäuschten und ungläubigen Blick zu, dass sein Lächeln gefror. »Warum zum Geier starrst du mich so an? Kann man jetzt nicht einmal mehr in Frieden kacken? Ich habe ihr Aa, wie du das nennst, acht Jahre lang angeglotzt, wenn sie jetzt einmal meines sehen, wird der Schock sie nicht umbringen!«

»Ist dir eigentlich klar, was du da redest?! Was du den Kindern für ein Vorbild bist?«

»Schluss! Ich hab's satt, du gehst mir auf die Eier.« Er nahm die Jacke und öffnete die Wohnungstür.

»Wo willst du hin?«

»Ich dreh 'ne Runde, ich hab die Schnauze voll!«

»Du musst heute mit den Kindern in den Park gehen.«

»Mach du das, ich bin ja eh ein schlechter Vater.«

Er warf die Tür zu. Nadia und die Kinder standen wie erstarrt, bis sie das Auto hörten, das gestartet wurde und davonfuhr.

In die darauf folgende Stille erklang nach einer Weile Samirs gebrochene Stimme: »Mama, gehen wir nicht in den Park?«

»Nein, Samir, wir gehen nicht.«

Der Kleine brach in Tränen aus. »Ich wusste es! So ist es immer!« Er rannte in sein Zimmer.

»Mama, kann ich auch ein Foto machen, wenn ich das nächste Mal groß mache? Hm?«

»Lösch dieses Foto, Lorenzo.«

»Aber nein! Warum? Papa hat's mir erlaubt.«

»Das war nicht richtig von Papa. Lösch es, oder du siehst dein Handy nicht wieder.«

»Das ist nicht fair! Wenn er kommt, sag ich es ihm! Ihr Frauen seid wirklich doof!«

»Was hast du gesagt?!«

»Es ist deine Schuld, dass wir nicht in den Park gehen! Du hast ihn wütend gemacht!«

Nadia hob den Arm, um ihn zu schlagen, hielt sich aber rechtzeitig zurück. Dieser Junge wird genauso wie sein Vater, dachte sie, ich muss etwas unternehmen, ehe es zu spät ist.

Luciani und Dolci

Der Schriftzug war mit blauer Farbe an die Wand gesprüht worden. Er prangte auf der beigen Fassade des Jugendstil-Hauses und lautete schlicht: »Dolci Schwein«.

Es hatten sich sogar zwei Fernsehteams herbemüht, um ihn zu filmen, eines davon hatte den Kritiker auch vor seinem Haus interviewt. Die Polizei hatte bereits alles fotografiert und eine Streife zur Bewachung abgestellt.

»Commissario!«, rief Dolci, als er Lucianis hohe, schmale Silhouette auftauchen sah. »Sie machen sich solche Umstände, das wäre nicht nötig gewesen.«

»Ich war sowieso in Mailand«, log er, »und wollte nur einmal vorbeikommen, um einen Blick darauf zu werfen.«

»Das ist nichts weiter, irgendein beschränktes Bürschchen mit ebenso beschränkter Phantasie.«

»Vermutlich«, brummte Luciani übellaunig. Er fragte sich, ob es zwischen Dolcis Anzeige und diesem Graffiti eine Verbindung gab oder ob es nur Zufall war. »Können wir irgendwo in Ruhe reden?«

Der Kritiker sah auf die Uhr. »Gern. Aber in zwanzig Minuten muss ich an der Porta Romana sein, dort hat kürzlich ein Restaurant eröffnet, das ich für meinen Führer testen muss. Warum leisten Sie mir nicht Gesellschaft?«

»Schon wieder?!«

»Ich werde Sie nicht zum Essen zwingen.«

»Aber Sie werden mich zwingen, Ihnen beim Essen zuzusehen. Drei Stunden lang.«

»Nein, das ist schneller erledigt, viel schneller. Ich verspreche es.«

Marco Luciani ging zu den Streifenbeamten und stellte sich vor. Er erklärte, dass er für einige Stunden bei Dolci bleiben würde. Die Polizisten holten Instruktionen aus der Zentrale ein und sagten dann: »Okay, wir bleiben in der Gegend.«

Xabier wartete schweigend, in Habachtstellung, neben dem Jaguar. Er trug einen gut geschneiderten blauen Anzug, eine schöne Krawatte und glänzende Schuhe. Aber der Dreitagebart und das fast schulterlange Haar gaben ihm den Anstrich eines Zigeuners, der sich auf eine Promi-Hochzeit geschummelt hatte. Dolci kletterte mit einiger Mühe auf den Rücksitz und bot Luciani den Platz neben sich an.

»Kann ich Ihnen etwas servieren, Herr Kommissar?«, fragte er, auf eine gut bestückte Bordbar weisend.

»Nein danke.«

»Wenigstens ein Glas Wasser?«

Luciani nickte, der Kritiker holte eine elegante rote Glasflasche aus der Bar und schenkte ihnen ein.

»Stilles Wasser gibt es nicht?«

»Stilles verwende ich nur zum Kochen«, lächelte Dolci, »und zum Essen trinke ich nie Wasser. Wenn selbst unser Heiland Wasser in Wein verwandelte, dann wird das schon seinen Grund gehabt haben. Jedenfalls, wenn ich im Laufe des Tages meinen Durst löschen muss, ist mir Kohlensäure lieber.«

Xabier fuhr flüssig und entschlossen, während der Kommissar laut nachdachte. »Womöglich können wir den oder die Sprayer mit Hilfe der Überwachungskameras in der Umgebung identifizieren.«

»Am Gebäude gibt es nur eine, die zeigt aber Richtung Eingang. Wenn der Kerl nicht dumm ist, ist er von der anderen Seite gekommen«, erwiderte Dolci.

»Ja, aber inzwischen gibt es so viele und so gut versteckt,

dass man kaum allen entgehen kann. Sie werden sehen, irgendwas kommt dabei heraus.«

»Machen Sie sich Sorgen um mich, Commissario?«

»Ehrlich gesagt, nein. Aber ich habe einen Auftrag übernommen, und den werde ich so gut wie möglich ausführen.«

Xabier bremste den Jaguar. »Wir sind da, meine Herren.« Er stieg aus, um zuerst Luciani und dann Dolci den Wagenschlag zu öffnen. »Geh ruhig auch etwas essen«, sagte der Kritiker, »ich rufe dich, sobald wir fertig sind.«

Kaum traten sie ein, schien das Restaurant von einem Erdstoß erschüttert zu werden. Die Kellner erstarrten, und erst nach einigen Schrecksekunden kam der Ober, um den Gast zu begrüßen. »Maestro, welch Überraschung. Es ist uns eine Freude und eine Ehre. Nehmen Sie Platz, hier entlang, bitte.«

»›Welch Überraschung‹, ist die elegante Formulierung der Gastronomen, um zu sagen: ›Verdammter Schweinehund, du hättest dich vorher ankündigen können‹,« flüsterte Dolci. »Ich komme aber immer unverhofft, Commissario.«

Sie setzten sich an einen Glastisch neben dem Fenster. Der Saal war weitläufig und halbleer, mit weißen Säulen und blassgrünen Wänden. Die Stühle hatten eine hohe schmale Lehne, waren für die Körperfülle Dolcis aber entschieden zu klein. Der Küchenchef und Inhaber kam angerannt, um sie zu begrüßen, erzählte dem Gast etwas von seinem Projekt, seinem Konzept einer etwas abgewandelten lombardischen Küche, erklärte, dass einige Gerichte auf der Karte, wie das Ossobuco, fehlten, weil die Zutaten am Morgen auf dem Markt nicht zu bekommen waren. »Der Fisch, der aus Ligurien geliefert wurde, ist aber taufrisch: Wolfsbarsch und Zahnbrasse …«

Dolci nickte, wenig überzeugt. Am Ende wählte er das Degustations-Menü mit auf die Gänge abgestimmten Weinen, während Marco Luciani nur eine Vorspeisenauswahl bestellte.

»Sie wirken nicht begeistert«, sagte er dem Kritiker, der sich umsah und dabei die Stirn in Falten zog.

»Prätentiöse Restaurants erkenne ich inzwischen aus mehreren Kilometern Entfernung. Und kaum hatten wir den Laden betreten, witterte ich den Nepp.«

»Weshalb haben Sie dann ausgerechnet dieses gewählt?«

»Ich schulde einem Freund einen Gefallen, Sie wissen, wie das läuft. Er ist ein Co-Produzent der Fernsehserie, die wir gerade aufzeichnen.«

»Also müssen Sie es loben?«

»Absolut nicht. Ich erweise ihm den Gefallen, es zu testen, mein Urteil ist dann aber aufrichtig und unparteiisch. Und wenn es negativ ausfällt, hat der, der mich gerufen hat, eben Pech gehabt.«

»Wenn Sie gerufen wurden, sind sie sich ihrer Sache wohl sicher.«

»Auf dieser Welt wimmelt es von Leuten, die sich überschätzen, Commissario. In der Schule hatte ich Kameraden, die sich zur Abfrage meldeten, und nachdem sie sich blamiert hatten, meinten sie: ›Ich dachte, ich wüsste Bescheid.‹ Idioten. Idioten und Versager. Italien ist das Land der Improvisation, was manchmal ein Vorzug ist, fast immer jedoch unser Verderben.«

Marco Luciani sagte nichts. Das Essen versprach, langwierig und komplex zu werden.

Der Kellner begann die Vorspeisen aufzutragen, und der Sommelier entkorkte den ersten der Weine aus der Menüfolge. Marco Luciani sah, dass es Weißwein war. Er hielt den Ober mit einer Geste zurück, ehe dieser ihm einschenken konnte. Dolci betrachtete den Wein im Gegenlicht, beschnupperte ihn und stellte ihn auf den Tisch, ohne zu probieren. Der Ober wartete noch einen Moment, dann zog er sich diskret zurück.

»Sie trinken nicht, Commissario? Jetzt sagen Sie nicht, Sie sind Abstinenzler. Abstinenzler sind mir fast genauso suspekt wie Atheisten. Übrigens ist der Wein essentieller Bestandteil der Liturgie, beides ist also eng miteinander verbunden.«

»Ich mache mir nichts aus Wein. Ich trinke stilles Wasser und ab und zu Lemonsoda.«

Dolci hob einen Zeigefinger, und einen Augenblick später materialisierte sich der Ober neben ihm.

»Können wir Lemonsoda für meinen Gast bekommen?«

»Ich fürchte, nein. Aber ich kann Ihnen eine Limonade bereiten lassen, aus frischgepressten Zitronen der Amalfiküste.«

»Nicht frisch gepresst. Die schmeckt nach Grippe«, sagte Luciani mit einem Kopfschütteln. Der Ober lächelte wohlwollend: »Wir haben einen exzellenten Chinotto aus der Gegend von Savona …«

»Um Himmels willen«, Luciani hob die Hand, »den kenne ich. Mit Wasser bin ich bestens bedient.«

Der Ober verneigte sich erneut und verschwand diskret.

»Sie sind kein Mann, der sich leicht fügt«, zwinkerte Dolci.

»Dieser Chinotto ist erbärmlich. Schlecht. Und teuer.«

Dolci tat seine Zustimmung mit schallendem Gelächter kund: »So mag ich das. Sehen Sie, dass wir etwas gemein haben? Die Schutzzonen für Nahrungsmittel sind eine feine Sache, Commissario. Wirklich. Eine ausgezeichnete Idee …«

»Aber …«

»… aber sie sind, wie soll ich sagen, eine Laune für die Oberschicht. Als würde man einen Panda adoptieren, um ihn vor dem Aussterben zu bewahren. Der Chinotto war fast verschwunden, weil Orangen schlichtweg besser schmecken. Und als die Transportkosten fielen und sie für ein paar Pfennige auf unseren Markt kamen, war der Chinotto erledigt. Das ist wie bei der Selektion der Arten. Die besten überleben. Wenn wir nun, aus einer Laune, einer ethischen oder politischen Attitüde heraus, den Chinotto retten mögen, weil er der arme Tropf unter den Zitrusfrüchten ist, nur zu. Wir sollten es aber nicht als großartigen Fortschritt verkaufen. Es ist, als würden wir Esel, um sie vor dem Aussterben zu bewahren, beim Palio von Siena ins Rennen schicken. Würden Sie da hingehen, vielleicht sogar den doppelten Eintrittspreis bezahlen? Ich nicht. Ich will Pferde rennen sehen, weil diese zum Rennen geschaffen sind, keine Esel. Und statt des Chinotto will ich einen schönen, frisch gepressten Orangensaft trinken.«

Marco Luciani nickte, doch Dolci war noch nicht fertig.

»Seit Jahren wird die Trommel für den Arme-Leute-Fisch gerührt. Wir sollen nicht nur Brasse und Dorade essen, sondern Pelamide, Bastardmakrele, Haarschwanz und Großkopfmeeräsche. Jetzt hat man Thunmakrele und sogar Gelbstriemenbrasse ›wiederentdeckt‹. Haben Sie jemals Gelbstriemenbrasse gegessen, Herr Kommissar?«

»Keine Ahnung, ich glaube nicht.«

»Sie würden sich daran erinnern, das versichere ich Ihnen. Sie ist widerlich, besteht nur aus Gräten.

Wissen Sie, was ich mal bei einem dieser dämlichen Events zugunsten der Arme-Leute-Küche gefunden habe? Einen Stand, der peruanische Sardinen verkaufte. Verstehen Sie? Die lassen Sardinen in der Dose aus Peru kommen, aus zehntausend Kilometer Entfernung, als ob es an der ligurischen Küste nicht genug davon gäbe. Aber die sind natürlich fair gehandelt und kosten drei Euro die Dose. Wozu? Um die Peruaner zu erziehen, die sie für wertlose Nahrung erachten und an die Hühner verfüttern. So dagegen merken sie, dass sie ein gesundes, wertvolles Lebensmittel sind, mit dem man Geld verdienen kann. Ja, auf Kosten der dämlichen Italiener. Der Fisch mag billig sein, aber wer ihn uns auftischt, wird schnell reich damit.«

Marco Luciani rang sich ein müdes Lächeln ab.

»Aber ich langweile Sie«, sagte Dolci, »und Sie haben noch gar nichts angerührt.«

»Und ob! Ich habe alles probiert. Wirklich ausgezeichnet. Was war das hier? Pilze?«

»Auberginen.«

»Ausgezeichnet. Und auch die Zucchini hier, eine etwas merkwürdige Note, aber …«

»Das waren in Wahrheit Gurken.«

»Mh.«

Sein Gegenüber lächelte. »Sie müssten mal in ein Dunkelrestaurant gehen, Commissario. Haben Sie je davon gehört?«

»Nein.«

»Man isst in absoluter Finsternis und wird von blinden Kellnern bedient. Eine gute Übung, um den Geschmackssinn zu schulen.«

»Tut mir leid. Mir Essen vorzusetzen, das ist, als würde man einen Blinden vor einen van Gogh führen.«

Allein die Bewertung der Vorspeisen nahm über eine halbe Stunde in Anspruch. Dolci probierte und schrieb seine Eindrücke ins Notizbuch, komische Hieroglyphen zeichnend, deren Bedeutung allein er kannte. Er ließ den Weißwein zurückgehen, dann auch den roten und sagte dem Ober, er habe Wein bestellt, nicht ausgepresstes Holzfass.

Zwischen zweitem Gang und Dessert nahm der Kritiker die Ölflasche, die auf dem Tisch stand, goss ein wenig auf den Teller, tunkte das Brot hinein und probierte es. »Wie befürchtet«, seufzte er.

»Was ist los?«

»Los ist, dass ein Restaurant, in dem man sich nicht um die Qualität des Weines schert, beim Öl nur noch tiefer sinken kann.« Er studierte eingehend das Etikett auf der Flasche. »Toskana«, brummte er, »von wegen. Fast alle toskanischen Olivenbäume sind 1985 erfroren. Und das bisschen echte Olivenöl, das übrig ist, das werden sie sicher nicht für diese sympathischen Stümper hier aufsparen.«

Marco Luciani schaute demonstrativ auf die Uhr, denn inzwischen saßen sie seit fast zwei Stunden zu Tisch.

»In den letzten Jahren hat es einige Fortschritte gegeben, aber im Schnitt liegt die Qualität des Öls, das in Restaurants serviert wird, immer noch weit unter der der Gerichte. Was ein bisschen absurd ist. Als würde eine Frau sich ein traumhaftes Abendkleid, Handtasche und Schuhe aus Leder, wertvollen Schmuck und eine raffinierte Frisur leisten, vor dem Weggehen aber ein billiges Parfüm auflegen.«

Luciani zuckte mit den Achseln. »Wissen Sie, wie ich über das Essen denke? Ein Drittel von dem, was wir essen, brauchen wir zum Leben, von den anderen zwei Dritteln leben unsere Ärzte.«

Dolci lächelte. »Ich würde eher sagen, dass das erste Drittel zum Überleben dient, die beiden anderen, um wahrhaft zu leben.«

Als sie zurückfuhren, sagte Marco Luciani zu Dolci, dass er mit dessen Partnerin, Victoriya, sprechen wolle.

»Kein Problem. Wann wäre es Ihnen genehm?«

»Noch heute, da ich schon einmal hier bin.«

»Vika ist heute unterwegs, aber wir sind zu einem Aperitif im Zentrum verabredet. Wir könnten uns dort um sechs Uhr treffen.«

Nadia und Fouad

Die Kinder waren im Bett, Fouad noch nicht zu Hause. Nadia betrachtete die auf dem Stuhl gestapelte Wäsche, die noch gebügelt werden musste, und ließ die Arme sinken. Sie hatte dazu jetzt keine Kraft. Sie hatte keine Kraft mehr, überhaupt etwas zu tun. Seufzend nahm sie ein Glas vom Spülbecken, dann kniete sie nieder, öffnete die Schranktür, hinter der sie die Putzmittel verwahrte, und holte aus der dritten Reihe eine Glasflasche. Sie hatte ein Etikett daraufgeklebt: »Ammoniak«, darüber die Zeichnung eines Totenkopfes, damit die Kinder nicht versehentlich davon tranken. Sie drehte sich um und kontrollierte, ob Samir sich nicht in die Küche geschlichen hatte, um sich den soundsovielten Gutenachtkuss abzuholen. Aber an diesem Abend war er so erschöpft, dass er keine Energie zum Aufstehen mehr hatte.

Wer weiß, ob Fouad heute Nacht zurückkommt, dachte sie und füllte das Glas fast bis zum Rand. Sie verschloss die Flasche und stellte sie an ihren Platz zurück, dann sah sie aus dem Fenster. Sie sah keine Autoscheinwerfer, die sich näherten. Man sah gar nichts, nur den gewohnten Parkplatz vor den Reihenhäusern, die Müllcontainer, die Straße, auf der um diese Uhrzeit kaum ein Auto vorbeikam, weil die Leute schon zu Hause waren. Sie roch am Inhalt des Glases und verweilte noch einen Moment. Wieder war ein Tag um, genauso ein Tag wie der vorherige und wie der folgende. Wie viele Dinge hatte sie früher einmal vorgehabt. Dinge, an die sie geglaubt hatte, Dinge, von denen sie sicher war, dass sie gelingen würden. Doch jetzt, nach all den Jahren, fragte sie sich immer häufiger, ob das nicht alles nur Illusionen gewesen waren, vage Projekte einer reichen und verwöhnten Zwanzigjährigen, die kläglich scheitern mussten. Früher war ich einmal überzeugt, etwas wert zu sein, sagte sie sich, heute bleibt mir nicht einmal mehr der tröstliche Gedanke, dass ich gekonnt hätte, gewusst hätte, wie. Und dass ich mich zum Verzicht entschieden habe.

Sie nahm das Glas und hielt es fest umklammert. Lange betrachtete sie es in einer Art stillem Kampf, dann schloss sie die Augen und trank einen Schluck. Sie atmete tief ein und nahm noch einen langsamen Schluck. Der Geschmack des Wodkas war wie ein Streicheln, wie ein Seidenlaken, das sich schützend auf ihren Magen legte. Sie fühlte sich ein wenig besser, während die Anspannung einer sanften Müdigkeit wich. Er ist wie eine Medizin, dachte sie, eine Medizin, die uns Gott persönlich gegeben hat, um unsere Mühen zu lindern. Sie fühlte sich noch ein wenig besser, kniete sich wieder hin, nahm die Flasche und schenkte noch einmal nach. Dann noch einmal.

Als sie zwei Scheinwerfer auf dem Parkplatz auftauchen sah, versteckte sie die Flasche, leerte schnell die Neige und wusch das Glas im Spülbecken aus. Dann lief sie ins Bad, um sich die Zähne zu putzen und den Alkoholgeruch zu überdecken.

Fouad sah sie am Bügelbrett stehen und grüßte kaum. »Ich bin todmüde. Was gibt's zu essen?«

»Es ist noch etwas von Samirs Minestrone da. Und Hähnchen.«

Ihr Mann füllte sich den Teller, ohne die Speisen aufzuwärmen, schaltete den Fernseher an und begann zu essen. Nadia spürte seine Anspannung, nicht einmal das heiße Bügeleisen konnte die Eiseskälte vertreiben, die sich im Zimmer ausbreitete. Sehnsüchtig betrachtete sie die Schranktür mit den Putzmitteln. Seit sie Fouad geheiratet hatte, war der Alkohol aus ihrem Leben verbannt. Nicht sofort, um genau zu sein. Ganz am Anfang hatte er sie abends ein Glas Wein oder ein Bier trinken lassen. Doch kaum war sie mit Lorenzo schwanger geworden, hatte er sie gebeten, damit aufzuhören, weil Alkohol schlecht für den Embryo sei. Nadia war davon nicht überzeugt, ihre Oma hatte immer gesagt, Wein gebe Milch, aber es war im Grunde nur ein kleines Opfer gewesen, das sie gerne gebracht hatte, ebenso wie der Verzicht auf Salat und rohen Fisch. Anfangs habe ich auch weiterhin Wurst gegessen, dachte sie, während sie ein T-Shirt Lorenzos bügelte. Ich kann mich an das Salami-Baguette in Perpignan auf der Hochzeitsreise erinnern. Doch Fouad aß keine Wurst, er aß kein Schwein, und einmal, als sie für sich ein Kotelett und für den Mann ein Steak gebraten hatte, war er böse geworden, hatte das Fenster geöffnet, um den Gestank zu vertreiben, hatte gesagt, mit dieser Schweinepfanne dürfe sie nie wieder etwas kochen, und was sie betraf: Er würde sie drei Tage lang nicht anrühren, weil sie unrein sei.

Nadia hatte aus Trotz das ganze Kotelett gegessen, aber es hatte ihr schwer im Magen gelegen, und sie hatte nie wieder eines zubereitet.

Sie biss sich auf die Lippe und dachte an das, was sie ihrem Mann sagen wollte. Jetzt oder nie, dachte sie in einer leichten Erregung. Sie wusste schon, dass er nicht erfreut sein würde, aber sie hatten vereinbart, dass sie die Finanzen der Familie verwaltete.

»Ich habe über die Lohnerhöhung nachgedacht, von der du erzählt hast.«

»Mh.«

»Weißt du, die hundertzwanzig Euro. Ich habe es durchgerechnet. Sie reichen, um einmal in der Woche eine Hilfe kommen zu lassen. Ich habe Darios Mutter gefragt, Dario, aus Lorenzos Klasse. Sie hat mir gesagt, ihre habe noch ein paar Stunden frei, und …«

»Nein, ich habe schon eine ausgewählt.«

»Du hast sie ausgewählt?«

»Ja.«

»Die Haushaltshilfe?«

»Ja.«

»Und warum hast du mir das nicht gesagt?«

»Ich wollte dich überraschen.«

Sie betrachtete ihn. Er hatte ein merkwürdiges, gemeines Lächeln im Gesicht. »Und wer soll das sein?«, fragte sie, ehe es ihr die Luft abschnürte.

»Yasmina.«

Nadia spürte einen Stich aus Schmerz und Ungläubigkeit, genau zwischen dem rechten Lungenflügel und der Leber.

»Was heißt das, Yasmina?«

»Sie wird bei uns wohnen. Ich habe mit ihrem Vater gesprochen, er ist einverstanden. Sie wird dir im Haushalt zur Hand gehen, und du kannst aufhören herumzujammern.«

Nadia bemühte sich, ihre Stimme zu kontrollieren, schaffte es aber nicht. Sie bebte. »Die ist doch noch ein Mädchen. Wie alt ist sie? Zwanzig?«

»Zweiundzwanzig. Und sie ist tüchtig. In der Gemeinde wird sie von allen geschätzt.«

»Die will ich nicht in meiner Wohnung haben.«

Fouad sprang wie eine Feder von seinem Stuhl hoch. »In meiner Wohnung, meinst du.«

Nadias rechtes Auge füllte sich mit Tränen. Sie weinte nur mit einem Auge, seit Fouad sie auf das linke geschlagen hatte, worauf es wie ein Tennisball angeschwollen war. Es war wieder geheilt, aber der Tränenkanal funktionierte nicht mehr besonders gut.

»Die will ich hier nicht, diese Nutte! Wozu kommt sie her?«, schrie sie.

»Sprich leise.«

»Ich spreche überhaupt nicht leise! Was glaubst du denn? Dass ich bescheuert bin?!«

Fouad trat an sie heran. An seiner Miene erkannte man, mit welcher Mühe er die Wut zurückhielt, die jeden Moment ausbrechen konnte.

»Sie wird dich respektieren. Die junge Ehefrau muss die ältere respektieren. Und ich werde euch beide gleich behandeln. Ich werde für euch beide sorgen.«

Nadia riss die Augen auf und biss die Zähne so fest aufeinander, dass sie meinte, sie müssten brechen: »Du bist verrückt. Du bist total verrückt, wenn du glaubst, dass ich da mitmache.«

»Dann lass dich scheiden! Es steht dir frei, zu gehen. Ich halte dich nicht.«

»Wenn ich gehe, wirst du mich nie wiedersehen. Und du wirst auch die Kinder nie wiedersehen.«

Fouads Gesicht verwandelte sich in eine steinerne Maske. »Die Kinder bleiben bei mir.«

»Nicht im Traum. Ich gehe noch morgen mit ihnen weg. Dir sind sie sowieso egal. Du bist ein schlechter Vater, ein schlechter Ehemann. Du bist ein schlechter Mensch, Fouad, und ich will nicht, dass sie werden wie du!«

Fouad nahm das Bügeleisen und betrachtete es eine Weile, als überlegte er, wie es wohl funktionierte. Dann holte er aus, und mit der anderen Hand packte er Nadia am Hals. Sie war wie gelähmt, während er das heiße Bügeleisen an ihr Gesicht führte.

»Ich kann deine Alkoholfahne auf zwei Meter Entfernung riechen. Red noch einmal so mit mir, und du wirst dich nie wieder im Spiegel anschauen können.«

Nadia stand starr, während die Hitze immer näher kam.

»Du musst mich respektieren. Und du musst sie respektieren. Hast du mich verstanden?«

Sie wollte sprechen, konnte aber nicht.

»Hast du mich verstanden?!«, wiederholte Fouad. Das Bügeleisen war nur noch wenige Zentimeter von Nadias Gesicht entfernt. Sie nickte.

Der Mann hielt sie noch einige Sekunden fest und starrte ihr in die Augen. Seine waren schwarz, wie ein endlos tiefer Brunnen.

Dann ließ er sie los und setzte sich aufs Sofa.

»Wenn du mit dem Kram fertig bist, dann deckst du den Tisch ab und kochst mir einen Tee.«

Er wird mich umbringen, dachte Nadia, unfähig, das Zittern ihrer Beine zu unterdrücken. Wenn niemand ihn aufhält, wird er mich eines Tages umbringen.

Luciani und Victoriya

Als Victoriya durch die Tür kam, blieb allen Männern im Lokal der Mund offen stehen, und die Arme mit den Gläsern verharrten in der Luft. Seitdem sie vierzehn war, hatte sie diese Wirkung auf Männer. Damals machte diese Macht ihr Angst, heute hatte sie sie unter Kontrolle und setzte sie mit derselben Ungezwungenheit ein, mit der sie die Hände gebrauchte. Manchmal verschwand sie sogar aus ihrem Bewusstsein wie die Atmung oder der Herzschlag.

Marco Luciani sah sie, und für einen Moment geriet ihm die Atmung außer Kontrolle, nicht jedoch das Herz. Sie erschien ihm wie ein Hochglanzfoto, das man in einer Autowerkstatt an die Wand pinnt: ebenso makel- wie seelenlos.

»Setz dich, Liebes«, sagte Dario Dolci, während sich der Kommissar behände erhob, der Frau die Hand gab und ihr den Stuhl zurechtrückte. Sie nickte ihm zu, und er sog den zarten, kaum wahrnehmbaren Duft ihres Parfüms ein.

»Clive Christian««, lächelte Dolci. »Ich habe Ihre Nasenflügel zittern sehen, Commissario. Das Geheimnis liegt in der perfekten Dosierung: Wer ihr nahe kommt, muss es riechen, aber es darf bei Tisch nicht den Duft der Speisen überdecken.«

Victoriya streichelte die Hand ihres Mannes, dann wandte sie sich Luciani zu und lächelte. »Sind Sie ein Fan der guten Küche, Commissario?«

»Absolut nicht.«

»Och, Sie Ärmster«, sagte sie mit einer mitleidigen Schnute.

»Am Anfang ging es mir wie Ihnen. Dank Dario habe ich meine Ansichten jedoch geändert. Er hat mich zu begeistern gewusst. Ich könnte ihm stundenlang zuhören, wenn er vom Essen redet. Aber eigentlich fasziniert mich alles, was er sagt.«

»Für dich habe ich das Übliche bestellt«, sagte der Kritiker und zeigte auf den Kellner, der mit dem Aperitif für die Frau kam.

»Du bist ein Schatz.«

Dolci seufzte, er stützte sich auf die Armlehnen, dann auf den Stock, um schließlich auf die Beine zu kommen. »Gut. Jetzt, da ich euch einander vorgestellt habe, lasse ich euch allein.«

»Ja, aber …«, protestierte sie.

»Der Commissario hat mich um ein Gespräch mit dir gebeten, mein Liebes. Er soll nicht denken, ich würde dich kontrollieren, oder dass du vielleicht etwas sagst, oder nicht sagst, nur weil ich dabei bin. Steht Xabier mit dem Wagen draußen?«

»Ja, ich habe ihn gebeten zu warten.«

»Ich lasse mich nach Hause fahren und schicke ihn in zehn Minuten zu euch zurück.«

Marco Luciani erhob sich. »Ich fürchte, es wird ein wenig länger dauern.«

Sein Gegenüber legte ihm die Hand auf die Schulter. »Nehmen Sie sich die Zeit, die Sie benötigen. Ich will nicht, dass irgendetwas im Unklaren bleibt. Zudem werden Sie sehen, wie angenehm Vikas Gesellschaft ist.«

Die Frau hob die Hand in Dolcis Richtung, der sie zärtlich küsste. Dem Kommissar schien dies eine oft erprobte Geste zu sein. Sie schauten zu, wie er behäbig und leicht schlingernd davonstapfte, ähnlich einem mit Amphoren überfrachteten Lastschiff.

»Warten Sie! Sie haben Ihren Stock vergessen«, sagte Luciani.

Dolci kam zurück und nahm ihn mit einem verlegenen Lächeln entgegen.

»Ich dachte, Sie könnten ohne nicht gehen.«

»Tatsächlich lässt mich mein Bein an gewissen Tagen im Stich, ich habe Kreislaufprobleme, und die Fußsohlen werden taub. Aber ich gestehe Ihnen, dass ich ihn auch zur Verteidigung mitführe. Heute, da man kein Schwert mehr tragen darf, hat ein Gentleman keine Möglichkeit, sich gegen einen Angriff zu wehren, genauso wenig einer Dame gegen einen Unhold zu Hilfe zu kommen. Wir können es nur erdulden, und wenn es dann vorbei ist, kommt ihr und sammelt die Scherben auf. Ich habe Neider, und auch auf der Straße werde ich oft beleidigt, Commissario, und so habe ich vor langem schon gelernt, dass ein Stock mit einem schönen Messingknauf mehr vermag als ein Messer.«

Marco Luciani und Victoriya schauten einander wieder an, beide etwas verlegen, und um das drohende Schweigen abzuwenden, fragte der Kommissar sie sofort nach Dolci. Sie erzählte voller Mitgefühl und Sachverstand von den letzten Untersuchungen im Krankenhaus, einerseits wirkte sie besorgt, andererseits schien sie sich damit abgefunden zu haben, dass sie ihm keinen anderen Lebensstil verordnen konnte. Nach ein paar Minuten trank sie ihren Aperitif aus, sah direkt in die blauen Augen des Kommissars und sagte lächelnd: »Xabier müsste zurück sein. Könnten wir uns nicht an ein ruhigeres Plätzchen bringen lassen?«

»Wo wollen Sie hin, Signora?«

»Zum Hotel M.«

Marco Luciani spürte einen leichten Stich im Magen.

»Das hat eine nette Bar. Dort können wir etwas trinken und in Ruhe reden«, lächelte sie.

Vika hüllte sich die ganze Fahrt über in Schweigen und erstickte so im Keim das bisschen Vertrautheit, das zwischen ihnen entstanden war. Marco Luciani spürte den Blick Xabiers, der ihn im Rückspiegel beobachtete.

»Ich werde offen mit Ihnen reden, Signora Victoriya.«

»Wenn ich Ihnen das Du antrage, ist das zu vertraulich?«

»Ich meine, ja. Ich bin beruflich hier, auch wenn es nicht so wirkt.«

»Ich bitte um Verzeihung. Zwar bin ich schon lange in Italien, spreche die Sprache gut, aber das mit dem ›Du‹ und dem ›Sie‹ werde ich niemals lernen.«

»Ihr Italienisch ist perfekt. Und was das Duzen und das Siezen angeht – das bereitet manchmal auch uns Italienern Schwierigkeiten.«

Die Kellnerin kam. Victoriya bestellte einen Wodka Martini, Luciani einen Martinez mit Wodka an Stelle von Gin.

»Sie wissen, dass Ihr Mann bei uns Anzeige erstattet hat, weil er sich bedroht fühlt. Anonyme Briefe, kleinere Übergriffe … Wenn solche Dinge geschehen, fragen wir die Leute normalerweise, ob sie sich Feinde gemacht haben, und vielen fällt kaum jemand ein. In diesem Fall dagegen gibt es derer allzu viele. Die Schwierigkeit besteht darin, zu erkennen, wer den Worten Taten folgen lassen könnte.«

»Dario hat viele Feinde. Aber ›Feind‹ ist vielleicht übertrieben. Leute, die ihm seinen Erfolg neiden. Er hat Geld, eine schöne Wohnung, ist immerzu im Fernsehen …«

»Und hat eine schöne Partnerin.«

»Commissario …«

»Das war kein Kompliment. Nur eine Feststellung. Kann sein, dass jemand Dolci auch um Ihre Beziehung beneidet.«

»Ich weiß nicht. Es wäre dumm. Es gibt so viele Frauen auf der Welt …«

»Aber die der anderen gefallen einem oft besser. Es gibt sogar ein extra Gebot dafür, weil man den Schaden begrenzen wollte.«

Sie stießen stumm miteinander an. Der Martinez war stark, und schon nach den ersten Schlucken spürte Marco Luciani die beruhigende, entspannende Wirkung.

»Ich wollte Sie alleine treffen, um Ihnen ein paar Fragen zu stellen. Ich bitte Sie, absolut aufrichtig zu antworten. Sie können sicher sein, dass das, was Sie mir sagen, unter uns bleibt.«

Sie fixierte ihn lächelnd. »Was gewinne ich, wenn ich errate, was Sie mich fragen wollen?«

»Noch einen Cocktail.«

»Sie wollen wissen, ob ich einen Liebhaber habe. Oder vielleicht sogar mehrere. Und ob mein Liebhaber, oder einer meiner Liebhaber, womöglich der letzte in der Reihe, sich in den Kopf gesetzt hat, mich für sich alleine zu haben. Ob er Dario so sehr hasst, dass er ihn bedroht.«

Marco Luciani nickte. »Ich wollte nicht so direkt darauf hinaus, aber ...«

»Oder vielleicht lautet die Frage, ob ich wegen jemand anderem den Kopf verloren habe. Sie verdächtigen mich, vielleicht denken Sie, ich schriebe gemeinsam mit meinem Liebhaber die anonymen Briefe.«

»Wer solche Drohbriefe bekommt, entdeckt am Ende oft, dass die ihm am nächsten stehenden Personen Hassgefühle nähren. Meist völlig unerwartete.«

»Dies trifft in meinem Fall nicht zu.«

Schweigen setzte ein, und es dauerte länger, als Luciani lieb war. Anfangs meinte er, Victoriya denke über die Vervollständigung ihrer Antwort nach, dann beobachtete er sie und merkte, dass ihre Augen und ihre Gedanken ganz woanders waren. Und dass der Cocktail fast ausgetrunken war.

»Noch einen?«, fragte er in der Hoffnung, dass der Alkohol ihm helfen würde, ihren Schutzwall zu überwinden.

»Gern«, sagte sie lächelnd. »Aber nur, wenn Sie mir Gesellschaft leisten.«

Nach dem zweiten Cocktail war das Gespräch wieder ungezwungen. Und nach der Hälfte des dritten begann Marco Luciani, ohne recht zu wissen warum, von seiner letzten Affäre mit einer unverhofft wiedergefundenen, inzwischen leider verheirateten Jugendliebe zu erzählen. Die Ukrainerin trank mit Methode, den Rücken absolut aufrecht, ohne auch nur einen Zentimeter auf dem Stuhl zu verrutschen. Sie hatte die Beine übereinandergeschlagen, in seine Richtung, und manchmal berührte ihr Fuß die Hose des Kommissars.

»Ist Ihre Freundin am Ende zu ihrem Mann zurückgekehrt?«, fragte sie betroffen.

»Ja. Es war richtig so«, sagte er.

»Ich glaube auch. Wir können viele Liebhaber haben, aber wir haben nur einen Ehemann. Er ist der Mensch, den wir für das Leben wählen. Ich verstehe die Leute nicht, die sich scheiden lassen, abgesehen von sehr speziellen oder gravierenden Fällen mit gewalttätigen Übergriffen. Denn am Ende heiratet man wieder, und nach wenigen Jahren ist man wieder am Ausgangspunkt. Oder man bleibt alleine, und das ist noch schlimmer. Zumindest gilt das für mich. Ich könnte nie ohne Dario leben.«

Der Hinweis auf »viele Liebhaber« war dem Kommissar nicht entgangen.

»Aber wenn du betrügst …, bedeutet das, die Ehe engt dich ein.«

»Duzen Sie mich jetzt, Commissario?«

»Nein, das war ein unpersönliches Du. Ich habe mich nicht auf dich speziell bezogen.«

Victoriya machte eine wegwerfende Handbewegung und schüttelte leicht den Kopf. »Italienisch ist schwierig. Ebenso wie die Ehe. Ein Seitensprung kann aber auch guttun. Wenn der Mann oder die Frau klug ist, merkt er, dass der andere fremdgegangen ist, weil ihm etwas fehlte. Und wenn er oder sie dieses Fehlende noch bieten kann … Nun mach nicht so ein Gesicht, Commissario. Ihr Männer denkt immer sofort an das Eine. Ich rede von Aufmerksamkeit. Von Zuwendung. Vor allem von Achtung. Davon, den anderen noch zu überraschen. Ihn zum Lachen zu bringen.«

»Er überrascht dich?«

»Jeden Tag«, sagte sie mit einer leiseren, kindlichen Stimme. »Er überrascht mich mit dem, was er sagt. Noch nie habe ich eine Stimme gehört, die so sexy klingt. Und er überrascht mich mit dem, was er tut. Mit ihm wird mir nie langweilig. Er hat ständig neue Ideen, Projekte … Und er behandelt mich wie eine Königin. Schon immer.«

»Und?«

»Und basta.« Sie trank den dritten Cocktail aus, ihre Miene wurde hart. »Ich weiß eh, was du hören willst. Du willst hören, ob wir vögeln, wie wir vögeln und ob er mich zum Orgasmus bringt. Diese Frage stellen mir alle, Männer wie Frauen, sobald sie meinen, unser Umgang sei vertraulich genug. Und weißt du, was ich antworte? Dass man einander nie nah genug ist, um so eine Frage zu stellen.«

»Ich habe dich nicht danach gefragt.«

»Du hast mich gefragt, ob ich Liebhaber habe, weil du mich in diesen Klamotten siehst und weil ich aus der Ukraine komme, folglich kann ich nichts anderes sein oder gewesen sein als eine Nutte. Wie wir uns lieben, das ist eine Sache zwischen ihm und mir, verstehst du? Und das hat nichts mit deiner Ermittlung zu tun!«

Sie hatte die Stimme ein wenig erhoben, und Marco Luciani war peinlich berührt. »Was Sie und Dario treiben, das ist Ihre Sache«, betonte er. »Ob ich wissen will, wie ihr es treibt? Pff, vielleicht. Habe ich Sie danach gefragt? Nein. Ich will nur wissen, ob Sie jüngst Liebhaber hatten oder noch haben und ob sich einer davon als besonders besitzergreifend erwiesen hat.«

»Jetzt ist der Commissario sauer«, sagte Victoriya lächelnd. »Er ist zum ›Sie‹ zurückgekehrt. Läuft so das Spiel? Ich wusste, dass man vom ›Sie‹ zum ›Du‹ übergehen kann, aber dass man auch wieder zurückkann, war mir neu.«

»Antworten Sie bitte auf meine Frage.«

»Nein.«

»Nein, im Sinne, Sie antworten nicht, oder Sie haben keine …«

»Ich habe keine Liebhaber, die diese Briefe geschrieben haben könnten. Lassen Sie mich beschatten, wenn Sie wollen, überwachen Sie mein Telefon, meine Post. Sie werden auf nichts anders stoßen als eine Frau, die ihren Mann liebt. Das ist die Wahrheit.«

Sie bohrte ihre blauen Augen in seine. So saßen sie, fixierten einander, forderten einander heraus, die Zeit verlor ihre Konturen, dehnte sich im Alkohol und in Gedanken an das, was hätte passieren können.

»Okay«, sagte Marco Luciani. »Okay.«

Xabier wartete im Wagen auf sie.

»Bring mich nach Hause«, sagte Victoriya, »und fahr danach den Kommissar in sein Hotel.«

»Kann ich es umgekehrt machen, Signora? Das Hotel liegt hier in der Nähe.«

»Nein, Xabier. Ich würde euch lieber alleine lassen, ich glaube, der Herr Kommissar will dir ein paar Fragen stellen.«

Der Fahrer nickte, der Jaguar glitt lautlos dahin. Zwanzig Minuten später stand er vor Dolcis Haus.

»Sind Sie sicher, dass Sie mich morgen nicht brauchen, Signora?«, fragte Xabier und öffnete Vika die Tür.

»Danke, Xabier. Genieße deinen freien Tag.«

»Ich werde in jedem Fall in Mailand bleiben. Wenn Sie etwas brauchen, rufen Sie mich ruhig an.«

Sie warteten ab, bis die Frau in den Aufzug stieg, dann fuhr Xabier weiter. Der Kommissar erkundigte sich nach Einzelheiten zu den Sabotageakten. Der Baske ließ sich jeden Wurm einzeln aus der Nase ziehen, bestätigte aber Dolcis Bericht. Dann herrschte Schweigen. Marco Luciani hatte von den vielen Cocktails einen schweren Kopf, er lehnte ihn gegen das Fenster und betrachtete die gelben Lichter Mailands.

»Zu viel getrunken?«, fragte der Baske mit einem süffisanten Lächeln.

»Mit Sinn und Verstand getrunken. Jedenfalls muss ich nicht fahren«, sagte Luciani und fixierte ihn im Rückspiegel.

Xabier kniff die Augen zusammen.

»Wir haben Informationen über dich eingeholt. Das ist eine böse Vorstrafe für einen, der als Chauffeur arbeitet. Ich wundere mich, dass Dolci dich eingestellt hat.«

»Eine alte Geschichte. Es sind zehn Jahre vergangen, damals war ich noch ein junger Bursche.«

»So wie der, den du überfahren hast.«

»Es hat einen Prozess gegeben. Ich wurde verurteilt und habe meine Schuld mit der Justiz beglichen.«

»Drei Jahre auf Bewährung, ohne einen Tag im Knast, dafür, dass du betrunken einen Jungen totgefahren hast?«, sagte Luciani. »Wir haben eine unterschiedliche Auffassung von Justiz.«

Xabier sagte nichts mehr.

Fouad

Fouad saß neben Yasmina. Es war eine Tortur, sie nicht küssen, nicht berühren zu dürfen. Er hatte versucht, ihre Hand zu ergreifen, aber sie war sofort zurückgewichen. »Hier sieht uns niemand«, hatte er gesagt und auf den Arkadengang der Logge di Santa Chiara und das Mäuerchen in ihrem Rücken gezeigt, das sie vor den Blicken der Passanten schützte.

»Allah sieht alles«, hatte sie geantwortet, und Fouad hatte beschämt den Kopf gesenkt.

Das erste Mal hatte er sie im Hinterzimmer des Gemüseladens ihres Vaters geküsst, ein instinktiver, spontaner Kuss, in den sie sich gleichzeitig gestürzt hatten. Ihre Münder hatten die Bestätigung dafür gefunden, dass das, was ihre Herzen fühlten, aufrichtig und rein war, dass der Vereinigung der Seelen auch die vollkommene Vereinigung der Körper entsprechen würde. Fouad wusste aus Erfahrung, dass der erste Kuss alles aussagte, über die andere Person und über ihre Gefühle. Doch sie hatte sich sofort wieder zurückgezogen, erschrocken ob der Intensität ihrer Empfindungen und der Unmöglichkeit, für sie eine gemeinsame Zukunft zu sehen. Sie waren eine Weile auf Abstand geblieben, aber Fouad war ein Stück Eisen, sie ein heißer, pulsierender Magnet. Nach dem zweiten Kuss waren sie weiter gegangen, hatten sich gerade noch beherrscht, ehe etwas Irreparables geschah, jedoch gemerkt, dass sie sich nie wieder trennen konnten. »Ich werde auf dich warten, egal wie lange«, hatte sie ihm gesagt, »aber schwör mir, dass du mich nicht mehr anrührst, bevor ich nicht deine Frau bin.« Er hatte protestiert, geschmeichelt, gebettelt, geflucht, aber am Ende hatte er ihr sein Wort gegeben. Für Nadia empfand Fouad nichts mehr. Außer Ressentiments, Enttäuschung und Wut. Eine egoistische Frau, die nur Vorwürfe für ihn übrig hatte und sich den ganzen Tag mit Erinnerungen an den Luxus ihrer Kindheit quälte, als ein übermächtiger Vater sie verwöhnte und ihr alle Probleme aus dem Weg räumte. Er hatte eine Weile gebraucht, um zu merken, dass sie ihn nicht aus Liebe geheiratet hatte, sondern nur um ihren Vater herauszufordern und zu bezwingen. Fouad war ein exotischer Passierschein, ein Zug, auf den man aufspringen konnte, um abzuhauen. Doch konfrontiert mit dem wirklichen Leben, hatte seine Frau schon vor den ersten Hindernissen kapituliert. Die Wohnung war ein Saustall, an manchen Tagen machte sie nicht einmal die Betten, und wenn sie den Boden fegte, schob sie oft die Krümel und den Staub in irgendeine Ecke der Küche und ließ sie dort liegen. Den Kindern gegenüber fehlte es ihr an Geduld, den Alten gegenüber an Respekt. Ihrem Mann gegenüber an Zuwendung und Mitgefühl. Er arbeitete manchmal zwölf Stunden am Tag, oft auch nachts, um die Familie zu ernähren, aber ihr passte das nicht; wenn er nach Hause kam, sollte er auch noch Energie haben, um sich ihr Gejammer anzuhören. Und das bisschen Freizeit, das ihm blieb, sollte er mit den Kindern, Reparaturarbeiten und Rechnungen verbringen.

»Du bist hier die Königin«, hatte er ihr gesagt, »im Haus bestimmst du.«

»Nein. Wir müssen gemeinsam entscheiden«, hatte sie erwidert.

Aber wie soll man gemeinsam entscheiden, wenn man sich in nichts einig ist? Nach acht Jahren tat Nadia immer noch so, als wüsste sie nicht, dass die Kinder keinen Schinken essen durften. Einmal musste er Lorenzo ein belegtes Brötchen aus der Hand reißen und ihn hungern lassen. Sie warf ihm Fanatismus vor, die Wahrheit aber war, dass Nadia keine Regeln respektieren konnte, das hatte sie nie gelernt. Sie trug ein Kopftuch, ließ aber die Haare zur Hälfte unbedeckt. Sie sprach mit seinen Freunden auf kecke Art, widersprach ihnen, hob die Stimme oder flirtete gar. Manchmal ging sie so weit, sie an der Schulter oder am Bein zu berühren. Auf diese Weise demütigte sie ihn, und auch sich selbst.

Yasmina war anders. Yasmina verstand ihn vollkommen. Sie war auf die richtige Art erzogen und würde sich glücklich schätzen, seine Frau zu sein. Sich um den Haushalt, die Kinder und ihren Mann zu kümmern, und ihr Mann würde es ihr an nichts fehlen lassen.

»Hast du mit Nadia geredet?«, fragte Yasmina und betrachtete das Meer vor sich, die Wolken, die Richtung französische Grenze zogen.

»Noch nicht«, log Fouad. Sonst sagte er ihr immer die Wahrheit, aber in diesem Fall hätte sie ihr nur Sorgen bereitet. Seine Frau hatte, wie erwartet, hysterisch reagiert. Aber in ein paar Tagen würde sie sich beruhigen. Sie würden eine Einigung erzielen. Und dann würde er Yasmina davon erzählen.

»Ich will dich nicht drängen. Nimm dir so viel Zeit, wie du willst«, sagte sie.

»Aber ich bin es, den es drängt«, erwiderte er, ihre Finger mit den seinen streifend. Sie zog sie sofort in ihren Schoß zurück.

»Ich kann es nicht mehr erwarten, mit dir zusammen zu sein. Manchmal ist die Sehnsucht so stark, dass ich weinen muss.«

Yasmina senkte die Augen. »Schläfst du noch mit ihr?«

Er seufzte. »Ich muss es tun. Das habe ich dir gesagt. Und ich werde es weiter tun müssen, solange sie meine Frau ist, auch wenn du da sein wirst.«

»Das ist richtig«, sagte sie. »Entschuldige, dass ich danach gefragt habe.«

Er rückte einige Zentimeter näher an sie heran. »Aber es ist nicht gesagt, dass sie es noch lange sein wird. Wenn sie die Situation nicht akzeptiert, werde ich die Scheidung verlangen.«

Yasmina sah ihn an. »Ich will nicht, dass du das tust. Warte. Nadia ist für mich wie eine Schwester. Ich will nicht, dass sie oder die Kinder meinetwegen leiden.«

Fouad berührte mit den Fingern sacht ihr Kleid. »In unserem Haus fehlt es an Liebe. Mit uns wird sie dort wieder Einzug halten, Yasmina, und die Liebe ist ansteckend. Wir werden eine echte, große Familie sein und noch mehr Kinder haben. Wirst sehen.«

Sie senkte den Kopf und errötete. »Ich muss jetzt gehen.« Sie kontrollierte, dass niemand sie sah, dann sprang sie von der Bank auf und lief weg, mit ihrem lebendigen, jugendlichen Gang.

Luciani und Dolci

»Haben Sie mit meiner Frau einen schönen Abend verbracht, Commissario? Hat sie all Ihre Wünsche erfüllt?«

Sauhund, dachte Marco Luciani. Du spielst gerne Spielchen. Das erregt dich. Er war mit Kopfschmerzen unter einem grauen Mailänder Himmel erwacht, und das Letzte, was er sich wünschte, war ein weiteres Essen mit Dolci.

»Sie hat keine Wünsche offengelassen«, sagte er, auf das Spiel eingehend.

»Haha, ich sollte eifersüchtig sein, aber ich weiß, dass Sie nicht ihr Typ sind. Dazu fehlen Ihnen rund vierzig Kilo Muskelmasse. Auch wenn ich zugeben muss, dass Vikulia von Ihrem Intellekt sehr beeindruckt war. Und sie ist wählerisch, was Leute betrifft, mindestens so wählerisch wie ich beim Essen. Wissen Sie, was sie mir in Bezug auf die Ermittlung gesagt hat? ›Wir sind in besten Händen.‹ Auch wenn … sie mir nicht nur beeindruckt, sondern verstört erschien. Sie hatte vielleicht nicht damit gerechnet, dass Sie an manchen Stellen so hart sind.«

Marco Luciani steckte auch diese Doppeldeutigkeit weg. »Ich habe Ihre Frau gefragt, ob sie einen Liebhaber hat. Ich musste es tun, denn Eifersucht ist als Motiv in derlei Fällen sehr verbreitet.«

»Damit haben Sie sie wohl gekränkt, mein armes Schätzchen. Vikulia ist in bestimmten Dingen … sehr empfindlich. Hätten Sie nicht mich danach fragen können?«

»In diesen Fällen ist der Ehemann meist der Letzte, der davon erfährt, meinen Sie nicht? Jedenfalls kann er es nicht besser wissen als die involvierte Frau.«

Dolci lächelte nachsichtig. »Kommt drauf an.«

»Kommt drauf an?«, fragte Luciani.

»Manchmal merken die Ehemänner diese Dinge noch vor den Frauen. Ah, da ist sie ja.«

Victoriya betrat das Restaurant, streifte die Handschuhe ab und sah sich um. Als sie die Männer am Tisch entdeckte, winkte sie kurz und ließ sich vom Kellner Regenmantel und Schirm abnehmen. Marco Luciani bestaunte wieder, wie sie mit hoch erhobenem Kopf und selbstsicherem Gang den Saal durchquerte. Die Luft schien sich zu verformen und das Augenmerk der Kundschaft wie eine Woge in ihre Richtung zu treiben.

Dolci küsste ihr die Hand wie gewohnt, der Kommissar erhob sich und rückte ihr den Stuhl zurecht.

»Entschuldigt die Verspätung«, sagte sie lächelnd.

»Eine Viertelstunde ist für eine wahre Dame das Mindeste«, beruhigte Dolci sie, »du kommst jedenfalls gerade recht, wir sprachen über die Lage in der Ukraine.«

Vikas Miene verfinsterte sich. »Dario, ich bitte dich …«

»Ich sagte dem Kommissar, man könne endlos darüber debattieren, wer im Recht und wer im Unrecht sei, aber die Wahrheit ist ganz simpel: Das Land zerfällt praktisch in eine pro-russische und in eine pro-europäische Hälfte. Die Wahlen sind demokratisch, das Ergebnis fällt knapp aus. Wenn die einen gewinnen, gehen die anderen auf die Straße, machen Rabatz und verhindern die Regierungsarbeit, bis es Neuwahlen gibt. Daraufhin gewinnen die anderen, aber nach einer Weile gehen die Ersteren wieder auf die Straße und spielen die Revoluzzer, und alles geht von vorne los. Das gilt nicht nur für die Ukraine, sondern auch für Thailand, Venezuela und viele andere Länder. Inzwischen ist es selten, dass eine Partei einen klaren

Sieg erringt, die Wählerschaft teilt sich fast immer nahe der Fünfzig-Prozent-Marke, und wissen Sie, wer daran schuld ist, Commissario?«

»Sagen Sie es mir.«

»Diejenigen, die zuerst die Monarchie und dann die Diktatur bekämpft haben, um den Vormarsch der Demokratie zu ermöglichen. Die Masse ist dumm, und wenn man ihr eine eigene Meinung zugesteht, ist alles zu spät, das ist das Ende. Man darf sie nicht wählen lassen, und wenn es unbedingt sein muss, gilt es, den Wählerwillen vorher zu organisieren, eine einzige vorgefertigte unumstößliche Wahrheit zu liefern. Wenn man stattdessen anfängt, herumzudiskutieren, wenn man Alternativen aufzeigt, verschiedene Sichtweisen, dann ist nichts mehr hundertprozentig wahr, und fast alles ist es zu einundfünfzig oder neunundvierzig Prozent. Besser blond oder brünett? Besser Fisch oder Fleisch? Besser auf Seiten Europas oder Russlands? Das hängt davon ab. Das hängt von tausend Überlegungen ab, die sich am Ende mehr oder weniger die Waage halten. Früher wäre eine solche Frage schnell geklärt gewesen: Ein sauberer Krieg zwischen Russland und Europa, und der Gewinner hätte sich die Ukraine gekrallt. Ende. Wie in der Natur, wenn zwei Hirschen dasselbe Weibchen gefällt, kämpfen sie darum. Sie überlassen die Wahl doch nicht dem Weibchen, nicht wahr, Vikulia?«

Victoriya drehte die Augen genervt gen Himmel. »Geben Sie nichts darauf, Commissario. Er will Sie nur schockieren.«

»Dazu braucht es anderes«, sagte Marco Luciani lächelnd.

»Was kann die Hirschkuh entscheiden?«, fuhr Dolci fort, »es liegt in ihrer Natur, dass sie sich vom stärksten Hirsch nehmen lässt. Und dasselbe gilt für die Ukrainerinnen, für die Russinnen, für alle Frauen.«

Vika schnaubte und stand auf. »Wenn du so daherredest, bist du wirklich dumm. Ich gehe mir die Hände waschen.«

»Soll ich für dich bestellen?«, fragte ihr Mann, während sie sich entfernte.

»Habe ich vielleicht eine Wahl?«, fragte sie mit einer Grimasse.

Dolci lächelte. »Mein süßes Reh. Ich liebe sie wie am ersten Tag, wissen Sie das? Und ich musste mit einigen Rivalen kämpfen, um sie zu bekommen.«

Ich nehme an, du warst damals schon ein prächtiger Zwölfender, dachte Marco Luciani, und seitdem werden deinen Hörnern noch ein paar Enden mehr gewachsen sein.

»Eins würde mich interessieren, Signor Dolci: Ich nehme an, dass Sie sich, vorausschauend und organisiert, wie Sie sind, Gedanken über die Zukunft gemacht haben. Falls Ihnen einmal etwas … zustoßen sollte, was würde aus Ihrer Frau werden?«

»Pff, Victoriya ist dermaßen attraktiv und klug, dass sie im Handumdrehen einen Neuen hätte. Auch wenn sie natürlich eine angemessene Trauerzeit einhalten würde. Jedenfalls, selbst wenn sie sich nie wieder an einen Mann binden wollte, weil sie zu Recht meint, Ersatz auf meinem Niveau sei nicht zu finden, wäre sie durch eine Lebensversicherung versorgt, die ich vor rund zwanzig Jahren abgeschlossen habe. Damals erfreute ich mich guter Gesundheit, ich glaube nicht, dass ich heute noch einmal so eine Police bekäme.«

»Wer war damals der Begünstigte?«

»Meine erste Frau.«

»Und wann haben Sie das geändert?«

»Nun … vor zwei, drei Jahren, nach unserer Heirat, würde ich sagen.«

»Darf ich fragen, wie hoch die Versicherungssumme ist?«

»Nicht hoch, zwei Millionen Euro. Aber immerhin genug, um Vika über die ersten und dringlichsten Notwendigkeiten hinwegzuhelfen.«

»Verstehe. Folglich wäre im Falle eines vorzeitigen Dahinscheidens, was Gott verhüten möge …«

»Genau. Wäre sie die Nutznießerin. Und zu den abgedeckten Schadensfällen gehört auch, falls Sie das wissen möchten, Mord. Während Selbstmord natürlich ausgeklammert ist. Ein Akt, den ich sowieso niemals in Betracht zöge, wäre es doch die größte Beleidigung Gottes.«

Marco Luciani dachte laut nach. »Wie ist Ihr Verhältnis zu Ihrer Exfrau?«

»Exzellent. Sie lebt in den Vereinigten Staaten, hat wieder geheiratet, hat jenseits der vierzig auch noch zwei Kinder bekommen. Sie ist glücklich, und jedes Mal wenn wir miteinander sprechen, sagt sie, dass wir damals nichts Besseres hätten tun können, als uns zu trennen. Auch weil wir keine Kinder hatten.«

»Folglich hat sie keinen Grund zu Ressentiments Ihnen gegenüber?«

»Exakt. Meiner Exfrau geht es gut, auch finanziell. Als wir uns trennten, verdiente sie mehr als ich. Aber meine Pflicht als Gentleman gebot mir, auf Unterhalt von ihr zu verzichten.«

Als Victoriya zurückkam, notierte der Kellner gerade die letzten Bestellungen Dolcis. Der Ober überwachte alles aus geringer Distanz, jederzeit zur Intervention bereit.

»Und bringen Sie mir auch die Brassenbällchen. Meine Vika liebt sie«, sagte der Kritiker und schenkte ihr ein strahlendes Lächeln, das sie mit einem wenig überzeugten Schmollmund quittierte. Neben den Antipasti und zwei Kostproben der ersten Gänge hatte er fast alle zweiten Gänge der Speisekarte aufgelistet. Marco Luciani war schon vom Zuhören satt. Er hatte eine halbe Portion Pasta bestellt, aber vielleicht hätte auch er die Fischbällchen ordern sollen? »Was genau ist das?«

»Frittierte Bällchen in einem krossen Cornflakes-Mantel.«

»Ist Parmesan drin? Eier?«

Der Ober setzte ein kleines, überlegenes Lächeln auf. »Parmesan niemals mit Fisch. Nur Brasse, natürlich wild, mit Sahne und Eiweiß püriert. Sehr schmackhaft und leicht.«

Das heißt, du hast eine Brasse und jagst sie durch den Mixer?, dachte Marco Luciani, und übertünchst den Geschmack auch noch mit Sahne? Um sie dann mit Cornflakes zu frittieren und für 22 Euro zu verhökern? Und was genau meinst du mit wild?

Der Ober spürte seine Vorbehalte und beugte sich leicht herab, um auf eines der wenigen Gerichte hinzuweisen, die Dolci ausgelassen hatte.

»Darf ich mir erlauben, Ihnen den Lammwürfel zu empfehlen? Eine Spezialität des Küchenchefs.«

»Lammwürfel? Ist das so was wie eine quadratische Wassermelone?«

Sein Gegenüber hob eine Augenbraue, um Missfallen kundzutun. »Im Gegenteil. Es ist ein Zuschnitt, der die Qualitäten des Bratens herausstreicht, indem er den schmackhaftesten Teil auswählt.«

»Sie bereiten das Lamm, aber statt es in Scheiben zu schneiden, lösen sie den quadratischen Kern heraus«, erklärte Dolci geduldig. »Das haben wir letztes Mal probiert, nicht wahr, Vikulia?«

»Es ist außerordentlich zart«, sagte sie nickend, »sehr empfehlenswert.«

»Und der Rest?«, fragte Luciani den Ober.

»Meinen Sie die Beilagen?«

»Nein, ich meine den Rest des Fleisches. Was wird daraus?«

Sein Gegenüber zuckte mit den Achseln. »Ich nehme an, das wird für andere Gerichte verwendet. Füllungen. Bällchen.«

»Hören Sie, nächste Woche kommt ein Kollege von der CIA

nach Genua. Wenn ich vorher Bescheid sage, können wir das dann auch im Fünfeck haben, wie das Pentagon?«

Er hatte das bierernst gesagt, der Ober wusste nicht, sollte er sich empört zeigen ob dieses Affronts oder bereit, dem Wunsch nachzukommen. Drei Sekunden später war es für Empörung bereits zu spät, und so flüsterte er nur: »Ich werde nachfragen«, während Dolci sein Grinsen im Aperitif-Glas versteckte.

»Als zweiten Gang nehme ich jedenfalls einen gemischten Salat«, sagte der Kommissar und schlug die Speisekarte zu.

Der Ober deutete eine Verbeugung an und zog sich zurück.

»Er wird Ihnen mindestens auf den Teller spucken«, kicherte Vika.

»Brasse in Kugelform. Lamm im Quadrat. Gütiger Gott, die haben sie nicht mehr alle.«

»Wie ist Ihre glutenfreie Pasta, Commissario?«

»Anständig. Wirklich anständig«, sagte Luciani und versuchte, überzeugend zu wirken, denn er hatte gemerkt, dass er in einem von Victoriyas Lieblingslokalen saß.

Der Kritiker blickte finster. »Wo haben Sie diesen Ausdruck her?«

»Welchen?«

»›Anständig‹. Der ist eines Mannes Ihrer Bildung unwürdig. Ein Benehmen kann anständig sein oder unanständig. Aber eine Pasta …«

Luciani fühlte sich unbehaglich und errötete. »Ich weiß eben nicht, was ich zu diesen Leuten sagen soll. Sie lassen dich etwas kosten, hängen an deinen Lippen und bringen mich damit in Verlegenheit. Wie ist die Pasta? Nun, es ist Pasta, sie ist gut. Ist sie al dente, mit ausreichend Soße, dann ist sie für mich okay, wenn sie noch roh ist und ohne Salz, finde ich sie widerlich. Wie ist das Fleisch? Tja, es schmeckt, was willst du noch hören? Hauptsache, wenn ich reinschneide, läuft kein Blut heraus, und es ist weich, dann esse ich es. Der Fisch? Ja, er hat mir geschmeckt. Er ist delikat. Fisch ist immer delikat. Aber das genügt ihnen nicht.«

»Esskultur besteht aus Nuancen, Commissario. Und die italienische Sprache verfügt über ebenso viele, um sie zu beschreiben. Begnügen Sie sich nicht mit einem ›gut‹, wenn Sie ›rund‹ benutzen können, oder mit einem ›exzellent‹, wenn Sie ›himmlisch‹ sagen können. Erfinden Sie. Köche erfinden, sie kombinieren Zutaten, die eigentlich nichts miteinander zu tun haben, um überraschende und harmonische Fusionen zu kreieren; der Kritiker tut dasselbe.« Er sog tief das Aroma ein, wickelte eine beachtliche Menge Bandnudeln um die Gabel und ließ sie in seinem Mund verschwinden, dann kaute er lange, die Augen geschlossen. Innerhalb von drei Minuten hatte er den ganzen Teller verputzt, Gabel für Gabel, ohne ein Wort von sich zu geben, nur ab und zu ein genüssliches Winseln. Marco Lucianis Magen war wie zugeschnürt, und er spielte mit seinen Seeteufel-Penne, die gruselig aussahen und einen Geruch nach abgestorbenem Moos verströmten.

Dario Dolci schluckte den letzten Bissen, wischte sich den Mund mit der Serviette und ließ einen Rülpser entweichen, dem er ein wenig überzeugendes »Pardon« anhängte. Er trank zwei ordentliche Schlucke Wein, und während der Ober sich näherte, um nachzuschenken, nahm er Vikas Hand und seufzte befriedigt: »Wenn ich meinen Lesern eine Vorstellung von diesem Gericht vermitteln müsste, würde ich nicht ›gut‹ oder ›exzellent‹ schreiben, sondern etwas wie: ›Die Bandnudeln mit Hummer duften nach dem Strand von Saint Malo an einem windigen Sonnentag Ende März, zwei Stunden nach der Flut. Sie haben die Konsistenz des feuchten, griffigen Spülsaums, auf dem man barfuß wandelt, Hand in Hand mit der Frau seines Herzens, während die Muscheln am Strand feine Blasen werfen und man noch ein paar Schnecken sammelt, ehe man nach Hause geht, um die Glut im Kaminfeuer anzufachen und einen guten Bancha-Tee aufzusetzen. Die Kruste des Hummers aufzubrechen, das weiche Fleisch zu erkunden, das ist wie der Kuss, den man aufschiebt, um die Vorfreude zu steigern auf die Begegnung der Leiber, die noch warm von der Sonne sind und sich nach Empfindung und Genuss sehnen.«

»Merci«, sagte der Ober mit einer Verneigung, dann starrte er auf Lucianis Teller, der gerade mal vier, fünf Nudeln hinuntergewürgt hatte.

»Tut mir leid, heute habe ich keinen großen Appetit. Dessen ungeachtet waren sie …, als würde man einen Februarabend am Utri Beach verbringen«, sagte er mit einem ausgesuchten Lächeln.

»Die Disposition lässt ein wenig zu wünschen übrig«, knurrte Dolci mit Blick auf seinen zweiten Gang.

»Die was?«, fragte der Kommissar.

»Die Disposition. Wie das Essen auf dem Teller angerichtet ist. Die ›Präsentation‹, wenn Ihnen das besser gefällt.«

»Ist sie für das abschließende Urteil von Bedeutung?«

»Sicher ist sie von Bedeutung! Wir sind nicht hier, um unseren Hunger zu stillen, Commissario, sondern um etwas zu erleben. Auf diesem Niveau ist das Essen Erotik, und das Anrichten der Speise ist wie die Reizwäsche einer *jolie femme*.«

Er betrachtete Vika, die mit einem bemühten Lächeln antwortete.

»Essen und Sex … Von Ihnen hätte ich mir eine weniger banale Analogie erwartet, Maestro«, spöttelte der Kommissar.

»Weil Sie noch jung sind, Sie Glücklicher. In meinem Alter, Commissario, ist die Darreichung fast wichtiger als das Rohmaterial. Was in der Küche wie im Schlafzimmer noch immer zu fesseln weiß, das ist das Unbekannte, das Experiment, das

Novum. Ihr Salat zum Beispiel ist eine Explosion der Phantasie und Farbenfreude.«

»Na ja …«

»Sie sind nicht überzeugt?«

»Ich weiß nicht recht. Es ist nur ein Salat.«

»Glauben Sie? In Wahrheit ist er noch etwas ganz anderes. Es hat Stunden gedauert, ihn zuzubereiten.«

»Stunden?«

»Jawohl«, lächelte Dolci, »kosten Sie ihn, Sie werden merken, dass er nichts mit dem zu tun hat, was Sie unter einem gemischten Salat verstehen. Dieses Gericht kombiniert rohes und gekochtes Gemüse. Eine frische, gute, ausgewogene Speise. Ein kleines Meisterwerk aus Schlichtheit und Phantasie, getaucht in die Vinaigrette des Chefs.«

»Und das Ganze für nur vierzehn Euro.«

»Eben.«

Marco Luciani probierte ihn. Er war süß und aromatisch, aber es war nun mal Salat, aus Pellkartoffeln, Spinat, Karotten und Kapern. Die Vinaigrette ruinierte alles, denn Luciani mochte keinen Essig.

»Haben Sie etwas dagegen, wenn ich eine Kaper koste?«, fragte Dolci, »ich rieche das Aroma bis hier rüber, es wirft mich fast um.«

Angeblich sitzt du nicht hier, um deinen Hunger zu stillen, hast aber vier Hauptgerichte vertilgt und luchst mir jetzt noch eine Kaper ab?, dachte Luciani, sagte jedoch: »Natürlich«, und reichte ihm den Salat.

Dolci machte sich über die Schüssel her. Er wirkte wie der Wolf, der das siebte Geißlein im Uhrkasten findet. »Diese Kapern …«, seufzte er in Ekstase, spießte eine mit der Gabel auf und kaute sie mit geschlossenen Augen.

»Pantelleria?«, fragte Luciani ironisch.

»Nein, Griechenland. Vermutlich Andros. Wenn Sie mal

darauf achten, hat sie eine leichte Ziegen-Note, und das Salz der Ägäis ist ganz anders als das sizilianische.«

Der Ober war wieder aufgetaucht, lautlos wie ein Gespenst, gerade rechtzeitig, um mit breitem Lächeln zu nicken.

»Wie hat der Küchenchef sie getrocknet?«, fragte Dolci.

»Im Ofen, dreieinhalb Stunden, bei 160 Grad.«

»Göttlich.«

Marco Luciani hielt eine Kaper zwischen Zeigefinger und Daumen und rollte sie wie einen Ziegenköttel hin und her. Dieser Idiot hat dreieinhalb Stunden Strom verbraucht, um vier Kapern zu trocknen? Noch dazu aus Griechenland importiert. Von wegen umweltbewusste Ernährung, die vernichten unseren Planeten häppchenweise.

»Kosten Sie, Commissario, kosten Sie. Sie zergeht auf der Zunge.«

Luciani zerbiss sie vorsichtig mit den Zähnen. Eine Traumkaper, dachte er, voll im Geschmack und mit duftendem Bouquet. Nur leider haben mir Kapern nie geschmeckt, und dieser demente Firlefanz dreht mir endgültig den Magen um. »Eindrücklich«, urteilte er, »eindrücklich.«

»Das Dessert ist die Nagelprobe, bei der selbst die besten Restaurants versagen, Commissario. Wissen Sie auch warum?«

»Keine Ahnung.«

»Koch und Konditor, das sind zwei verschiedene Berufe, wie Klempner und Elektriker. Der Klempner ist eine Bestie im Blaumann, die sich kopfüber in die Scheiße stürzt, wenn dieser Ausdruck gestattet ist. Der Elektriker ist ein aufgeklärter Bourgeois, der seine Arbeit auch in Anzug und Krawatte verrichten könnte. Er macht sich die Hände nicht schmutzig und bringt den Menschen das Licht wie Prometheus. Der Klempner besetzt, wie der Fleischer, die erotischen Träume der Hausfrau, nicht so der Elektriker. Der Klempner suhlt sich zwischen

Rohren, Bidets, Abwasserleitungen, und am Ende erschafft er das Bad als Jungbrunnen. Der Koch tut dasselbe: Er nimmt ein totes, dreck- und blutbesudeltes Tier mit offenen Eingeweiden, und er verwandelt es in Filet mignon. Wenn man jedoch zum Abschluss eines befriedigenden Mahles einen elektrisierenden Kitzel, eine Erleuchtung wünscht, dann braucht es den Konditor. Der Koch ist purer Sex, der Konditor Voyeurismus. Sind wir einer Meinung, mein Schatz?«

Victoriya rang sich ein Lächeln ab. Sie hatte sich kaum an der Konversation beteiligt. Vielleicht war sie müde, oder vielleicht saßen sie einfach schon zu lange zu Tisch.

Sex und Essen, Essen und Sex, in diesem Land redet man von nichts anderem, dachte Marco Luciani. Selbst bei Tisch, oder gerade bei Tisch, während man isst, bespricht man, was man im vorherigen Restaurant gegessen hat oder was man im nächsten Restaurant essen könnte.

»Wie kriegen die Elektriker, wenn sie so wenig Sex-Appeal haben, eine Ehefrau ab?«

»Sie verdienen gut. Aber dann betrügen die Frauen sie mit den Klempnern.«

Der Kommissar hob die Augen zum Himmel.

»Und die Konditoren?«

»Die Konditoren sind fast alle schwul. Wie Tänzer und Turmspringer.«

Der Ober kam und rettete die Situation.

»Wünschen die Herrschaften ein Dessert?«

»Erleuchte uns, Antonio«, sagte Dolci, »lass uns den Stromschlag spüren.«

Die Desserts füllten noch einmal eine ganze Speisekarte. Dolci bestellte drei Kostproben, ungeachtet seiner Gesundheit: »Leider dürfte ich meine Namensvettern eigentlich nicht verspeisen, was keine Frage von Kannibalismus ist, sondern von Diabetes.« Der Kommissar verzichtete, aber nach langem Insistieren von Dolci entschied er sich für eine halbe Portion Katalanische Creme. Tatsächlich jagte der erste Löffel ihm einen Schauer über den Rücken. Aber schon beim dritten stieg Brechreiz in ihm auf.

Marco Luciani sagte: »Gestatten?«, lief Richtung Toilette und krümmte sich über die Schüssel, wo er seinen Magen mit drei, vier gewaltigen Würgekrämpfen entleerte, dann ging er hinaus, um ein wenig frische Luft zu schnappen, fern von den Düften des Saales, von Vikas Parfüm und dem Babypuder-Geruch Danilo Dolcis. Tut mir leid für Vitone, dachte er, aber bevor ich noch einmal so ein Essen mitmache, schicke ich ihn lieber Pässe stempeln.

Nadia

Sie verließ das Haus mit dunkler Sonnenbrille, die Kinder an der Hand. Auch diese Nacht war Fouad nicht zum Schlafen heimgekommen. Das häufte sich in letzter Zeit. Er sagte, er hätte Nachtschicht, aber Nadia wusste, dass es nicht stimmte, sie hatte den Kilometerzähler des Autos kontrolliert. Er fuhr viel weiter. Vielleicht nach Frankreich, oder nach Genua, mit seiner Hure.

»Mama, ich habe das Pausenbrot vergessen«, sagte Lorenzo, während sie die Straße überquerten.

»Ich hab's dir in den Rucksack gesteckt.«

»Mama, hat Papa heute frei?«

»Weiß nicht, Samir, ich glaube nicht.«

»Holt er uns ab?«

»Nein. Ich komme.«

»Menno!«, sagte Samir.

»Nie ist er da«, maulte auch Lorenzo.

Nadia seufzte. »Euer Vater hat zurzeit sehr viel Arbeit. Ihr müsst Geduld haben. Beeilt euch jetzt, sonst kommen wir zu spät.«

Fouad war nicht immer so gewesen. Als sie sich kennengelernt hatten, war sie einundzwanzig, er sieben Jahre älter. Er war schön wie ein mediterraner Gott, groß, schlank, aber muskulös, unter dem Blick seiner großen schwarzen Augen schmolz sie dahin. Anders als die vielen Desperados, die in Italien ankamen, ohne zu wissen, was sie tun sollten, hatte er in seiner Heimat an der Universität studiert, einen Abschluss in Agrarwissenschaften gemacht und war nach Italien gekommen, um sich fortzubilden. Er hatte sofort Arbeit in einer Winzerei gefunden, sprach schon ein wenig Italienisch, und mit ihrer Hilfe hatte er es perfektioniert. Nie hatte sie jemanden so geliebt, sie hatte sich ihm völlig hingegeben, und er hatte dasselbe getan. Fast ein Jahr waren sie heimlich zusammen gewesen, ehe Nadia beschloss, ihn ihrem Vater vorzustellen.

Damit begannen die Probleme. Denn sie war die Lieblingstochter eines der reichsten Männer Imperias, eines Mannes, der Geld gemacht hatte, ohne jede Rücksicht, dessen Prinzipien aber noch aus dem 19. Jahrhundert stammten, und was seine Ansichten über die Araber anging, aus dem zehnten, als die Sarazenen in Ligurien landeten, um die Frauen zu entführen und die Dörfer dem Erdboden gleichzumachen.

Mein Vater war kein guter Psychologe, dachte Nadia oft in ihren schlaflosen Nächten, wenn sie alleine im Ehebett lag. Wenn er mitgespielt hätte, wenn er die Zügel nur ein bisschen hätte schleifen lassen, hätte ich mich am Ende darin verheddert und wäre wieder nach Hause getrabt. Stattdessen hatte er auf die dümmste und naheliegendste Weise reagiert, mal hatte er gebrüllt und gedroht, dann wieder wollte er sich einschmeicheln und stellte ihr Geschenke und Weltreisen in Aussicht. Er war hart wie Stein, aber sie war härter als er. Sie hatten die Hörner gekreuzt, bis sie gewonnen hatte, oder jedenfalls glaubte sie das. Die rebellische Tochter hatte auf alles verzichtet, auf die Villa, das Erbe, die Liebe der Familie, aber sie hatte bekommen, was sie wollte, sie hatte Fouad geheiratet und war mit ihm zusammengezogen, zehn Kilometer von ihrem Vater entfernt, zu dem sie in den folgenden neun Jahren keinerlei Kontakt gehabt hatte.

Sie trafen auf andere Kinder, die zur Schule gingen. Die Mädchen hielten sich an den Händen, die Jungs in Lorenzos Alter schubsten einander und machten schon ein wenig auf Angeber; Nadia las in ihren Gesichtern die Vorzeichen des Schicksals, das sie erwartete. In ihrem Alter war ich schon eine Rebellin, dachte sie. Ich war gerne mit Jungs zusammen und zerriss alle meine Röcke. In uns ist etwas angelegt, etwas Rätselhaftes, das über DNA, Erziehung und Glück hinausgeht. Es gibt etwas, das jeden von uns zum einzigartigen Original macht und ihn unausweichlich seinem Schicksal in die Arme treibt. So war es für sie, so war es für Fouad. Sie waren wie zwei Sternschnuppen, unterwegs auf einander entgegengesetzten Flugbahnen, die sich aber für einen langen Augenblick berührt und verflochten hatten, in der Illusion, sie würden niemals verglühen.

Am Anfang dachte sie wirklich, dass sie einander genügen würden. Sie war sogar überzeugt, dass es ohne die Einmischung der Familie leichter wäre. Gemischte Ehen sind heikel, aber sie kannte viele, die gut funktionierten. Wenn zwei Menschen sich wirklich lieben, findet man immer eine Lösung. Außerdem war Fouad wahrlich kein Fanatiker. Er ging einmal pro Woche in die Moschee und betete nur am Abend. Er trank keinen Alkohol; tat sie es, wenn sie mit ihren Freundinnen und deren Partnern ausgingen, dann machte er kein Problem daraus. Er blieb nüchtern und fuhr sie wieder nach Hause. In den Blicken, die andere Mädchen auf ihn warfen, fand Nadia die Bestätigung, dass sie den richtigen Mann gewählt hatte. Einer, der herumgekommen war, der Mut zum Risiko gezeigt und ein neues Leben angefangen hatte, während ihre Bekannten und Schulkameraden noch unreife Kinder waren, die alt werden würden, ohne ihre Nabelschnur zu kappen, die den Beruf des Vaters, das Haus der Großeltern, das provinzielle Denken dieses gottverlassenen Winkels Liguriens übernehmen würden.

Vielleicht war der Fehler gewesen, dass sie sofort ein Kind bekommen hatten. Sie war gerade mal 23 gewesen, und von da an war alles anders geworden. Er arbeitete immer mehr, sie blieb zu Hause und kümmerte sich um Lorenzo. Und dann um Samir. Der Kontakt zu ihren Freundinnen, die keine Kinder hatten, weiterhin ausgingen, reisten und sich amüsierten, war abgerissen, und nach und nach war sie ein Teil seiner Welt geworden. Die Schwiegermutter war für zwei Wochen aus Tunesien gekommen, um ihren Enkel kennenzulernen und ihr zu helfen. Nicht einmal Fouad mochte sie, weil sie aufdringlich und übergriffig war und wollte, dass alles nach ihren Vorstellungen lief. Er hatte Nadia gebeten, Geduld zu haben, und sie hatte mitgespielt. Doch dann war die Schwiegermutter Aziza wiedergekommen und einen Monat geblieben, und dann war sie noch einmal gekommen, und seit sie Witwe war, kam und ging sie, wie es ihr passte. Oft kritisierte sie, was Nadia kochte, oder sie sagte den Kindern, was sie zu tun und zu lassen hatten. Und das sagte sie permanent auch zu Nadia.

Das erste Mal, dass Fouad Nadia geschlagen hatte, war ausgerechnet wegen seiner Mutter gewesen. Und am nächsten Tag, als Aziza ihr blaues Auge gesehen hatte, hatte sie sie mit einer Miene betrachtet, die Nadia nie wieder vergessen sollte: Eine Mischung aus Alarmiertheit, Erleichterung und Befriedigung. Als wäre die Witwe glücklich, dass sie nun frei und alleine war und damit nicht mehr zu den Frauen in der Opferrolle gehörte, sondern in den Kreis der Männer aufgenommen war. Eine Nutte, die Puffmutter geworden ist.

Dolci

17 Uhr 40. Orietta beschleunigte ihren Schritt. Sie hatte sich mit Giovanna verplaudert, und wenn sie Pech hatte, musste sie jetzt Schlange stehen. Andererseits hatte sie nie Zeit für irgendwas, und wenn man eine Freundin trifft, die man Jahre nicht gesehen hat, will man dann nicht wenigstens Hallo sagen und fragen, wie es geht? Sie betrat den Supermarkt, und wie befürchtet war die Hölle los, es gab keine Einkaufswagen mehr, zwei oder drei Leute standen schon an und lauerten auf Kunden, die herauskamen. Um halb sieben endete Faustos Fechttraining, sie musste sich beeilen, wenn sie rechtzeitig dort sein wollte. Sie beschloss, auf den Wagen zu verzichten und stattdessen einen Korb zu nehmen: Sie konnte sich mit den dringlichsten Einkäufen begnügen und den Rest auf morgen verschieben. Sie wog siebenhundert Gramm Karotten ab, schnappte sich im Vorbeigehen ein Netz Zwiebeln, jeweils zwei Packungen Kichererbsen und Linsen, dann steuerte sie das Regal mit dem Öl an. Sie suchte instinktiv nach den Schildchen mit den Sonderangeboten, wie in jeder Abteilung, aber es gab nicht viel. Nur ein natives Olivenöl aus der Toskana, das ihrer Meinung nach zu aufdringlich schmeckte und von fünf auf vier Euro heruntergesetzt war, und rechts, wo die teuersten standen, war ein ligurisches Öl von elf auf neun reduziert. Die sind irre, dachte sie. Ihr Blick schwenkte nach unten und fand die Billigangebote. Da war ein natives Öl zu 3,30 Euro, und ein Olivenöl zu 2,10. Zum Kochen ist das absolut okay, dachte sie und streckte die Hand nach der blassgelben Flasche aus.

»Aufgepasst, Signora! Gehen Sie in Deckung!« Eine donnernde Stimme in ihrem Rücken ließ Orietta hochfahren, auch wenn sie nicht gleich begriff, dass sie ihr galt.

»Stellen Sie diese Flasche zurück. Langsam, keine hektischen Bewegungen.«

Sie blickte sich um, bis sie, zwei Meter weiter, einen Koloss stehen sah. Er zielte mit seinem Stock auf die Ölflasche, die sie in Händen hielt. »Stellen Sie sie ab. So, genau, und gehen Sie auf Abstand.«

»Aber … was …«, stotterte Orietta und stellte die Flasche zurück, als könnte sie explodieren. Der Mann stand noch immer da, in seiner bedrohlichen Fülle, hinter ihm tauchten zwei Burschen mit eingeschalteten Fernsehkameras auf, dazu einige Mädchen mit Mikro oder Notizblock in der Hand. »Dario Dolci!«, kreischte Orietta, als sie den Kritiker aus dem Fernsehen endlich erkannt hatte.

»Zu Ihren Diensten, Madame«, sagte er, indem er sich lächelnd verbeugte. »Räumt jetzt den Platz! Alles zurück! Diese Gifte können immer noch Schaden anrichten.«

Er hob den Stock und ließ ihn mit einer schnellen, präzisen Bewegung waagrecht um die rechte Schulter rotieren, dann führte er einen mächtigen Streich über die gesamte Länge des Ölregals und köpfte eine ganze Reihe Flaschen.

Das Geräusch des splitternden Glases mischte sich in das Geschrei der Kundschaft.

»Ahhhh!« – »Was tun Sie denn?« – »Sind Sie verrückt geworden?«

Dolci hob erneut den Stock und zerschlug weitere Flaschen auf dem tieferen Brett, mit donnernder Stimme wiederholend: »Tod den Giften!«, dann zog er ein Taschentuch hervor und presste es sich auf die Nase. »Vorsicht, dass ihr mir die ätzenden Dämpfe nicht einatmet!« Die Leute schrien erneut und traten ein paar Meter zurück, blieben aber nahe genug, um das Spektakel mitverfolgen zu können. Viele hatten das Handy hervorgeholt, begannen zu fotografieren und zu filmen. Eine Frau im Uniformkittel des Supermarkts, vielleicht die Abteilungsleiterin, kam angerannt und baute sich wild entschlossen vor Dolci auf, kein bisschen eingeschüchtert durch dessen Statur: »Was tun Sie da? Wollen Sie jemanden umbringen?«

»Ich?! Ihr wollt die Leute umbringen, mit dem Motoröl, das ihr verkauft! Schämt euch, ihr Volksvergifter!«

»Ruft den Sicherheitsdienst«, sagte die Frau mit kontrollierter, monotoner Stimme, zu einer Kassiererin.

»Ja, ruft ihn!«, schrie Dolci weiter. »Außerdem Polizei und Staatsanwaltschaft, und die Lebensmittelbehörde! Hier wird ein Anschlag auf die öffentliche Gesundheit verübt!«

Die Journalisten näherten sich Dolci und reckten ihm die Mikrofone entgegen, wobei sie aufpassten, dass sie auf dem ölverschmierten Boden nicht ausrutschten.

»Warum haben Sie das getan, Maestro?« – »Welche Botschaft wollen Sie den Italienern geben?« – »Richtet Ihre Polemik sich speziell gegen das Öl, Maestro, oder gegen die Nahrungsmittel im Allgemeinen?«

Dolci ließ sie mit einer wohlwollenden Geste verstummen, dann räusperte er sich: »Das Öl, das heilige Öl, das einst unsere Kirche während nächtlicher Andachten erleuchtete und das noch heute unsere letzte Reise begleitet. Das Öl, das Balsam, Parfüm und Medizin ist, das Öl, das Reichtum und Leben bedeutet, das Öl in Form von kostbarem Balsam, mit dem Maria Magdalena Jesu Leib salbte, das Öl, das heiliges Wort ist, welches mit Ehrfurcht ausgesprochen werden muss. Diese Giftflaschen damit zu beschriften, ist eine Gotteslästerung, die nicht ungestraft bleiben darf!«

Die zwei Sicherheitsleute bahnten sich einen Weg durch die Fernsehkameras. »Hier darf nicht gefilmt werden! Das ist Privatgrund! Ausschalten! Und Sie, keine unbedachte Bewegung, geben Sie den Stock her.«

Dolci drehte langsam seinen Riesenschädel zu den beiden Männern und lächelte gütig. »Bei all dem auf dem Boden verschütteten Gift, unsere geliebten chthonischen Götter mögen es mir verzeihen, will ich mich mit äußerster Vorsicht bewegen. Und den Herrschaften möchte ich dasselbe raten. Mein Stock ist mir zur Fortbewegung leider unverzichtbar. So lasst uns denn gehen.« Er schritt langsam Richtung Kasse. Als die beiden ihm unter die Armen greifen wollten, schob er nach: »Sie brauchen mich nicht anzufassen.« Dann schwang Dolci, als er an den automatisierten Kassen vorbeikam, noch einmal schnell und präzise den Stock, zertrümmerte das Plastikschild von Kasse 9 und drehte sich zu den Leuten um, die dort Schlange standen. »Seid keine tumben Konsumenten, seid bewusste Bürger: Verweigert euch diesen seelenlosen Maschinen, die Familienvätern und -müttern den Arbeitsplatz rauben! Boykottiert diejenigen, die euch vergiften und ausbeuten! Erwachet, Italiener! Erwachet, ihr Nachkommen des stolzen und tapferen Volkes der Ligurer, an dem einst die Arroganz des Römischen Imperiums und des Kaisers Barbarossa zerschellte!«

Er zog sich triumphierend zurück, den Stock in die Luft gereckt, während im Supermarkt applaudiert wurde und zwei Angestellte herbeieilten, um das überall verteilte Öl aufzusaugen.

»Und, sind Sie zufrieden mit der Show, die Sie heute Nachmittag abgezogen haben?«

»Einigermaßen. Ich hatte überlegt, mich auf den Boden zu legen und im Öl zu wälzen. Ich wollte mal sehen, wer es schaffen würde, mich wieder hochzuziehen, aber meine Kleider wollte ich dann doch nicht mit diesem Unrat besudeln. Das hätte mir mein Schneider nicht verziehen, auch nicht um einer guten Sache willen.«

»Und darf ich wissen, warum Sie das ausgerechnet hier in Genua veranstaltet haben? Sie hatten mir gesagt, Sie würden Mailand nicht verlassen.«

»Ich habe Sie angelogen«, sagte Dario Dolci lächelnd, »das tue ich oft für einen guten Zweck. Die Wahrheit ist so langweilig …«

Kommissar Luciani zog eine Grimasse. »Sie haben sich eine schöne Anzeige eingehandelt. Und Sie werden den Schaden ersetzen müssen.«

Sein Gegenüber platzte mit einem lauten, herzhaften Lachen heraus: »Den Schaden? Zehn Flaschen Öl zu drei Euro? Plus, sagen wir, zwanzig Euro für das Schild an der Kasse? Das ist ein exzellentes Geschäft, wenn Sie bedenken, dass das Video meiner Unternehmung schon auf allen Websites ist und Millionen Menschen mich heute Abend in den Nachrichten sehen werden. Wissen Sie, wie viele Bücher ich morgen dank dieser Werbung zusätzlich verkaufen werde? Und wissen Sie, was für ein Zugpferd das für meine Fernsehsendung sein wird?«

»Aber die Anzeige bleibt. Und wenn die Hersteller beschließen, Sie wegen Diffamierung zu verklagen …«

»Die Anzeige werden sie zurückziehen. Wetten? Und es wäre ein Segen, wenn die Hersteller mich verklagen würden. Vielleicht bringen sie es so weit, dass die Leute sich in Acht nehmen, die Augen aufmachen. Natives Öl zu vier Euro? Unmöglich. Olivenöl zu zwei Euro? Absurd. Eine Flasche natives Öl kann nicht weniger als sieben Euro kosten, vorsichtig geschätzt. Und für mich ist nach wie vor ein Rätsel, wie die Leute klaglos fünfzehn oder zwanzig Euro für eine Flasche Wein ausgeben können, die sie an einem Abend trinken, sich aber weigern, dasselbe für eine Flasche Öl zu bezahlen, die einen Monat reicht.

Sie sollen mich ruhig verklagen, ich habe mich bereits mit den Flaschen der wichtigsten Hersteller bevorratet. Wollen wir doch einmal die Analysewerte vor den Richter bringen und schauen, wer recht hat. Dieses native Olivenöl ist so rein wie die Mädchen in euren pittoresken Gassen.«

»In jedem Fall haben Sie, Dolci, sich noch weiter aus dem Fenster gelehnt und sich neue Feinde geschaffen. Genau das Gegenteil von dem, worum ich Sie gebeten hatte.«

»Die Feinde sind Legion, Commissario. Wenn ein Krieg gerecht ist, so zieht man in den Kampf und basta, man sorgt sich nicht um den Ausgang …«

»Ersparen Sie mir diesen Bullshit!« Luciani war aufgestanden, mit der Faust auf den Tisch schlagend. »Sie sind zu uns gekommen und haben um Schutz gebeten. Folglich haben Sie zu tun, was ich Ihnen sage, nicht den erstbesten Scheiß, der Ihnen in den Sinn kommt!«

»Aber ich …«

»Kein ich! Gehen Sie mir jetzt aus den Augen, verziehen Sie sich nach Mailand, und dann tun Sie, was Sie wollen, aber tischen Sie mir keine Märchen mehr auf. Niemand bedroht Sie, Sie sind scharf auf Publicity, das ist alles, aber wenn Sie sich die auf meine Kosten verschaffen wollen, haben Sie sich geschnitten!«

Sein Arm war erhoben, der Finger ausgestreckt, sein Körper bebte vor Empörung. Savonarola ist zurück, dachte Iannece, mit einem Schauer der Furcht und Befriedigung.

Dolci wollte etwas erwidern, dann schüttelte er den Kopf und stand langsam auf. Er kam bis zur Tür, dort zögerte er, als suchte er nach den richtigen Worten, und sagte dann leise: »Ich mag einen Fehler gemacht haben. Ja, ich mag einen Fehler gemacht haben. Aber diese Briefe, diese Drohungen … sind wahr, nicht nur Publicity.«

Als Marco Luciani nach Hause kam, saß Donna Patrizia vor dem Fernseher. Man sah Kinder auf dem Bildschirm, die unter den Augen eines selbstgefälligen, als Koch verkleideten Erwachsenen Pastateig kneteten.

»Warum schaust du dir bloß dieses Zeug an, Mama?«

»Weil es amüsant ist, Marco. Und diese Kinder ... sind so süß.«

»Vielleicht werden sie am Ende aufgegessen.«

»Schau sie dir doch an. Sie sind sympathisch, voller Begeisterung. Und in Anbetracht ihres Alters bereiten sie unglaubliche Gerichte zu.«

»In Anbetracht ihres Alters sollten sie spielen und sonst nichts. Nicht im Fernsehen kochen, Geige spielen oder zehn Stunden täglich Tennis trainieren. Die Eltern müsste man wegsperren.«

Donna Patrizia schüttelte den Kopf.

»Was verstehst du denn davon? Diese Eltern haben die Kinder für etwas begeistert, das sie ein Leben lang begleiten wird. Und sicher verbringen sie viel Zeit mit ihnen, sie kochen zusammen, reden ...«

Der Kommissar fragte sich, ob sie ihm etwas mitteilen wollte. Vielleicht, dass er als Sohn nicht präsent genug gewesen, dass sie einander nie ausreichend nahegekommen waren.

Die Mutter stellte den Fernseher ab und wandte ihm ihre Aufmerksamkeit zu. »Setz dich, Marco. Ich will dich schon eine ganze Weile etwas fragen.«

»Sprich, Mama. Was ist los?«

»Werd nicht böse. Ich weiß, du redest nicht gerne darüber. Aber ich muss es wissen.«

»Was wissen?«, fragte er.

»Ich muss wissen, wo Alessandro ist. Ich muss wissen, dass ... dass diese Frau ... dass es ihm gutgeht ... meinem Schatz.«

Donna Patrizia schlug die Hände vors Gesicht und fing zu

weinen an, zuerst leise, dann immer heftiger. Für einige Sekunden stand Marco Luciani wie gelähmt da und beobachtete sie. So eine Reaktion war untypisch für seine Mutter. Er hatte sie nur selten so aufgelöst gesehen, selbst nach dem Tod ihres Mannes. Zwar hatte sie, kurz nachdem sie Ale verloren hatte, reichlich Tränen vergossen, aber in letzter Zeit schien sie sich damit abgefunden zu haben.

Er setzte sich neben sie und legte seinen Arm um ihre Schultern.

»Entschuldige … Entschuldige …«, wiederholte die Mutter, zog die Nase hoch und versuchte, sich zu beruhigen.

»Ist okay, Mama, ist okay, lass es raus. Gar kein Problem.«

Er fühlte sich schuldig bei der Vorstellung, dass seine Mutter diesen Schmerz die ganze Zeit mit sich herumgetragen hatte. Sie hatte versucht, ihn für sich zu behalten, aus Angst vor seiner möglichen Reaktion.

Er wartete, bis sich ihr Schluchzen gelegt hatte, dann holte er ein Glas Wasser und gab es ihr zu trinken. »Alessandro geht es gut, Mama.«

»Hast du ihn gesehen?«, fragte sie mit einem hoffnungsvollen Strahlen.

»Nein.«

»Hat sie dich angerufen … diese Frau?«

»Sie heißt Sofia, Mama«, sagte er, auch wenn es ihm schwerfiel, den Namen auszusprechen. »Nein, sie hat mich nicht angerufen.«

»Wie willst du dann wissen, dass es ihm gutgeht?«

»Wenn sie Probleme hätten, würde sie mich anrufen.«

Donna Patrizia schüttelte den Kopf, zwei frische Tränen rannen ihr die Wangen hinab. »Warum hast du zugelassen, dass sie ihn mitnimmt?«

»Du weißt warum. Er war nicht mein Sohn. Ich hatte, ich habe keinerlei Anrecht auf ihn.«

»Aber er war mein Enkel!«, schrie sie, ohne sich klarzumachen, dass das eine das andere ausschloss. Sie schwiegen eine Weile. Marco Luciani dachte an den Tag zurück, an dem Alessandro aus seinem Leben verschwunden war und ihm Zeit und Freiheit zurückgegeben hatte. Die wichtigsten Güter, die ein Mann nur haben kann.

»Ich bin inzwischen alt, Marco«, setzte die Mutter mit leiser Stimme wieder an, »Ale war mein Halt, aber nicht deswegen weine ich. Oder nicht nur deswegen. Das wäre egoistisch von mir. Aber er braucht dich, und du ihn. Jedes Kind muss mit einem Vater aufwachsen, um eine eigene Identität zu entwickeln. Die Mutter gibt Liebe, der Vater Sicherheit. Die Mutter lehrt, die anderen zu lieben, der Vater lehrt, sich selbst zu lieben. Und jeder Mann muss Vater werden, um sich weiterzuentwickeln und seinem Leben einen Sinn zu geben.«

»Lass hören«, sagte er, »was sollte ich deiner Meinung nach tun? Versuchen, wieder mit Sofia zusammenzukommen und dann mit ihr das Kind eines anderen aufziehen?«

»Diese Frau ist nichts wert, Marco. Eine, die zuerst ihr Kind im Stich lässt und es dann dem Vater wieder entreißt, als wäre es ihr Eigentum ... Das ist nicht die richtige Frau für dich. Du verdienst etwas viel Besseres, und an eine Frau, die dich nicht liebt, darfst du nicht eine Minute deines Lebens verschwenden.«

»Und weiter?«

»Und weiter weiß ich nicht. Ich hoffe, nein, ich bin sicher, du wirst eine andere finden und weitere Kinder bekommen. Aber Alessandro darfst du nicht verlieren, du hast Alessandro aufgezogen. Du und dieses Kind, ihr wart zusammen ...«

Sie fing wieder zu weinen an, und diesmal stieg in Marco Luciani eine unbändige Wut hoch. Er ging in sein Zimmer, zog schnell die Laufklamotten an und verließ das Haus. Er wollte mindestens zwanzig Kilometer rennen, am Anschlag, damit er nicht zum Nachdenken kam.

Nadia und Riccardo

Nadia setzte Lorenzo und Samir an der Schule ab, doch statt zum Einkaufen, ging sie zur Bushaltestelle. Es war ein klarer, kalter Tag, und sie fröstelte in der leichten Windjacke, die sie über das Kleid gezogen hatte. Keine halbe Stunde später war sie im Viertel Parrasio. Sie erreichte die Piazza, wo sie als Kind mit ihren Freundinnen gespielt und einige Jahre später ihren ersten Jungen geküsst hatte. Ihre Geschichte hatte sich zwischen der elterlichen Villa, die auf dem Hügel thronte, und diesem Teil der Stadt abgespielt, den ein einfacheres und ehrlicheres Leben erfüllte, von dem sie sich sofort angezogen fühlte. Die Zäsur zwischen dem Mädchen von einst und der Frau von heute war total, als handelte es sich um zwei verschiedene Menschen. Selbst der Name war ein anderer.

»Ginevra?«

Der Inhaber der Bar, in der sie Platz genommen und einen Espresso bestellt hatte, näherte sich mit ungläubiger Miene. »Bist du das, Ginevra?«

Nadia hatte diesen prätentiösen Namen immer gehasst – er klang nach Parvenüs, die sich einen aristokratischen Anstrich geben wollten –, aber ihn jetzt zu hören, vermittelte ihr ein angenehmes Gefühl von Wärme. Sie hob den Kopf und betrachtete durch die dunkle Brille das Gesicht ihres Bruders.

»Hallo, Riccardo!«, sagte sie mit einem gezwungenen Lächeln, eine Hand ausstreckend. Er nahm sie, ein wenig verlegen, unsicher, ob er sie umarmen, küssen oder auf Abstand bleiben sollte. Sie war in ein langes Kleid gehüllt, die Haare unter dem Kopftuch, das Gesicht hinter einer dunklen Brille versteckt. Er wusste selbst nicht, wie er sie so hatte wiedererkennen können, nach all den Jahren.

»Roberta, lös mich mal am Tresen ab«, rief er der Bedienung zu und setzte sich an das Tischchen zu seiner Schwester. »Und bring mir bitte einen Cappuccino.«

»Es ist schön hier«, sagte Nadia lächelnd, »ein schönes Lokal.«

»Um diese Zeit ist wenig los, aber bis vor einer halben Stunde war es voll.«

Er hatte es vor gut einem Jahr eröffnet, Nadia hatte sein Bild in der Zeitung gesehen. Eine Bar-Pasticceria, in der feinstes, von einem Konditormeister zubereitetes Gebäck serviert wurde. Elegant. Luxuriös. Kostspielig. Und wie es aussah, lief das Geschäft.

»Was machst du hier? Wie geht es? Willst du etwas Süßes?«

»Nein danke. Ich bin nur zufällig vorbeigekommen und hatte Lust, mal wieder die Piazza zu sehen.«

Ihre Stimme brach, eine Träne stahl sich aus ihrem rechten Auge und lief die Wange hinab. Er streckte die Hand aus, nahm ihr die Brille ab und sah um ihr linkes Auge ein dunkles Hämatom. »Ginevra.«

Sie senkte den Kopf.

»Ginny. Schau mich an.«

Nadia spürte, wie sie weich wurde. Wie lange schon hatte sie niemand mehr so genannt, mit diesem unerträglich affektierten Kosenamen, der jetzt dagegen einen fast magischen Klang hatte, den Namen einer Fee oder einer Prinzessin, die bis ans Ende ihrer Tage glücklich und zufrieden sein wird. Sie setzte die Brille wieder auf, weil die Kellnerin mit dem Cappuccino kam. Das Mädchen warf dem Eigentümer einen fragenden Blick zu, den dieser ignorierte, dann ging sie wortlos weg.

»Das war nicht er. Ich habe mich, völlig dämlich, an einer Schranktür in der Küche gestoßen.«

Riccardo ballte die Fäuste. Er war kräftig geworden, vielleicht ein wenig übergewichtig. Einer dieser Männer, die Sicherheit geben. »Wie geht es den Kindern? Wie alt sind sie?«

»Lorenzo ist acht. Samir sechs. Es geht ihnen … gut. Sie wachsen schnell heran.«

»Acht Jahre. Meine Güte«, flüsterte er.

»Willst du etwas über Vater hören?«, fragte er nach einer Weile. Sie nickte.

»Er wird alt. Aber er ist immer noch auf dem Posten. Seit du weg bist, vergräbt er sich noch mehr in der Arbeit. Er will nie über dich reden, aber ich bin sicher, du müsstest nur ein Zeichen geben, irgendeine Andeutung, er wartet nur darauf, dich wieder in die Arme schließen zu können.«

Nadia fing erneut zu weinen an. »Es ist zu spät. Viel zu spät.«

»Es ist nicht zu spät, Ginny.«

»Ich könnte nie zurückkommen, Riccardo. Niemals.«

»Warum kommst du nicht einmal so mit den Kindern vorbei? Sie sollten ihren Opa kennenlernen, und ihren Onkel.«

»Du hast keine Kinder, oder?«

»Wir haben Zeit«, sagte er lächelnd, »meine Frau ist noch jung, so alt wie du.«

Nadia starrte auf den Grund ihrer leeren Tasse. Für ihren Mann war sie mit ihren zweiunddreißig Jahren inzwischen eine alte Frau. Eine alte Frau mit zwei großen Kindern, die durch eine jüngere ersetzt werden musste. Während ihre Schwägerin, die sie nicht einmal kannte, noch das ganze Leben vor sich hatte.

»Also? Warum kommt ihr nicht am Sonntag? Oder an einem Tag, an dem dein Mann arbeitet.«

»Ich kann nicht. Er würde böse werden.«

»Wenn du Lust hast, deine Familie wiederzusehen, kann er dir das nicht verwehren.«

Sie blickte ihn an, als wollte sie sagen: Er kann noch ganz anderes.

»Ich bin froh, dich getroffen zu haben, Riccardo«, sagte sie im Aufstehen. »Ich muss jetzt gehen.«

»Warte. Ich gebe dir ein bisschen Gebäck für die Kinder mit.«

»Danke. Besser nicht.«

Der Bruder seufzte. »Lass mir wenigstens deine Telefonnummer hier. Oder nimm meine mit.« Er steckte ihr eine Visitenkarte zu, die sie in die Tasche der Windjacke schob. Sie standen von dem Tischchen auf, und Riccardo gab ihr zwei Küsse auf die Wange, dann drückte er sie fest an sich.

»Darf ich Papa sagen, dass ich dich gesehen habe?«

»Tu, was du willst. Tu, was du tun musst.«

Riccardo zuckte zusammen. Er suchte den Blick seiner Schwester, aber Nadia hatte sich bereits abgewandt, sie war gegangen, ohne innezuhalten, rasch hatte sie die Piazza überquert, um wieder in den Bus zu steigen.

Luciani und Donna Patrizia

Am Küchentisch sitzend, prüfte Marco Luciani die Kontoauszüge der letzten Jahre. Zumindest diejenigen, die Donna Patrizia hatte finden können. Viele Kuverts waren noch ungeöffnet. Seine Mutter hatte nie Einblick in die Konten gehabt, um diese Dinge kümmerte sich stets der Große Cäsar. Danach hatte sie einmal kontrolliert, ob die Witwenpension überwiesen wurde, und sich dann nie wieder damit befasst. Bevor er starb, hatte ihr Mann ihr wörtlich gesagt: »Es ist genug da, damit du dir für den Rest deines Lebens keine Sorgen machen musst. Ich habe exzellente Fonds ausgewählt, deren Verwaltung direkt von der Bank abgewickelt wird.«

Ihm kam in den Sinn, wie sein Vater ihn gebeten hatte, das Erbe anzunehmen oder sich zumindest um den Besitz der Familie zu kümmern, und wie er verächtlich abgelehnt hatte. Er hielt das damals für die richtige Entscheidung, in Wahrheit hatte er sich nur aus der Verantwortung gestohlen. Aber vielleicht war noch Zeit, es wiedergutzumachen.

»Und, Marco? Hast du jetzt genug Grimassen geschnitten? Darf man erfahren, was du hast?«

»Was ich habe? Was du hattest, Mama. Und jetzt nicht mehr hast. Hier ist eine Menge Geld verschwunden.«

»Wie, verschwunden?«

Marco Luciani nahm zwei Zettel und legte sie vor sie hin. »Dies ist der älteste Kontoauszug, den ich gefunden habe. Er ist zwei Jahre alt. Auf dem Girokonto sind 55 000 Euro. Und das ist der letzte, der aktuellste. Auf dem Konto sind 30 000 Euro.«

Donna Patrizia nickte.

»In den letzten zwei Jahren hast du 25 000 Euro mehr aus-
gegeben, als du eingenommen hast.«

»Aber ich … weiß nicht … Ich habe genau so gelebt wie
vorher.«

Sie schwieg einen Moment, nach einer Erklärung suchend.
»Vielleicht haben sie Geld vom Girokonto abgehoben, um es
anzulegen.«

Marco Luciani hielt ihr zwei andere Zettel unter die Nase.
»Hier sind die Investmentfonds. Noch schlimmer. Ich weiß
nicht, wie viel es war, als Vater starb, aber vor zwei Jahren hat-
tet ihr noch 500 000 Euro. Heute sind es weniger als 250 000.«

»Aber wie ist das möglich? Ich habe sie nicht angerührt.«

»Bist du sicher? Bist du nicht mehr auf der Bank gewesen?«

»Nein, nur um Geld abzuheben. Aber jetzt habe ich gelernt,
die EC-Karte zu benutzen und gehe praktisch nicht mehr
hin.«

»Hast du etwas unterschrieben?«

»Ich weiß nicht … ich erinnere mich nicht, Marco. Das
klingt ja wie ein Verhör, als ob ich etwas gestohlen hätte.«

Er seufzte. »Du nicht, Mama. Du nicht.«

Der Bankdirektor betrachtete sie in aufrichtiger Verlegenheit.
»Ich weiß nicht, was ich Ihnen sagen soll. So geht es allen, leider. Auch die Bank befindet sich, um die Wahrheit zu sagen, in
schwierigem Fahrwasser. Die Krise ist da. Die letzten zwei Jahre
waren äußerst hart, und das kommende wird noch schlimmer.«

Donna Patrizia hielt ihre Tasche auf den Knien. Sie sagte
nichts, aber die Fingerknöchel, die sich um den Henkel schlossen, waren weiß. Marco Luciani, der neben ihr im Büro des
Direktors saß, ließ die Finger knacken, und man spürte aus
zwei Kilometern Entfernung, dass er am liebsten etwas zer-
trümmert hätte.

»Damit wir uns richtig verstehen, Herr Direktor«, sagte er und versuchte dabei ruhig zu bleiben, »Sie haben das Vermögen meines Vaters verwaltet. Es waren 500 000 Euro im Wertpapierdepot, als er starb, und heute stelle ich fest, dass weniger als die Hälfte davon übrig ist.«

»Sie haben recht, Herr Kommissar. Die Börsen sind abgestürzt, Großunternehmen sind bankrottgegangen …«

»250 000 Euro! 500 Millionen Lire in nicht einmal drei Jahren!«

Donna Patrizia zuckte zusammen, streckte eine Hand nach ihrem Sohn aus, um ihn zu besänftigen, aber der Kommissar war schon auf den Beinen, und nun schrie er hemmungslos: »Warum haben Sie uns nicht vorgewarnt? Warum haben Sie nicht zu diesem Scheißtelefonhörer gegriffen und gesagt, Kacke, uns geht hier täglich eine Million flöten, vielleicht ist es besser, du kommst mal vorbei und schaust dir das an.«

Der Direktor hielt die Finger verschränkt und betrachtete diese mit übertriebenem Interesse. »Sehen Sie, Herr Kommissar, die Krise kam völlig unvermittelt, und wir hielten es für das Beste, Ruhe zu bewahren und abzuwarten, dass …«

»Was abzuwarten? Dass wir alles verlieren?«

»Der Markt wird sich wieder erholen, man muss nur Geduld haben. Sehen Sie, schon heute hat es einen kleinen Aufschwung gegeben. Das ist eine Frage wirtschaftlicher Zyklen, wer jetzt verkauft, hat einen glatten Verlust, aber wenn man das Kapital nicht angreift, dann werden Sie sehen, dass die Börsen peu à peu …«

»Auf Ihr peu à peu ist geschissen, Herr Direktor. Sie hätten uns anrufen müssen. Sie haben es nicht getan, weil Sie Angst hatten, wir würden unser Geld abziehen. Aber ein Vermögen zu verwalten bedeutet, es zu verwalten, und das heißt, dass die Verantwortung bei Ihnen liegt. Sie haben Mist gebaut, und Sie werden dafür bezahlen.«

Der Direktor hob die Augen und richtete sie fest auf ihn. »Es tut mir leid, Herr Kommissar, aber jedwede Geldanlage, vor allem an der Börse, birgt Risiken in sich. Und darüber klären wir von Anfang an ganz genau auf. Ihr Vater hätte, wenn er noch am Leben wäre, seine Einlagen aufmerksam verfolgt, und womöglich hätte er rasch entschieden, das Vermögen in weniger riskante Fonds umzuschichten. Und hätte so den Schaden begrenzt.«

»Und warum haben Sie das nicht getan?«

»Wir können ohne das Einverständnis des Anlegers gar nichts tun. Andernfalls würden wir tatsächlich Gefahr laufen, im Falle einer Fehlinvestition zur Verantwortung gezogen zu werden. Es hat in der Vergangenheit Fälle dieser Art gegeben, bei denen Kunden die Bank in Haftung nahmen, die ohne ihren Auftrag gehandelt hatte. Seitdem lautet unsere Order, keinerlei Initiative zu ergreifen.«

»Verstehe. Wissen Sie was, Herr Direktor? Ich zeige Sie auf jeden Fall an, dann werden wir sehen, wer recht bekommt. Mama, lass uns gehen.«

»Signora Luciani … Patrizia …«, sagte der Direktor in dem Versuch, die Frau seines Freundes zurückzuhalten, die er seit vielen Jahren kannte.

Sie hob das Kinn und betrachtete ihn mit unendlicher Geringschätzung. »Nein, Herr Direktor. Mein Sohn hat recht. Wir haben Ihnen vertraut, und Sie haben uns verraten.«

Wieder in der Küche, brüteten Marco und Patrizia Luciani lange über ihren dampfenden Teetassen.

»Und was machen wir jetzt?«, fragte sie am Ende, »ist es besser, abzuwarten oder wenigstens das, was uns geblieben ist, in Sicherheit zu bringen?«

»In der Schweiz ist wirklich nichts mehr?«

»Nein, Marco. Als Papa die Diagnose bekam, schaffte er das

ganze verbliebene Geld unter meinem Namen herüber, so dass man es nicht beschlagnahmen konnte. Außerdem waren die Verfahren sowieso abgeschlossen. Der Rest war schon draufgegangen, für Schadensersatzzahlungen und das, was die Anwälte verschlungen haben.«

»Dreihunderttausend Euro.«

Die Mutter lächelte. »Das ist kein Pappenstiel. Denk mal an die vielen Leute, die gar nichts haben. Nicht mal eine Wohnung. Wir sind gut gestellt, wir haben diese Ersparnisse und ein Dach über dem Kopf.«

Ein Dach, das in wenigen Jahren renoviert werden muss, dachte Marco Luciani. So wie die Fassade. So wie die Trockenmauer, die unter dem Regen nachgegeben hatte und deren Wiederaufbau 20 000 Euro gekostet hatte. Wie die andere Trockenmauer, die die Feuerwehrleute mit einem Kopfschütteln betrachtet hatten. Vom Swimming-Pool und dem Tennisplatz ganz zu schweigen, aber die mochte der Teufel holen. Das Problem war, dass seine Mutter an einen zu großzügigen Lebensstil gewöhnt war, aber nur noch eine Altersrente und diese Ersparnisse hatte. Wenn sie ihre Ausgaben nicht einschränkte, würde das Geld nicht reichen.

»Du hast immer noch die Wohnung von Opa Mario in Mailand«, sagte Patrizia, »die gehört dir, damit kannst du machen, was du willst.« Sie nahm seine Hände und drückte sie, wie zur Bekräftigung dessen, was sie gesagt hatte. Letztlich war es nur Geld, und auch wenn sie gewohnt war, viel davon zu besitzen, hieß das nicht, dass sie ohne nicht auskommen würde. »Das Geld kommt und geht, Marco. Wenn es da ist, musst du es genießen. Wenn es fehlt, kannst du trotzdem gut leben. Es sind andere Dinge, die zählen.«

Der Kommissar nickte. Geld war ihm nie besonders wichtig gewesen, er hatte immer von seinem Gehalt gelebt und die tausend illegalen oder zumindest zweifelhaften Möglichkeiten zum Nebenverdienst abgelehnt. Auch hatte er sich geweigert, das von seinem Vater in der Zeit der fetten Schmiergelder angehäufte Kapital anzurühren. Vielleicht hatte dieses unehrlich erworbene Geld sein gerechtes Schicksal ereilt. Wie hatte sein Opa immer gesagt: Des Teufels Mehl wird zu Grüsch. Was ihn dagegen aufbrachte, war, dass dieses Geld nicht in die Taschen der Bedürftigen geflossen war, sondern an die üblichen Spekulanten, die immer Gewinne machten, in Jahren des Booms wie in Krisenjahren. Und besonders unerträglich war, dass jemand aus der Bank dem Makler Brambilla gesteckt hatte, die Lucianis könnten für ihn ein gefundenes Fressen sein.

Es war um Mittag herum, als der junge Inspektor Barabino an die Tür des Kommissars klopfte. Er präsentierte ein befriedigtes Lächeln und ein DIN-A4-Blatt, das er wie ein Banner vor sich in die Luft reckte.

»Wir haben's, Commissario!«

»Was haben wir, Barabino?«

»Wir wissen, wer die anonymen Briefe geschickt hat. Die aus Rom.«

»Großartig. Und wer ist es?«

Barabino nahm das Blatt herunter und reichte es ihm. »Das werden wir bald feststellen. Hier ist seine DNA, aus dem Speichel, der an den Briefmarken klebte.«

»Sehr gut«, sagte Luciani, »aber wie geben wir dieser DNA jetzt ein Gesicht?«

Der Inspektor kratzte sich am Ohr. »Nun, die DNA haben wir jedenfalls. Ab jetzt können wir mögliche Verdächtige festnageln.«

Marco Luciani seufzte. »Das eigentliche Problem war ja gerade, Verdächtige zu finden. Hast du diesbezüglich Neuigkeiten?«

Barabino errötete. »Ehrlich gesagt nicht.«

»Hast du den Psychologen gefragt?«

»Ehrlich gesagt nicht.«

»Das hatte ich dir aufgetragen!«

»Ich weiß, aber ich habe ihn nicht gleich gefunden, und dann habe ich es vergessen …«

Der Kommissar gab ihm das Blatt mit der DNA zurück. »Sprich mit dem Psychologen. Lies ihm die Texte vor. Vielleicht hilft er uns, die Zielgruppe ein wenig einzuschränken.«

Barabino zog sich zur Tür zurück. Das Lächeln, mit dem er eingetreten war, hatte sich in eine säuerliche Miene verwandelt. »Wird gemacht, Herr Kommissar.«

Der Tag hat schlecht begonnen, dachte Marco Luciani, und nach so einem Auftakt wird es normalerweise nur noch schlimmer.

Als hätte es den mysteriösen Lockruf vernommen, klingelte in diesem Augenblick das Telefon. »Störe ich Sie, Commissario?«

Sofort erkannte Marco Luciani die warme, volle Stimme Dario Dolcis. Es war das erste Mal, dass er sie am Telefon hörte, losgelöst von seinem massigen Leib. Er musste gestehen, dass Vika recht hatte: Die Stimme konnte in einer Frau tiefe Saiten zum Schwingen bringen.

»Sie stören nicht, Maestro. Wie geht es Ihnen?«

»Alles bestens. Ich wollte mich noch einmal wegen der Sache im Supermarkt entschuldigen.«

»Kein Problem. Was ist los? Haben Sie wieder Briefe bekommen? Anrufe?«

»Alles ruhig. Womöglich hatten Sie recht, die geheimnisvollen Feinde scheinen einen Schreck bekommen zu haben.«

»Das hoffe ich.«

»Ich wollte Ihnen sagen, dass ich morgen Vormittag bei Imperia eine Sendung zum Thema Olivenöl drehen soll. Wie Sie sehen, hat mein kleines Scharmützel im Supermarkt einiges bewirkt.«

»Das freut mich für Sie.«

»Ich bin darauf nicht angewiesen, das Öl aber schon. Wenn durch das bisschen Ruhm und Autorität, die ich mir erworben habe, eine wichtige Botschaft verbreitet werden kann … Aber ich komme zum Punkt: Hätten Sie Lust, mich zu begleiten?«

»Um die Wahrheit zu sagen, kein bisschen. Wenn ich nur noch eine Bruschetta sehe, übergebe ich mich.«

»Sie müssen nichts essen. Wir zeichnen ab neun Uhr auf, vor zwölf sind wir mit allem fertig. Xabier wird uns anschlie-ßend mit dem Wagen nach Mailand bringen, und ich werde Sie bis zum nächsten Tag in Ruhe lassen.«

»Warum sollte ich nach Mailand kommen?«

»Erinnern Sie sich nicht? Übermorgen zeichne ich ›Stelle in Cucina‹ auf, und in dieser Schlangengrube brauche ich Sie un-bedingt.«

»Aber eigentlich …«

»Ich akzeptiere keine abschlägige Antwort. Ich habe bereits mit dem Polizeichef geredet und Ihnen ein Zimmer im Hotel M. gebucht. Vika sagte mir, es habe Ihnen gefallen.«

»Ich habe viel Arbeit, Maestro. Morgen kann ich unmög-lich. Aber nach Mailand werde ich kommen, da Sie so großen Wert darauf legen.«

Um fünf Uhr trat Inspektor Barabino ins Büro, ohne anzu-klopfen und ohne zu lächeln. »Signor Commissario, haben Sie eine Minute?«

»Klar. Was ist los?«

»Ich habe alle konsultiert. Psychologen und Graphologen. Dabei ist etwas Interessantes herausgekommen.«

»Lass hören.«

»Der Psychologe hat, wie ich schon erwartete, gar nichts gebracht«, sagte der Inspektor mit einer gewissen Genugtuung, »ebenso wenig der Graphologe, da die Briefe mit Maschine geschrieben sind. Aber just der Graphologe ist über ein Wort gestolpert, *obbitorio* statt *obitorio*. Er meint, nur ein Römer mit seiner Manie, alle Konsonanten zu verdoppeln, könne einen solchen Fehler begehen.«

»Was unser Zielfeld nicht sehr eingrenzt«, meinte Luciani.

»Warten Sie, Herr Kommissar. Ich habe das überprüft, »›Geh ins obbitorio essen‹, also ins Leichenschauhaus, ist vielleicht nicht als Morddrohung gemeint, wie wir dachten, sondern pejorativ: Obitorio bezeichnet ein typisches Lokal mit Marmortischen.«

»Folglich?«

»Folglich dachte ich, dass der Autor ein Gastronom sein könnte, den er verrissen hat.«

Der Kommissar betrachtete ihn: »Auch das grenzt unser Feld ein, aber nicht sehr. Weißt du, wie viele Restaurants es in Rom gibt?«

Er hatte kaum ausgesprochen, da wurde ihm bewusst, dass Dolci nicht allzu viele Restaurants frequentierte. Nur die eines bestimmten Niveaus.

»Können wir Dolcis Rezensionen zusammentragen? Zumindest die neueren?«

»Ich kann bei den Zeitungen anfragen, für die er schreibt.«

»Ich gebe dir die Nummer seiner Frau. Sie ist seine Sekretärin, womöglich bewahrt sie sie auf.«

Um Punkt sechs stand Marco Luciani vom Schreibtisch auf und schlüpfte in seine Jacke. Wenn nicht allzu dichter Verkehr herrschte, konnte er um Viertel vor sieben in Camogli sein, sich rasch umziehen und vor dem Abendessen noch einen kleinen Lauf machen. Er musste den Ballast verbrennen, den er in diesen Tagen hatte zu sich nehmen müssen, aber vor allem wollte er sich abreagieren, Endorphine durch die Adern pumpen und für eine Stunde Dolci, das Bankkonto, den Polizeichef und den Optimierer vergessen.

Er stand in der Tür, als das Telefon klingelte, ein Jingle, der eine weitere schlechte Nachricht ankündigte. Er war versucht, sie auf den nächsten Tag zu verschieben. Allerdings war seine Philosophie immer gewesen, möglichst allen Mist auf einen Tag zu konzentrieren.

»Hallo, Marco?«

Dem Kommissar blieb einen Moment die Luft weg. »Wer spricht?«, fragte er, auch wenn er die Stimme sofort erkannt hatte.

»Hier ist Sofia.«

Er war drauf und dran, ihr so einiges zu sagen, und zwar alles auf einmal: Wo zum Geier hast du gesteckt, wo bist du, wo ist Alessandro, wie geht es Alessandro, warum rufst du ausgerechnet jetzt an, als ich gerade versucht habe, dich zu vergessen? Stattdessen sagte er nichts und wartete.

»Entschuldige, wenn ich so ohne Vorwarnung anrufe. Aber direkt in die Dienststelle zu platzen erschien mir noch ungünstiger.«

»Was ist passiert? Alessandro …?«

»Ale geht's gut. Alles in Ordnung.«

Sie wartete, dass er sprechen würde, doch da nichts kam, fuhr sie fort: »Und mir geht's auch gut, falls dich das interessiert.«

Wieder schwieg er.

»Ich bin in Genua, und ich muss mit dir reden, wenn du kannst.«

Der Kommissar spürte, wie sich sein Magen zusammenzog. Sofia in Genua. Sie war in der Nähe. Sie atmete dieselbe Luft, sah dieselbe Landschaft. Sie waren so nah beieinander, dass er ihr hätte über den Weg laufen, sie sehen, sie berühren können.

Er spürte den übermächtigen, instinktiven Wunsch zu fliehen, so viel Raum wie möglich zwischen sich und sie zu bringen.

»Das ist ein etwas vertrackter Moment, Sofia. Wir sind mit einem schwierigen Fall befasst, und ich weiß nicht …«

»Es ist wichtig. Wirklich.«

»Hör mal, ich habe viel zu tun. Was brauchst du?«

»Das habe ich gesagt. Ich muss dich sprechen. Zehn Minuten. Nicht eine mehr.«

Seit sie sich zum letzten Mal gesehen hatten, waren zwei Jahre vergangen, und da rief sie einfach so an, als wäre nichts gewesen, eines zehnminütigen Treffens wegen? Sie brauchte irgendetwas, das war ihm längst klar, und kaum hätte sie, was sie wollte, würde sie wieder verschwinden, für wer weiß wie viele Jahre.

»Ich bin nicht disponibel, Sofia.«

Vom anderen Ende der Leitung kam ein überraschtes Schweigen. Dann spielte Sofia Lanni die letzte Karte aus, die ihr zur Verfügung stand. »Ich muss wegen Alessandro mit dir reden. Ich dachte, es macht dir vielleicht Freude, ihn wieder einmal zu sehen.«

Marco Luciani schluckte. »Warum sollte mir das Freude machen? Nach dem, was du mir letztes Mal gesagt hast …«

»Du hast recht. Aber ich weiß, dass du Ale weiterhin gernhast, egal was du von mir hältst.«

Verdammte Nutte, dachte Marco Luciani. Verdammte. Nutte. »Ich will ihn nicht sehen, tut mir leid. Und ich will auch dich nicht mehr sehen.«

Fouad

Er setzte den Blinker und fuhr an der Mautstation Imperia Est ab. Es war eine Mordstour gewesen bis nach Genua, aber es hatte sich gelohnt. Gabriela hatte es drauf, sie war nicht die klassische Hure, die einem nur möglichst viel Geld aus der Tasche ziehen wollte. Sie legte Wert darauf, den Kunden zufriedenzustellen, so dass er wiederkam. Hin und zurück 250 Kilometer, um sie zu sehen, dachte er. Aber die Sache, worum ich sie gebeten habe, wäre keine andere zu tun bereit gewesen. Die zweitausend Euro sind gut angelegt, dachte er.

Er zahlte die Maut mit der EC-Karte und schlug den Heimweg ein. Es war halb drei. In den letzten Nächten hatte er wenig und schlecht geschlafen, er musste ins Bett und mindestens bis Mittag ausschlafen. Wie auch immer, ich darf nicht zu viel Gefühl für Gabriela entwickeln, dachte er. Wenn auch Yasmina bei uns sein wird, werde ich keine Zeit mehr haben, bis nach Genua zu fahren. Ich muss mir etwas in der Nähe organisieren. Vielleicht die neuen Chinesinnen von Sanremo, dachte er, über die hört man nur Gutes. Er merkte, wie seine Lider schwer wurden, und riss sich zusammen, um sie noch ein wenig offen zu halten. Rechts entlang der Allee tauchten die Reihenhäuser auf, von den Straßenlaternen schwach erleuchtet. Er parkte den Mercedes, kontrollierte, ob das Päckchen aus Wachspapier, das Signor Franco ihm gegeben hatte, noch an seinem Platz war, stieg aus und holte die Wohnungsschlüssel aus der Tasche.

Er wollte gerade die Tür öffnen, als ein Schatten aus dem Dunkel trat. Jemand hatte ihn erwartet. Fouad zog Gesäßmuskeln und Fäuste zusammen, lehnte sich mit dem Rücken gegen die Haustür, bereit, sich zu verteidigen, da erkannte er die schmale, hohe Silhouette Abdels.

»Was zum Geier fällt dir ein? Du hast mir vielleicht einen Schrecken eingejagt!«

»Entschuldige. Das wollte ich nicht. Ich warte schon eine ganze Weile.«

»Du hättest doch in der Wohnung warten können.«

Abdel schlug die Augen nieder. »Es ist spät. Ich wollte Nadia nicht stören. Und die Kinder.«

Fouad umarmte seinen Bruder, dann legte er ihm die Hände auf die Schultern und betrachtete ihn eingehend. Seine Jacke schien einigermaßen warm zu sein, aber seine Schuhe waren ausgetreten, und seine Miene verriet, dass er nicht ausreichend gegessen hatte.

»Wann bist du angekommen?«

»Gestern.«

»Und die Papiere?«

»Mutter hatte mir deinen Pass mitgebracht.«

»Ach! Sie hat mir nicht einmal gesagt, dass sie ihn mitnimmt. Brauchst du Geld?«

»Nein, ich komme klar«, sagte Abdel und wich seinem Blick aus.

Fouad holte seine Geldbörse aus der Tasche, zählte zwei 50-Euro-Scheine ab, faltete sie und reichte sie ihm.

»Ich brauche es nicht, hab ich gesagt!«

»Nimm es, sei kein Idiot«, sagte Fouad, indem er ihm das Geld in die Hand drückte. Abdel war einen Moment verlegen, dann fasste er sich ein Herz: »Hast du mit deinen Chefs geredet?«

»Ja.«

»Und was sagen sie?«

»Was die Stelle betrifft, keine Chance, jedenfalls im Moment. Bei der derzeitigen Krise ist es schon ein Wunder, wenn sie niemanden entlassen.«

Abdel nickte. »Überall dasselbe. Und mit dem Öl?«

»Ich habe noch hundert Etiketten im Auto. Aber mehr konnte ich nicht nehmen. Wir müssen vorsichtig sein, eine Lieferung kam zurück, das hätte mich den Kopf kosten können.«

Sie schwiegen eine Weile. Abdel fragte, wie es Nadia und den Kindern gehe.

»Alles okay. Wann kommst du uns besuchen?«

Abdel zuckte mit den Schultern. »Weiß nicht.«

»Willst du eine offizielle Einladung? Komm, wann immer du magst.«

»Vielleicht am Sonntag.«

Erst in diesem Moment schien Fouad etwas Wichtiges einzufallen.

»Bist du nächste Woche beschäftigt?«

»Nein. Womit sollte ich schon beschäftigt sein?«

»Du könntest mir einen Gefallen tun.«

»Klar.«

»Nach Sfax zurückkehren und etwas für mich erledigen.«

»Nach Sfax?! Ich bin doch gerade erst hergekommen.«

»Ich weiß. Aber das ist eine lockere Reise. Komfortabel. Ich zahle dir den Flug, meine Papiere hast du schon.«

»Fliegen ist zu teuer. Ich kann sehr gut die Fähre nehmen.«

»Nein, nimm den Flieger. Es ist wichtig, dass du Samstagmorgen abreist.«

Abdel sah ihn an. »Was soll ich tun?«

»Nichts. Nur eine Woche dortbleiben, Mama Gesellschaft leisten, dich in die Sonne legen … und mir eine Hochzeit organisieren.«

»Eine was?!«

»Du hast verstanden. Ich nehme mir noch eine Frau. Sprich mit dem Geistlichen und findet einen Termin in der zweiten Maihälfte oder zu Beginn des Sommers.«

»Aber wer ist es denn?«

»Yasmina.«

»Bist du verrückt?! Ihr Vater wird dich umbringen.«

Fouad lachte. »Ich dachte, er würde es tun, als ich ihn das erste Mal danach fragte. Er nahm ein Riesenmesser und schrie, seine Tochter sei keine Hure. Beim zweiten Mal redeten wir ein paar Minuten, und es endete mehr oder weniger genauso. Beim dritten Mal sagte mir ihr Vater: ›Yasmina weint immerzu. Sie weint den ganzen Tag.‹ Sie liebt mich wirklich, Bruder, und ich liebe sie. Und ihr Vater braucht Geld.«

Abdel betrachtete ihn: »Du hast sie gekauft?«

»Sagen wir, ich habe ihrer Familie Hilfe angeboten, wie es sich für einen guten Ehemann ziemt. Der Vater hat sich noch ein wenig gesträubt, einige Monate lang, um wenigstens das Gesicht zu wahren. Aber am Ende habe ich ihm zwanzigtausend Euro versprochen und seinen Segen bekommen.«

Abdel schluckte, peinlich berührt. »Aber wie … aber Nadia …«

»Ach ja. Wenn du in Tunesien bist, denk dran, dass du ihr von meinem Handy ein paar SMS schickst.«

Luciani und Dolci

Dario Dolci war nach Gutsherrenart gekleidet, und er schien sich auch auf den Terrassenhängen wohl zu fühlen, die sich bei Imperia steil über dem Meer erhoben. Neben ihm stand eine sehr junge und sehr attraktive blonde Moderatorin. In ihrer weit aufgeknöpften, um den Nabel verknoteten Karo-Bluse und ihrer abgeschnittenen Jeans spielte sie die vermeintliche Unschuld vom Lande, während sich ein Typ um die fünfzig mit Strohhut und Halstuch jede erdenkliche Mühe gab, wie ein Bauer zu wirken. Marco Luciani hatte sich zum Schutz gegen die Sonne unter einen Olivenbaum gesetzt und verfolgte das Ganze wenig interessiert.

»Welche Eigenschaften des Bodens sind dem Anbau von Oliven zuträglich?«, fragte das Mädchen.

»Der Olivenbaum ist ein Kämpfer, meine Liebe«, sagte der gefakte Bauer, »er passt sich den verschiedensten Bodenbedingungen an, auch nährstoffarmen oder salzhaltigen, wie sie in Küstennähe vorkommen. Wichtig ist, dass der Grund durchlässig ist und sich keine Staunässe bildet. Die Wurzeln müssen nicht weit in die Tiefe gehen. Frost und exzessive Regenfälle kann der Baum schlecht vertragen, Trockenheit dagegen gut. Er ist auch in den Norden exportiert worden, aber er bleibt ein mediterranes Gewächs, das sich von der Sonne nährt und diese in flüssiger Form zurückgibt.«

»Wie viele Olivenbäume stehen hier?«

»Tausende. Sie gehören zu den schönsten und ältesten des ganzen Mittelmeerraums«, sagte der Mann stolz. »Sehen Sie sich diese Taggiasca-Bäume an. Sie sind über zehn Meter hoch und vermutlich Hunderte Jahre alt. Überlegen Sie mal: Ein Zweig von diesem Baum könnte von Papst Julius II. della Rovere gepflückt worden sein, der aus dieser Gegend hier stammte, oder es könnte Napoleon Bonaparte in seinem Schatten geruht haben. Das Außerordentliche am Olivenbaum ist: je älter er wird, desto mehr produziert er. Die Produktionskurve zeigt im Laufe der Jahre nach oben und geht gegen unendlich.«

»Welche Feinde hat der Olivenbaum?«

»Oh, leider sehr viele. Pilze. Bakterien. Insekten. Dieses Jahr hatten wir die Spanische Fliege«, flüsterte er und zog ein smaragdgrünes Insekt aus der Tasche.

»Ich hoffe, ihr habt sie gut behandelt«, fiel Dolci ein, »sie gehört zu den Aphrodisiaka.«

»Was?«

»Sie lässt Ihr Ding hart wie Marmor werden«, lachte der Kritiker. »Ihr dreht noch nicht, oder?«, fragte er, an das Mädchen gewandt.

»Nein, nein, keine Sorge. Das schneiden wir sowieso raus«, sagte sie und gab dem Kameramann ein Zeichen. »Wir sind hier fertig. Wollen wir noch den Satz über die Pressung sagen, Maestro?«

»Sicher«, erwiderte Dolci. Er zupfte sein Halstuch zurecht, wartete auf das Signal der Moderatorin und zeigte eine schwarze Olive vor, dann zerpflückte er diese mit den Fingern. »Die Olive ist eine Frucht, das Öl der aus ihr gepresste Saft. Wie jeder Fruchtsaft ist er am besten, wenn er ganz frisch ist. Je mehr Zeit vergeht, desto geringer die Qualität. Ein bisschen das Gegenteil vom Wein, der, falls er gut ist, mit zunehmendem Alter besser wird.«

»Perfekt. Gut so«, sagte das Mädchen, aber Dolci machte den Kameramann auf sich aufmerksam und zeigte an, er solle weiterdrehen. Er hob eine Hand, um einen Zweig vom Baum zu brechen, betrachtete ihn eine Weile im Gegenlicht, dann hielt er ihn in die Kamera. »Der Olivenbaum ist das Symbol des Friedens. Die von Noah freigelassene Taube kehrt mit einem Olivenzweig im Schnabel zur Arche zurück, und das bedeutet, das Festland ist nah, aber nicht nur das. Ehe ein Olivenbaum wirklich trägt, muss man rund zwanzig Jahre warten, er ist ein Baum, den man für die Kinder, die Enkel und die Urenkel pflanzt. Er ist ein Baum, der permanenter Pflege bedarf, und dies ist eben nur möglich, wenn das Land eine lange Friedensphase erlebt. Noah weiß, dass er auf freundlichem und fruchtbarem Boden landen wird. Wenn die israelischen Soldaten einen Olivenbaum aus dem Boden einer palästinensischen Familie reißen, ist es so, als töteten sie ihre Vergangenheit, ihre Gegenwart und ihre Zukunft, als wollten sie ihre Feinde über sieben Generationen verfolgen.«

Das Mädchen rang sich ein Lächeln ab, während es insgeheim dachte, dass die Einlassung zu lang, zu langweilig war; der Teil über Israelis und Palästinenser musste sowieso herausgeschnitten werden. »Sehr gut. Was meint ihr? Seid ihr bereit für eine Kostprobe?«, fragte sie mit gespielter Fröhlichkeit.

»Gehen wir«, sagte der Bauer.

»Ich komme sofort«, sagte Dolci. »Geht schon mal vor.«

»Ich freue mich, dass Sie es doch noch geschafft haben, Commissario.«

»Ich konnte mich im letzten Moment freimachen.« Und ich wollte möglichst viele Kilometer zwischen mich und Genua, zwischen mich und Sofia bringen, dachte er.

»Aber Sie haben noch nicht einmal eine Bruschetta probiert.«

»Ich esse kein Mehl.«

»Haben Sie eine Glutenallergie?«

»Nein, aber eine Wunderheilerin hat es mir vor ein paar Jahren verboten.«

Dolci hob eine Augenbraue. »Eine Wunderheilerin?«

»Jawohl.«

»Sie überraschen mich. Ich hielt Sie für einen rationalen Menschen. Ich erinnere Sie daran, dass ich Chemiker bin, hoffentlich glauben Sie nicht an Homöopathie oder anderen Hokuspokus dieser Art.«

»Ich glaube an gar nichts. Nur an das, was mein Körper von mir verlangt. Wunderheilerin hin oder her, seitdem ich auf Mehl verzichte, geht es mir besser, also bleibe ich dabei.«

Dolci nickte, dann sah er eine Weile schweigend aus dem Fenster. Xabier hatte den Jaguar auf der Autostrada dei Fiori auf die Überholspur gesetzt und scherte sich weder um Tempolimits noch um Radarfallen.

»Wissen Sie was, Commissario? Mit jedem Tag, der vergeht, komme ich mehr zu der Überzeugung, dass Inkompetenz und Unwissenheit das Hauptproblem unseres Landes sind. Sie werden sie morgen sehen, die Kandidaten der Sendung. Bis auf wenige Ausnahmen wissen sie nichts, sie sind mit dem Internet aufgewachsen, plappern nach, was sie irgendwo aufgeschnappt haben, und ihre Allgemeinbildung ist lachhaft.«

»Ich dachte, auch das Essen wäre Kultur.«

Dolci lachte bitter: »Jedes Mal wenn ich höre, dass Essen Kultur ist, geht mir das Messer in der Tasche auf. Ich war einer der Ersten, die vor vielen Jahren diesen Ausspruch verwendeten. Ich wollte, wir wollten damit sagen, dass das Essen ein Interpretationsansatz ist, um die Geschichte zu durchdringen, um zu verstehen, wie unsere Vorfahren lebten, die reichen wie die armen. Wohin sie die Waren brachten, wofür sie sie eintauschten, worin die Reichtümer einer Epoche bestanden. Auch heute hat unser Diskurs nur an der Oberfläche gekratzt. Es ist wichtig, zu wissen, welches Öl man zur Zubereitung welcher Speisen verwenden sollte, aber wichtiger ist, zu wissen, welche Bedeutung das Öl für die Völker des Mittelmeerraums hatte. Die gesamte griechische Zivilisation gründete sich auf den Olivenbaum, den Athene ihrer Stadt geschenkt und auf der Akropolis gepflanzt hatte. Das Olivenöl war für die Römer das, was das Erdöl für die Amerikaner darstellt. Olivenöl brauchte man in der Küche, aber auch in den Textilfabriken, in der Medizin, um die Wohnungen zu heizen und die Straßen zu beleuchten. Die Ölproduktion zu kontrollieren, das war, als besäße man heute Agip, Vattenfall und den Bayer-Konzern in einem. Settimio Severo wurde Kaiser in Rom, weil seine Familie Tausende Ölbäume in Libyen besaß, so wie die Bushs Präsidenten wurden, weil sie Ölquellen in Texas hatten. Die Leute würden ihren Automotoren niemals Ethanol zu trinken geben, aber selbst trinken sie bedenkenlos mit Beta-Carotin und Chlorophyll behandeltes Rapsöl. Sie sind ignorant und ohne Bewusstsein, quatschen diese Formel nach, dass Essen Kultur sei, und meinen, ob sie ein Rezeptbuch oder die Göttliche Komödie lesen, das käme auf dasselbe heraus. Aber wissen Sie was? Ich kann mich nicht erinnern, dass sich in Dantes Nachlass ein Wort darüber befände, was er zu Mittag gegessen hat.«

Fouad

»Komm, Fouad, setz dich.«

Signor Emilio war blasser als gewöhnlich und hatte tiefschwarze Augenringe, die nichts Gutes verhießen.

»Dieser Idiot von Dario Dolci, weißt du, der aus dem Fernsehen, hat in einem Supermarkt einen Höllentanz aufgeführt. Er hat Ölflaschen zerdeppert und gesagt, das sei Gift, manipuliertes Zeug, der übliche Schwachsinn.«

Fouad nickte.

»Das Unglück ist, dass der Wirbel, den er veranstaltet hat, nun die Gefahr flächendeckender Kontrollen mit sich bringt. Wir müssen alles sauber machen, so schnell wie möglich.«

Fouad schüttelte den Kopf. »Wie, sauber machen? Wir haben eine Menge Material, das … eben erst eingetroffen ist. Ich hatte gerade mit der Verarbeitung begonnen.«

»Es muss an einen sicheren Ort gebracht werden. Alles verladen, auf ein, zwei LKW, so viele wie nötig. Ich sag dir, wohin damit. Sobald sich der Sturm gelegt hat, holen wir es wieder hervor. Darum musst du dich kümmern.«

»Ich?! Warum ich?«

»Weil du der Experte bist. Weil es das ist, was du kannst.«

Fouad stand auf. »Einen Moment. Meine Arbeit ist eine andere. Hierfür riskiere ich den Knast.«

»Sprich leise. Auch wenn sie dieses Zeug im Betrieb finden, riskierst du Knast.«

»Ich riskiere gar nichts. Ich bin nur Angestellter. Wenn sie mich fragen, kann ich sagen, ich habe Anweisungen gehorcht.«

Der Mann aus Imperia starrte ihn an. Wenn die Sache schiefging, würde dieses undankbare Arschloch sie in einer Millisekunde fallenlassen.

»Okay. Sagen wir, wenn du mir einen Gefallen tust, tue ich dir auch einen.«

»Inwiefern?«

»Finde du einen zuverlässigen Fahrer. Hast du einen?«

»Ich kann meinen Bruder fragen.«

»Bestens. Bringt alles ins Lager. Wir geben ihm zweihundert Euro, und er vergisst das Ganze.«

»Sicher.«

»Dann, wenn ihr fertig seid, besprechen wir unsere anderen Angelegenheiten.«

»Einverstanden«, sagte Fouad, »aber mein Schweigen ist weit mehr als zweihundert Euro wert.«

Luciani und Dolci

Der Jaguar glitt lautlos über den Autobahnring. Xabier wirkte müde und trug beim Fahren eine dunkle Brille, weil es dem Himmel über Mailand eingefallen war, die Welt mit einem schönen Sonnentag zu beglücken.

»Haben Sie letztes Jahr ›Stelle in Cucina‹ gesehen?«

»Nein!«, rief Luciani aus, als verstünde sich das von selbst.

»Wenn Sie wollen, erkläre ich Ihnen, wie es funktioniert«, sagte der Kritiker. Da der Kommissar schwieg, fuhr er fort: »Es ist eine Reality Show mit Hobbyköchen. Zwanzig Kandidaten treten gegeneinander an und kochen Gerichte nach unseren Vorgaben oder Eigenkreationen. Wir beurteilen die Besten und die Schlechtesten und eliminieren einen nach dem anderen, bis der Beste übrig bleibt. Simpel.«

»Und alle schauen sich diese Sendung an.«

»Unglaubliche Einschaltquoten«, bestätigte Dolci. »Wenn Sie bedenken, dass die Leute zu Hause das Essen nicht kosten, ja nicht einmal riechen können, ist der Erfolg unerklärlich. Und doch schauen es Millionen Menschen an, und nicht nur den Wettbewerb mit den Rezepten, sondern auch die Interviews, die Hintergrundberichte, alles.«

Schlimmer als eine Kochsendung können nur noch die Backstage-Dokus einer Kochsendung sein, dachte Marco Luciani. »Offensichtlich ziehen die Kandidaten.«

»Und wie. Es sind schon mal durchweg VIPs. Schauspieler, Sänger, Ballerinas, auch einen Ex-Fußballer hatten wir. Die Leute sind neugierig, zu sehen, wie sie sich außerhalb ihres Metiers schlagen. Und dann ist die Auswahl der Startformation sehr wichtig, man muss den richtigen Mix kreieren. Abgesehen von ihren Kochkünsten müssen sie eine schöne persönliche Story mitbringen, müssen Freundschaften oder Feindschaften schließen, lachen, weinen, das Publikum muss sich mit ihnen identifizieren. Jetzt sind wir fast am Ende. Acht sind noch übrig. Die Besten, die Durchsetzungsfähigsten. Sechs Männer und zwei Frauen.« Er machte eine Pause, damit der Kommissar fragen konnte, wer es sei.

»Können Männer besser kochen?«, fragte Marco Luciani stattdessen.

Dario Dolci runzelte die Stirn. »Unter den Spitzenköchen ist der Prozentsatz an Männern sensationell hoch. Ich habe mich gefragt warum. Männer besetzen in vielen Berufen und Unternehmen die Führungsebene, aber dabei spielen Begleitumstände mit hinein, unsere Gesellschaftsstruktur, der Machismus ... In den Restaurants müsste eigentlich, wenn man bedenkt, wie oft Männer und Frauen jeweils im Alltag kochen, das Gegenteil der Fall sein. Und ein Restaurant zu eröffnen ist für einen Mann genauso schwierig wie für eine Frau, auch wenn Koch ein anstrengender Beruf ist, mit Arbeitszeiten, die sich mit der Mutterrolle schlecht vereinbaren lassen.«

»Will heißen?«

»Was es heißen will, weiß ich nicht. Aber ich weiß, warum hier sechs Männer und zwei Frauen übrig geblieben sind. Hier geht es nicht nur ums Kochen, Commissario. Dies ist, wie gesagt, eine Art Reality Show. Und die Reality Shows beweisen, dass Männer besser im Team funktionieren als Frauen, sich gegenseitig besser unterstützen. Es ist ein Einzelwettbewerb, aber es gibt auch viele Mannschaftsdisziplinen, und da ist der Ausgang schon vorher klar. Männer sind entschlossener, organisierter, effizienter. Frauen dagegen bleiben Individualistinnen, sie suchen sofort eine Rivalin, mit der sie sich anlegen können, oder sie buhlen um die Aufmerksamkeit der Männer. Wie übrigens im normalen Leben.«

»Und das bricht ihnen das Genick.«

»Eine nach der anderen scheiden sie aus«, nickte Dolci. »Und nicht, weil sie weniger gut wären. Im Gegenteil, ich bin überzeugt, dass eine der Verbliebenen große Chancen hat. Es ist Alice, wissen Sie, die Leadsängerin von ›*Cattive Ragazze*‹, sie kocht gut und ist optisch ein Hammer.«

Marco Luciani hatte weder ihren Namen noch den der »Bösen Mädchen« je gehört. »Und wer sind die anderen?«

Dolci listete eine Reihe von Sängern, Tänzern und Schauspielern auf, von denen Luciani nicht einen kannte. Der Begriff des VIP hatte sich in den letzten Jahren ziemlich gewandelt: Viele Leute waren für eine Viertelstunde eine Berühmtheit, aber wenn man in dieser Viertelstunde gerade austreten war, würde man nie davon erfahren.

»Komm du als Erster, Giorgio.«

Der Kandidat, der nicht älter als dreißig aussah, trat vor, mit beiden Händen den quadratischen Teller haltend. Er wirkte wie ein Ministrant im Moment der Gabenbereitung. Er stellte den Teller ab und trat einen Schritt zurück.

Der erste Juror näherte sich dem Tisch und nahm eine Gabel. Er betrachtete den Teller, betrachtete den Kandidaten, betrachtete wieder den Teller.

»Wie heißt es?«

»Herzschlag«, sagte der Hobbykoch.

»Ich blicke da nicht durch. Wo soll ich anfangen?«

Um Giorgios Mund spielte ein nervöses Lächeln. »Gedacht ist, dass Sie die Soße in die Rille des Stangenselleries gießen, so dass sie bis ins Herz des Rinderfilets fließt, das ich vorher ausgestochen habe. Wenn das Herz voll ist, voll mit Soße und Liebe, können Sie mit dieser kleinen Reibe Muskatnuss auf das Fleisch regnen lassen. Dann können Sie das Ganze mit dem Pilzhut verschließen.«

»Hättest du diese Arbeit nicht selbst erledigen können?«

»Ich bereite nie zwei identische Gerichte zu. Ich mag es, wenn mein Tischgast dem Essen eine persönliche Note verleiht, er vollendet es.«

Der Juror schüttelte den Kopf und wandte sich den anderen zu. »Ich vollende es für uns alle. Aber Muskatnuss zu diesem Gericht, da weiß ich jetzt schon, dass mir das nicht schmeckt.«

Er goss die Soße etwas zu hastig aus, so dass sie seitlich von der Selleriestange troff und das Bild der zwölf zu einem Stern angeordneten Erbsen neben dem Filet zerstörte. Dann verstreute der Juror ein wenig Muskatnuss, legte den Pilz zurecht, schnitt einen Bissen ab und probierte.

Giorgios Lächeln wirkte wie eine Gesichtslähmung.

»Der Geschmack ist nicht übel. Aber all diese Verkomplizierung ... ich weiß nicht. Die einfachen Lösungen sind manchmal die besten.«

Kommissar Luciani saß dicht hinter einem Kameramann auf einem Hocker und betrachtete den Juror, der auf seinen Platz zurückkehrte. Mit seinen fünfzig, vielleicht fünfundfünfzig Jahren trug er ein schwarzgepunktetes grünes Seidenhemd, das ihm aus der Röhrenjeans hing, abgestimmt auf grünschwarze Sneakers. Grün war auch sein zartes Brillengestell. Einfache Lösungen, wiederholte er leise.

Giorgio hob wieder den Kopf, während der zweite Juror das Gericht testete. Auch der zweite Küchenchef war sehr ausgesucht gekleidet, ein künstlicher Casual-Look mit Jeans und gelbem Sakko, das gut zu den langen Haaren und den dunklen, stechenden Augen passte. Er kaute langsam, hob die Augenbrauen, fixierte den Kandidaten, ohne etwas zu sagen. Giorgio schwitzte inzwischen. Er hielt dem Blick des Jurors möglichst lange stand, dann schlug er die Augen nieder. Sein Gegenüber schaute ratlos und kehrte auf seinen Platz zurück, ohne etwas zu sagen.

Dario Dolci war dran. Er hatte, im Studio angekommen, das Jackett gewechselt und einen dunkelblauen Zweireiher mit Halstuch angelegt, der ihn wie eine Comicfigur aussehen ließ. Auch der Stock war neu, er hatte einen Silberknauf in der Form eines Schneebesens.

»Hast du als Kind gern mit Fischertechnik gespielt?«, fragte Dolci, die vertrackte Konstruktion betrachtend.

Giorgio nickte. »Manchmal.«

»Die Idee, den Gast das Gericht vollenden zu lassen …«

»Ja.«

»… ist falsch. Du bist der Koch, du musst wissen, wie du die perfekte Balance schaffst. Und außerdem – da du ein Restaurant eröffnen willst, denk dran, dass der Kunde immer unrecht hat.«

Er kaute lange einen Bissen, mit geschlossenen Augen.

»Das Filet ist einen Tick zu lange gebraten. Der Pilz hätte besser gereinigt werden müssen, der Geruch nach Erde hängt noch daran. Die *Myristica fragrans*, auch Muskatnuss genannt, hat für mich auf diesem Gericht absolut nichts verloren. Und die Erbsen … sind noch ein wenig roh. Vielleicht ist es besser, wenn du dein Restaurant nicht eröffnest.«

Giorgio zog eine Grimasse, gedemütigt und mit hängendem Kopf kehrte er auf seinen Platz zurück. Der erste Juror, der im Seidenhemd, wandte sich mit lauter Stimme an alle Kandidaten. »Ihr seid nur noch zu acht, und heute erwarten wir von jedem von euch das Maximum. Wer jetzt einen Fehler macht, ist draußen.« Er setzte eine dramatische Pause. »Komm, Mauro, du bist dran.«

Ein weiterer Kandidat trat vor. Er hatte einen Fisch mit Zutaten gekocht, deren Namen der Kommissar noch nie gehört hatte. Der erste Juror begann, die Wahl des Tellers zu kritisieren, die runde Form sei trivial, auf einem ovalen Teller hätte ein Fisch sich besser präsentiert. Marco Luciani spürte, wie die Übelkeit in ihm hochstieg, er trat einige Schritte zurück.

Er beobachtete die anderen Kandidaten, die auf ihren Auftritt warteten, suchte die berühmte Alice und betrachtete sie aufmerksam. Sie war etwa einen Meter siebzig groß und trug eine rote Bandana, die ihre Haare ganz verbarg.

Feine Züge, unbestimmbares Alter zwischen dreißig und vierzig, leicht mandelförmige Augen, als hätte sie orientalisches Blut in den Adern. Nachdem er sie eine Weile gemustert hatte, schien sie sich beobachtet zu fühlen, denn sie wandte sich in seine Richtung. Sie kniff die Augen zusammen, um die Dunkelheit besser zu durchdringen. Als sie schließlich den langen Kerl entdeckte, der sie anstarrte, setzte sie eine sorgenvolle Miene auf. Der Kommissar zeigte, dass er ihr die Daumen drückte, doch sie betrachtete ihn nur, als wollte sie sagen: »Wer zum Henker bist du?«, und konzentrierte sich dann wieder auf ihr Gericht.

Der nächste Kandidat kehrte auf seinen Platz zurück, er sah nicht gerade zufrieden aus. Marco Luciani nahm sich vor, besser aufzupassen, auch weil die Juroren eben jene Alice aufgerufen hatten.

Sie trat mit schnellen Schritten vor, und der Kommissar konnte zum ersten Mal ihre Beine und den von der Jeans umspannten Hintern bestaunen.

Dario nahm eine Zucchini-Blüte zwischen die Finger und betrachtete sie im Gegenlicht. »Eine perfekte Frittüre. Die Finger bleiben trocken, und jetzt hört mal, hört euch das Geräusch an, das sie zwischen meinen Zähnen erzeugt.«

Es gab ein leichtes »Krock«, und selbst Marco Luciani verspürte den Wunsch, die Hand nach dem Gericht auszustrecken und diese dünne, musikalische Kruste aufzubrechen.

»Wörter entstehen aus Emotionen, Alice«, flüsterte Dolci, »hast du je daran gedacht? Und mehr als alle anderen die Wörter in der Küche. Zuerst ernährt sich der Mensch, und erst danach lernt er zu sprechen. Nehmen Sie zum Beispiel die Wörter ›dünsten‹, ›dämpfen‹, die natürlich dieselbe Wurzel haben wie ›Dunst‹ und ›Dampf‹, ihr Klang ist weich, erfüllt uns, er breitet sich zuerst im Mund und dann im Bauch aus. Gedünstetes Gemüse füllt, ist gesund, aber es ist ungestalt und fade wie der Dampf, in dem es entsteht, wolkig, verblasen. Es gibt keine Spitzen, es gibt keine Emotionen, gedünstetes Gemüse ist ohne Essig, Dressing oder Öl fast ungenießbar. Wenn wir dagegen frittiert sagen, *frite, fried*, dann benutzen wir diese Wurzel, die Frikative, wie in *frisson*, frivol, der Kitzel, der Genuss. Die Frittüre trifft unsere Nervenzentren wie ein Frisbee, gibt uns das Gefühl, uns frisch und frei in die Lüfte zu schwingen. Und Sie, Fräulein Alice, haben mich heute auf einen Höhenflug mitgenommen.«

Alice nahm wieder ihre Position ein, sie schien ebenfalls zu schweben. Sie ignorierte Lucrezia, die sich wenige Augenblicke später mit ihrer Kreation vor den Juroren befand. Es probierten zuerst der gelbe Juror (»Es gibt Mängel, aber insgesamt nicht schlecht«) und der grüne Juror (»Couragierte Wahl«), dann war Dolci an der Reihe.

»Eine Heidelbeersoße mit frittiertem Fisch zu kombinieren …«, sagte der Maestro und bohrte seine Augen in Lucrezia. »Wie sind Sie auf diese Idee gekommen?«

Die Frau lächelte unsicher, da sie nicht wusste, ob er ihr ein Kompliment oder eine Szene machen wollte. »Ich habe beschlossen, etwas zu riskieren, Maestro. Wir sind nur noch wenige, und wer gewinnen will, muss in die Offensive gehen.«

Dolci holte Luft, schnitt ein kleines Stück Tempura ab und stippte es in die Soße, die korrekterweise separat präsentiert wurde. Er kaute. »Der Geruch suggerierte mir, dass dies ein schlechtes Gericht sei.« Er setzte eine Pause. »Aber …«

Die Kandidatin erblühte in einem schönen Lächeln.

»… aber es ist noch viel schlimmer. Es ist unsäglich.«

Marco Luciani beobachtete Lucrezia, ihm kam das Chanson in den Sinn, in dem das Gesicht eines römischen Mädchens mit dem Einsturz einer Staumauer verglichen wird.

»Ich weiß nicht, wie Ihnen diese Kombination in den Sinn gekommen ist. Ich denke, es ist ein Zeichen von Ignoranz, fehlender klassischer Bildung. Schon Cicero wies darauf hin, dass die beiden Zutaten nicht zusammenpassen. ›Entweder Tempura oder Beeren.‹ Wissen Sie, wer Cicero ist?«

Lucrezia schaute ihn verständnislos an. Aus den Rissen der Staumauer stürzte das Wasser über die Wangen.

»Er war ein Koch der Antike. Aber ich will nicht abschweifen. Das Gericht ist grauenhaft, meine Liebe. Das schlechteste überhaupt in dieser Staffel von ›Stelle in Cucina‹. Sie können von Glück sagen, dass dies keine Ausscheidungsrunde ist.«

Lucrezia betrachtete ihn hasserfüllt und kehrte auf ihren Platz zurück. Sie weinte und konnte sich nicht wieder beruhigen.

»Wir machen Pause«, sagte eine Stimme aus der Regie, »die Kandidaten können sich ausruhen. Die Juroren werden in der Direktion erwartet.«

»Ich habe gesagt, das mache ich nicht!« Dolcis Baritonstimme hallte durch das Büro.

»Aber warum denn nicht?«

»Ich mache es nicht, und basta. Das Warum habe ich schon erklärt, Ihre Vorgesetzten sind im Bilde, und Sie brauchen gar nicht so zu tun, als wüssten Sie von nichts.«

»Aber ich weiß von nichts.«

Dario hob die Schultern, genervt von der Hartnäckigkeit der Produktionssekretärin.

»Entschuldigen Sie, Signor Dolci, aber ich bin gezwungen, Sie daran zu erinnern, dass die Verträge vorsehen …«

»Mein Vertrag sieht vor, dass ich zum Erfolg dieser Sendung beizutragen und diesen zu befördern habe, nicht, dass ich Werbung für eine andere Sendung zu machen habe, die ich nur als anti-pädagogisch, wenn nicht pornographisch bezeichnen kann!«

Die Frau machte einen Satz rückwärts: »Aber das ist nicht wahr! Sie wissen nicht, was Sie sagen! Die Sendung ist pädagogisch absolut wertvoll und obendrein amüsant, sowohl für die Kinder, die teilnehmen, als auch für die kleinen Zuschauer zu Hause.«

»Sendungen mit Kindern sollten verboten werden. Alle. Es reicht!«

Dolci drehte sich erstaunlich behände um die eigene Achse, ließ die Frau, die eine Replik formulieren wollte, mit offenem Mund zurück und verließ das Büro.

Der grüne Juror schüttelte den Kopf: »Wenn er sich bei irgendwas querstellt …«

Der gelbe Juror schnaubte: »Und das ergibt einfach keinen Sinn. Das macht er nur aus Prinzip. Weil er nicht dabei sein wird, ist er eifersüchtig, das ist's.«

»Das hätte gerade noch gefehlt, er in der Sendung mit den Kindern«, sagte der grüne Juror, »wenn die Zuschauer ihn sehen, denken sie, er hat vier von ihnen gefressen.«

Die Sekretärin lachte nicht, sondern ballte die Fäuste. »Wir drehen trotzdem. Fangt ihr zwei an, Lucrezia weiß schon Bescheid, nachdem sie ihren Text gesagt hat, wendet ihr euch direkt an Dolci. Wir überrumpeln ihn. Und wenn er uns auflaufen lässt, schneiden wir ihn notfalls raus.«

Marco Luciani hatte Dolcis Geschrei gehört und ihn, puterrot im Gesicht und im Laufschritt, aus dem Büro kommen sehen. Er war rechtzeitig an die Tür getreten, um die letzten Worte aufzuschnappen. Offensichtlich war er nicht der Einzige, dem der Kritiker das Leben schwermachte.

Die Kandidaten waren soeben mit dem Kochen fertig, die Juroren erschienen wieder, um die Gerichte zu probieren, als der Kommissar Platz nahm, um das Schauspiel zu genießen. Er war höchstens zwei Meter von der Produktionssekretärin entfernt, die stehen geblieben war, die Arme vor der Brust verschränkt, mit so dünnen Lippen, dass man sie fast nicht sah.

»Das ist ein Rezept, das ich oft gemeinsam mit meiner Tochter koche«, sagte gerade Lucrezia, indem sie den Juroren einen mit Erdbeeren dekorierten Schokoladenkuchen reichte.

»Wie alt ist deine Tochter?«, fragte der gelbe Juror.

»Neun. Und ich muss sagen, dass sie ihr manchmal besser gelingt als mir.«

»Dann müsstest du sie bei *Stelline in Cucina* mitmachen lassen. So setzt sich die Familientradition fort.«

Lucrezia lächelte: »Warum nicht? Sie wäre die dritte Generation.«

Der gelbe Juror nickte: »Während der Vorauswahl habe ich die Kinder Unglaubliches schaffen sehen. Wenn wir mit euch fertig sind, kommen sie dran. Da können wir uns auf so manche Überraschung freuen.«

Der grüne Juror schaltete sich ein: »Weißt du, durch die Kinder habe ich die Freude am Kochen wiederentdeckt. Ihr hier steht immer unter Anspannung. Für die Kinder dagegen ist Kochen ein Spiel. Ein Spaß. Und es gibt keine Rivalitäten, sie helfen sich gegenseitig … Sie haben mir wirklich unheimlich viel beigebracht. Sie haben mich in die Zeit zurückversetzt, als auch ich neun oder zehn war und sonntagvormittags, zum puren Vergnügen, mit meiner Oma kochte. Sie war kein Küchenchef wie dein Vater, Lucrezia, aber sie war auch gut.«

»Ich habe in demselben Alter angefangen«, lächelte der gelbe Juror. Dann wandte er sich an Dolci und fragte: »Was sagen Sie, Maestro, ist neun, zehn das richtige Alter, um mit dem Kochen zu beginnen?«

Dolci erdolchte ihn mit seinem Blick: »Zu Hause mit der Oma schon. Im Fernsehen sicher nicht.«

»Aber sie sind mit dem Fernsehen aufgewachsen«, intervenierte der grüne Juror, »sie genieren sich nicht. Im Gegenteil.«

»Das stimmt«, bestätigte der gelbe Juror, »sie sind so spontan, so natürlich vor der Kamera …«

»Ihr wollt kleine Ungeheuer kreieren …«, skandierte Dolci.

»Ungeheure Begabungen, jawohl«, erwiderte der andere prompt.

»Abziehbilder von Erwachsenen, die die Neurosen der Erwachsenen reproduzieren, wie die Nachwuchsfußballer. Gott bewahre!«

Marco Luciani lächelte. Die Produktionssekretärin bekam rote Ohren, während sie überlegte, wo und wie sie schneiden konnte.

»Entschuldige, Maestro, wann ist in dir denn die Leidenschaft für das Kochen erwacht?«, insistierte der gelbe Juror.

»Von klein auf. Jedes Kind trägt einen Samen in sich, der mit Unterstützung der Erwachsenen zum Baum heranwachsen soll. Aber das ist ein langer, intimer, extrem sensibler Prozess. Das Kind darf nicht zur Zirkusnummer verkommen, auch nicht zur potentiellen Einkommensquelle für die Eltern. Ich weiß, dass ich obsolet und moralistisch klinge, aber das ist meine Überzeugung, und mit *Stelline in Cucina*, oder wie zum Teufel eure obszöne Sendung heißt, will ich nichts zu tun haben.«

Der gelbe und der grüne Juror betrachteten einander, ohne dass ihnen eine passende Replik eingefallen wäre.

»Stopp!«, hörte man aus der Regie. »Fünf Minuten Pause.«

Von der Küchenzeile drang das Gemurmel der Kandidaten

herüber: »Aber unser Essen wird kalt«, sagte Alice im Namen aller.

»Sei doch still mit der Scheiße, die du kochst«, brummte die Produktionssekretärin und folgte den Juroren, die sofort hinter den Kulissen verschwunden waren.

Fouad und Nadia

Fouad wachte gestärkt auf. Er hatte tief und traumlos geschlafen wie ein Kind. Er nahm die Wasserflasche, die neben dem Bett stand, und trank zwei ordentliche Schlucke. Die Uhr zeigte zwölf, und aus der Küche kam Bratenduft. Er ging ins Bad, um sich zu waschen, dann setzte er sich an den Tisch. Nadia hatte gehört, wie er aufgestanden war, und stellte den Kaffee vor ihn hin. »Willst du etwas frühstücken?«

»Nein, bald ist Zeit zum Mittagessen.«

»Wann fängst du heute an?«

»Um fünf. Ich habe die Nachtschicht.«

»Holst du die Kinder ab?«

»Dann muss ich mich wieder abhetzen.«

Nadia wollte schon etwas erwidern, hielt sich aber zurück. Fouad merkte, dass sie nervös war, und erst da entdeckte er, als er sich nach ihr umwandte, den Bluterguss. »Was hast du denn mit deinem Auge gemacht?«

Sie errötete ein wenig. »Ich bin bescheuert. Ich hatte die Schranktür offen gelassen, dann habe ich mich umgedreht, und bumm«, sagte sie, auf einen der Hängeschränke deutend.

Fouad betrachtete sie wenig überzeugt. »Jetzt wird man denken, ich hätte dich geschlagen.«

»Du? Du bist doch nie da! Du kommst, gehst, zu den unmöglichsten Zeiten … Ich weiß nie, wann ich dir Essen machen, ob ich auf dich warten soll …«

»Jetzt musst du dir für eine Woche keine Sorgen machen. Ich fliege nach Tunesien.«

»Nach Tunesien?! Und warum?«

»Beruflich. Ich habe dir gesagt, dass ich eine Lohnerhöhung bekommen habe. Es geht um ein Projekt, das ich Signor Emilio vorgeschlagen habe. Wenn alles glattgeht, sind wir für eine ganze Weile aus dem Schneider.«

Nadia schaute ihm in die Augen. »Fliegst du alleine?«

»Sicher.«

»Wann reist du ab?«

»Samstag.«

»Samstag?! Du lässt uns schon wieder das Wochenende allein. Aber es ist ja zum Glück beruflich!«

Sie stand auf und ging ins Schlafzimmer, die Tür zuschlagend. Fouad lächelte in sich hinein. Wenn sie sich aufregte, wurde sie hübscher, dann bekam sie wieder die Hitze des jungen Mädchens. Wenn sie wütend war, und man bumste sie, dann fühlte man sich wie auf der steilsten Achterbahn der Welt.

Er nahm die Ölflasche und folgte ihr.

Nadia reckte ihren Kopf Richtung Fouads Schulter. Sie hatte nicht geglaubt, dass sie es fertigbringen würde, doch sie hatte Lust empfunden wie schon lange nicht mehr, indem sie sich ganz auf sich selbst konzentriert hatte und auf die Vorstellung, dass es Mohamed, der Fleischer, war, der sie nahm, während sie schrie, sie wolle es nicht, ihr Mann könne jeden Moment kommen. Nach dem Orgasmus fühlte sie sich immer ein wenig ermattet, sie hätte sich gewünscht, dass Fouad bei ihr blieb und sie sanft streichelte, bis sie einschlief. Aber diese Art Zärtlichkeit war seine Sache nicht. Wenn er gekommen war, änderte sein Blick sich radikal, es verschwand jede Spur von Liebe, aber auch von Begierde. Sie wurde wieder zum Störfaktor. Sie ging auf Abstand, entschlossen, keine Schwäche zu zeigen.

»Also, wohin nach Tunesien reist du?«

Der Mann seufzte, er hatte keine Lust auf Diskussionen. »Nach Sfax, wo soll ich sonst hin?«

»Wozu?«

»Das habe ich dir gesagt, ich habe Geschäfte zu erledigen.«

»Was für Geschäfte?«

»Geschäfte. Hier in der Ölmühle steht es nicht zum Besten, es ist Zeit für etwas Neues«, sagte er lapidar.

»Wie, etwas Neues? Was willst du denn tun?«

»Ich weiß schon, was ich tun will. Mach dir mal keine Sorgen.«

Nadia setzte sich im Bett auf und bedeckte ihre Brust mit dem Laken. »Was soll das heißen, mach dir mal keine Sorgen?! Wir sind eine Familie, du hast zwei Kinder, bevor du eine solche Entscheidung triffst, musst du mit mir reden.«

»Habe ich es euch je an etwas fehlen lassen?«

»Nein, aber …«

»Dann hör auf damit. Ich weiß, was ich zu tun habe.«

Nadia schwieg eine Weile, während sich ihr Magen zusammenzog und das Laken wie ein Leichentuch auf ihren Beinen lastete.

»Du hast eine gute Arbeit, gut bezahlt. Und du hast gerade erst eine Lohnerhöhung bekommen.«

»Aber du hast dich doch immer beschwert, dass ich zu viel arbeite, Tag und Nacht, und als ich dir von der Lohnerhöhung erzählt habe, hast du nur gesagt: ›Besser als nichts.‹«

»Aber ich habe mich gefreut«, protestierte sie. Dann erinnerte sie sich: »Ich habe mich gefreut, bis du mir von deinem Flittchen erzählt hast.«

Fouad setzte sich ebenfalls aufs Bett, starrte sie aus zusammengekniffenen Augen an und spürte den übermächtigen Wunsch, sie zu schlagen.

Doch als er Nadias herausforderndem Blick sah, hielt er sich zurück, fast kam ihm der Verdacht, dass sie ihn bewusst provozierte. Er schüttelte den Kopf und sagte leise: »Du musst immer alles kaputtmachen.«

»Wann, hast du gesagt, fliegst du?«

»Samstagmorgen, von Mailand aus.«

»Aber sollte diese Woche nicht Abdel kommen?«

»Er hat seine Pläne geändert.«

Sie starrte ihn überrascht an: »Ruf mich am Samstag an«, wiederholte sie, »wenn du dort bist.«

»Damit wir nur wieder streiten? Außerdem kostet das zu viel. Ich schicke dir eine SMS«, sagte er, stand vom Bett auf und ging Richtung Bad, um klarzumachen, dass das Gespräch beendet war.

Er sah, dass Nadia sich wie ein Fötus zusammenrollte, vielleicht um zu weinen. Aber er war wirklich ausgepumpt und ließ es sich egal sein. Und es war ihm inzwischen auch völlig egal. Er musste nur noch ein paar Dinge regeln, und dann würde er tatsächlich, noch vor dem Sommer, mit Yasmina nach Tunesien fliegen, um sie zu heiraten. Es würde eine Weile dauern, aber dann würde sich das mit ihr und Nadia einspielen. Die Frauen würden einander unterstützen, es würden weitere Kinder kommen, und er würde für sie alle sorgen, wie es sich für einen guten Familienvater gehörte.

Er drehte die Dusche auf und lächelte, als das warme Wasser ihn küsste.

Luciani und Sofia

Die Bürotür stand halb offen, aber ehe sie eintrat, blieb Sofia Lanni auf der Schwelle stehen, lehnte sich an den Türrahmen und betrachtete ihn erst einmal ein paar Sekunden. In genau dieser Pose hatte sie beim ersten Mal Eindruck auf ihn gemacht, mit ihrer perfekten Silhouette, die sich, durch das Licht in ihrem Rücken, in der Tür abzeichnete. Eine Nymphe, die sich der Quelle näherte, um zahllose Begierden zu stillen, mochte den Sterblichen nicht unähnlich erscheinen. Da Marco Luciani sich nicht dazu durchrang, den Kopf aus den Akten zu heben, klopfte Sofia schließlich mit den Fingerknöcheln aufs Holz, drei trockene, langsame Schläge.

»Gestatten?«

Der Kommissar hob den Blick und sah eine verschwommene Gestalt, gleich einer ruhelosen Seele, die aus der Unterwelt aufsteigt, um nach Sonnenlicht zu suchen. Wie alt er geworden ist, dachte Sofia, die verblüfft bemerkte, dass er eine Brille mit dickem Gestell trug. Die grauen Haare an den Schläfen waren zahlreicher, die Falten um Mund und Augen tiefer geworden. Er wirkte besorgt und erwiderte nicht das strahlende Lächeln, das sie ihm hatte schenken wollen.

»Setz dich«, sagte er tonlos und deutete auf den Stuhl vor dem Schreibtisch.

»Brrr. Kalt hier drinnen«, sagte sie und trat vorsichtig vor, die Absätze fest aufsetzend und den Hintern ein wenig herausstreckend.

»Wirklich? Kommt mir nicht so vor …«

»Ich meinte den Empfang. Ist leibhaftig noch schlimmer als am Telefon.«

Marco Luciani betrachtete sie wie in einem Zerrspiegel. Diese groteske Frau, deren Züge von Picasso gezeichnet schienen, war nicht mehr Sofia Lanni, sondern nur ein aus seiner Vergangenheit aufgetauchter Schemen. Ein Schemen, der, wo auch immer er vorüberging, das gesamte Sonnenlicht, alle Schönheiten und Lebensfreude verschlang.

»Ich hatte gesagt, dass ich dich nicht sehen will, oder irre ich mich?«

»Ich habe dir zwei Tage lang aufgelauert. Da kannst du mir auch zehn Minuten widmen.«

»Sag mir, was du brauchst, und ich werde sehen, ob ich dir helfen kann.«

»Alessandro geht es gut. Darf ich dir etwas über ihn erzählen? Ich weiß, dass du es wissen willst.«

Marco Luciani seufzte. »Erzähl ruhig.«

»Er ist drei geworden. Ein bildhübsches Kind«, lächelte sie. »Und er ist aufgeweckt. Feinfühlig, klug. Weißt du, ich hatte nie Gelegenheit, dir für all das zu danken, was du für ihn getan hast.«

»Bitte.«

»Ich meine es ernst. Alle Forscher sind sich einig, wie wichtig die ersten Lebensmonate für die Entwicklung eines Kindes sind. Schon die Monate der Schwangerschaft sind es, und dann die unmittelbar nach der Geburt ... Ale hatte Glück.«

Habe ich ihm gefehlt?, wollte Marco Luciani fragen. Hat er geweint? Hat er nach mir gerufen? Wie hat er das Trauma, mich nicht mehr zu sehen, überwunden? Und was hast du ihm erzählt? Stattdessen hörte er seine Stimme sagen: »Hat er jetzt einen Vater?«

Sofia senkte den Kopf. »Ich habe ihn allein aufgezogen. Ich

weiß, das ist für ein Kind nicht das Optimum, aber besser so als eine … verkrampfte oder verlogene Lösung.«

Die Vorstellung, dass Ale ohne Vater aufwuchs, versetzte ihm einen Stich in den Magen. Das Brennen in den Augen, das sich nach Sofias ersten Worten gelegt hatte, tauchte wieder als blauer, wütender Nebel auf, der ihn fast zum Weinen brachte.

»Willst du ein Foto von ihm? Ich habe dir ein paar mitgebracht.«

»Lieber nicht. Sag mir, was du brauchst.«

»Muss ich denn unbedingt etwas brauchen? Kann ich nicht einfach das Bedürfnis gespürt haben, dich wiederzusehen, mich bei dir zu entschuldigen?«

Hör nicht auf sie, sagte sich der Kommissar. Die Felsen um uns her sind voll der Gebeine jener, die ihrem Gesang gelauscht haben.

»Die Entschuldigung ist angenommen. Jetzt habe ich aber, wenn du gestattest, reichlich zu tun.« Er nahm die Brille ab und rieb sich die geröteten Augen.

Sie lächelte verständnisvoll. »Du arbeitest immer zu viel.«

Der Kommissar erhaschte einen Blick auf ihre schneeweißen, makellosen Zähne. Er spürte einen Stich auf der Innenseite des rechten Oberschenkels, wo sie eine Spur hinterlassen hatten, die nicht mehr verschwunden war, und setzte schnell die Brille wieder auf.

»Iannece«, rief er, »Iannece!«

»Hier bin ich, Signor Commissario.«

»Begleite die Dame hinaus.«

Der Ton war dogmatisch, Sofia stammelte ein paar Worte des Abschieds. »Okay … Ich hätte dich hier nicht stören sollen. Vielleicht später …«

Er stand auf, kehrte ihr demonstrativ den Rücken zu und schaute aus dem Fenster.

»Kommen Sie, meine Dame«, sagte Iannece und berührte sie am Arm. Sie ließ sich nach draußen führen.

Als er sicher war, allein zu sein, stieß Marco Luciani einen Schmerzensschrei aus.

Er nahm die Brille ab, rieb sich die Augen und hielt sie über eine Minute lang geschlossen, während es in seinem Schädel pochte und auch die Zähne, die er lange zusammengepresst hatte, schmerzhafte Blitze sandten.

»Iannece! Iannece, wo bist du?«

Der Oberwachtmeister trat ein, diesmal hatte er einen Kollegen aus dem Einwanderungsbüro untergehakt.

»Hier ist deine Brille, Bianchi. Danke, dass du sie mir geliehen hast.«

Bianchi tastete sich vorwärts und setzte die Brille mit den sieben Dioptrien wieder auf. »Nichts zu danken, Herr Kommissar. Hat sie etwas genützt?«

»Wie bei Perseus. Ohne sie wäre ich von der Medusa in Stein verwandelt worden«, sagte er lächelnd.

»Ich dachte, die Meduse hätte nur gebrannt, sonst nichts, Herr Kommissar.«

»Normalerweise schon, Iannece. Aber diesmal hat sie sich selbst verbrannt.«

Mit einem befriedigten Lächeln ließ er sich auf seinen Stuhl sinken. Aber kaum hatte er das Bild des Zimmers wieder scharf gestellt, bemerkte er, auf dem Schreibtisch verstreut, etwa ein Dutzend Fotos. »Mein Gott«, flüsterte er. Es war das schönste Kind, das er je gesehen hatte.

Er bat Iannece, ihn allein zu lassen, und betrachtete eine halbe Stunde lang die Fotos, versuchte, die Augen, die Wangen, die Mimik jenes Alessandro wiederzufinden, den er gekannt hatte. Stattdessen fand er die Augen, die Wangen, die Mimik von sich selbst als Kind wieder, wie er sie viele Male in den Familienalben gesehen hatte.

Er zog die Schublade auf, und ehe die Zweifel ihn wieder anfallen konnten, nahm er das große Kuvert, das er vor zwei Jahren aus Amerika bekommen hatte. Es war nur mit seinem Namen und seiner Adresse versehen, der Absender fehlte aus Gründen der Diskretion. Mit einer schnellen, wütenden Geste riss er es auf, zog die Blätter heraus, und nachdem er den Briefkopf mit dem Logo der kalifornischen Firma, die DNA-Tests durchführte, überflogen sowie die korrekte Namensangabe für Alessandro und sich kontrolliert hatte, fing er an, den Text durchzulesen. Er fand eine Reihe unverständlicher Nummern und Sigel, TH01, D21S11, D18S51, D16S539 sowie die Bandbreite der aufgerufenen Allelen und die Zahlen der Allelen von Vater und Sohn, 7–9, 8–9, 13–17, 15–17, aber da er nichts davon kapierte, glitten seine Augen nach unten und blieben an dem Satz hängen, der sagte, dass es aufgrund der durchgeführten Analysen nicht ausgeschlossen sei, dass der vermeintliche Vater des Kindes auch der biologische sei, und als er schon vor Wut brüllen wollte: »Was soll das heißen, es ist nicht ausgeschlossen?!«, blätterte er um und sah in Fettdruck die Information geschrieben, dass die statistische Wahrscheinlichkeit seiner Vaterschaft bei 99,999784635416 % lag. Alessandro war sein Sohn.

Marco Lucianis Herz zog sich so heftige zusammen, als quetschte jemand es, um all das Gift herauszupressen, das sich in diesen Jahren angesammelt hatte. Er klappte zusammen und japste nach Luft, krallte die Hände in die Schreibtischkante und sah für einen Moment einen schwarzen Schatten vor seine Augen gleiten, aus seiner Kehle drang ein komischer, animalischer Schluchzer, dann schnitt ein kaltes Licht aus seinem Hirn durch die Finsternis. Marco Luciani spürte einen weiteren Stich, diesmal jedoch gutartig, denn das Herz weitete sich und nahm wieder seinen Platz ein, und die Lungen pumpten wieder Luft in seinen Körper.

Er atmetet drei, vier Mal tief ein, während sich ganz gegen seinen Willen ein Lächeln auf seinem hageren Gesicht ausbreitete. Du bist mein Sohn, dachte er, ich habe immer gewusst, dass du mein Sohn bist. Er sah wieder Alessandro vor sich, der glücklich in seinem Tragesack strampelte, Alessandro, der am Fläschchen nuckelte, als gäbe es kein Morgen, Alessandro, den er im Arm hielt und der ihm mit einer Hand das Gesicht ausrichtete und mit der anderen zeigte, wohin er gebracht werden wollte, »Da!« rufend. Alessandro, der mit geschlossenen Fäustchen schlief, während der Schnuller aufs Kissen gerutscht war, Alessandro, der glücklich lachte, als er ihn zum ersten Mal Schokolade kosten ließ. Er sprang ruckartig auf, als müsste er los, um ihn vom Kindergarten abzuholen, und wäre spät dran, doch dann wurde ihm klar, dass er keine Ahnung hatte, wo sein Sohn war, wo diese Frau ihn hingebracht und warum sie behauptet hatte, er wäre nicht sein Kind.

»Ich habe nie gesagt, dass er dein Sohn ist.« Das waren exakt Sofias Worte gewesen. Marco Luciani wiederholte sie im Geist zwei oder drei Mal, dann sprach er sie laut aus. »Ich habe nie gesagt, dass er dein Sohn ist«, war nicht gleich: »Er ist nicht dein Sohn«, sondern gleich: »Ich habe nie die Wahrheit gesagt.«

Vielleicht blickte der Kommissar zum ersten Mal mit Klarheit in den bodenlosen Abgrund, der an den Namen Sofia Lanni geknüpft war. Man kann einem Menschen, der einen liebt, weh tun, man kann ihn benutzen, ausbeuten, betrügen, und man kann sich immer damit herausreden, dass der andere sich hat ausbeuten und betrügen lassen. Aber man kann einem Kind nicht den Vater wegnehmen, und einem Vater das Kind.

Dolci

Dario Dolci betrat Vikas Schlafzimmer und blieb schlagartig stehen. Der Geruch war der übliche, aber es gab da noch eine ungewöhnliche Note. Er schloss die Augen, hob leicht die Arme, wie ein Dirigent, ehe er den Einsatz zu einem Konzert gibt, und verharrte reglos, um sich diesen Misston, der ihn alarmiert hatte, nicht entgehen zu lassen. Von klein auf hatten sich Düfte in seinem Bewusstsein immer wie Bilder oder Gegenstände abgebildet. In Farben. Und Formen. Jeder Geschmack hatte seine besondere Gestalt, verschieden groß, je nach Intensität. Wenn er sich in die Düfte versenkte, erkannte er sie wieder und konnte das Bild auseinandernehmen, indem er nach und nach die stärksten Essenzen abschälte und dann die kleinsten und entferntesten Formen herauslas, die in der Luft verharrten wie kaum angedeutete Schemen. Diesmal hatte der Geruch sich seinem Bewusstsein dargestellt als ein buntes Geschenkpaket mit Schleife, wie man es unter dem Weihnachtsbaum findet. Er identifizierte, stärker als alle anderen, den Orange- und Mandelgeruch des Raumdeodorants und schob ihn zur Seite wie das Glanzpapier. Das Schächtelchen bestand aus dunkelblauer Pappe: Es war der Geruch des Weichspülers in dem vor kurzem frisch aufgezogenen Laken. Er öffnete auch dieses. Der Duft, den er suchte, entfaltete eine größere Kraft, Dolci merkte, dass sich im Innern etwas Wertvolles befand, vielleicht ein Schmuckstück, noch verdeckt, versteckt in einem Säckchen aus beiger Seide, das ein blaues Band verschloss. Das Band war Vikas Parfüm, die Seide ihre Unterwäsche. Er löste es, um das Schmuckstück zu bestaunen, er nahm ihn jetzt wahr, den ihm vertrauten Geruch, den Geruch, der ihn erbeben ließ und um den die Welt sich drehte, es war ihr Geruch, der ihres Orgasmus, der so versteckt war, so schwer zu erreichen und deshalb so kostbar. Er zog vorsichtig den Stein heraus, die Augen immer noch geschlossen, und er sah, wie er, das Licht des Lampenschirms reflektierend, aufflammte. Ein Diamant, dachte er. Aber ein kleiner Diamant, ein Karat, vielleicht weniger. Dario Dolci fühlte sich abgestoßen. Erst in diesem Moment wurde ihm klar, dass der Stein auf einen billigen Ring montiert war, aus halb oxydiertem Silber, und der Geruch dieses Ringes überwältigte ihn plötzlich, spülte ihm eine Woge aus Schlamm und Moos in Mund und Nase, Bäume, die mit Gewalt ins Tal gerissen wurden, die Flutwelle einer Überschwemmung, die ihn von den Beinen holen und bis ins Meer spülen konnte. Sperma, dachte er. Dies war die feine Note, die ihn, kaum dass er ins Zimmer getreten war, paralysiert hatte. In dieses Zimmer, in dem seine Frau mit einem anderen Mann Sex gehabt hatte. Und auch den Geruch des Mannes kannte er gut.

Er schaffte es gerade noch ins Bad. Die Würgekrämpfe hatten ihn geschüttelt und überrascht, denn es war schon seit … wie lange? zwanzig? vielleicht fünfundzwanzig Jahren nicht mehr vorgekommen, dass er sich übergab. Als jungem Burschen war es ihm manchmal passiert, wenn er zu viel getrunken hatte, aber nie wegen des Essens. Verdorbene oder verfallene Lebensmittel erkannte er, lange bevor sie in die Nähe seines Mundes kamen.

Er zog die Spülung und wischte sich den kalten Schweiß von der Stirn. Dann gurgelte er mehrmals mit Mundwasser, um diesen grauenhaften Geschmack loszuwerden. Er schaute in den Spiegel. Ein alter, unförmiger Mann mit tiefen Augenringen betrachtete ihn unendlich mitleidig.

Im Innersten hatte er gefürchtet, dass dieser Moment kommen würde. Besser gesagt, er hatte es gewusst. Das Leben besteht aus obligatorischen Etappen. Alle Geschichten dieser Art laufen gleich ab und enden gleich. Und doch – da wir uns vormachen, einzigartig zu sein, glauben wir auch, wir hätten unser Schicksal selbst in der Hand, wir könnten es anders gestalten. Und manchmal glauben wir sogar, dass es auf der Welt besondere Wesen gibt, Engel, auf die Erde herabgestiegen, um über unsere Einzigartigkeit zu wachen. Dario Dolci saß auf dem Bettrand, umgeben von dem Fett, das von seinen Hüften hing und ihn wie ein riesiger Schwimmreifen umfing, einer, wie er auf den Wasserrutschen in Spaßbädern benutzt wird. Es ist vorbei, es ist tatsächlich vorbei, sagte er sich immer wieder. Er hatte sich gerade von der Rampe der Rutsche gelöst, vor sich den Abgrund, auf dessen Boden es nicht einen Tropfen Wasser mehr gab, der seinen Aufprall gedämpft hätte.

Luciani und Sofia

Als er wieder nach Hause kam, war die Zeit des Abendessens lange vorbei. Sofia stand vor dem Tor unter der Laterne, ohne sich um den Nieselregen zu kümmern, der den Asphalt besprengt hatte und die Lichter aus den Häusern reflektierte.

Marco Luciani hatte nichts anderes erwartet. Sie war nicht die Frau, die eine Zurückweisung hätte akzeptieren können, etwas, was er dagegen inzwischen gut beherrschte. Es war kein besonderes Talent, einfach eine Frage der Gewohnheit. Er öffnete die Tür des Clios und schob seine langen Beine heraus. Er spürte, wie sie beim Kontakt mit dem Asphalt nachgaben, und fragte sich, ob er die zehn Meter bis zum Tor schaffen würde, ohne zusammenzuklappen. Dies war die Schiebetür seines Lebens, die sich geöffnet und geschlossen hatte vor den anderen möglichen Welten. Vor diesem Tor hatte er Alessandro gefunden, hier hatte er Sofia verloren, hier wäre er um ein Haar umgebracht worden.

Sie empfing ihn mit einem schuldbewussten Lächeln. Sie war schön, mit nassem Haar, Marco Lucianis Blick rutschte den kurzen Mantel hinab, auf die nackten Knie, er betrachtete die schlanken Fesseln in den schlammbespritzten Schuhen.

»Du hast recht, mich so zu behandeln. Ich würde an deiner Stelle dasselbe tun. Ich habe mich nicht gut benommen, Marco, aber ich war ... verwirrt. Ich kann es dir nicht erklären, ich hatte nicht damit gerechnet, schwanger zu werden, und nach der Entbindung war ich wie gespalten, als hätte ich mich in zwei verschiedene Personen verwandelt, die gegensätzliche, unvereinbare Dinge wollten.«

»Nach der Entbindung zählt nicht nur, was du willst oder was deine zwei gespaltenen Persönlichkeiten wollen. Es zählt vor allem das, was dein Kind will.«

Sie nickte. »Du erteilst mir eine Lektion. Und ich nehme das an. Siehst du, ich bin sogar bescheiden geworden. Meine Fehler erkenne ich heute alle an, und ich weiß, dass ich dir weh getan habe. Kann ich dich um Vergebung bitten?«

Sie schaute ihn von unten an, mit ihren Augen, die grün wie der Rasen in Wimbledon waren. Aber es war nicht mehr das strahlende Grün, das Marco Luciani in Erinnerung hatte, es war das Feld am Ende des Turniers, voller gelber Flecken, weil zu viele Spieler auf diesem Rasen herumgerutscht sind.

»Es macht keinerlei Unterschied«, sagte er achselzuckend.

»Für mich schon. Ich bitte dich um Verzeihung.«

Er zuckte erneut mit den Schultern.

»Und ich würde es gerne wiedergutmachen. Zuerst einmal, indem ich dir die Wahrheit sage. Halt dich fest, Marco, denn ich werde dir gleich etwas sagen, das dein Leben verändern wird. Unser Leben.«

Sie nahm seine Hand und drückte sie. Ihre war feucht, aber warm, und sie passte perfekt in die des Kommissars, wie ein Puzzlestein in den anderen. Sofias Finger bewahrten die Erinnerung an seine Haut, an seine spitzen Ecken auf. Marco Luciani musste sich zusammennehmen, um seine nicht zurückzuziehen.

»Ist es nicht lustig, dass wir uns in derselben Situation befinden wie beim letzten Mal? Im Regen, vor diesem Haus ... hatte ich dich angelogen, Marco, ich weiß nicht, warum ich das getan habe. Die Wahrheit ist, dass Alessandro ... Ich fürchte, es gibt keine weniger traumatische Art, es zu sagen ... Die Wahrheit ist, dass Alessandro wirklich dein Kind ist.«

Kaum hatte sie das gesagt, wich die Spannung in ihrem Gesicht einem beglückten Lächeln, sehr ähnlich dem, das sie ihm am ersten Abend geschenkt hatte, als sie zusammen ausgegangen waren, in Camogli, und der Regen, auch damals der Regen, sie in ein Hotel getrieben hatte. Wie viele Jahrhunderte waren seitdem vergangen?

Marco Luciani starrte sie an, ohne einen Muskel zu rühren, bis ihr Lächeln erlosch.

»Ist dir das egal? Oder glaubst du mir nicht?«

Die Gelegenheit, mich zu überraschen, hast du verpasst, dachte der Kommissar, du bist zu spät dran, und das ist schade, denn unsere Liebe hat immer von Betrug gelebt, wie die Tricks eines Zauberkünstlers. Solange man sich darauf einlässt und das Schauspiel genießt, erlebt man einfach nur die Magie. Aber sobald man den Trick durchschaut hat, ist es abgeschmackt.

»Diesmal sage ich dir die Wahrheit, Marco. Und meiner Meinung nach musst du tief in deinem Innern wissen, dass es so ist. Aber wenn du mir nicht traust, können wir einen Test machen lassen. Es ist heutzutage sehr einfach, das zweifelsfrei nachzuweisen.«

Der Kommissar überlegte, was er sagen könnte, um sie zu verletzen. Es war schnell gefunden. »Brauchst du Geld? Alimente? Da gibt's bei mir nicht viel zu holen.«

Sofia riss den Mund auf, eher verblüfft als empört. »Marco! Ich habe dir soeben gesagt, dass Ale … und du … du …« Sie konnte nicht weiterreden, drehte den Kopf zur Seite und presste die Lippen aufeinander, während sich ein Tränenschleier über ihre Augen legte, die jetzt wieder grün wie Smaragde schimmerten. Sofia war geschlagen, hilflos, und Marco Luciani spürte das fast unwiderstehliche Verlangen, sie in die Arme zu nehmen und zu drücken.

»Dein Anwalt soll mich anrufen, wenn du etwas brauchst«, sagte er, indem er das Tor öffnete.

Sie streckte erneut die Hand aus und packte sein Handgelenk. »Ich weiß, warum du das tust. Du bist böse auf mich, was ich verstehe. Aber ich bin nicht meinetwegen hier, ich brauche dich nicht, was glaubst du denn? Aber Ale. Ale ist größer geworden und braucht seinen Vater.«

Marco Luciani befreite sich aus ihrem Griff. »Daran hättest du früher denken müssen. Jetzt ist es zu spät.«

»Nein, Marco. Es ist nicht zu spät. Was dein Kind will, zählt. Das hast du selbst gesagt. Und dein Kind will dich.«

Zweiter Teil

Margarita sah auf die Uhr. Zehn nach zwei. Noch rund zwanzig Minuten, wenn bis dahin niemand mehr vorbeikam, würde sie ihren Macker anrufen, damit er sie abholte. Es war ein flauer Abend gewesen. Sie hatte ihr Minimum zusammenbekommen, und jetzt sehnte sie sich nur noch danach, die Daunendecke über die Ohren zu ziehen und die Kälte loszuwerden, die sie den ganzen Abend gequält hatte ebenso wie der Nieselregen, der sie phasenweise getränkt hatte, ohne dass sie die Hochtrasse zum Unterstellen hätte nutzen können. Das Auto kam aus der abschüssigen Gasse vom Matitone geschossen. Margarita verfolgte es mit den Augen, ein schwarzer, eleganter Mercedes. Womöglich der letzte Kunde, einer, der ein paar Euro mehr auszugeben hatte. Sie öffnete die Jacke, um ihre großen, prallen Brüste zu zeigen, die Schenkel waren bereits entblößt, aber der Fahrer sah wütend aus und würdigte sie keines Blickes. Er fuhr weiter in Richtung Sampierdarena. Margarita empfahl ihm insgeheim, er solle sich ins Knie ficken, und hielt schon nach weiteren Autos Ausschau, als sie das Geräusch der Bremsen hörte. Der Mercedes hatte hundert Meter weiter gehalten, fast am Ende der Hochtrasse, und für einen Moment fragte Margarita sich, ob der Mann es sich anders überlegt hatte und zurückkehren würde. Stattdessen sah sie, wie sich Fahrer- und Beifahrertür öffneten. Zwei Gestalten bewegten sich geschwind, öffneten den Kofferraum und zerrten etwas heraus, das sie nicht sehen konnte, das aber wie ein zusammengerollter Teppich wirkte. Instinktiv trat sie zwei Schritte zurück in den Schatten. Während die Männer den Teppich an den Enden anhoben, erkannte sie, dass es sich um nichts anderes als einen menschlichen Körper handeln konnte.

Sie legten ihn hinter einen Pfeiler, der ihr die Sicht verdeckte. Wenige Augenblicke später hörte sie das unverwechselbare Geräusch von zwei Pistolenschüssen. Trocken. Hintereinanderweg. Peng. Peng. Dann stiegen die beiden Männer wieder in den Wagen.

Kaum waren sie verschwunden, ging Margarita auf den Pfeiler zu, noch heftiger zitternd. Keine Daunendecke würde das Eis schmelzen, das ihr in die Knochen gefahren war.

Luciani

Mehrmals klingelte das Telefon, ehe Marco Luciani erwachte. Er tastete mit der Hand auf dem Nachtschränkchen herum, bis er es zu fassen bekam. Aufs Geratewohl drückte er ein paar Tasten und hörte endlich eine Stimme, die immer wieder sagte: »Hallo, hallo, Signor Commissario?«

»Hmm«, knurrte er.

»Wir haben eine Leiche, Commissario. Taufrisch.«

»Wer ist es denn?«

»Das wissen wir noch nicht.«

»Nein, wer spricht denn?«

»Hier ist Vitone. Eine Streife hat eben die Leiche gemeldet, zufällig war ich im Büro, ich fahre gerade hin.«

Luciani gähnte laut. »Wo?«, fragte er und legte allmählich seine Benommenheit ab.

»In der Via di Francia, unter einem Pfeiler der Hochtrasse.«

»Sag mir das Wesentliche.«

»Toter mit Schussverletzung. Von den Mördern im Moment keine Spur.«

»Wer ist es denn?«, fragte er wieder.

»Das weiß man nicht, er hat keine Papiere bei sich. Soll vom Aussehen her ein Araber sein.«

»Hast du Calabrò angerufen?«

»Noch nicht. Ich wollte Ihre Instruktionen abwarten.«

»Ruf ihn an. Er müsste vor mir da sein. Schärf den Jungs ein, dass sie nichts anfassen, bis die Kriminaltechnik eintrifft. Ich komme so schnell wie möglich.«

Er schnaubte, stand aus dem Bett auf und reckte die langen Arme. Die Uhr zeigte halb drei. Urplötzlich aus dem Schlaf katapultiert worden zu sein, würde nicht dazu beitragen, seine Laune aufzuheitern. Getöteter Araber unter der Autobahn, wiederholte er für sich. Über den Daumen gepeilt würde dieser Mord nicht für allzu viele Schlagzeilen sorgen. Besser so, dachte er und ging ins Bad, vielleicht werde ich einmal ermitteln können, ohne dass mir dabei ein Haufen Reporter auf den Sack geht. Er sprang unter die Dusche, die ihn endgültig weckte, fischte ein beliebiges Jackett und eine Hose aus dem Schrank, und während er die Socken anzog, roch er den Kaffeeduft, der aus der Küche kam. »Mama, ich habe dich geweckt, entschuldige.«

»Ach, du weißt doch, dass ich nur noch wenig schlafe. Ich habe gehört, dass du dich fertigmachst, und dachte, ich koche dir einen Kaffee. Was ist passiert?«

»Nichts Schlimmes. Jemand ist erschossen worden, wird wohl eine Drogen- oder Weibergeschichte sein. Mach dir keine Gedanken.«

Donna Patrizia schenkte ihm Kaffee ein. »Iss etwas.«

»Nein, um diese Zeit? Da spielt mein Magen nicht mit.«

»Das glaube ich gerne, bei der Arbeit, die du machst. Hast du es nicht allmählich satt, all die Toten zu sehen? All diese Gewalt?«

»Das hast du mich schon tausend Mal gefragt, Mama, und die Antwort ist Nein. Ich will sehen, wer früher aufgibt, ich oder die Mörder.«

Die Mutter schüttelte den Kopf. »Das ist, als wollte man das Meer mit einem Eimerchen leerschöpfen, Marco.«

»Ich weiß, Mama. Aber Eimerchen für Eimerchen, das geht. Und ich hole sie mir alle, einen nach dem anderen hole ich sie mir.«

Er stellte die Tasse auf den Tisch, küsste Donna Patrizia auf die Haare, ging hinaus, startete seinen alten Clio und fuhr auf die Via Aurelia. Um diese Zeit waren mehr Boote auf dem Meer als Autos auf der Straße, und in nicht einmal einer halben Stunde war Marco Luciani am Tatort.

Vitone und die Männer von der Streife hatten bereits das Absperrband gezogen und zwei Streifenpolizisten gerufen, die den spärlichen Nachtverkehr auf die Gegenspur umleiteten. Doktor Vassallo und der Lieferwagen der Kriminaltechnik kamen fast gleichzeitig mit Luciani an, der die Leiche die ganze Zeit mit einem befriedigten Lächeln umrundete.

»Was haben wir hier?«, fragte Vassallo.

»Eine Exekution, würde ich sagen. Aber ein bisschen merkwürdig«, sagte Calabrò, der am längsten Zeit gehabt hatte, sich eine Meinung zu bilden.

»Warum merkwürdig?«

»Auf den ersten Blick gibt es wenig Blut.«

Luciani nickte. Er hatte sich schon lange nicht mehr so gut gefühlt.

»Was sagen Sie, Commissario?«

»Herrlich. Ein herrlicher Mord.«

»Inwiefern?«

Insofern, als ich ab heute wieder auf Diät bin, dachte er. Keine Mittag- und keine Abendessen mehr, Schluss mit Dolci. Endlich wird wieder gearbeitet.

»Polizei. Womit kann ich Ihnen helfen?«

»Sie haben soeben einen Mann getötet. Unter der Hochtrasse.«

»Sagen Sie mir bitte Ihren Namen und Nachnamen.«

»Es ist in der Via di Francia, gleich hinter dem Matitone.«

»Sind Sie dort?«

»Beeilen Sie sich. Vielleicht lebt er noch. Ich traue mich nicht nachzusehen.«

»Bleiben Sie, wo Sie sind. Ich schicke sofort eine Streife. Haben Sie gesehen, was passiert ist?«

»Nein. Ich … Ich habe nichts gesehen.«

Man hörte das Geräusch der Leitung, die unterbrochen wurde.

»Das ist alles?«, fragte Marco Luciani.

»Das ist alles«, wiederholte Vitone, indem er den Mitschnitt des Notrufs stoppte.

»Eine Frau mit südamerikanischem Akzent, die sich nachts um zwei in der Via di Francia herumtreibt. Die müsste relativ leicht ausfindig zu machen sein.«

»Ich habe die Kollegen der zweiten Sektion angerufen. Sie kennen alle Prostituierten«, schaltete sich Calabrò ein.

»Nett von ihr, dass sie angerufen hat.«

»Schon. Wer weiß, ob sie etwas gesehen hat oder nur über die Leiche gestolpert ist.«

»Klar hat sie etwas gesehen«, sagte Luciani.

»Wie können Sie da so sicher sein?«

»Sie sagt es. Sie sagt: ›Sie haben soeben einen Mann getötet.‹ Das heißt, sie hat es mitbekommen. Sonst hätte sie gesagt: ›Hier liegt ein Toter.‹«

Vitone brummte skeptisch: »Hmm. Scheint mir eine zu optimistische Interpretation zu sein.«

»Die Stimme klingt sehr verschreckt. Und außerdem, wenn sie nur die Leiche gefunden hätte, hätte sie auch auf die Streife warten können.«

»Ach was! Wer hat schon gerne Ärger mit der Polizei? Außerdem hat sie vielleicht keine Aufenthaltsgenehmigung.«

»Mag sein. Aber vielleicht will sie nicht identifiziert werden, weil sie den Mörder gesehen hat. Oder die Mörder, da sie von ›sie‹ spricht.«

»Sie sind heute entschieden zu optimistisch, Commissario. Was ist nur los mit Ihnen?«

»Mordfälle heitern meine Laune auf, das weißt du. Und vor allem kann ich mit diesem Fall dafür sorgen, dass Dario Dolci mir nicht mehr auf die Eier geht.«

Dolci

Victoriya war seit einigen Tagen bedrückt. Schweigsam. Und er wusste warum. Die Vorstellung, dass sie seinen Anblick nicht mehr ertrug, dass sie nicht mehr gerne mit ihm zusammen war, nahm ihm den Atem, ließ ihn buchstäblich ersticken. Die Eifersucht erdrückt nicht nur denjenigen, dem sie gilt, dachte er, sondern auch denjenigen, der sie empfindet.

»Wie geht es dir, Schatz?«, fragte er.

»Ein bisschen müde. Aber es ist alles in Ordnung«, sagte sie mit einem gezwungenen Lächeln.

»Du hast schon lange keine Zerstreuung mehr gehabt. Was hältst du davon, wenn wir uns heute mal von Xabier in die Stadt fahren lassen? Wir könnten bei Vito eine Kleinigkeit essen, und wenn du Lust hast, gehen wir anschließend ins Hotel.«

»Nein«, erwiderte sie ein wenig zu hastig. »Nein, wirklich nicht. Mir ist nicht danach.«

»Dir ist nicht nach dem Abendessen oder dem Danach?«

»Nach keinem von beiden. Entschuldige.«

»Wie du magst«, sagte er und versuchte erfolglos, einen Blick von ihr aufzufangen. So weit sind wir schon, dachte er. »Dann vielleicht ein andermal.«

Sie nickte, wortlos, trank schnell den Kaffee aus und stand auf. »Entschuldige mich, ich muss los. Ich bin mit Daniela verabredet. Wir wollen uns ein paar Geschäfte ansehen, und dann gehen wir im ›Corso Como‹ etwas essen.«

Zu viele Erklärungen, dachte er. Victoriya ließ ihn genau

wissen, wohin sie zu gehen vorhatte und mit wem und warum. In Wahrheit wollte sie nur weg von ihm.

»Wenn du möchtest, kann Xabier dich fahren. Ich brauche ihn nicht.«

»Nein danke. Ich nehme ein Taxi.« Sie merkte, dass sie sich zu sehr beeilt hatte, und kehrte zurück, um ihm einen Kuss zu geben. »Wir hören uns später.«

Er nickte, dann schaute er ihr zu, wie sie zur Tür ging mit diesem Schritt, der ihn an einen Gummi erinnerte, ebenso nachgiebig wie stabil, fähig, sich zu biegen, um sofort wieder die Ausgangsform anzunehmen.

Es ist vorbei, dachte Dario Dolci bestürzt. Vorbei sind Freude, Vertraulichkeit, Lachen. Vorbei der Kitzel, das Spiel, vorbei die Zärtlichkeit. Unser gemeinsames Leben ist vorbei. Er hatte gewusst, dass dieser Moment kommen würde, aber er hatte nicht so früh damit gerechnet. Er trank den Kaffee in einem Schluck, ließ den Toast mit Marmelade jedoch auf dem Teller. Er hatte keinen Appetit, und das war bedenklich, denn das passierte ihm nur in extremen Notlagen.

Er schaute auf die Uhr. Er hatte keine Termine, und die Aussicht, sich den ganzen Tag herumzuquälen, machte ihm Angst. Ich muss sofort etwas tun, sagte er sich, ich muss umgehend reagieren.

Er stand auf, ging in die Küche, stellte einen Wassertopf auf den Herd und zündete das Gas an. Gloria Maria wollte gerade einkaufen gehen. »Sind Sie heute nervös, Dottore?«

»Warum?«

»Sie kochen immer, wenn Sie nervös sind.«

»Wirklich? Kann sein, ich muss mich dabei konzentrieren und kriege den Kopf frei.«

»Was bereiten Sie zu?«

»Ein altes neapolitanisches Rezept.«

»Brauchen Sie etwas, ich gehe sowieso auf den Markt?«

Dolci zeigte auf den Kühlschrank. »Ich würde sagen, nein, es ist alles da.«

Benigno betrat die Küche, er hatte die Jacke an und war bereit zu gehen.

»Also, wenn Sie uns nicht brauchen, machen wir uns auf den Weg.«

»Geht ruhig. Wir sehen uns später.«

Luciani und Bonucci

»Vergessen Sie es, Commissario.« Polizeichef Bonucci stand aus dem Sessel auf und trat ans Fenster. »Die Ermittlung zu Dario Dolci ist noch nicht beendet, Sie müssen ihn weiterhin beschützen, bis …«

»Aber es hat einen Mord gegeben!«, rief Luciani und sprang auf die Füße. Der Polizeichef betrachtete ihn von unten, dann hielt er es für angebrachter, sich wieder zu setzen.

»Darum wird Calabrò sich kümmern. Und Vitone, schließlich habe ich ihn nicht abgezogen. Und die anderen Inspektoren.«

»Wie soll ich das verstehen? Ich bin für die Mordkommission verantwortlich, aber wenn es einen Mord gibt, muss ich das Feld räumen, um mit Dolci essen zu gehen?«

»Sie werden die Ermittlungen koordinieren. Das scheint mir kein besonders komplizierter Fall zu sein. Irgendeine Drogen- oder Prostitutionsgeschichte. Geben Sie die Marschroute vor, und überlassen Sie Ihren Mitarbeitern die Arbeit vor Ort. Leiter müssen leiten.«

»Mir gefällt die Arbeit vor Ort. Wenn ich die nicht tun darf, kann ich gleich die Abteilung wechseln. Oder den Beruf.«

Polizeichef Bonucci schien ihn nicht gehört zu haben.

»Außerdem ist das eine Gelegenheit, das Image der Dienststelle aufzupolieren, wie Sie es wünschten.«

»Nein, das ist eine Gelegenheit, erstmals die neuen, von den Optimierern entwickelten Richtlinien zum Vorgehen bei Tötungsdelikten zur Anwendung zu bringen.«

»Das heißt?«

»Das heißt, dass Mordfälle noch immer die öffentliche Meinung interessieren, aber in geringerem Maße, als Sie glauben. Auch weil sie, sprechen wir es ruhig aus, in achtzig Prozent der Fälle Extremsituationen betreffen, Randgruppen, Kriminelle, Illegale, kurz, sie betreffen eine Wirklichkeit, die den ehrlichen Bürger, der Steuern und Ihre Gehälter zahlt, nur bedingt interessiert. Der Mann auf der Straße will lieber eine Stadt, in der er sich sicher fühlt, in der, wenn er eine Streife ruft, weil er etwas Verdächtiges bemerkt hat, die Streife tatsächlich kommt, in der er auch abends spazieren gehen kann, weil er an jeder Straßenecke einen Polizisten sieht, in der er, wenn er wegen einer Amtssache aufs Kommissariat kommt, schnell und gut bedient wird. Diese Dienstleistungen betreffen alle Bürger dieser Stadt, sechshunderttausend Menschen, Tag für Tag. Und die haben Vorrang gegenüber zehn, zwölf Mordfällen pro Jahr, die höchstens einigen Verwandten und Freunden Kummer bereiten, sagen wir, insgesamt fünfzig, hundert Leuten?«

»Also sollen wir darauf pfeifen?«

»Absolut nicht. Sie müssen, wir müssen sie aufklären. Aber nicht um jeden Preis, wenn Sie das Wortspiel gestatten. Wissen Sie, welchen Preis der Staat für einen Mordfall zahlt, der sich, sagen wir, über mehr als zwei Wochen hinzieht? Ihr Gehalt und das Ihrer zwei Inspektoren, die Ausrüstung der Kriminaltechnik, die Abhörmaßnahmen, die Fahrten zu Verhören auswärts, die Fotokopien, die Gutachten, und dann der Richter, die Laienrichter, und die Eskorte des Angeklagten, die Kosten für den Gewahrsam, wenn er in U-Haft kommt … Es gibt Fälle, die die Stadt drei, vier Millionen Euro kosten und an deren Ende der Angeklagte womöglich freigesprochen wird, außer Spesen nichts gewesen, und so nimmt das Vertrauen der Bürger in die Ordnungshüter immer weiter ab. Wenn man Verschwendung bekämpft, wissen Sie, wie viel Benzin man dann den Streifen-

wagen zuteilen, wie viele Überwachungs- und Präventionsmaß-
nahmen man finanzieren kann?«

»Sie wollen sparen? Hervorragend. Beginnen Sie bei den
nutzlosen Beratern, die von unserer Arbeit einen Scheiß verstehen.«

Bonucci schlug mit der Faust auf den Schreibtisch: »Commissario! Das dulde ich nicht!«

Marco Luciani verschränkte schweigend die Arme vor der
Brust.

»Sie bekommen bald ein Handbuch zur Einweisung in die
Richtlinien. Und daran haben Sie alle sich zu halten. Ich sage
Ihnen gleich, dass Sie für einfache Mordfälle zwei Wochen
Zeit haben werden. Wie Sie bereits wissen, werden neunzig
Prozent der Fälle in diesem Zeitfenster gelöst. Eine Über-
schreitung ist kontraproduktiv für Sie, für die Familien der
Opfer und für den Staatshaushalt.«

»Was meinen Sie mit einfachem Mordfall?«

»Ich meine einen einzelnen Mord, bei dem das Opfer weder
ein Kind noch ein Prominenter ist. In letzteren Fällen oder bei
Mehrfachmorden oder Serientätern werden Sie noch andere
Anweisungen bekommen.«

»Und die Toten sind uns wurst, richtig? Die sind ja eh tot.«

Der Polizeichef schüttelte den Kopf, als müsste er sich mit einem störrischen Kind auseinandersetzen. »Commissario, ich
respektiere die Toten, aber ich glaube nicht, dass sie mehr Rechte als die Lebenden haben. Und in unserem Land läuft sowieso
schon alles in diese Richtung, bei den Krankenhäusern angefangen. Die Tage der stationären Behandlung werden am Reißbrett
festgelegt, je nach Abteilung und Art der Erkrankung. Wenn
jemand innerhalb dieses Zeitraums geheilt ist, gut, andernfalls
gibt es keine Heilung. Wenn sich das Zeitfenster schließt, wird
er entlassen oder verlegt. Sinnlos, weiter ein Bett zu belegen, das
für einen anderen die Rettung bedeuten könnte.«

»Ich wette, Ihre Optimierer haben in Krankenhäusern gearbeitet.«

»Sicher. Und dank ihrer Restrukturierungspläne konnte eine kommunale Gesundheitsbehörde ihr Defizit halbieren, in nur drei Jahren.«

»Wie viele sind dadurch ums Leben gekommen?«

»Wie viele sind dadurch gerettet worden, sage ich. Ein effizienteres Krankenhaus ist eine Ressource für alle. Und dasselbe wird mit Ihnen passieren.«

Marco Luciani stand auf. »Gut. Ich denke, ich habe genug gehört. Ich werde die Ermittlung zu Dolci beschleunigen und den anderen Fall in zwei Wochen lösen. Betrachten Sie die zwei Wochen als Frist, um sich einen anderen Leiter der Mordkommission zu suchen.«

Luciani

Doktor Vassallo zog die lange Lade auf, in der die Leiche des Opfers untergebracht war.

»Hier, bitte.«

Marco Luciani betrachtete die Einschusslöcher. Ein Projektil hatte den Mann zwischen Schläfe und linkem Auge getroffen, ein anderes in die Brust. Trotz der Leichenblässe hatte der Leib einen bräunlichen Teint, was den Eindruck bestätigte, dass es sich um einen Nordafrikaner handelte.

»Hat Calabrò Ihnen bereits berichtet?«

»Ja. Aber ich würde es lieber von Ihnen hören, Doktor.«

»Der erste Schuss war tödlich und ging ins Herz. Der zweite ins Gehirn.«

Der Kommissar nickte.

»Bei dem Schuss ins Herz stand er aufrecht, beim Kopfschuss lag er am Boden. Wir haben das Projektil im Asphalt gefunden. Das andere Projektil war noch im Herzen.«

»Dieselbe Waffe?«

»Dieselbe Waffe.«

»Folglich nur ein Täter.«

»Das ist nicht gesagt.«

»Nein, stimmt. Einer allein konnte nicht das Auto steuern, ihn in Schach halten, erschießen … Ich meinte, dass nur einer geschossen hat.«

»Auch das ist nicht gesagt. Der zweite Schuss wurde abgegeben, als der Mann schon eine Weile tot war.«

»Infolge des Herzschusses.«

»Ja. Der jedoch früher abgegeben wurde.«

»Wie viel früher?«

»Schwer zu sagen. Vielleicht ein paar Stunden.«

»Folglich meinen Sie, man hat ihn woanders umgebracht, mit einem Schuss ins Herz. Dann hat man ihn mit dem Auto unter die Hochtrasse gebracht und ein weiteres Mal auf ihn geschossen, diesmal in den Kopf.«

»Genau.«

»Warum sollten sie das getan haben?«

Sein Gegenüber hob die Schultern. »Ich liefere Fakten, Commissario. Die Hypothesen überlasse ich Ihnen.«

Wenn der Kerl nicht am Fundort getötet worden war, dachte Luciani, gab es zwei mögliche Erklärungen. Entweder hatten sie ihn dort hingebracht, um ein Zeichen im Milieu der Prostituierten zu setzen, und dann griff Calabròs erste Hypothese, oder genau das Gegenteil war der Fall: Es handelte sich um ein Täuschungsmanöver, und man hatte ihn vom eigentlichen Tatort entfernt, weil dort das wahre Motiv zu finden war.

»Was gibt es Neues gegenüber dem, was Calabrò mir gesagt hat?«

»Schauen Sie sich die Haut an.«

»Keine Tätowierungen«, dachte der Kommissar laut nach.

»Der Islam verbietet sie«, nickte Vassallo, »und auch das könnte ein Indiz auf seine Herkunft liefern. Aber das ist es nicht.«

Marco Luciani beugte sich hinab. Die Haut glänzte, wie eingefettet.

»Er hat angefangen, eine ölhaltige Substanz auszuschwitzen«, sagte Vassallo.

»Ist das normal?«

»So etwas habe ich noch nie gesehen. Das mag bei der Leiche irgendeines Apostels vorgekommen sein.«

»Könnte man ihn vergiftet haben?«

»Um ihn dann zu erschießen? Zu aufwändig.«

»Also? Woher kommt das?«

»Tja, keine Ahnung. Wie ich sagte: Ich lege die Fakten dar, die Theorien überlasse ich Ihnen. Ich hielt es jedenfalls für einen Umstand, der sie weiterbringen könnte. Ich werde die Substanz untersuchen und Sie auf dem Laufenden halten.«

Luciani und Dolci

Dolci legte die Gabel hin und lächelte den Kommissar an. »Ich hätte in so kurzer Zeit nicht mit einem Ergebnis gerechnet.«

»Es war nicht schwer. Der Inhalt, der Stil, der Tonfall … Die Kollegen vom Verfassungsschutz kennen das auswendig. Sie mussten nur ein paar autonome Zentren durchsuchen und einen Abgleich der Drucker vornehmen.«

»Ich dachte mir, dass sie es sind«, sagte Dolci.

»Wir können nicht viel unternehmen, gerade mal eine Anzeige wegen Bedrohung, aber wir werden ihnen auf den Pelz rücken.«

»Ich habe kein Interesse an einer Anzeige, Commissario. Das ist Zeitverschwendung. Mir reicht, dass sie damit aufhören. Nicht meinetwegen, wegen Vika. Sie ist verängstigt durch all diese Gewalt, und sei sie nur verbal.«

»Auch bei den Briefen aus Rom haben wir Fortschritte gemacht. Aber vorerst sage ich Ihnen lieber nichts. Offen bleibt die Spur der unfrankierten Briefe. Sind davon noch welche gekommen?«

»Nein.«

»Wollen wir hoffen, dass es damit vorbei ist. Wir werden Ihnen noch eine Weile Schutz zusichern durch die Mailänder Kollegen.«

»Auch Sie möchten mich loswerden, Commissario?«

»Wieso auch ich?«

Dolci seufzte. »Nichts. Streit mit den Produzenten von ›Stelle in Cucina‹. Es gab ein paar Meinungsverschiedenheiten, und sie drohen, den Vertrag aufzukündigen.«

»Das tut mir leid.«

»Mir nicht. Sie haben sich an die Werbung verkauft und erwarten, dass ich bei dem Spiel mitmache. Ich aber mache Werbung nur für mich selbst. Meine Unabhängigkeit ist mein Kapital, wenn ich anfange, mich für Hähnchen und Frischkäse zu prostituieren, verliere ich jede Glaubwürdigkeit, ebenso wie mein Führer. Sie kriegen jedenfalls eine schöne Schadensersatzklage an den Hals. Und wenn ich klage, dann immer um Millionen.«

»Ist das so wichtig?«

»Sicher. Die Leute hören auf mich. Sie vertrauen mir, weil mein Führer seriös ist. Ich mache mich nicht zur Hure, ich bitte nicht um Sponsorengelder, ich beurteile einzig und allein die Restaurants, die ich selbst ausprobiert habe und regelmäßig besuche.«

Marco Luciani nickte. Für ihn rangierte die Nutzlosigkeit eines Führers mit Restaurantbewertungen gleich hinter dem Straßenatlas des Pluto.

Dolci sah den Küchenchef kommen und lächelte ihn an.

»Was für eine Freude, dich zu sehen, *mon cher ami*!«

Man stellte sich einander vor, Marco Luciani bestätigte, dass der Salat exzellent sei und er nichts weiter essen wolle, während Dolci sich in Komplimenten verbreitete. »Außerordentliche Vorspeisen. Die Krebse: wundervoll.«

»Was hattest du als ersten Gang?«

»Tagliolini. Gut, exzellent. Aber hast du eine andere Butter verwendet?«

Sein Gegenüber seufzte. »Ich musste. Die bisherige wird nicht mehr hergestellt. Ich habe eine sehr ähnliche ausfindig gemacht, aber wirklich zufrieden bin ich noch nicht.«

»Sie sind trotzdem herausragend. Kaum jemand wird den Unterschied bemerken.«

»Nun, die Gäste sicher nicht. Und deine Kollegen ... Den meisten könnte ich auch Margarine vorsetzen, und sie würden nicht die Bohne merken.«

Dolci schüttelte resigniert den Kopf. »Dank der Blogs kann sich heutzutage jedes mit Mund und After ausgestattete Lebewesen zum Restaurantkritiker aufschwingen.«

»Wir haben auch heute Abend einen hier«, bestätigte der Küchenchef.

»Wo?«, fragte Dolci und tat, als hätte er ihn noch nicht entdeckt.

»Rechts von euch, da hinten. Der elegante Herr, der mit seiner Freundin am Fenster sitzt.«

»Ich sehe ihn«, sagte Dolci. »Kennen Sie ihn, Commissario?«

»Das Gesicht ist mir nicht neu, aber ...«

Der Küchenchef schaltete sich ein: »Er ist Staatsanwalt, einer von denen, die immer in vorderster Front stehen. Er hat gegen Sezessionisten, gegen Pädophile, gegen Fernsehstars, gegen jeden, der für fette Schlagzeilen sorgt, ermittelt. Jetzt ist er pensioniert, er isst gerne und hat einen Blog, in dem er Restaurantkritiken veröffentlicht.«

»Und er versteht nichts davon?«, fragte Luciani.

»Wenn es nur das wäre. Die Sache ist, dass er mir, ehe er geht, wie immer sagen wird: ›Ich brauche eine Rechnung.‹«

»Darin kann ich nichts Schlechtes erkennen.«

»Er will sie mit einer Auflistung aller Gerichte, jedes einzeln deklariert.«

»Richtig. Um seinen Lesern zu zeigen, was er gegessen hat.«

»Und er wird sie für eine Person verlangen, auch wenn sie zu zweit gegessen haben.«

»In welchem Sinn?«

»In dem Sinn, dass er mit seiner Frau kommt, öfter noch

mit einer Freundin oder einem Freund. In der Regel ist der Freund ein Oberst der Finanzpolizei.«

In Marco Luciani keimte ein Verdacht. »Und er lässt die Gesamtrechnung allein auf seinen Namen ausstellen?«

»Genau.«

»Hmm. Was macht das für Sie für einen Unterschied?«

»Keinen. Abgesehen von einem winzigen Detail. Dass er nicht zahlt.«

»Für die Frau?«

»Weder für die Frau noch für den Oberst, noch für sich.«

»Er bezahlt nicht?«

»Er. Zahlt. Nie. Einen. Cent.«

Luciani erwiderte nichts.

»Aber er will die Rechnung. Und bei dem, was er verspeist, sind das mindestens hundert Euro pro Kopf. Zu zweit zweihundert.«

Luciani sah ihn an.

»Ich zahle Steuern auf das Geld, das ich gar nicht eingenommen habe.«

»Und warum jagen Sie ihn nicht zum Teufel?«

»Weil er zwei, drei Mal im Jahr kommt. Und weil er mächtig ist. Wenn ich eine Szene mache oder ihn vor die Tür setze, dann lassen er oder sein Kumpel, der Steuerfahnder, mich noch viel mehr bluten als so. Also halte ich den Mund, ich und meine Kollegen, die in den Genuss seiner geschätzten Besuche kommen.«

Wie erbärmlich, dachte der Kommissar und schaute wieder nach dem Staatsanwalt. »Gibt er wenigstens ein positives Urteil über Sie ab?«

»Einigermaßen. Er spart aber auch nicht an konstruktiver Kritik. Er legt Wert darauf, sein unabhängiges Urteil zu wahren.«

»Können Sie ihn nicht von einem Auto überfahren lassen, wenn er hier rauskommt?«

Sein Gegenüber betrachtete ihn überrascht, denn Lucianis Ton war todernst gewesen, dann merkte er, dass es ein Witz war, und lachte.

»Das ist ein aussichtsloser Kampf, und wollte man sie alle überfahren, bräuchte man einen Sattelschlepper. Das sind die Parasiten, die sich unser Land einverleibt haben, Herr Kommissar. Happen für Happen. Sie sitzen bequem zu Tisch, während wir daneben stehen, sie zu bedienen, in Erwartung ihres Urteils. Wir kleinen Unternehmer, die wir unsere Existenz riskieren, die sechzehn Stunden am Tag arbeiten und nachts nicht schlafen, aus Angst vor den Kreditzinsen, während diese Heerschar an Intellektuellen, Parteisoldaten, Staatsanwälten, Universitätsprofessoren, Journalisten, alle überbezahlt und unkündbar, uns mit erhobenem Zeigefinger betrachtet und uns sagt, was man zu tun und zu lassen hat, was man sagen darf und was nicht. Ich habe in dreißig Jahren Profession mindestens zwanzig Köche und über hundert Kellner das Handwerk gelehrt. In den letzten zehn habe ich nie weniger als eine Million Euro pro Jahr Umsatz gemacht, und davon habe ich neunzig Prozent für Miete, Löhne, Steuern aller Art abgetreten. Ich habe meinen Beitrag zur Erhaltung von Fischern, Jägern, Trüffelsammlern und Landwirten geleistet. Aber da ich meinen Sohn zum Studieren nach London geschickt und mir vor fünf Jahren eine kleine Yacht geleistet habe, von der ich ein Leben lang geträumt hatte, bin ich bestimmt ein Steuerhinterzieher oder ein Geldwäscher, oder einer, der irgendwo Geld geklaut hat. Aber die da, die nie ihre Existenz aufs Spiel gesetzt haben, die gratis in den öffentlichen Schulen lernen durften und Gehälter von zehntausend Euro im Monat beziehen; die sich die Zeit damit vertreiben, meine Telefonate zu belauschen, das Geld der Steuerzahler vergeudend; die in die Zeitung schreiben, wen und wie ich gerne pimpere, wann zum Geier fangen die eigentlich an, zu bezahlen?«

Dolci gab ihm ein Zeichen mit der Hand, wie um zu sagen: Lehn dich nicht zu weit aus dem Fenster, und der Wirt versuchte schnell zurückzurudern: »Verzeihen Sie mir den Ausbruch, Herr Kommissar, aber auch in Ihrer Branche sind nicht alle so integer wie Sie.«

»Wahrscheinlich auch nicht in Ihrer«, gab Luciani mit einem feinen Lächeln zurück.

Es setzte ein recht langes Schweigen ein, ehe Dolci intervenierte, um alle aus der Verlegenheit zu befreien: »Eine spannende Diskussion. Was ich aber wissen möchte, ist: Was gibt's zum Nachtisch?«

Sie fuhren mit dem Wagen zurück Richtung Zentrum. Dolci hatte sich einen Kelch Champagner aus der Bordbar eingeschenkt, aber Luciani hatte nicht mit angestoßen. Xabiers Fahrstil war nervöser als gewöhnlich, er tippte oft auf das Bremspedal und wechselte die Fahrspuren, als hätte er es eilig, anzukommen.

»Was ich am unglaublichsten finde, ist diese Polarisierung zwischen Links und Rechts. Ich dachte, die Küche wäre apolitisch, brächte alle an einen Tisch, stattdessen …«

»Ich hasse Stammtischsprüche, Commissario, aber in unserem Land ist die Linke genauso unersättlich wie die Rechte. Nur ist das Essen anders angerichtet. Sie sind vielleicht zu jung, um sich zu erinnern, jedenfalls sind Sie reich geboren, soweit ich verstanden habe … Aber ich habe die Arme-Leute-Küche wirklich kennengelernt, ich bin mit der Arme-Leute-Küche aufgewachsen und trauere ihr kein bisschen nach. Als ich ein junger Bursche war, in den Siebzigerjahren, war roher Schinken eine Rarität. Er war fast unerschwinglich. Wir aßen gekochten Schinken und Schweineschulter. Das Abendessen meiner Großeltern bestand aus Milchkaffee und trocken Brot. Fleisch gab es zweimal die Woche, oft waren es Fleischklopse,

Markknochen oder faseriges Gulasch. An frischen Fisch kann ich mich nicht erinnern, außer an Sardellen. Meine Mutter gab mir Tiefkühlkost: Filets von Rauher Scholle, Fischstäbchen aus Kabeljau. Tintenfisch war eine Ausnahme, die erste Brasse habe ich, glaube ich, als Erwachsener gekostet, bei einer Hochzeit. Wir aßen reichlich Pasta, Kartoffeln, gekochte Eier und Omelettes, Frikadellen, hausgemachte Pizza. Käse war für uns Scheiblettenkäse, Stracchino, Emmentaler und Fontal. In der Suppe aufgelöster Schmelzkäse. Wasser gab es aus dem Wasserhahn, und wenn wir Sprudel wollten, schütteten wir Sodapulver dazu, das Öl gab es tröpfchenweise, denn es war echt und kostbar, nicht der Dreck, den sie jetzt verkaufen, Nachtisch gab es nur am Sonntag. Und im Restaurant – wenn wir denn einmal ausgingen, aber die Gelegenheiten waren rar – standen auf der Speisekarte Pasta mit Tomaten- oder Hackfleischsoße, Schnitzel nach Mailänder Art oder Braten mit Kartoffeln, bestenfalls Scholle nach Müllerinart, für die Feinschmecker. Uns ging nichts ab, und wir litten keinen Hunger, wir bekamen halt nur billige Kost, es ging darum, den Bauch voll zu kriegen. Und wissen Sie, was dann passiert ist?«

Marco Luciani schüttelte widerstrebend den Kopf. Dieses Thema weckte in ihm nicht das geringste Interesse. Er hätte ein Jahresgehalt dafür gegeben, jetzt bei Calabrò in Genua zu sein und zum Toten an der Hochtrasse zu ermitteln.

»Es kamen die Achtzigerjahre, weiß Gott. Die Jahre der Rukola, wie wir wissen, der Shrimps, der omnipräsenten Sahne. Des Tiramisu. Es war viel Geld im Umlauf, und man aß anders. Nicht besser, anders. Es war die Küche derjenigen, die sich endlich ein paar Grillen leisten konnten. Vor allem konnte man öfter zum Essen ausgehen, und da wollte man nicht dasselbe vorgesetzt bekommen wie zu Hause. So begannen die Experimente: Pennette mit Lachs, Pennette à la Wodka, gastronomische und gastrische Schandtaten, aber in dem Alter verdaute ich sogar Pflastersteine.«

»Ich verstehe nicht, worauf Sie hinauswollen.«

»Auf die letzten zwanzig Jahre. In denen die Unterschiede ausgelöscht und dieses Land zugrunde gerichtet wurde. In den Achtzigerjahren sah man die Reichen und wollte werden wie sie, man mühte sich um Erfolg, um Geld, wie J. R., weil man wusste, nur so würde man Villen, schöne Frauen, Ferien in exotischen Ländern und auch gutes Essen bekommen. Das waren legitime Ziele, Commissario, an diesen Sehnsüchten gab es nichts auszusetzen. Doch dann kam Tangentopoli, es kam die Inquisition, das Geld hatte wieder den Schwefelgeruch des Teufels, und wer es besaß, musste sich dafür schämen.«

»Sie hätten sich gut mit meinem Vater verstanden.«

»Das freut mich.«

»Er wurde wegen Bestechlichkeit verurteilt, und ich habe zehn Jahre lang kein Wort mit ihm geredet.«

Diesmal verschlug es sogar Dolci die Sprache. Aber er erholte sich schnell.

»Ich bin auch dagegen, dass man das Gesetz bricht. Ich lege Wert auf Einhaltung der Regeln. Nur wird nun prinzipiell jeder Versuch, sich vor den anderen auszuzeichnen, erstickt. Wenn du heute ein armer Schlucker bist und jemanden mit Geld siehst, willst du nicht mehr werden wie er, sondern dafür sorgen, dass er so wird wie du. Und wo kommt eine Gesellschaft mit solchen Vorstellungen hin, eine Gesellschaft, in der alle abwärtsgedrängt werden? Die Mehrheit der Italiener ist nichts wert, weiß nichts, die Jungen sind nicht mehr zu körperlicher Arbeit fähig, aber zu geistiger fehlt ihnen das Wissen. Sie können keine Fremdsprachen, sind nicht weltoffen, sondern provinziell. Sie finden irgendeinen Pseudojob, den jeder machen könnte, verdienen wenig, was angemessen ist, weil ihre

Arbeit jeder verrichten könnte. Aber alle meinen trotzdem, sie wären das Salz der Erde und ihnen stünde das Beste zu.«

»Folglich?«

»Folglich, und jetzt komme ich zum Punkt, macht man ihnen vor, sie bekämen es. So haben wir jetzt das exklusive Produkt für jedermann. Früher hatten Nahrungsmittel nur einen Namen, jetzt haben sie Vor- und Zunamen: Schinken aus Parma, Lardo aus Colonnata, Mozzarella di bufala, Knoblauch aus Vessalico, Pistazien aus Bronte. Selbst das Salz: heute ist es rosa und aus dem Himalaya, rot und aus Hawaii, blau und aus Persien. Das Basilikum aus Prà. Um all das Basilikum hervorzubringen, das verkauft wird, müsste Prà so groß wie Los Angeles sein. Und um alle Schweine mit dem Parma-Siegel zu beherbergen, müsste die Po-Ebene so groß wie Polen sein – woher diese Schweine übrigens in Wahrheit kommen. Das alles ist eine gigantische Inszenierung, Commissario, bei der es keine verlässlichen Größen mehr gibt. Früher war die Produktion limitiert, und der Preis war Indikator für alles. Heute sind die Preise im Keller, der des echten Schinkens wird ein bisschen niedriger gehalten, denn der Verdienst kommt sowieso vom gefakten. Sie sehen gleich aus, tragen denselben Stempel … Um sich zu schützen, gibt es nur einen Weg: Man muss Geruch und Geschmack unterscheiden können. Aber wie viele sind dazu schon in der Lage?«

»Ich sicher nicht«, sagte Marco Luciani und hob abwehrend die Hände.

»Und das ist schade. ›Der Mensch ist, was er isst‹, Commissario, das ist nicht nur ein Spruch zum Auswendiglernen fürs Gymnasium. Wenn ich Ihnen einen Rat geben darf, hören Sie auf, sich zu vernachlässigen. Gönnen Sie sich öfter mal ein gutes Essen, und Sie werden sehen, dass Sie sich wie anderen ein wenig mehr Liebe schenken werden.«

Luciani und Calabrò

Die Tage gingen dahin, und der Nordafrikaner war immer noch nicht identifiziert. Calabrò und die Inspektoren hatten rund um die Uhr gearbeitet – ohne Ergebnis.

»Wie kann er verschwunden sein, ohne dass es jemand bemerkt hat? Er ist jung, er müsste eine Freundin, eine Frau, Eltern haben …«

»Vielleicht haben die ihn umgebracht«, mutmaßte Vitone.

»Alle gemeinsam?«

»Vielleicht ist er ein Illegaler, alleine hier eingetroffen.«

»Wollen wir das Foto in die Zeitung setzen?«, schlug Barabino vor.

»Sein Gesicht ist übel zugerichtet. Das wäre kein schöner Anblick. Und für uns ist das wie das Eingeständnis einer Niederlage. Aber wenn wir ihn bis morgen nicht identifiziert haben, wird uns nichts anderes übrigbleiben.«

Marco Luciani trat ein, setzte sich auf den Schreibtisch, stellte seine finsterste Miene zur Schau und musterte seine Leute über eine Minute lang, ohne zu sprechen. Die Stille im Konferenzraum wurde drückend.

»Ich hatte euch klare Handlungsanweisungen gegeben. Ich komme zurück, und das Ergebnis ist gleich null. Der Tote hat immer noch keinen Namen. Ihr habt die Zeugin nicht ausfindig gemacht. Die Familie ebenso wenig. Vom Auto keine Spur. Was treibt ihr eigentlich?«

Die Inspektoren hielten die Köpfe gesenkt.

»Es ist nicht einfach, Commissario«, versuchte Vitone sie

zu rechtfertigen. »Die Leiche gibt uns keinerlei Hinweise, und ...«

»Ich sage dir, warum es nicht einfach ist. Weil der Tod dieses armen Schluckers allen am Arsch vorbeigeht. Oder jedenfalls ginge er euch nicht ganz so am Arsch vorbei, wenn er blond wäre, gut gekleidet und in einer Villa in den Bergen umgebracht worden wäre.«

Er suchte den Blick seiner Männer aufzufangen, aber nur Vitone wagte, ihn anzuschauen. Die anderen sahen sonst wo hin.

Calabrò, der in der ersten Reihe saß, zwischen seinem direkten Vorgesetzten und den Inspektoren, wollte sich einschalten, aber Luciani bremste ihn mit erhobener Hand: »Dieser ganze Schwachsinn, der von den Optimierern kommt, all die Einlassungen über Effizienz, die ihr vom Polizeichef hört, davon will ich nichts wissen. Zwei Wochen, drei Wochen. Der einfache Mord und der komplexe. Die Evaluationskriterien, das Vertrauen in die Polizei, Treibstoffkosten, Handtaschenraub, Kontrolle des Territoriums. Wir sind die Mordkommission, und solange ich hier bin, wird gearbeitet, wie ich es sage. Muss ich euch die Erklärung der Rechte des Mordopfers vorlesen? Vor dem Gesetz sind alle Opfer gleich, es ist untersagt, sie aufgrund ihres Alters, ihres Wohnviertels, ihres Besitzes, des Vorstrafenregisters, ebenso wenig natürlich aufgrund ihres Geschlechts, ihrer Rasse, Religion oder sexueller Vorlieben zu diskriminieren. Wenn ihr die Lebenden diskriminiert, können die sich wenigstens wehren. Die Toten nicht. Die Toten sind schutzloser als ein Neugeborenes, wir müssen den Toten Gerechtigkeit widerfahren lassen. Und die Toten, Männer, sind alle gleich. Es sind Seelen, die nach Gerechtigkeit verlangen, und ich will abends ins Bett gehen, ohne dass die Gespenster über mich herfallen.«

Einige Beamte begannen zu nicken.

»Deshalb, Leute, fliegt der Nächste, den ich ›der Afrikaner‹ oder ›Neger‹ oder ›Scheißaraber‹ sagen höre, aus der Abteilung. Von jetzt an werdet ihr ihn Marco Parodi nennen, und ihr werdet ermitteln, als wäre er euer Bruder gewesen oder euer netter, hilfsbereiter Nachbar.«

Er schaute noch einmal einen nach dem anderen an, stellte befriedigt fest, dass die Botschaft angekommen war, dann sagte er: »Setzt die Besprechung mit Calabrò fort«, und verließ den Raum.

Dolci

Victoriya hatte ihn angelogen. Diese unwiderlegliche Wahrheit grub sich in sein Fleisch und drang mühelos, in schmerzhaften Stichen, die ihm wie das Vorspiel zum endgültigen Zusammenbruch vorkamen, bis zum Herzen vor. Ohne Vika würde er es nicht schaffen, weiterhin die tägliche Komödie zu spielen. Aus dem Bett aufzustehen, Mut zu schöpfen, einen eleganten Anzug anzuziehen und das Lächeln des Welteroberers aufzusetzen. Ohne sie, das wusste er, würde er im Bett bleiben, weil jeder Schritt eine Tortur für die Knie war, jeder Atemzug knapp und keuchend, jede Bewegung ein Messerstich in den Rücken. Wer weiß, wie viel Zeit mir überhaupt noch bliebe, dachte er, ein wenig länger als gewöhnlich im Bett verharrend. Auch der mythische Atlas wird es früher oder später müde sein, das Gewicht der Welt auf den Schultern zu tragen, und er wird uns irgendwo ins Nichts schleudern.

Er hatte Victoriya alles gegeben, was er hatte. Seine Wohnung, sein Geld, sein Wissen und vor allem sich selbst, den Dario Dolci, den alle kannten, und auch den, den sich niemand vorstellen konnte, den sie jedoch, aus irgendeinem mysteriösen Grund, unwiderstehlich gefunden hatte. Ich habe ihr alles gegeben und im Gegenzug nur eines verlangt: mich nie anzulügen. Kein Gedanke, kein Verlangen, keine Angst konnten ihn erschrecken oder abstoßen, wenn sie Teil von ihr waren. Er hätte sie akzeptiert, hätte ihr bei der Verwirklichung geholfen oder sie vor sich selbst geschützt.

Ich habe immer gewusst, dass es so enden würde, wiederholte er sich, aber ich habe hart gekämpft, damit mein Leben nicht zum Klischee verkommt, und nun muss ich ein anderes Finale für uns beide, für diese Geschichte finden. Es muss ein schnelles und elegantes Finale sein, denn jetzt, da Victoriya mich angelogen hat, wird jeder Tag, jede Stunde, die wir gemeinsam verbringen, eine nutzlose Fiktion sein.

Er betrat Victoriyas begehbaren Kleiderschrank. Das hatte er schon lange nicht mehr getan. Zu viele Termine, zu viel zu erledigen und wenig Zeit, um in diesem Raum allein und genussvoll ihren Duft einzuatmen. Er schloss die Augen und ließ sich einhüllen. Jedes Kleid hatte eine andere Note, der Geruch der Wäscherei war nicht der der Waschmaschine zu Hause, Baumwolle nahm den Duft anders auf als Seide, Schuhe und Tücher konservierten ihn länger als die anderen Stücke. Er steckte sein Gesicht in einen seiner Favoriten, ein Hermès-Tuch in Meerblau. Eines seiner ersten Geschenke an sie. Er sog die Luft tief ein und meinte, neben Vikas Duft den eines frischen Maiabends zu riechen, als sie auf einer Terrasse in Cannes aßen, im Rhythmus des Mittelmeers atmend. Es war ein perfekter Abend gewesen, sie schön wie nie, und er, nun, er hatte völlig ungezwungen mit seinen Blicken und Worten gespielt, hatte jeden Moment, jedes Lachen, jeden Schluck Wein genossen.

Die großen Liebesgeschichten währen nie allzu lange, und gewöhnlich enden sie tragisch. Romeo und Julia. Paolo und Francesca. Das Geheimnis ewiger Jugend ist, jung zu sterben. Das Geheimnis ewiger Liebe ist, sie zu töten, ehe sie zur Gewohnheit oder zur schmerzlichen Erinnerung verkommt.

Er streichelte das azurblaue Kleid, das Vika an jenem Abend getragen hatte. Es war leicht, reichte knapp übers Knie, ließ ihre Beine und den strammen Hintern perfekt zur Geltung kommen. Manchmal trug sie Stiefel dazu, aber zu diesem Anlass passten sie nicht. Die Pumps mit Neun-Zentimeter-Absatz waren ideal.

Nadia und Abdel

Das Handy klingelte. Nadia rief an. Das vierte Mal innerhalb weniger Stunden. Da kann ich auch gleich rangehen, dachte er.
»Hallo.«
»Fouad, bist du das?«
»Hallo, Nadia. Nein, ich bin's, Abdel. Wie geht es dir?«
»Wo ist Fouad?«
Abdel schluckte. »Ich weiß nicht. Hat er dich nicht angerufen?«
»Nein. Wann?«
»Ich weiß nicht. Soll ich ihm etwas sagen, wenn ich ihn sehe?«
»Er soll mich sofort anrufen.« Sie machte eine Pause. Erst jetzt merkte sie, dass etwas nicht stimmte. »Entschuldige mal, warum hast du eigentlich sein Handy?«
»Er hat es mir geliehen.«
»Wann?«
Abdel befiel Panik. Was sag ich ihr jetzt?, dachte er.
»Abdel? Hörst du mich?«
»Hallo?«, sagte er. »Hallo, Nadia? Ich höre dich nicht mehr.«
»Ich höre dich, Abdel. Ich habe nach dem Handy gefragt.«
»Hallo? Hallo?«, wiederholte er. »Die Leitung muss unterbrochen sein.«
Er drückte auf die rote Taste und kappte die Verbindung, dann schaltete er das Telefon ganz ab. Ich hätte mir eine glaubwürdige Geschichte zurechtlegen müssen, ehe ich ranging, dachte er. Er holte Luft und überlegte, was er ihr erzählen sollte.

»Ich bin es, Abdel.«

Nadia öffnete die Tür. Die Miene ihres Schwagers war noch orientierungsloser als gewöhnlich, aber erleichtert stellte sie fest, dass er saubere Kleidung und nagelneue Schuhe trug.

»Was ist passiert? Ich habe versucht, dich zurückzurufen, aber das Handy war immer aus.«

»Der Akku war leer, und ich hatte kein Ladekabel.«

»Wo ist Fouad?«

»Ich dachte, du wüsstest es. Hätte er nicht gestern zurückkommen sollen?«

»Ja, aber er ist nicht zurückgekommen. Wann hast du ihn denn gesehen?«

Ihr Gegenüber zögerte.

»Abdel. Wann hast du ihn gesehen?«

»Vor seiner Abreise. Vor einer Woche.«

Nadia runzelte die Stirn. »Wie kommst du zu seinem Handy?«

Jetzt saß Abdel auf dem Sofa, während Nadia wutentbrannt im Wohnzimmer auf und ab ging. »Also bist *du* nach Tunesien geflogen. Und *du* hast mir die SMS geschickt.« Abdel hielt den Kopf gesenkt und schwieg.

»Die Nachrichten wie ›Ich liebe dich‹, ›Du fehlst mir‹ und diesen ganzen Scheiß. Ich hätte gleich merken müssen, dass das nicht von Fouad kommen konnte. Ich dachte, ich würde ihm fehlen, er hätte ein schlechtes Gewissen.«

»Er hatte mich gebeten, dir hin und wieder eine SMS zu schicken.«

»Pah, du hättest dich über den Stil informieren müssen. Du hättest schreiben müssen: ›Alles okay. Und du, blöde Kuh?‹«

Abdel biss sich auf die Lippe. »Tut mir leid.«

»Was tut dir leid? Dass du dich von deinem Bruder hast benutzen lassen?«

»Tut mir leid, dass es zwischen euch Probleme gibt.«

»Das betrifft dich nicht. Wenn er zurückkommt, mache ich das mit ihm ab. Jetzt aber will ich wissen, wo er ist.«

Abdel breitete die Arme aus. »Ich habe keine Ahnung. Wirklich.«

»Ich glaube dir nicht, dass er dir nicht gesagt hat, wo er hinwollte.«

»Wirklich. Er sagte nur, dass er hier etwas zu erledigen hätte.«

»Wo hier?«

»Ich denke, hier in Imperia. Oder hier in der Nähe.«

»Und er hat dir nicht gesagt, was?«

»Nein, vergiss es. Aber er wirkte besorgt.«

»Eure Verabredung war jedoch in Genua.«

»Ja. Gestern Vormittag. Und er hat sich nicht blicken lassen.«

Nadia sah auf die Uhr. Gleich würden die Kinder aus der Schule kommen. »Hat er ein zweites Handy? Hat er dir eine Nummer gegeben?«

»Ja, aber …«

»Ruf ihn an.«

»Das habe ich getan. Zigmal. Er ist nicht erreichbar.«

»Gib mir die Nummer. Und lass mir sein Handy da.«

»Ehrlich gesagt … Wenn er erfährt, dass ich es dir gegeben habe …«

»Gib mir dieses Scheißhandy, Abdel! Ich bin immer noch seine Frau und habe das Recht zu wissen, wo er sich versteckt!«

Luciani und Donna Patrizia

Marco Luciani trat im Bademantel aus der Dusche und ging in die Küche, um Teewasser aufzusetzen. Er hätte fast einen Satz gemacht, als er am Tisch Donna Patrizia und Tante Rina erblickte, die ihn lächelnd ansahen.

»Mama. Tante. Was ist los?«

»Nichts, mein Lieber. Alles in Ordnung?«

»Bei mir schon. Wollt ihr einen Tee?«

»Haben wir schon getrunken. Geh dich ruhig anziehen, ich mache dir einen. Und da wir schon einmal hier sind, lass uns ein paar Minuten reden.«

Marco Luciani brauchte länger als gewöhnlich, um sich die Haare zu föhnen und sich anzuziehen. Seit er die Mienen der beiden Frauen, und vor allem ihr Lächeln gesehen hatte, schrillten in seinem Kopf Dutzende Alarmglocken.

»Hier bin ich«, verkündete er schließlich und setzte sich vorsichtig.

Seine Mutter schenkte ihm Tee ein, während Tante Rina ihm ein Tablett mit Gebäck und Baisers reichte. »Das ist Mandelteig ohne Mehl, die kannst du essen. Du bist so dürr, dass …«

Donna Patrizia brachte sie mit einem strengen Blick zum Schweigen.

Sie betrachteten ihn eine Weile, während er den Tee trank, lächelten, nickten, sagten aber nichts, bis der Kommissar die Tasse absetzte und schnaubte: »Was soll das hier geben? Arsen und Spitzenhäubchen? Werde ich gerade vergiftet, oder wie?«

»Marco!«, rief seine Mutter aus. »Was ist denn das für ein Benehmen?«

»Entschuldige, aber ihr sitzt da und starrt mich an wie …«, er wollte sagen: »Verrückte«, hielt sich aber zurück, »… ohne zu reden. Darf man erfahren, was los ist?«

Donna Patrizia betrachtete Tante Rina, die sie mit einer Geste ermunterte. »Weißt du, Marco, ich habe nachgedacht. Und ich glaube, du musst weggehen.«

»Weggehen? Wohin denn?«

»Wohin du willst. Weg von hier. Ein Tapetenwechsel. Wie viele Jahre lebst du schon hier?«

»Keine Ahnung …«

»Seit Papa gestorben ist, wohnst du hier. Und dafür bin ich dir dankbar, wirklich. Du bist uns eine große Hilfe, aber es ist nicht richtig, dass ein junger Bursche wie du den Rest seines Lebens mit seiner alten Mutter und seiner alten Tante verbringt.«

»Ich bin kein junger Bursche mehr, Mama. Ich bin über vierzig.«

»Eben, Marco. Du musst eine Familie gründen, eine Frau finden, Kinder zeugen. Die Zeit vergeht, und solange du hier bei uns bist … wie sollst du da eine Frau kennenlernen?«

»Und wenn ich das nicht wollte, Frau und Familie?«

»Unsinn. Alle wollen es. Du wirst doch unsere Linie nicht aussterben lassen wollen?«

Der Kommissar seufzte. »Ich weiß nicht, Mama. Ich lerne zwar Frauen kennen, aber kaum eine interessiert mich.«

»Jesus Maria! Wes Geistes Kind bist du eigentlich? Sicher nicht das deines Vaters. Der hat sein Leben genossen.«

Marco Luciani fuhr hoch. Sein Vater hatte fast sein ganzes Leben lang Frauen nachgestellt, auch deutlich jüngeren. Dass seine Mutter dies als beispielhaft ansah, nun, das war zumindest überraschend.

»Schau mich nicht so an. Dein Vater war verheiratet, während du niemandem verpflichtet bist. Lass dich ein bisschen gehen, such dir ein junges Mädchen, eines, das in dir Begeisterung weckt. Wenn ihr dann seht, dass es funktioniert, zieht zusammen und macht mir ein paar Enkel. Wenigstens solange ich noch rüstig genug bin, euch zu helfen.«

Marco Luciani deutete auf die Küche, den Garten. »Und das Haus? Wie willst du das alleine in Schuss halten?«

Donna Patrizia sah durch die Glastür nach draußen, wartete einige Sekunden, dann sprach sie: »Brambilla hat mit mir geredet. Und ich habe beschlossen, sein Angebot anzunehmen.«

»Was?!«

»Ich habe lange darüber nachgedacht, und es scheint mir ein anständiges Angebot zu sein.«

»Will sagen?«

»Er wird sich um die Renovierung kümmern, das Haus in sechs verschieden große Apartments aufteilen. Zwei kleine werde ich bekommen, außerdem eine halbe Million Euro in bar.«

»Und der Rest?«

»Die anderen vier Apartments wird er verkaufen.«

»Er wird damit einen Haufen Geld machen.«

»Das wünsche ich ihm. Es wird mich aber nichts mehr angehen. Sobald ich verkauft habe, wird das gesamte Risiko bei ihm liegen. In diesen Krisenzeiten …«

Marco Luciani fing an, im Kopf zu überschlagen, wie viel Brambilla verdienen würde. Er musste eine halbe Million investieren plus die Mittel, um die ganze Villa zu renovieren. Sagen wir, insgesamt 1,1 Million, höchstens 1,2 Million. Wenn er die anderen vier verkaufte, würde er sicher viel mehr einnehmen.

»Bist du sicher? Was genau bleibt dir?«

»Ich werde ein Apartment von sechzig Quadratmetern im

Erdgeschoss behalten, es ist klein, hat aber ein schönes Stück Garten. Auch ein zusätzliches Zimmer für das Kind, wenn du es mir bringen willst.«

»Und Tante Rina?«

»Ist bereit, das andere Apartment zu nehmen. Es verfügt über Balkon und Meerblick, liegt genau über meinem, und wenn man will, kann man die beiden intern mit einer Treppe verbinden. Da es das Apartment ist, das dir zustünde, kann sie dir im Tausch ihre Wohnung in Rom überlassen. Sie legt drauf dabei, tut es aber gern. Sie würde sie ohnehin dir vermachen, da du ja ihr einziger Neffe bist.«

»Die Wohnung in Rom?!«

»Ja. Du kannst damit machen, was du willst. Dort leben, sie verkaufen und dafür woanders eine kaufen … Und dann hast du immer noch die Wohnung von Opa in Mailand. Du bist ein Glückskind, meinst du nicht?«

Rom, dachte Marco Luciani. Das konnte nur ein Wink des Schicksals sein. Zufall jedenfalls nicht.

»Und wenn wir die Renovierung selbst übernehmen würden? Mit den restlichen Ersparnissen und dem Erlös aus den anderen Wohnungen könnten wir das schaffen. Und dann verkaufen wir die Apartments. Das brächte uns viel mehr ein.«

»Es brächte uns einen Nervenzusammenbruch ein, Marco. In meinem Alter will ich in Ruhe leben, mich sicher nicht mit so einem Projekt um den Schlaf bringen. Und dann sage ich dir die Wahrheit: Dieses Haus ist eine Schuldenfalle, ich möchte weiter hier leben und hoffe, eines Tages hier zu sterben. Würde ich es dir aber im jetzigen Zustand hinterlassen, dann wäre das, fürchte ich, ein Bärendienst.«

»Du weißt, dass ich dieses Haus nicht will, Mama. Das habe ich dir schon oft gesagt. Ich habe mit Papa Frieden geschlossen, aber von dem, was er mit seinen Machenschaften angehäuft hat, will ich nichts.«

Donna Patrizia schaute ihn ernst an: »Sei deinem Vater gegenüber nicht respektlos. Ich erinnere dich daran, dass du immer noch in seinem Haus lebst, Herr Ritter ohne Fehl und Tadel.«

Der Sohn erhob sich: »Denk nicht, dass mir das Freude macht. Ich habe es getan, damit du nicht allein bist.« Er verließ die Küche, schlug die Glastür zu und ging in den Garten, um seine Wut abzukühlen.

Calabrò

»Hier ist Calabrò. Wir haben die Zeugin gefunden. Die Prostituierte.«

Marco Luciani schlüpfte in die Schuhe und schnappte sich die Autoschlüssel. »Sehr gut. Endlich tut sich etwas. Fass mal zusammen.«

»Das ist schnell getan: Peruanerin, vierundzwanzig Jahre. Hat nichts gesehen. Nur das Auto, das vorbeikam, ein Stück weiter anhielt, zwei Leute, die offenbar einen leblosen Körper aus dem Kofferraum luden. Dann hat sie zwei Pistolenschüsse gehört.«

»Zwei.«

»Jawohl.«

»Aber laut Vassallo wurde der zweite Schuss, der Kopfschuss, erst abgegeben, als er schon tot war. Und an einem anderen Ort.«

»Sie wollten ein bisschen Verwirrung stiften. Damit wir Zeit verlieren.«

»Wahrscheinlich wissen sie, dass wir wenig davon zur Verfügung haben. Da stecken wohl die Optimierer dahinter.«

Calabrò kicherte.

»Das Auto?«

»Ein schwarzer Mercedes Kombi. Da ist sie sicher, bei Autos sind die Prostituierten verlässlich.«

»Immerhin etwas.«

»Auf den Videoaufzeichnungen der Mautstation gibt es einen, der kurz vorher die Ausfahrt nimmt. Der müsste es sein. Das Kennzeichen sieht man aber nicht.«

Marco Luciani dachte einen Moment nach. »Vassallo meint, dass zwischen den beiden Schüssen auch ein paar Stunden vergangen sein können. In zwei Stunden kommt man weit auf der Autobahn.«

»Ja. Lombardei, Piemont, Emilia, die Küsten der Riviera.«

»Vermisstenanzeigen?«

»In Genua nur Jugendliche, die von zu Hause ausgerissen sind. Keine, die auf unseren Mann passen würde.«

»Gut. Erweitert das Zielfeld.«

»Die Polizeidienststelle von Imperia hat angerufen. Vielleicht haben wir's.«

Calabrò hob die Augen aus dem Bericht, dessen Niederschrift er gerade abschließen wollte, und betrachtete Vitone. »Was haben wir?«

»Eine Frau hat das Verschwinden ihres Mannes gemeldet. Ein 38-jähriger Tunesier.«

»Wann ist er verschwunden?«

»Vor einer Woche.«

»Und da kommt sie erst jetzt in die Gänge?!«

»Sie dachte, er wäre in Tunesien.«

»Scheint mir ein bisschen dürftig, um ihn als unseren Mann zu identifizieren. Und dann in Imperia …«

»Es gibt noch etwas. Der Mann hat einen Mercedes Kombi, C-Klasse. Schwarz.«

»Das scheint schon ein bisschen konkreter zu werden. Was macht der Typ?«

Vitone lächelte: »Er arbeitet in einer Ölmühle.«

Calabrò brauchte einige Sekunden, um sich zu erinnern, dann sprang er vom Stuhl hoch. »Die Haut!«, rief er aus.

»Eben.«

»Lass die Frau herbringen. Sofort.«

Nadia und Fouad

Nadia betrat den Saal im Leichenschauhaus. Ihre Knie waren weich, wie manchmal an Tagen, an denen sie viel Blut verlor. Nach dem Anruf der Polizei hatte sie nicht einmal mehr einen Schluck Wasser hinuntergebracht, und aus dem Magen stieß es ihr immerzu sauer auf. Yasmina stützte ihren rechten Arm mit einer Hand, wiederholte dauernd: »Nur Mut«, »Sei stark«, »Denk an die Kinder«, und nur manchmal fiel ihr ein zu sagen: »Wir wollen die Hoffnung nicht aufgeben. Vielleicht ist er es nicht.« Da Abdel illegal eingereist war und sich bei der Polizei nicht blicken lassen durfte, hatte Nadia sie und ihren Vater darum gebeten, sie nach Genua zu begleiten, damit sie nicht allein war. Doch der Mann hatte auf der ganzen Fahrt kaum ein Wort gesprochen, und das Mädchen zitterte heftiger als sie selbst.

Sie geleiteten sie an die Front der großen quadratischen Laden aus Edelstahl. In den Fernsehkrimis hatte sie ähnliche gesehen. Der Mann im weißen Kittel überprüfte die Nummer auf einer Lade und zog sie auf. Yasmina presste Nadias Arm, während an ihnen das weiße Laken vorbeiglitt, das eine Leiche bedeckte. »Nur Mut«, sagte Yasmina immer wieder, vor allem zu sich selbst, »nur Mut.«

Der Mann im Kittel suchte Blickkontakt zu Nadia, sie nickte und begann ihrerseits zu zittern, noch ehe er das Laken wegzog. Durch diese physische Reaktion hatte sie mit einem Mal die Gewissheit, dass dort, in dieser langen Schublade, ihr Mann lag. Instinktiv wollte sie sich umdrehen und weglaufen. Yasmina krallte die Finger in ihren Arm und schrie auf, während

Nadia das Gesicht des Mannes betrachtete, mit dem sie fast zehn Jahre verheiratet gewesen war, und ein letzter Schwall Säure ihren Mund füllte. Fouads Augen waren nicht ganz geschlossen und schienen sie drohend und verblüfft anzusehen. Die Haut hatte sich gelblich verfärbt, der Bart war ungepflegt, die Haare verstrubbelt.

Yasmina hatte ihren Arm losgelassen und war auf die Knie gesunken, die Hände vors Gesicht geschlagen. Sie weinte und jammerte, und Nadia schämte sich für sie wegen dieser überzogenen Reaktion. Sie spürte den Blick des braunhaarigen Kommissars und des Mannes im Kittel, der auf ihre Antwort wartete, und sie sagte sich, sie müsse irgendwie reagieren, ihren Schmerz zeigen. Sie zitterte nun nicht mehr, der Magen öffnete und entspannte sich. Sie trat noch einen Schritt näher an die Leiche und legte ihr vorsichtig, möglichst natürlich, eine Hand auf die Stirn, um sie ein letztes Mal zu streicheln. Die Haut war gespannt, fast durchsichtig. Als sie spürte, wie kalt und fettig sie war, wäre sie fast zurückgezuckt, aber sie widerstand der Regung und verharrte noch ein paar Sekunden. Fouad schwitzte Öl aus, Nadia spürte es an den Fingern, und ihr grauste davor. Sie wollte ihre Hand am Kleid abwischen, aber dann hätte sie einen Teil von ihm mitgenommen, einen Fleck, der alle Waschgänge überdauert hätte. Sie sah Yasmina, immer noch auf den Knien, zog sie hoch, umarmte sie wie eine Freundin, und indem sie ihr über Haar und Schultern strich, reinigte sie ihre Hand und befreite sich vom Geist ihres Mannes.

»Und, wie war's?«, fragte Vitone.

Calabrò reckte den Daumen hoch. »Hervorragend. Die Frau hat ihn identifiziert. Jetzt können wir richtig loslegen.«

»Hat die Frau irgendeinen Verdacht?«

»Ich habe sie noch nicht vernommen.«

»Steht sie unter Schock?«

»Gar nicht. Ich habe einen Beamten und den Psychologen bei ihr gelassen. Vor der Vernehmung wollte ich ihr eine Stunde Ruhe gönnen. Aber dann habe ich sie gesehen und gemerkt, dass ich erst einmal Zeit zum Nachdenken brauche.«

»Wieso?«

»Ich weiß nicht. Sie schien mir kein bisschen erschüttert. Eher erleichtert. Ihre Freundin schluchzte verzweifelt, sie jedoch stand ganz ruhig da, als wäre nichts.«

»Als ob sie es schon gewusst hätte?«

Calabrò dachte einige Sekunden nach. »Vielleicht.«

»Das heißt?«

»Ich muss mir klarmachen, wie ich sie verhören soll.«

»Wenn du willst, beginne ich mit der Befragung«, sagte Vitone, »und du übernimmst dann.«

Der Vizekommissar nickte. »Ich unterhalte mich unterdessen mal mit ihrer Freundin.«

Sie versuchten, sie von ihrem Vater zu trennen, aber das war unmöglich. Der Mann schrie herum, er würde seine Tochter nie und nimmer mit Männern allein in einem Zimmer lassen, dass sie nur gekommen seien, um eine Freundin zu begleiten, und nun würden sie sofort zu den Verdächtigen gezählt, nur weil sie Ausländer seien, er werde jeden Versuch, seine Familie und seine Religion zu beleidigen, der Presse melden.

Calabrò rief eine Polizistin, die Arabisch konnte, dann beschloss er, Yasmina und ihren Vater gemeinsam zu vernehmen. Das Mädchen bekam den Mund kaum auf, auch weil immer der Vater an ihrer Stelle antwortete. Als Calabrò ihn anblaffte, er solle still sein und Yasmina sprechen lassen, sagte diese nur flüsternd, ohne dem Vizekommissar jemals in die Augen zu sehen, dass sie Nadia seit einigen Jahren kenne und sie gernhabe wie eine Schwester. Als er sie nach Fouad fragte, fing sie wieder zu weinen an und konnte sich nicht mehr beruhigen. »Meine

Tochter ist noch ein Kind«, erklärte der Vater. »Es ist das erste Mal, dass jemand stirbt, den sie gut kennt. Ich versichere Ihnen, Herr Kommissar, sie hat Ihnen nichts zu erzählen. Lassen Sie sie draußen ein Glas Wasser trinken, ich werde auf Ihre Fragen antworten.«

Calabrò gab der Kollegin ein Zeichen, und diese begleitete Yasmina aus dem Zimmer.

»Ich kannte Fouad recht gut«, sagte der Mann, »ein anständiger Kerl, unermüdlicher Arbeiter.«

»Wie lief seine Ehe?«

Der Araber hob die Schultern. »Soweit ich weiß, gut. Zwei hübsche Kinder. Die Mutter kam ab und zu aus Tunesien, um sie zu unterstützen. Keine Geldsorgen.«

»Aber Feinde hatte er wohl, wenn man ihn umgebracht hat.«

»Kann es sich nicht um eine Verwechslung handeln?«

Calabrò sah ihn an, als wollte er sagen: Wen willst du hier verschaukeln?

Sein Gegenüber seufzte. »In unserer Gemeinde kennt man jeden ein bisschen. Es kursieren Gerüchte. Fouad war ein guter Kerl und ein guter Ehemann, aber ab und zu nahm er sich, wie man erzählte, ein paar Stunden frei und kam nach Genua. In Imperia führte er ein geregeltes Leben, hier vielleicht … Ich weiß nicht.«

Der Vizekommissar beobachtete ihn und versuchte herauszukriegen, ob er aufrichtig war oder ob er nur von sich ablenken wollte.

»Sie und Ihre Tochter können gehen. Aber verlassen Sie das Land nicht.«

»Und Nadia? Wir müssen auf sie warten.«

»Das wird noch ein wenig dauern. Wir werden sie nach Hause bringen.«

»Dürfen wir uns von ihr verabschieden?«

»Sie wird gerade verhört. Ich werde sie von Ihnen grüßen.«

Calabrò und Nadia

»Mein Mann hatte keine anderen Frauen, das habe ich schon Ihrem Kollegen gesagt.«

Calabrò tat, als würde er Notizen machen, während er jede Regung Ginevra Ferraris, genannt Nadia, genau registrierte. Die Haltung. Die Hände. Die Augen. Vor allem die Augen. Groß, hypnotisch. Und wenig aufrichtig. »Entschuldigen Sie, wenn ich frage, aber wie können Sie da so sicher sein?«

»Ich hätte es gemerkt. Ich wusste alles, was er tat. Er hatte keine Geheimnisse vor mir.«

»In der Nacht, in der er verschwunden ist … Hatte er Ihnen gesagt, wo er hinfahren würde?«

»Sicher. Nach Tunesien. Sein Flug ging zeitig am Morgen von Mailand ab.«

»Um wie viel Uhr ist er aus dem Haus gegangen?«

»Um die Abendessenszeit herum. Er sagte, er müsse noch im Büro vorbei, um eine Arbeit abzuschließen, und dann würde er direkt weiterfahren.«

»Ins Büro am Abend?«

»Das kam ziemlich oft vor. Wenn Erntezeit ist, wird Tag und Nacht gearbeitet.«

»Aber jetzt ist keine Erntezeit.«

»Es gibt trotzdem viel zu tun.«

Calabrò schrieb etwas auf seinen Notizblock. »Wie kam Ihr Mann in der Ölmühle zurecht?«

»Ganz gut, auch wenn seine Chefs ihn meiner Meinung nach ausbeuteten. Ich hatte ihn gedrängt, eine Lohnerhöhung zu fordern, und sie hatten sie ihm gerade zugesagt. Er war aber ehrgeizig, er wollte expandieren, neue Partner hinzuziehen.«

»Deshalb wollte er nach Tunesien?«

Nadia zögerte. »Ja, auch deshalb.«

»Hatte er Probleme mit den Arbeitgebern? Mit Kollegen?«

»Glaube ich nicht. Einige Kollegen haben ihn vielleicht beneidet, denn mein Mann war ein Magier, was Öl angeht. Der Beste von allen. Er verwandelte nicht Wasser in Wein, aber mittelmäßiges Öl in gutes und gutes Öl in exzellentes. Ohne ihn wäre die Firma den Bach runtergegangen.«

Calabrò nickte, wenig überzeugt. »Kam er oft nach Genua? Hatte er Freunde, Bekannte?«

»Nach Genua? Nein, was sollte er hier?«

»Vielleicht etwas, das Sie nicht wissen sollten.«

Nadia hob das Kinn und konterte die Beleidigung: »Fouad hatte keine Geheimnisse vor mir«, wiederholte sie.

»Er sagte Ihnen immer alles?«

»Alles.«

Calabrò wartete auf Tränen, die nicht kamen. Der Schutzwall der Frau war unüberwindlich, aber er wusste, dass seine Worte begannen, das Fundament zu unterminieren, dass sich in den nächsten Tagen der Zweifel Bahn brechen würde, auch andere Warnsignale würden ihr wieder in den Sinn kommen.

»Vielleicht ist es besser, ich gebe Ihnen ein paar Tage zum Nachdenken. Sie könnten versuchen, die Ortswechsel ihres Mannes zu rekonstruieren, nachsehen, ob er Anrufe bekommen hatte oder ob ...«

»Er hat sein ganz normales Leben geführt. Und er hat ganz normal gearbeitet. Ich nahm seinen Geruch wahr, wenn er abends nach Hause kam, das Öl durchtränkt alles, Herr Kommissar, Haut, Kleider und Haare. Es war dasselbe Öl wie immer, schlecht wie immer.«

Calabrò hätte sie von einer Streife nach Hause bringen lassen können, oder von Iannece, tat es aber lieber persönlich. Er entspannte sich beim Fahren, und seit der Trennung von Maria Antonietta wartete zu Hause niemand auf ihn. Er hoffte, dass sich außerhalb des Büros, im Auto, eine vertraulichere Atmosphäre einstellen würde. Dass die Signora sich weniger zugeknöpft geben würde. Dieser Ausdruck ließ ihn lächeln. Was würde ich tun, wenn sie tatsächlich diesen absurden Aufzug ablegen würde?, dachte er. Unter dem Schleier, der sie ins Schwitzen brachte, war die frischgebackene Witwe erschöpft und erschüttert. Aber die feinen Züge, der Ausdruck der Augen und die Art, sich zu bewegen, ließen erahnen, dass sie mit ein wenig Make-up und einem eleganten Kleid die Blicke der Männer auf der Straße auf sich gezogen hätte. Was sicher der Grund war, warum der Ehemann sie in diese Kutte zwang.

Sie fing seinen Blick ab und schien seine Gedanken zu erraten. »Stört es Sie, wenn ich ein wenig Luft schnappe?«

»Im Gegenteil.«

Er dachte, sie würde das Fenster öffnen, stattdessen legte Nadia mit einem erleichterten Seufzen den Schleier ab. Sie schüttelte den Kopf, und eine Woge blonder Haare ergoss sich über ihre Schultern. Der Vizekommissar verlor für eine Sekunde den Mittelstreifen aus den Augen. Er riss gerade noch am Lenkrad, ehe er einem LKW den Weg abschnitt, der zweimal wütend hupte.

»Es ist nicht unbequem, aber nach einigen Stunden hat man das Bedürfnis, sich frei zu machen.«

»Dürfen Sie ihn im Haus ablegen?«

»Sicher. Ich trage ihn nur, wenn Gäste kommen.«

Calabrò lächelte. »Ich will niemandem zu nahe treten, aber ich habe das nie begriffen.«

»Und ich werde es Ihnen nicht erklären. Mein Mann hat mich nie gezwungen, ihn zu tragen. Das fehlte noch. Ich mochte es, es war eine Art, ihm zu zeigen, dass ich nur ihm gehöre, dass ich kein Interesse hatte, anderen Männern zu gefallen.«

»Und er?«

»Er was?«

»Verhielt er sich bei anderen Frauen genauso?«

Nadia hob die Schultern. »Klar. Manchmal gab er sich gerne galant. Aber das war nur eine Form von Höflichkeit.«

Er ließ sich etwas über die Kinder erzählen, und zum ersten Mal sah er, wie Nadias Augen sich trübten. »Sie sind bei einer Freundin. Es wird schwer sein, es ihnen morgen zu sagen. Ich werde auch meine Schwiegermutter informieren müssen.«

Als sie an der Wohnung ankamen, war es zehn Uhr vorbei. Nadia hatte sich wieder verhüllt, ehe sie ausstieg, auch wenn ein paar blonde Haare aus dem Schleier hervorsahen.

»Tut mir leid, dass ich Ihnen Umstände mache.«

Calabrò lächelte. »Das macht mir keine Umstände. In Wahrheit wollte ich auch einen Blick in Ihre Wohnung werfen.«

Nadia erstarrte. »Um diese Zeit …«

»Es dauert nur fünf Minuten.«

»Es ist nur, die Nachbarn …«

»Wenn es Ihnen unangenehm ist, lassen wir es. Aber dann werde ich morgen mit einem Durchsuchungsbeschluss wiederkommen müssen, mit Beamten, dem ganzen Apparat. Ich möchte nicht die Kinder verschrecken.«

»Einverstanden«, seufzte sie, »aber beeilen wir uns.«

Er drehte rasch eine Runde durch die Wohnung, die Fotografien an den Wänden betrachtend. Er suchte nichts Besonderes, wollte nur einen Eindruck, die Atmosphäre einfangen. Manchmal, wenn man unangemeldet kommt, sieht man, dass das Ehebett nur auf einer Seite benutzt wurde und auf dem Sofa Decken liegen. Manchmal eine Notiz, eine Telefonnummer auf einem Post-it, eine Visitenkarte auf einem Beistelltisch. Als Calabrò das Schlafzimmer von Nadia und Fouad betrat, nahm er einen schwachen, schwer definierbaren Geruch wahr. Nach Olivenmaische, Metall, Waschlauge, mit einer Nuance verkohlten Holzes und abgestandenen Spülwassers, der Geruch, den bestimmte Hemden absondern, wenn sie in geschlossenen Räumen trocknen. Wie lange begleitet uns der Geruch der Toten? Er verflüchtigt sich durch aufgerissene Fenster, durch den Waschmaschinenschlauch, er wird von Raumdeos oder Fußbodenreinigern überdeckt, aber manchmal ist er so hartnäckig, dass er in Möbeln, Büchern, Gegenständen hängt. Fouad war seit einer Woche gegangen, sein Geruch aber war noch in dieser Wohnung. Nadia wirkte jetzt nervös.

Calabrò folgte ihrem Blick und sah ein Handy auf dem Nachttisch liegen. »Ist das Ihres?«

»Ja.«

»Sie haben mehr als eins.«

»Ja.«

»Das Ihres Mannes haben wir nicht gefunden. Vielleicht hatte er es nicht bei sich, oder vielleicht hat man es verschwinden lassen.«

Sie nickte und knetete ihre Hände.

»Sie haben mir gesagt, dass SMS aus Tunesien gekommen seien.«

»Ja.«

Sie redete inzwischen nur noch in Einsilblern, und Calabrò spürte im Magen eine angenehme Wärme. Er nahm das Mobiltelefon in die Hand: »Sind sie hier drauf?«

»Nein, das benutze ich nicht mehr«, sagte sie und nahm es ihm weg, »damit spielen die Kinder. Sie sind auf dem anderen, kommen Sie.«

Sie kehrten ins Wohnzimmer zurück, und Nadia zeigte ihm Fouads SMS. Die erste war vom vergangenen Sonntag. »Angekommen. Alles okay. Du fehlst mir schon. Einen Kuss an die Kinder.« Die letzte vom Samstag: »Komme morgen. Ich liebe dich. Einen Kuss an Lorenzo und Samir.«

Jemand, der ihn kannte, hat ihn umgebracht. Der die Frau und die Kinder kennt, dachte Calabrò. »Wer ihm das Handy abgenommen hat, wollte dadurch die Identifizierung verzögern. Irgendeine Idee?«

Nadia schlug die Hände vors Gesicht: »Nein. Nein.«

Luciani und Dolci

»Sie vernachlässigen mich, Commissario.«

»Tut mir leid«, wiederholte Marco Luciani. »Ich will Sie keinesfalls loswerden. Aber ich muss mich um einen anderen Fall kümmern, der sich verkompliziert.«

»Das heißt?«

»Ein Mordfall.«

»Ach, Mordfälle … Ihre Arbeit habe ich stets sehr faszinierend gefunden. Fast romantisch, würde ich sagen.«

»Die Wirklichkeit sieht völlig anders aus.«

»Und worum dreht es sich?«

»Ein Tunesier, der mit zwei Pistolenschüssen getötet wurde, unter einem Pfeiler der Autobahn. Wir haben eine Woche gebraucht, um ihn zu identifizieren.«

»Ach ja, ich habe die Geschichte in der Presse verfolgt. Es hieß, es gehe dabei um Prostitution oder Drogen.«

»Mag sein. Der Mann war aber nicht vorbestraft, hatte ein reguläres Arbeitsverhältnis, ausgezeichnete Bezahlung, Frau, Kinder, geregeltes Leben. Er arbeitete in einer Ölmühle, in der Gegend von Imperia. Das wird eine lange und schwierige Ermittlung.«

»Tut mir leid, dass ich nicht mehr in den Genuss Ihrer Gesellschaft komme. Ich glaube jedoch nicht, dass dieser Fall Sie viel Zeit kosten wird.«

»Warum?«

»Weil Sie gut sind. Und außerdem scheint mir die Angelegenheit sonnenklar zu sein.«

Marco Luciani meinte sein überlegenes Lächeln vor sich zu sehen. »Sie maßen sich nun wirklich einiges an. Ihr Wissen in der Kulinarik ziehe ich nicht in Zweifel, aber wir schlagen uns hier alle mit diesem Fall herum, und dann kommen Sie an und sagen, er sei kinderleicht …«

»Regen Sie sich nicht auf, Commissario. Ich habe nicht gesagt, er sei leicht, ich habe gesagt, er ist sonnenklar. Sie werden sowieso selbst draufkommen.«

»Darauf können Sie wetten.«

»Aber Sie werden übermorgen darauf kommen. Denn für morgen verlange ich, dass Sie mein Schatten sind.«

»Warum?«

»Erinnern Sie sich nicht? Morgen drehen wir wieder eine Folge von ›Stelle in Cucina‹. Ich glaube, für mich die letzte. Und ich wäre sehr beruhigt, wenn Sie mir den Rücken decken würden. Alice wird natürlich auch da sein«, sagte er nach einer kurzen Pause, mit einem maliziösen Unterton.

»Einverstanden«, seufzte der Kommissar, »einen Tag noch.«

Marco Luciani sah auf die Uhr. Es war halb sechs, die Fernsehaufzeichnung gleich zu Ende. Die Kandidaten hatten eine Stunde Zeit zur Zubereitung eines exotischen Gerichts gehabt, mit einer kleinen Hilfestellung: Sie konnten zweimal einen Juror ihrer Wahl zu Hilfe rufen. Dieser probierte während der Zubereitung das Essen und gab dann Ratschläge. Alice und Lucrezia hatten auf Dolci zurückgegriffen, die männlichen Kandidaten auf den gelben und den grünen Juror. Die Atmosphäre war äußerst angespannt, denn ein weiterer Meisterkoch in spe sollte eliminiert werden, und damit dessen Möglichkeit, von sich reden zu machen, ein wenig Ruhm und die Liebe des Publikums zu erringen. Der gelbe Juror skandierte den Countdown, während die Kandidaten den Gerichten den letzten Schliff verliehen, Parmesan darüberrieben, den Tellerrand dekorierten, einen Tropfen Öl hinzufügten.

»Fünf, vier, drei, zwei, eins … Schluss! Hände hoch! Alle, Hände hochheben.«

Dario Dolci nahm den Teller und führte ihn ans Gesicht. Er atmete tief mit geschlossenen Augen ein, dann stellte er ihn ab. »Der Anblick ist einladend«, sagte er, »aber es fehlt Salz.«

Mauro schüttelte den Kopf. »Probieren Sie es, bevor Sie sagen, dass Salz fehlt.«

Dolci hob eine Augenbraue. Der Ton hatte ihm missfallen.

»Verzeihung, Maestro, aber allein am Geruch merken Sie, dass Salz fehlt?«, fragte der Kandidat ironisch.

»Natürlich. Was ist daran komisch? Salz hat seinen Duft, und je nach Salzmenge verändert sich auch der Duft der Speisen. Außerdem stehen alle Sinne miteinander in Verbindung. Wir sehen nicht nur mit den Augen, und wir hören nicht nur mit den Ohren. Man isst zuallererst mit dem Gesichts-, dann mit dem Geruchssinn, danach mit dem Tastsinn – direkt mit den Fingern oder durch die Gabel – und manchmal auch mit dem Gehör, denken Sie an das »Krock«, das die Mandeln von sich geben werden, wenn ich hineinbeiße. Wenn sie das nicht täten, wäre mein Genuss viel weniger intensiv, und am Ende, aber erst am Ende, steht der Geschmackssinn. Häufig, wenn nicht immer, könnte ich die von euch bereiteten Gerichte beurteilen, ohne sie überhaupt zu kosten, denn die anderen Sinne haben mir bereits eine genaue Vorstellung vermittelt.«

Er schob eine Gabel Känguru mit Mandeln in den Mund und kaute mit Trauermiene.

»Kein Salz«, bestätigte er.

»Was hast du uns gebracht, Alice?«

»Ich habe beschlossen, Arapaima zu kochen, Maestro.«

»Warum?«

»Sagen wir, es ist eine Hommage an meine Großmutter.«

»Die Sängerin?«

»Genau. Die Mutter meiner Mutter. Als sie einmal von einer sehr erfolgreichen Südamerika-Tournee zurückkam, kochte sie mir ein Gericht, das sie in Punta del Este probiert hatte. Ich mag damals sieben oder acht Jahre alt gewesen sein, aber es hat sich meinem Gedächtnis eingeprägt als eine der besten Sachen, die ich je gegessen habe.«

Der grüne Juror lächelte: »Aber hast du es schon einmal gekocht?«

»Nein. Ich kenne das Rezept nicht. Ich habe es aus der Erinnerung zubereitet, ich wusste noch, dass Knoblauch, Zwiebeln, Kirschtomaten und Bohnen drin waren, beim Rest habe ich ein bisschen improvisiert.«

Sie stand da und wartete, die Hände hinter dem Rücken, ein breites Lächeln im Gesicht. Marco Luciani betrachtete die anderen Kandidaten. Lucrezia schüttelte den Kopf und hob die Augen gen Himmel, die Männer dagegen schauten Alice fasziniert an.

»Das ist ein Gericht, das mich wirklich in andere Geschmackswelten mitnimmt«, sagte der Juror und kaute zu Ende, »stammt die Idee mit dem Estragon von dir oder von der Großmutter?«

»Von der Oma. Es war das erste Mal, dass ich ihn kostete, und er brannte sich mir ein, außerdem assoziierte ich Prinzessinnen und Märchen mit seinem Namen.«

»Sehr gut, Alice. Du machst dich. Kompliment.«

Der gelbe Juror probierte schweigend. Er wiederholte das Spiel der Blicke, bei dem sie sich mühelos behauptete, indem sie weiter lächelte, diesmal ein wenig koketter.

»Warum hast du die Haut nicht drangelassen?«

»Ich habe sie kurz angebraten, püriert und für die Soße verwendet. Es ist eine Haut, die nicht knusprig bleibt.«

»Das hängt davon ab, wie du sie zubereitest«, sagte er. »Das Gericht ist dennoch gut.«

Dario Dolci näherte sich, wobei er den Stock rotieren ließ. »Signorina Alice, Guten Abend.«

»Guten Abend, Maestro.«

»Ihre Gerichte sind eine Freude für die Augen. Probieren wir mal, ob sie es auch für den Gaumen sind.« Sie war rot geworden, ihr Lächeln angestrengter. Dolci fürchtet sie mehr als die anderen, dachte Marco Luciani.

»Hmm … Der Arapaima ist ein schwieriger Fisch. Schwierig zu fangen, meine ich. Wissen Sie, wie er gefischt wird, junge Dame?«

»Ehrlich gesagt nicht.«

»Man singt ihm eine Geschichte vor. Sie müssten das wissen. Gewöhnlich verhalten sich die Fischer am Ufer des Flusses Tocantins still, außer wenn sie den Arapaima fangen müssen. Dann ändert sich alles. Sie fahren im Morgengrauen los, in Sechser- oder Siebenergruppen, jeder mit einem Instrument. Den schwierigsten Part hat jedoch der Sänger. Der Arapaima ist für Gesang empfänglich, vor allem für Diplophonie, die Fähigkeit, gleichzeitig zwei verschieden hohe Töne auszustoßen.«

Alice lauschte ihm mit offenem Mund, die anderen Kandidaten waren wie gelähmt, der Rest der Jury sah aufmerksam, wenn auch leicht genervt zu.

Dario Dolci spießte ein Stück Fisch auf, stippte es in die Soße und hob es zum Mund. Wie immer kaute er mit geschlossenen Augen.

»Manchmal braucht es Zeit. Eine Stunde, zwei. Aber am Ende verfängt der Lockruf immer. Der Arapaima ist ein Haremsfisch, jedes Männchen schwimmt mit zehn, zwölf Weibchen umher, bisweilen auch mit zwanzig. Er hört den Ton und strebt den Fluss aufwärts, von dem unwiderstehlichen Gesang angezogen. Vielleicht weiß er, dass er dem Tod entgegenschwimmt, aber sein Ende ist süß. Gewiegt vom Wasser und den Tönen des Sängers lässt er sich, zusammen mit seinen Weibchen, vom Netz umfangen. Er wird aus dem Fluss gezogen und schnappt, ohne Schmerzen, als wollte er in den Chor einstimmen. Und wenn er an die Luft kommt, stößt er, ob ihr es glaubt oder nicht, für einen Moment denselben Doppelton aus.«

Er schloss den Mund halb, spannte die Kehle und artikulierte einen ebenso rauen wie durchdringenden Ton, den er einige Sekunden hielt.

Dann gab er sich einen Ruck, schlug die Augen auf und betrachtete die Kandidatin. »Dieser Fisch hat zu mir gesprochen, Signorina Alice. Er hat zu meinem Magen, zu meinem Herzen, zu meiner Phantasie gesprochen. Mein Urteil: Exzellent.«

Alice verneigte sich leicht, kehrte auf ihren Platz zurück, atmete tief ein und drehte sich um, den Blick des großen Mannes in der Dunkelheit suchend.

Die Fernsehaufzeichnung war zu Ende. Dolci war sich umziehen gegangen und hatte Marco Luciani noch um zehn Minuten Geduld gebeten. Mauro war ausgeschieden und lag, den Kopf zwischen den Händen, auf einer Chaiselongue, wo er von Lucrezia und einem anderen Kandidaten getröstet wurde. Die Übrigen waren in die Lounge gegangen, um ein Glas Wasser oder einen Kaffee zu trinken. Marco Luciani trat an den Getränkeautomaten, suchte in der Tasche nach Kleingeld, doch ohne Erfolg. Er wollte schon aufgeben, als eine feingliedrige Hand einen Schlüssel in den Automaten schob und eine leicht raue Stimme fragte: »Was kann ich Ihnen anbieten?«

Alice sah ihn von unten her an, mit ihren dunklen, leicht

mandelförmigen Augen. Eher Hawaii als Japan, dachte Marco Luciani. »Ein stilles Wasser wäre ideal, danke.«

Er nahm es aus der Lade, öffnete den Verschluss und trank es fast zur Hälfte, ohne abzusetzen. »Man erstickt in diesen Studios.«

Sie lächelte. »Denken Sie mal an uns, zwischen all den heißen Herden und Scheinwerfern! Ich kann es nicht erwarten, unter die Dusche zu kommen.«

»Sind Sie noch nicht fertig?«

»Für heute schon. Wir warten jetzt auf den Produktionsbus, der uns zur Wohnanlage bringt.«

»Hält man euch gefangen? Wie lange denn?«

»Nein, am Wochenende dürfen wir nach Hause. Es ist aber in jedem Fall hart, die Sendungen, die Kochlektionen, die Außentermine. Wir waren schon in Rom, in Trient, in Marokko, nächste Woche geht es nach Portofino …«

»Dann kommen Sie in meine Gegend. Ich wohne in Camogli.«

Alice hob die Augenbrauen. Sie waren wegrasiert und mit einem Stift nachgezogen: »Sie sind ein Glückspilz.«

»Sie dagegen?«

»Im Moment lebe ich in Barcelona. Ich bin aber überall ein bisschen herumgekommen.«

»Sind Sie Köchin?«

»O nein«, lachte sie, »ich bin Sängerin. Oder zumindest war ich das.«

Marco Luciani war ein kleiner Bruch in ihrer Stimme nicht entgangen. »Haben Sie aufgehört? Wieso denn?«

Alice schnaubte abfällig, als hätte das Ganze keine Bedeutung. »Das ist zu kompliziert zu erklären. Und Sie? Sie sind hier, um Dolci zu schützen?«

Der Kommissar nickte. »Stimmt die Geschichte über den Fisch?«, fragte er, um das Thema zu wechseln.

»Darüber, wie er gefangen wird?«, fragte Alice und löste ihr Kopftuch. Marco Luciani erwartete kurzgeschorenes Haar. Doch er zuckte zusammen, als er stattdessen einen völlig kahlen Schädel sah, der zum Teil von einem komplexen Tribal-Tattoo bedeckt war. Sie starrte ihn erneut an, und ihr Blick erinnerte ihn an einen Fuchs, der zahm wirkte, aber zu tödlicher Grausamkeit fähig war. »Da müssen Sie Dolci fragen.«

»Nein, ich meinte die über Ihre Großmutter.«

»Wer weiß?«, sagte sie und ließ ein Lächeln aufscheinen. »Wenn sie Ihnen gefällt, was spielt es dann für eine Rolle, ob sie wahr ist oder nicht?«

Sie steckte den Schlüssel wieder in die Tasche der Jeans, verabschiedete sich mit einer Kopfbewegung und ging hinaus, vielleicht um zu rauchen, vielleicht um frische Luft zu schnappen. Marco Luciani hatte nicht die richtigen Worte gefunden, um sie aufzuhalten. Er blieb stehen wie benommen, während die anderen Kandidaten, die Kameraleute und die Techniker kamen und gingen. Als er sich beobachtet fühlte, drehte er sich um. Dolci betrachtete ihn mit einem merkwürdigen Lächeln. »Ich konnte Sie nicht finden, Commissario. Wenn Sie wollen, können wir gehen.«

Xabier hielt beiden die Tür auf. Sie setzten sich auf die Rückbank, müde und verschwitzt.

»Mögen Sie ein Glas Wasser, Commissario? Oder Lemonsoda? Ich habe extra für Sie welches besorgt«, sagte der Kritiker und deutete auf die Bordbar.

»Zu Lemonsoda sage ich nie Nein.«

Dolci reichte es ihm, dann goss er sich Wasser aus einem roten Fläschchen ein. Er wirkte, als wäre alle Energie aus ihm gewichen. Eine Hand auf seine Leber gedrückt, verzog er hin und wieder, ohne es zu merken, sein Gesicht zu einer schmerzhaften Grimasse. Merkwürdigerweise schwieg er die erste halbe Stunde der Fahrt, stellte nur aus reiner Höflichkeit ein paar Fragen, auf die Luciani einsilbig antwortete.

»Ich will nicht undiplomatisch erscheinen«, sagte der Kommissar am Ende, »aber gibt es wirklich Leute, die sich so ein Zeug ansehen? Ich bin kein Kulinarik-Fan, doch auch ein solcher … Es ist lahm, langweilig, nimmt kein Ende. Und die Gerichte – wenn man sie nicht probiert, hat man keine Ahnung, wie sie wirklich sind.«

Dolci wischte seine Betrachtungen mit einer vagen Geste weg.

»Alles, was Sie heute gesehen haben, wird auf dreißig, vierzig Minuten Sendung komprimiert. Richtig geschnitten, wird das Ganze mitreißend. Schnell. Prickelnd. Reich an überraschenden Wendungen. Und was die Gerichte angeht, nun, da müssen die Zuschauer einfach unserem Urteil vertrauen. Es gibt Leute, die Fechten im Fernsehen anschauen, oder Eiskunstlauf, ohne das Geringste davon zu verstehen. Wir alle wissen, was ein Teller Spaghetti oder ein Stück Torte sind, bei einer Quart-Parade oder einem dreifachen Axel bin ich nicht so sicher. Was die Kostproben angeht, glauben Sie mir, darauf würde ich gerne verzichten. Heute waren einige besonders unerfreulich.«

»Stimmt denn die Geschichte von dem Fisch?«

Dolci lächelte.

»Und die Geschichte von Alices Großmutter?«

»Sie sind besessen von der Wahrheit, Commissario. Andererseits ist die Jagd nach ihr ja Ihr Beruf. Aber gerade deshalb müssten Sie sich hin und wieder gehenlassen, wie ich Ihnen schon sagte, weniger streng sein.«

Marco Luciani betrachtete das leidende Gesicht des Kritikers. »Und Sie müssten sich vielleicht ein bisschen mehr kontrollieren, meinen Sie nicht? Versuchen, Diät zu halten, sich gesünder zu ernähren.«

»Ja. Und was schreibe ich dann? ›Meine Fastenzeiten‹, wie Silvio Pellico? Das Essen ist mein Leben, und eines Tages wird es auch mein Tod sein. Und das ist gut so.«

»Sie könnten Vegetarier werden. Oder Veganer. Oder Rohkostler. Einen Führer über diese Restaurants schreiben.«

»Mich von Gras und Blättern ernähren? Fällt mir gar nicht ein. Wie sagt der Übervater Dante Alighieri? Wir sind nicht geschaffen, zu leben wie Gewürm.«

Marco Luciani sagte nichts mehr, bis der Fahrer vor dem Hauseingang hielt.

»Soll ich Sie irgendwo hinbringen lassen, Commissario?«

»Nein danke, mein Auto steht hier ganz in der Nähe.«

»Dann kommen Sie einen Moment mit hoch, ich will Ihnen etwas geben. Geh du den Wagen waschen, Xabier, fahr ihn in die Garage, und dann kannst du nach Hause. Das war's für heute.«

Der Baske stieg aus, um die Tür zu öffnen, und tauschte mit Luciani einen Blick gegenseitiger Abneigung.

Während der Chauffeur wieder losfuhr, begleitete der Kommissar Dolci bis zur Haustür, wo Victoriya erschien, um zu öffnen. »Liebling. Du siehst müde aus. Wie war es?«

»Mir ist speiübel. Heute war es schlimmer als gewöhnlich. All diese Kostproben bringen mich um.«

»Willst du nichts essen?«

»Um Himmels willen. Ich mache mir einen Tee und esse höchstens einen Apfel, mal sehen, ob mich das wieder in die Reihe bringt.«

»Nehmen Sie Platz, Herr Kommissar, trinken Sie einen Tee mit uns, oder etwas Stärkeres«, sagte Vika mit einem komplizenhaften Lächeln, an seinen Kampf mit dem Martinez erinnernd.

»Danke, aber ich muss gehen.«

»Alles okay? Auch Sie kommen mir sonderbar vor«, sagte sie und betrachtete ihn aufmerksam.

»Alles in Ordnung, der Kommissar ist nur mit einem Paar schwarzer Augen kollidiert«, schaltete Dolci sich ein. »Ich hatte dieselbe Miene, als ich dich die ersten Male sah. Vor langer Zeit.«

Marco Luciani wurde rot. Diese Spitze hätte der Kritiker im Auto setzen können, wenn es denn unbedingt sein musste. »Bis bald, Signor Dolci«, sagte er schnell, um sich aus der Verlegenheit zu befreien.

»Warten Sie, Commissario. Ich gebe Ihnen den Zitronenstrauch-Schnaps, den ich Ihnen versprochen hatte.« Er verschwand in der Küche und kam mit einem Fläschchen goldgelber Flüssigkeit zurück. »Für die Verdauung ist der phantastisch. Ich habe ihn persönlich destilliert, die Pflanze steht bei uns im Garten. Sie werden sehen, was der für Wunder bewirkt.«

Luciani nahm ihn, streckte Dolci die Hand hin, aber dem schien plötzlich einzufallen, dass dies nicht genügte. Er breitete die Arme aus und schloss den Kommissar in eine überraschend weiche Umarmung.

»Es war mir eine Freude, Commissario. Danke für alles. Wirklich.«

Nadia

Nadia schaltete das Bügeleisen aus. Sie nahm den Stoß mit Lorenzos T-Shirts, legte die Unterwäsche, die Jeans und das Sweatshirt darauf und trug alles ins Kinderzimmer, um es in die Schubladen einzuräumen. Dann tat sie dasselbe mit Samirs Sachen. Die beiden waren fast gleich groß, so dass es manchmal schwierig war, ihre Kleidungsstücke auseinanderzuhalten. Zum Glück hatten sie nicht denselben Geschmack, und sie kaufte eher blaue Sachen für Lorenzo und rote für Samir. Nur wenn die Kleider des Größeren auf den Kleineren übergingen, vermischte und verkomplizierte sich alles. Sie klappte das Bügelbrett zusammen und räumte es mit dem Bügeleisen in die Abstellkammer. Sie sah auf die Uhr. Vier. Es war schon wieder Zeit, zur Schule zu rennen und die Kinder abzuholen, danach einzukaufen, nach Hause zurückzukehren und aufzupassen, dass sie nichts anstellten, während sie das Abendessen kochte. Jeder für sich genommen, waren sie vernünftig, manchmal sogar anschmiegsam, aber zusammen waren sie unmöglich, immer im Wettkampf, ständig am Streiten, Raufen und Sich-Beschimpfen. Was sie jedoch gar nicht ertrug, das war die Haltung, die sie ihr gegenüber an den Tag legten, die Respektlosigkeit, die Arroganz, mit der sie ihr Befehle erteilten und die ihren ignorierten. Es war nicht ihre Schuld, sie ahmten ihren Vater nach. Sie hatte versucht, mit Fouad darüber zu reden, mehr als einmal. Das erste Mal hatte er ihr gesagt, die Kinder seien nur ein wenig lebhaft, auch er sei in ihrem Alter so gewesen, und damit war das Gespräch beendet. Das zweite Mal hatte er gesagt, es sei

Aufgabe der Mutter, sich Respekt zu verschaffen. Das dritte Mal waren heftige Worte gefallen, sie hatte ihn angeschrien, sie wolle nicht, dass ihre Kinder wie ihr Vater würden, und sie werde sie anders aufziehen, als seine Mutter es mit ihm gemacht habe. Damals hatte Fouad ihr eine Ohrfeige verpasst.

Es war die erste gewesen, und es sollte nicht die letzte bleiben. Nadia hatte sich oft gefragt, ob der Fehler nicht gewesen war, dass sie auf diese Ohrfeige nicht sofort reagiert hatte, ebenso wie sie auf die erste Beleidigung durch ihre Söhne nicht sofort regiert hatte. Jungs sind Tiere, sie spüren die Angst der Beute und drängen sie in die Ecke. Wenn die Beute sich aber wehrt, lassen sie oft ab und suchen sich ein schwächeres Opfer. Sie war ein Weibchen, alleine, im Jagdrevier eines Männchens, das seine Jungen Grausamkeit lehrte. Aber jetzt, da der Vater nicht mehr da war, brauchten die Jungen sie, um nicht zu verhungern. Sie brauchten sie für alles.

Während die Kinder fernsahen, fing Nadia an, Zwiebeln zu schneiden, und ließ ihren Tränen freien Lauf. Es waren Tränen des Selbstmitleids, angesichts dessen, was ihr widerfahren war, aber diesmal mischte sich auch ein Gefühl der Erleichterung darunter, weil sie wusste, dass von nun an alles besser werden würde. Beim Herumkramen hatte sie in einem Schubfach den Auszug eines ihr unbekannten Kontos gefunden mit fast zwanzigtausend Euro Guthaben. Vielleicht hatte Fouad sie für die Kinder zur Seite gelegt. Oder vielleicht für die Nutte, die er heiraten wollte. Jedenfalls hatten sie jetzt ein kleines Kapital, mit der sie eine Weile leben konnten, danach würde sie eine Lösung finden. Sie würde anfangen zu arbeiten, irgendeine Arbeit annehmen, was Fouad ihr immer verboten hatte. Signor Emilio war nett gewesen: Er hatte ihr garantiert, dass er rasch die Abfindung überweisen und sie zur nächsten Olivenernte rufen würde, falls sie es nötig haben würde.

Sie schnitt gerade die Karotten, als Lorenzo, der Ältere, herantrat: »Was gibt's zu essen?«

»Reis und Gemüse.«

»Widerlich.«

Nadia sah ihn an, legte ruhig das Messer hin und holte tief Luft. Sie gab ihm eine Ohrfeige, die ihn buchstäblich auf den Boden schleuderte. Lorenzo zitterte vor Empörung und Verblüffung, seine Augen füllten sich mit Tränen, und einen Moment lang wirkte es, als könnte er aufstehen und sich auf die Mutter stürzen, dann hielt er sich mit einer Hand die Wange, mit der anderen reckte er den Zeigefinger gegen sie: »Du Verfluchte! Das werde ich Papa sagen, und der … und der …« Er hatte die Stimme erhoben, aber der Satz war ihm im Hals steckengeblieben und eher wie ein Seufzer verklungen. Lorenzo suchte den Blick des Bruders, vielleicht um sich zu entschuldigen für das, was er gesagt hatte, vielleicht auf der Suche nach einem Verbündeten. Samir stand am Eingang zur Küche, gelähmt vor Fassungslosigkeit und Angst.

Die Mutter starrte Lorenzo mitleidslos an: »Papa wird nicht zurückkommen. Und hier wird sich einiges ändern. Nenn mich noch einmal Verfluchte, und du wirst bedauern, dass du geboren wurdest.«

Nach dem Abendessen putzten sich Lorenzo und Samir die Zähne, zogen ihre Schlafanzüge an und klopften an die Tür des elterlichen Schlafzimmers. Die Mutter lag bereits im Bett, von Anspannung und Kopfschmerzen außer Gefecht gesetzt.

»Mama, bist du wach?« Lorenzo öffnete vorsichtig die Tür. Im Zimmer war es finster, und für einen Moment fürchtete er, auch sie tot im Bett vorzufinden oder an den Lampenschirm geknüpft. Sein Vater hatte ihm erzählt, dass sich in Indien die Frauen umbrachten, wenn der Ehemann starb: Sie sprangen ins Feuer, in dem dessen Leiche verbrannt wurde.

»Mama?«, wiederholte er lauter, einen alarmierten Ton in der Stimme.

»Was ist?«

»Wir wollten dir Gute Nacht sagen.«

»Und dich um Verzeihung bitten«, fügte Samir hinzu.

Nadia zog die Nase hoch. Sie hatte wieder geweint. »Kommt her.«

Die Kinder warfen sich neben der Mutter aufs Bett.

»Ich weiß, dass ihr wütend seid, weil Papa nicht mehr da ist. Wütend und traurig. Ich bin es auch. Ich habe euren Vater sehr geliebt. Er wird euch von da oben weiter beschützen und liebhaben. Jetzt bin ich das Familienoberhaupt, und ich werde entscheiden, was für euch das Beste ist. Ihr seid inzwischen groß genug, um mir zu helfen. Kann ich mich darauf verlassen?«

Lorenzo und Samir nickten.

»In Ordnung, Mama.«

»Ich werde brav sein, Mama.«

Nadia lächelte und zog sie an sich.

»Wollt ihr heute Nacht hier schlafen?«

Die Augen der Kinder leuchteten im Dunkeln auf. Dann schlossen sie sich wieder. Fünf Minuten später schliefen sie alle, eng aneinandergeschmiegt.

Dolci

Dario Dolci stellte den Tee auf das Tischchen, mit einer Anmut, die man einem Mann seines Umfangs nicht zugetraut hätte. Victoriya war blass, sie hatte seit seiner Rückkehr kaum ein Wort gesagt und knetete immer noch ihre Hände. Du bist durchsichtig wie Quellwasser, dachte Dario bei ihrem Anblick. Und im Moment lastet auf deinen Schultern ein größeres Gewicht als auf meinen.

»Es gibt etwas, das ich dir sagen muss, Dario.«

»Sprich.«

»Du musst Xabier entlassen. Ich will ihn nicht mehr sehen.«

»Wo liegt das Problem? Hast du dich in ihn verliebt?«

Sie schüttelte den Kopf. Zwei Tränen rannen ihre Wangen hinab.

»Hat er etwas getan?«

Sie sagte nichts.

Er lehnte sich über den Tisch und nahm ihre Hand. Seine Wut war bereits abgeflaut.

»Was ist geschehen?«

»Neulich abends. Er hat … er hat … mich gezwungen, es zu tun.« Sie brach in Tränen aus und begann zu zittern. Er öffnete die Arme, und Victoriya nahm darin Zuflucht, setzte sich auf seine Knie. Sie schluchzte so heftig, dass sie nicht sprechen konnte. »Er hat mich mit Gewalt genommen.«

»Schhh, schhh, sprich jetzt nicht, nicht sprechen. Wein dich erst aus, weine, ich bin da, es wird dir nichts Böses mehr geschehen.«

Nachdem sie sich beruhigt hatte, erzählte Vika den Rest.

An einem Nachmittag, an dem Dario unterwegs war, war Xabier unter einem Vorwand in die Wohnung gekommen, hatte ihr gesagt, dass er sie liebe und sie so nicht weitermachen könnten. Sie müsse ihren Mann verlassen und mit ihm fliehen. Sie hatte Nein gesagt. Und daraufhin war er durchgedreht. Er hatte sie im Schlafzimmer genommen, obwohl sie schrie, nein, sie wolle es nicht, nur mit ihrem Mann wolle sie es tun. Sie hatte sich zu wehren versucht, bis er ihr ein Messer an den Hals gehalten hatte. Daraufhin hatte Vika nur noch gebetet, es möge schnell vorbei sein.

»Dreckschwein«, murmelte Dolci. »Dreckschwein.«

»Es war nicht meine Schuld, Dario«, wiederholte sie. »Kannst du mir glauben?«

Er nickte, drückte sie an sich und wiegte sie wie ein Kind. Nach einem langen Schweigen blickte er ihr in die Augen und fragte: »Hat es dir gefallen?«

»Aber nein!«, protestierte Victoriya. »Was redest du?«

»Kein bisschen?«

»Nein«, wiederholte sie, weniger überzeugt.

»Mir kannst du es sagen. Das weißt du. Ich habe für alles Verständnis.«

Sie zog die Nase hoch. »Nur ein bisschen, am Ende. Als er kam. Es war wie ... ein konditionierter Reflex. Ich wollte aber nicht, wirklich. Liebling, ich kann es nur mit dir genießen. Nur mit dir.«

Er nickte. Er hatte den Duft des kleinen schlecht genieteten Diamanten gerochen. Über das Wort »genietet« hätte er fast gelächelt. Selbst meine Synästhesie findet Vergnügen an Wortspielen, dachte er. »Willst du ihn anzeigen?«

»Nein, ich bitte dich. Das würde alles nur noch schlimmer machen. Ich will ihn nicht mehr sehen. Entlass ihn, und damit Schluss. Wir werden einen anderen finden. Oder keinen. Ich bin es müde, ich will alleine sein. Ich will mit dir alleine sein, nur du und ich, für einige Zeit.«

Sie schlug die Augen nieder, nahm die Tasse und reichte sie ihrem Mann.

Dario Dolci stellte sie ab und ergriff ihre Hand. »Vikulia, hör mir gut zu. Wenn du dich in ihn verliebt hast, kannst du mir das sagen. Es wäre nichts Verwunderliches dabei. Ich würde es akzeptieren. Ich bin alt, früher oder später wird unsere Beziehung zu Ende gehen.«

Sie betrachtete ihn verzweifelt, küsste ihn auf den Mund: »Ich liebe dich, Dario. Nur dich. Warum kannst du das nicht akzeptieren? Alles, was ich tue, tue ich für dich. Er ist es, der sich verliebt hat, glaub mir, ich habe nichts getan, um ihn zu ermuntern.«

Dario Dolci nickte. Sie war aufrichtig, zu neunzig Prozent. Und eine Frau, die einen zu neunzig Prozent liebt, ist weitaus mehr, als man sich wünschen kann. Er streichelte Vikulias Hand, die er immer noch hielt, und dachte, dass er niemals glücklicher als in diesem Augenblick sein würde.

Sie gab ihm einen Kuss und stand auf. »Lass uns jetzt den Tee trinken, ich brauche ihn.«

Vika hatte das Wohnzimmer aufgeräumt und die Spülmaschine angestellt. Dolci wartete, bis sie ins Bad gegangen war, um sich fertigzumachen, dann rief er Xabier auf dem Handy an. »Bist du noch in der Nähe?«

»Ich habe gerade den Wagen in die Garage gestellt.«

»Ich komme in einer Minute runter. Warte auf mich.«

Er tauschte den Morgenrock gegen einen Smoking, schlüpfte in ein Paar Mokassins und trat dann an die große Vase in der Diele, die einen Teil seiner Spazierstöcke enthielt. Er strich sorgsam über zwei oder drei, erprobte Griff und Konsistenz und wählte schließlich einen Eichenstock mit einem runden Alabasterknauf aus. Er schwitzte, ein unstillbarer Durst schien ihm jede Pore auszutrocknen. Er ging an den Kühlschrank und trank in wenigen Schlucken ein ganzes Wasserfläschchen aus. Dabei spürte er, wie sich das Hemd mit Schweiß tränkte. »Wenn ich weitertrinke, wird es noch schlimmer«, dachte er, aber er wusste, dass der Durst zurückkommen würde. Er nahm ein rotes, bereits geöffnetes Fläschchen und schob es in seine Jacketttasche.

Dann fuhr er mit dem Aufzug hinunter in die Garage und trat mit kurzen, entschlossenen Schritten auf den Jaguar zu.

Xabier, der wartend neben dem Wagenschlag stand, merkte sofort, dass etwas nicht stimmte.

Dolci hob den Stock, ihn am Ende haltend. »*En garde, miserable*!«

»Bitte?«

»Verteidige dich, du Verräter. Ich sage es nicht noch einmal.«

»Maestro, aber was …«

Dolci ließ den Stock kreisen und schlug Xabier mit dem Alabasterknauf auf das linke Knie. Das Bein gab nach, und der Baske fing sich mit einer Hand auf der Erde ab, während er vor Überraschung und Schmerz aufschrie. »Was ist?! Sind Sie verrückt geworden?!«

»Du bist verrückt geworden. Nichtswürdiger Wurm! Was hast du mit Vikulia gemacht?«

»Ich? Nichts, Maestro, nichts …«

»Lügner! In meinem Haus!«

Xabier hob die Arme, um sich gegen die Schläge zu schützen, die weiter auf ihn einprasselten. »Sie hat mich provoziert.«

»Feigling!«, brüllte Dolci, einen weiteren Schlag setzend, den der Baske nur zum Teil parieren konnte. Er wurde an der Schulter getroffen, und ein elektrischer Schlag durchzuckte ihn von Kopf bis Fuß.

»Schluss jetzt! Schluss, oder ich schwöre, dass ...«

»Nimm es! Nimm dein Messer, du Schwuchtel! Worauf wartest du?«

Diese Beleidigung ließ die Wut des Chauffeurs bis zum Irrsinn hochkochen. Seine Hand glitt in die Tasche, und als sie wieder hervorkam, lag ein Springmesser darin.

Dolci betrachtete die Klinge. Sie musste zehn, zwölf Zentimeter lang sein. »Diese Klinge reicht nicht weiter als deine Courage. Um mein Herz zu finden, brauchst du eine von mindestens zwanzig Zentimetern. Eine wie diese.«

Er fasste den Knauf seines Stocks, drückte einen Knopf, und aus der Stockspitze fuhr ein Stilett, das kalt im Lampenlicht blinkte.

»Tamahagane-Stahl, von einem japanischen Meister gearbeitet. Der schneidet Sehnen wie Papier und macht auch vor Knochen nicht Halt.«

Xabier hatte einen Schritt nach vorne gemacht, aber als er die Klinge sah, erstarrte er. Dieser verlängerte Arm, der genau auf seine Kehle zeigte, würde verhindern, dass er auf die richtige Distanz herankam. Und selbst wenn ich es schaffen würde, dachte er, wie oft müsste ich zustechen, um diesen Fleischberg kleinzukriegen?

Während er zögerte, agierte Dolci. Viel schneller, als seine Masse hätte erwarten lassen. Ein Säbelhieb schlitzte Xabiers Sakko weit auf, öffnete das Hemd und ritzte seine Brust. Der Baske wich zurück, schockiert und gedemütigt. Er legte sich eine Hand aufs Herz und spürte, wie das warme Blut durch seine Finger lief.

»Drecksack!« Er schleuderte das Messer fast blind, hörte, wie es mit einem dumpfen Schlag auf Dolcis Körper traf. Dann rannte er weg, ohne sich auch nur umzudrehen. »Wir sehen uns wieder, du Schwein. Wir sehen uns wieder«, schrie er.

Dario Dolci betrachtete das Messer. Es steckte knapp unter dem Herzen und war fast bis zum Griff eingedrungen. Aber es konnte keinen allzu großen Schaden angerichtet haben. Er ließ die Klinge des Stocks wieder einfahren, nachdem er sie grob mit einem Zipfel seines Hemdes gereinigt hatte, das sich bereits mit seinem Blut vollsog. Er war verschwitzt, aber befriedigt. Er hatte einen fürchterlichen Knoblauchgeschmack im Mund, und der Durst war wieder unerträglich. Er nahm die Wasserflasche, öffnete die Tür des Jaguars und setzte sich hinein, um Atem zu schöpfen. Alles in Ordnung, dachte er, es ist alles in Ordnung. Einen Augenblick später spürte er es in seiner Kehle sauer aufstoßen, dann ein Brennen im Magen, als würde dort jemand Schwefelsäure ausgießen.

Er schaffte es gerade noch, auszusteigen, kniete sich auf den Boden und erbrach kaum etwas anderes als den Tee. Das Letzte, was er sah, war das Garagenlicht, das zitterte und langsam erlosch.

Nadia

Sie erreichte die Schule und sah das Grüppchen der Tunesierinnen. Seit das Unglück geschehen war, gaben sie sich sehr freundlich und solidarisch, sie versäumten nie zu fragen, ob sie etwas brauche, und oft brachten sie bereits fertiggekochtes Essen mit oder Kuchen für die Kinder. An diesem Tag jedoch standen auch Yasminas Vater und ein alter Mann mit weißem Bart bei ihnen, der für die Gemeinde die Leitfigur war. Sofort danach erkannte sie auch Yasmina, die aus der Gruppe trat und auf sie zukam, um sie zu umarmen. »Ich habe mir Sorgen um dich gemacht. Du hast dich nicht mehr sehen lassen.«

»Ich mache eine schwierige Zeit durch.«

»Das kann ich mir vorstellen. Aber du kannst uns um Hilfe bitten. Mich. Für mich wirst du immer eine Schwester sein.«

Nadia lächelte und dachte an die SMS, die sie in Fouads Handy gefunden hatte. Sie hatte sie geöffnet, einen Hinweis suchend, wo er sein könnte, und hatte die Nachrichten gelesen, die sie austauschten. Er nannte sie »Rehauge« und »kleiner Wolfszahn«. Poetisch, musste man ihm lassen. Sie schrieb ihm: »Wann heiraten wir? Heute Nacht habe ich geträumt, dass ich deine Lust mit meinem Mund stille.« Die kleine Unschuld.

Sie umarmte sie und dachte: Schade, dass du Fouad nicht besser kennenlernen, nicht mit ihm zusammenleben konntest. Ohne die Prüfung durch die Ehe würde die Liebe, die Yasmina empfand, für immer intakt bleiben, während die von Nadia vertrocknet war wie eine Pflanze, die man ohne Wasser und Pflege in der Sonne stehenlässt.

Der betagte Mann kam auf sie zu und sprach erneut sein Beileid aus. Er redete ein wenig über Fouad, über dessen tiefen Glauben. Er fragte, wann man die Leiche freigeben werde und wie sie sich die Bestattung vorstelle. »Die Gemeinde, das weißt du, ist bereit, dir in jeder Weise zu helfen.«

»Danke. Ich weiß nicht, wann er mir zurückgegeben wird. Die Ermittlungen laufen. Wir werden sicher hier mit den Menschen, die er liebte, eine Feier machen, aber danach würde ich ihn gerne nach Sfax bringen.«

»Nach Sfax? Bist du sicher?«, fragte Yasmina.

»Genau das wünschte er sich. Kannst du dich erinnern, wie sie ihn damals mit dem Moped anfuhren?«

»Ja.«

»Er schwebte nicht in Lebensgefahr, war aber zutiefst erschüttert und fragte: ›Wenn ich gestorben wäre, was hättest du dann getan?‹ Ich erwiderte, ich wäre verzweifelt gewesen, und er sagte: ›Nein, ich meine, wie du mich bestattet hättest.‹ Und ich sagte, sicher mit einem moslemischen Begräbnis und dass ich seine Freunde um Rat gefragt hätte. ›Das ist gut‹, antwortete er, ›aber wenn mir je etwas zustoßen sollte, will ich nach Hause zurück, nach Sfax. Ich will in meiner Erde ruhen, an meinem Meer.‹ Genau das sagte er, ich erinnere mich noch, als ob es gestern gewesen wäre.«

»Komisch. Das hat er mir nie gesagt«, wunderte sich Yasmina, während Nadia die Stirn in Falten zog: »Warum kommt dir das komisch vor, dass er es seiner Frau gesagt hat und nicht dir?«

Der Vater drehte sich nach ihr um, und Yasmina wurde knallrot: »Entschuldige, nein, sicher … Wir werden seinen Willen respektieren. Wir werden sofort das Nötige für die Reise sammeln.«

Nadia lächelte und ergriff ihre Hände: »Danke. Du bist eine wertvolle Freundin.«

Die Kinder waren aus der Schule gekommen und zur Mutter gerannt.

»Da sind sie ja«, sagte der alte Mann und strich über ihre Köpfe. »Also, wann bringst du sie wieder zu mir? Wir müssen den Unterricht fortsetzen.«

»Wir hatten viel zu tun. Dinge zu regeln. Und jetzt müssen sie einiges für die Schule nachholen.«

»Allah leitet und tröstet uns im Schmerz. Im Koran finden sich alle Antworten.«

Nadia rang sich ein Lächeln ab: »Wir werden sehen. Ich gebe Ihnen Bescheid.«

Der betagte Mann schloss die Augen, aufrichtig betroffen: »Die Kinder sind Moslems. Ich vertraue darauf, dass du sie weiterhin im Sinne unseres teuren Fouad erziehst.«

»Ich werde entscheiden, wie ich sie aufziehe. Ich bin ihre Mutter.«

»Nicht einmal die Liebe einer Mutter ist größer als die Allahs.«

Nadia suchte nach einer passenden Antwort, fand sie aber nicht.

»Sein Wille geschehe«, sagte Samir.

Luciani und Victoriya

»Commissario, hier ist Vika. O Gott, Marco, komm schnell!«

»Was ist los?«

»Man hat Dario überfallen.«

»Wann? Wo ist es passiert?«

»Hier unten, in der Garage. Er hat ein Messer im Bauch. Ich habe bereits einen Rettungswagen gerufen.«

»Wer war es?«

»Er meint, es sei Xabier gewesen.«

»Xabier?!«

Vika brach in Tränen aus. Marco Luciani versuchte sie zu beruhigen, sagte immer wieder, sie solle die Nerven nicht verlieren, das Messer nicht bewegen und auf den Notarzt warten.

»Wie geht es ihm, Vika? Kann er sprechen?«

»Er steht unter Schock. Er übergibt sich. Sagt Sätze ohne Sinn.«

»Ich bin auf der Autobahn. Ich kehre sofort um. Halt ihn wach, frag ihn, wer es war. Und ruf mich an, wenn du weißt, in welches Krankenhaus er gebracht wird.«

Dreißig Minuten später betrat Marco Luciani die Notaufnahme des Niguarda-Krankenhauses. Vika und ein Beamter standen im Wartesaal an einem Kaffeeautomaten.

»Commissario!«

»Hier bin ich. Wo haben sie ihn hingebracht?«

»Er ist da drin. Ich glaube, sie versuchen das Messer herauszuholen. Es ging ihm sehr schlecht, er musste sediert werden.«

Marco Luciani betrachtete Victoriya. Ihre Augen waren gerötet, die Miene verschreckt. »Erzähl mir alles von Anfang an.«
Er ließ sich detailliert erzählen, was vorgefallen war. Dolci war ja zusammen mit ihm nach Hause gekommen. Es ging ihm nicht gut, er war müde und angewidert, wie immer nach einem Dreh von »Stelle in Cucina«. Nachdem der Kommissar gegangen war, hatten sie Tee getrunken, dann hatte Vika sich geduscht und ihn anschließend nicht mehr vorgefunden. Nachdem sie ihn überall in der Wohnung gesucht hatte, war sie hinunter in die Garage gegangen, weil sie dachte, er habe vielleicht etwas im Wagen vergessen. Sie hatte ihn am Boden liegend gefunden, unfähig aufzustehen, mit dem Messer im Bauch. Sie hatte sofort einen Rettungswagen verständigt und dann wenige Sekunden später bei Marco Luciani angerufen.

»Sie versuchen Xabier ausfindig zu machen. Bist du sicher, dass er es war?«

»Dario hat es gesagt. Aber er hat auch wirres Zeug geredet. Er hat von einem hellblauen Kleid erzählt und mir gesagt: ›Richte dem Kommissar aus, er soll Alice nicht auslassen.‹«

»Das hat er gesagt?«

»Ja. Aber er delirierte, schrie vor Schmerz, erbrach sich, und dann wurde er ohnmächtig. Ich dachte, er würde da sterben. Ich dachte, er würde da sterben«, wiederholte sie und brach wieder in Tränen aus.

Sie warteten vor dem OP, auf zwei Plastikstühlen sitzend. Ein Inspektor der Mailänder Mordkommission war mit zwei Beamten gekommen, die die Abteilung überwachten, während die ersten Journalisten sich im Eingang drängten. Hin und wieder fragte Marco Luciani nach weiteren Details zu den Ereignissen der letzten Stunden und ließ sich Wort für Wort wiederholen, was sie miteinander gesprochen hatten.

»Warum hat Xabier Dolci niedergestochen?«

Vika zögerte und blieb dabei, dass sie es nicht wisse. Als der Kommissar insistierte, schien sie sich schließlich an etwas zu erinnern: »Ehrlich gesagt hatten wir entschieden, ihn zu entlassen. Er war aber bereits gegangen, konnte es also noch nicht wissen.«

»Entlassen? Wieso?«

Sie hob die Achseln. »Ich hatte Dario darum gebeten. Ich war nicht zufrieden mit ihm.«

»Inwiefern?«

»Er war schon zu lange bei uns. Er fing an, sich Vertraulichkeiten herauszunehmen.«

»Bei dir?«

»Bei uns beiden. Manchmal vergaß er, dass er unser Angestellter war.«

Irgendetwas passte nicht zusammen, dachte Marco Luciani. »Nenn mir ein Beispiel.« Sie schien es nicht gehört zu haben. Sie dachte an etwas, und plötzlich schien sie eine Erleuchtung zu haben. »Es sei denn …«, überlegte sie laut. »Dario muss ihn angerufen haben, während ich unter der Dusche war!«

»Dolci hat Xabier angerufen?«

»Das ist möglich. Um ihn zu entlassen. Xabier ist zurückgekommen und … O Gott, es ist meine Schuld, es ist alles meine Schuld.« Sie schlug die Hände vors Gesicht, dann entschuldigte sie sich und ging eine Toilette suchen.

Als der Chirurg herauskam, war es längst drei Uhr vorbei. Der Inspektor war draußen, eine Zigarette rauchen, die Wachposten waren außer Reichweite. Marco Luciani präsentierte sich mit einem breiten Lächeln.

»Wie geht es Dario?«, fragte Vika.

»Das Messer ist tief eingedrungen, aber angesichts der … Statur des Patienten hat es keinen großen Schaden angerichtet.

Einen Mann wie Sie oder wie mich, Herr Kommissar, hätte es böse erwischt.«

»Aber wie geht es ihm jetzt?«

»Die Wunde ist vernäht. Ein wenig Zeit und Ruhe werden da alles wieder richten. Das Problem ist jedoch ein anderes. Und es ist gravierend.«

»Nämlich?«

»Der Mann ist vergiftet worden.«

Calabrò und Signor Franco

»Tut mir leid, dass ich Ihnen nicht helfen kann, Herr Kommissar, aber sehen Sie, die Angestellten kenne ich nur sehr oberflächlich, man sagt sich Guten Tag, und das war's. Ich verbringe die meiste Zeit in Kalabrien und komme nur hin und wieder in die Firma, um zu sehen, ob alles läuft. Wer den Laden wirklich führt, das ist Emilio, mein Partner. Ihn müssten Sie fragen.«

»Das werde ich tun«, sagte Calabrò, »gleich nachdem ich mit Ihnen gesprochen habe. In so einem Fall vernehmen wir nie zwei Personen gemeinsam.«

»Verstehe«, sagte Signor Franco, »logisch. Aber wir haben nichts zu verbergen, wir sind erschüttert von dem, was passiert ist.«

»Sie kannten Fouad also nicht besonders gut.«

»Ich habe ihn natürlich gesehen, als er eingestellt wurde. Er schien mir ein aufgeweckter Bursche zu sein, sehr gläubig, was immer wichtig ist. Ich bin praktizierender Katholik, er war Moslem, aber das macht keinen großen Unterschied. Entscheidend ist, dass ein Mann Regeln kennt, dass er respektvoll ist, und das schien bei Fouad der Fall zu sein. Zumindest hat Emilio sich nie über ihn beklagt.«

»Man sagte mir, er sei gut bezahlt worden. Besser als die anderen Angestellten.«

»Er verdiente es. Er arbeitete hart. Samstags, sonntags, nachts. Er war sich für nichts zu schade. Nie ein Fehltag wegen Krankheit. Ich sage, eine Firma läuft, wenn sie die richtigen

Männer auszuwählen weiß. Emilio hatte mich gerade erst gefragt, ob er ihm den Lohn erhöhen könne, und ich hatte Ja gesagt.«

Calabrò überlegte einen Moment. »Nach dem Bild, das Sie mir liefern, scheint es unglaublich, dass man ihn umgebracht hat. Haben Sie irgendeinen Verdacht?«

Signor Franco breitete die Arme aus. »Absolut nicht. Ich sag's noch mal, hier drin gab es nie ein Problem. Draußen, nun, draußen weiß ich nicht.«

»Wann haben Sie ihn das letzte Mal gesehen?«

»In den letzten Tagen vor dem Unglück, aber nur im Vorbeigehen, Guten Tag, Grüße an die Frau, mehr nicht.«

»Sie haben nicht mit ihm gesprochen?«

»Nein, worüber denn? Ich hab's Ihnen gesagt, wenn etwas war, kümmerte sich Emilio darum.«

»Komm herein, Fouad.«

»Guten Tag, Signor Franco. Sie wollten mich sehen?«

»Nimm einen Stuhl. Setz dich. Alles klar? In der Familie geht's allen gut?«

Fouad nickte, sein Gegenüber mit dem Blick streifend. Der Kalabrier war einer jener Männer, denen man besser nicht zu lange in die Augen starrte. Er war um die fünfzig, vielleicht ein bisschen älter, und hatte ein undurchdringliches Pokerface. Man erzählte sich, er habe früher ein Casino geleitet. Er habe in Asien und Südamerika gelebt. Er sei Vertrauensmann einer sehr einflussreichen Familie der 'Ndrangheta. Einer Familie, die jedoch jüngst durch Ermittlungen der Antimafia dezimiert worden sei. Er sei allerdings nicht mit hineingezogen worden. Zumindest vorerst nicht.

»Allen geht's gut, danke.«

»Wie alt sind deine Kinder?«

»Der große acht, der kleine sechs.«

»*Zwei Jungs.*«

»*Ja.*«

»*Und worauf wartet ihr, ehe ihr ihnen ein Schwesterchen schenkt?*«

Fouad errötete leicht und deutete eine Verbeugung an, während er an Yasmina dachte. »*Bald, mit Allahs Hilfe.*«

Der Kalabrier zündete sich eine Zigarette an und bot auch Fouad eine an, der jedoch ablehnte. Sie schwiegen einige Sekunden, während der Kalabrier die ersten Züge nahm und der Rauch langsam Richtung Decke stieg.

»*Du bist hier seit … drei Jahren?*«

»*Exakt.*«

»*Und du hast gute Arbeit geleistet. Ich bin mit dir zufrieden.*«

Fouad verbeugte sich wieder ein wenig.

»*Aber in letzter Zeit scheinst du nicht bei der Sache zu sein. Du streitest mit den Kollegen. Lässt dir nichts sagen. Stimmt irgendetwas nicht?*«

Fouad senkte den Kopf. »*Bitte verzeihen Sie. Ich bin ein wenig nervös. Familiäre Probleme.*«

»*Die Deutschen haben sich über die letzte Lieferung beschwert.*«

»*Wirklich? Das ist das erste Mal.*«

Der Kalabrier musterte ihn: »*Es ist wichtig, dass wir immer dasselbe Mischungsverhältnis einhalten, Fouad. Komm mir nicht in Versuchung, mehr Gewinn herausholen zu wollen, denn das kann sehr gefährlich werden. Du weißt besser als ich, dass die Substanzen sorgfältig dosiert werden müssen.*«

»*Klar, Signor Franco. Das weiß ich gut, deshalb wundere ich mich, dass …*«

Sein Gegenüber hob die Hand. »*Mag sein, dass sie's einfach mal probiert haben. Sie wollen ihr Geld zurück, wir schicken ihnen eine neue Lieferung. Aber die muss tadellos sein, denk dran.*«

»*Sicher. Wie immer.*«

»*Wir haben im Moment zu kämpfen. Der Markt ist gesättigt,*

die Gewinnmargen sinken, und wir werden bald kürzertreten müssen.«

Der Tunesier schluckte. Er konnte sich nicht erlauben, den Arbeitsplatz zu verlieren. Nicht jetzt, wo die Familie wachsen sollte.

»Entweder stellen wir um, oder wir sind zum Untergang verdammt. In der Firma gibt es aber Widerstände gegen die Umstellungen, und nur wer Eier und Mut zum Risiko hat, wird überleben.«

Fouad verstand nicht, nickte aber gleichermaßen.

Der Kalabrier ließ sich Zeit, ehe er weitersprach: »Ich habe dich rufen lassen, weil ich mit dir über eine heikle Sache reden will. Derart heikel, dass ich nicht weiß, ob du dafür der Richtige bist.«

»Es gibt nichts, was ich nicht könnte.«

Sein Gegenüber lachte von ganzem Herzen. »Du haust ganz schön auf den Putz. Aber ich mag Jungs mit Charakter. Dieselbe Antwort hab ich vor vielen Jahren einem Typen gegeben, der mich in Acapulco herausgefordert hatte. Ich sollte von einer über zwanzig Meter hohen Klippe springen.«

»Und haben Sie es geschafft?«

»Ich schon. Er aber hat sich mit dem Wellengang verschätzt, Friede seiner Seele.«

Er legte die Zigarette ab und fixierte Fouad mit seinem Schlangenblick. Dieser war grausam, mit einem Hauch Ironie. »Ich weiß, dass du schöne Dinge magst. Autos. Frauen. Klamotten. Wir haben dieselben Passionen, und diese Passionen sind teuer. Zu teuer für einen einfachen Angestellten. Wenn auch mit ausgezeichnetem Lohn und ordentlichen Sonderzahlungen.«

Fouad spürte, wie sich unter der rechten Achsel ein Schweißtropfen bildete und seine Flanke hinabbrann.

»Natürlich weiß ich von diesen Sonderzahlungen. Was dachtest du denn? Emilio sagt mir alles. Ohne mich kann er keinen Finger rühren noch einen Cent ausgeben. Denk daran. Hier bestimme ich. Er ist nur eine Marionette. Aber … und hier kommen wir zum Punkt … es stehen Veränderungen ins Haus. Und für dich könnten sich interessante Perspektiven ergeben.«

»Das heißt?«

»Das heißt, dass sich hier drin alles ändern wird. Emilio ist alt, angeschlagen, will aber nicht in Pension gehen. Ich hingegen brauche einen jungen Partner, mit neuen Ideen, der nicht an alten Denkmustern klebt.«

Er lächelte, und auch Fouads Miene öffnete sich zu einem erleichterten Lächeln.

»Hör gut zu. Was du machen sollst, ist Folgendes: Morgen früh gehst du als Erstes zu Signor Emilio und sagst ihm, du willst eine Lohnerhöhung …«

Als er das Büro verließ, merkte Fouad, dass er noch immer zitterte. Er hatte schon befürchtet, der Kalabrier hätte etwas spitzgekriegt. Ich muss vorsichtig sein, dachte er, und sein Vertrauen gewinnen.

Luciani und Victoriya

Marco Luciani und Vika sahen einander an. Dann sahen sie den Arzt an. »Vergiftet?«

»Wir waren durch die Symptome alarmiert. Erbrechen. Diarhö. Wir haben das Blut analysiert. Er hat eine beachtliche Menge Arsenik zu sich genommen. Auch hier wäre ein Mann von durchschnittlichem Gewicht schon tot. Er jedoch hat vielleicht eine Chance. Wir kümmern uns gemeinsam mit den Kollegen des Toxikologischen Instituts um die Behandlung, aber die Verzögerung durch die OP ist ein Handicap. Sind Sie seine Frau?«

»Ja.«

»Können Sie mir sagen, was Ihr Mann gestern Abend gegessen hat?«

»Nichts. Wir haben einen Tee getrunken, und er hat an einem Apfel geknabbert, hatte aber keinen Appetit. Er klagte, sie hätten ihn in der Fernsehsendung vergiftet.«

»So hat er sich ausgedrückt?«

»Ja, aber das ist nur eine Redensart. Die er oft verwendet.«

Marco dachte an den Nachmittag im Studio zurück. Dolci hatte diverse Gerichte probiert, zuerst bei den Kandidaten am Herd und dann beim Abschlussurteil, aber das hatten auch die anderen Juroren getan. Zuerst einmal galt es zu überprüfen, ob sich noch jemand anders schlecht gefühlt hatte.

Sie fuhren fast wortlos mit dem Clio des Kommissars nach Hause. Victoriya hatte unbedingt bleiben wollen, der Arzt war jedoch nicht zu erweichen gewesen. Die Intensivtherapie folgte strengen Abläufen, und es war ohnehin ausgeschlossen, dass Dolci bald zu sich kommen würde. Neben dem Kommissar sitzend, starrte die Frau vor sich hin. Sie war müde, ungeschminkt, die ersten Falten bahnten sich einen Weg durch ihr Gesicht. Was würde ohne Dolci aus ihr werden?, fragte sich Marco Luciani. Sie ist noch sehr attraktiv, sie wird sicher einen anderen finden. Wenn sie ihn nicht schon gefunden hat.

Gegen Xabier war ein Haftbefehl wegen Mordversuchs erlassen worden. Eine erste Überprüfung seiner Wohnung war ergebnislos verlaufen, aber die Mailänder Kollegen würden ihn bald ausfindig machen, da war Luciani sich sicher.

Vor Dolcis Hauseingang standen mehrere Fernsehteams, die von vier oder fünf Beamten gebändigt wurden. Marco Luciani bedeutete Vika, den Kopf einzuziehen, dann fuhr er um das Gebäude herum und hielt direkt vor der Garage, wo ihn ein Inspektor und ein weiterer Beamter erwarteten.

»Ist die Spurensicherung gekommen?«

»Gekommen und gegangen, Herr Kommissar«, sagte der Beamte, und der Inspektor warf ihm einen bösen Blick zu.

»Haben sie etwas gefunden?«, fragte Luciani.

»Wir sind nicht autorisiert, Ihnen darüber Auskunft zu erteilen. Sie müssten mit Kommissar Rossini sprechen.«

»Machen Sie Witze? Dieser Mann stand unter meinem Schutz.«

»Nun«, sagte der Inspektor lächelnd, »besonders gut scheint das nicht funktioniert zu haben.«

Lucianis rechter Arm zuckte, aber Vika war so geistesgegenwärtig, sich einzuhängen und ihn zu bremsen, bis sie spürte, dass sich seine Muskeln wieder entspannten.

Der Inspektor zündete sich eine Zigarette an, zog zweimal und brummte dann: »Jedenfalls, wenn es Sie interessiert, der Tatort ist gereinigt worden.«

»Was heißt das?«

»Mit dem Wasserschlauch. Sie haben alles weggespritzt.«

»Das war ich«, sagte Vika, »alles war voller Blut, Exkremente und Erbrochenem. Während Dario in den Rettungswagen geladen wurde, habe ich saubergemacht.«

»Das war nicht gut, Signora«, sagte der Inspektor. »Man soll niemals den Schauplatz eines Verbrechens verändern.«

Marco Luciani beschwichtigte ihn mit einer Geste. »Es gab kein Verbrechen. Nur eine harmlose Verletzung. Und wir wissen, wer es war.«

Sein Gegenüber schaute ihn wenig überzeugt an, er gab sich auch keine Mühe, seine Gedanken zu verbergen: Wo war er denn, der berühmte Commissario Luciani, während jemand den Mann abstach, den er beschützen sollte?

Vika ließ sich bis an die Aufzugtür bringen, dann sah sie Marco in die Augen. »Willst du mit hochkommen und einen Tee trinken? Ich habe Angst vor dem Alleinsein.«

»Wenn du Angst vor Xabier hast, keine Sorge. Wir haben Leute zur Bewachung hier.«

»Von Xabier habe ich nichts zu befürchten. Und du hast nichts von mir zu befürchten, Commissario.«

Luciani drehte sich um und sagte dem Inspektor, dass er mit hoch in die Wohnung ging. Dieser lächelte wieder süffisant, als wollte er sagen: *Sie* wirst du bestimmt sorgfältiger bewachen.

Er wurde vom Geräusch des Geschirrs in der Küche geweckt. Vika machte Frühstück. Der Rücken des Kommissars war im Eimer, und er verfluchte sich, dass er nicht hatte Nein sagen können.

»Wie magst du deinen Kaffee?«, fragte Vika, als sie sah, dass er wach war. Sie trug einen enganliegenden schwarzen Pyjama, der ihre Kurven betonte, und sie ging barfuß, leicht auf den Zehenspitzen.

Marco Luciani verdeckte seine Morgenerektion, rieb sich die Augen und versuchte seine Haare in Ordnung zu bringen. Wenn man ihn direkt nach dem Aufstehen sah, war ihm das unangenehm. Er hatte wenig und schlecht auf dem Sofa geschlafen, das für seine 1,97 m Körpergröße zu kurz war.

»Schwarz, mit einem Löffel Zucker.«

»Isst du Eier? Käse, Schinken? Oder willst du lieber eine Brioche?«

»Nichts, danke.«

»Wenigstens einen Joghurt. Oder einen Apfel.«

»Ich hasse Äpfel. Ich habe nie kapiert, ob sie abführen oder verstopfen.«

»Hä?«

»Vergiss es. Neuigkeiten aus dem Krankenhaus?«

»Ich habe vorhin mit der Stationsschwester gesprochen. Nichts Neues. Ich trinke meinen Kaffee, und dann gehe ich.«

»Wenn du wartest, bis ich geduscht habe, komme ich mit.«

»Nein, so lange kann ich nicht warten. Ich rufe ein Taxi. Ich schicke dir eine SMS. Zieh einfach die Tür zu, wenn du gehst.«

Marco Luciani wusch sich, zog sich an, trank den Kaffee, dann untersuchte er gründlich die Küche. Es standen keine Tassen herum, außer den beiden, die sie gerade benutzt hatten. Er öffnete die Spülmaschine und sah, dass sie mit dem Programm fertig war. Ich war vergangene Nacht nicht recht klar, sagte er sich. Aber es bestand noch eine Chance. Er öffnete die Tür unter dem Spülbecken und fand den Mülleimer. Darin war ein halb leerer Sack, er sah hinein und entdeckte zwischen den Resten der Teeblätter zusammengeknüllte Küchentücher und einen halben Apfel. Er rief Commissario Rossini an, damit er die Kollegen der Kriminaltechnik verständigte.

»Wir haben auch Neuigkeiten«, sagte dieser.

»Und zwar?«

»Wir haben ein paar Sachen aus der Garage mitgenommen, darunter Dolcis Stock. Darin verborgen ist eine äußerst scharfe Klinge, an der Blut klebt.«

Calabrò und Signor Emilio

»Wann war das letzte Mal, dass Sie Fouad gesehen haben?«

»Lassen Sie mich nachdenken … Ich würde sagen, am Tag vor seinem … Tod.«

»Um wie viel Uhr?«

»Ich weiß nicht … Warten Sie, warten Sie, ich erinnere mich, dass er gefragt hat, ob er am Freitag früher Schluss machen könne, weil er am nächsten Morgen von Mailand aus den Flieger nehmen musste. Er wird am frühen Nachmittag gegangen sein.«

Calabrò machte sich Notizen und beobachtete Signor Emilio dabei aus dem Augenwinkel. Dieser schwitzte, auch wenn es im Büro kein bisschen warm war, und er schaute dauernd zur Tür, als hoffte er, dass jemand hereinkäme.

»Haben Sie ihn hier bei der Arbeit gesehen?«

»Natürlich.«

»Pflegten Sie auch außerhalb der Firma Umgang?«

»Wir? Nein. Nein, Herr Kommissar. Nicht, dass ich kein … vertrauliches Verhältnis zu den Angestellten wollte, aber … wie soll ich sagen … ich sehe sie halt so wie Kinder. Aber jeder führt sein eigenes Leben … ja, so halt.«

»War er ein guter Angestellter?«

»Hervorragend. Ja. Nie ein Problem, nie Fehlzeiten. Allzeit bereit.«

»Was genau war seine Aufgabe?«

»Nun, ein bisschen von allem. Wir sind hier sehr saisonabhängig, die Arbeit ballt sich zwischen Sommerende und Jahreswechsel, mit Ernte, Pressung und Abfüllung. Dann kommt der Versand, aber das war nicht seine Aufgabe, Fouad war wirklich ein Fachmann für Öl … für den Rohstoff … Er war mit der Qualitätskontrolle betraut.«

»Das heißt, er kostete es.«

»Ja, natürlich. Und er stellte sicher, dass unsere Flaschen durchweg einen … einheitlichen Geschmack hatten.«

»Inwiefern?«

»Die richtige Mischung … meine ich. Der Kunde kauft unser Öl, verbindet die Marke mit einem Geschmack und will diesen Geschmack jedes Jahr haben, unabhängig davon, wie die Ernte war. Folglich braucht man Experten, die den Geschmack korrigieren … Wenn ich korrigieren sage, bedeutet das nichts Schlimmes, sondern nur, dass wir in einem Jahr, in dem unsere Ernte mal nicht so besonders ist, erstklassiges Öl aus anderen Regionen importieren, um die Struktur, die Qualität zu verbessern.«

»Verstehe«, unterbrach ihn Calabrò, »unterhielt er auch Kontakte zu diesen anderen Zulieferern?«

»Nein, nein, nicht direkt. Diese Dinge wickeln mein Partner und ich ab. Aber wenn das, was wir bestellt hatten, aus irgendeinem Grund nicht okay war, wenn man uns zu leimen versuchte, machte Fouad uns darauf aufmerksam.«

Calabrò schrieb etwas in sein Notizbuch. »Haben Sie in letzter Zeit über etwas gesprochen?«

»Was meinen Sie?«

»Ist Ihnen bekannt, ob er Pläne hatte? Sich selbständig machen wollte?«

Signor Emilio hob beide Augenbrauen: »Wer hat Ihnen das gesagt? Davon ist mir nichts bekannt. Er war froh, hier zu arbeiten. Wenn er Probleme hatte, dann sicher nicht hier.«

»Und in der Familie. Mit der Frau?«

Emilio seufzte. »Ab und zu sprachen wir von seinen Kindern.

Er vergötterte sie. Die Frau habe ich nur ein einziges Mal gesehen, völlig vermummt. Entschuldigen Sie … es geht mich ja nichts an … jeder kann rumlaufen, wie er mag. Aber er schien glücklich zu sein, er hatte eine schöne Familie, ja, eine schöne Familie. Ach ja, doch, das letzte Mal, als ich mit ihm gesprochen habe, ging es eben um eine Lohnerhöhung. Er wollte seine Frau zufriedenstellen.«

»Und Sie haben sie ihm zugestanden?«

»Klar. Es war nicht viel Geld, und er war es wert. Armer Fouad. Ja, die erste Lohnzahlung nach der Erhöhung hat er nicht einmal mehr gesehen. Wir werden aber der Frau helfen, wir sind hier wie eine Familie und werden sie nicht im Stich lassen.«

Calabrò erhob sich, ging ein wenig im Zimmer umher. Sein Instinkt sagte ihm, dass dieser Mann etwas verbarg.

»Darf ich Sie fragen, wo Sie in der Nacht waren, in der Fouad getötet wurde?«

»Sie meinen doch wohl nicht …«

»Erinnern Sie sich?«

»Ich erinnere mich durchaus. Ich war hier in der Firma.«

»Nachts?«

»Ja, wir waren mit einigen Buchungen im Verzug. Die Bücher, die Rechnungen, die Lieferscheine. Das passiert in dieser Jahreszeit oft. Ich war mit Franco, meinem Partner, hier.«

»Und Sie beide haben die ganze Nacht gearbeitet?«

»Bis spät. Wir werden gegen zwei, drei Uhr gegangen sein. So um den Dreh.«

»Sonst war niemand hier? Niemand, der das bezeugen könnte?«

»Nein …«

»Haben Sie telefoniert?«

»Um zwei Uhr nachts? Bestimmt nicht.«

Calabròs Blick fixierte ihn und jede seiner Reaktionen.

»Warten Sie«, sagte Signor Emilio und fing zu strahlen an. »Es gibt jemanden, der uns gesehen hat. Einen Nachtwächter, der zur Kontrolle hier vorbeikam. Wahrscheinlich erinnert er sich.«

»Ich verstehe. Wir werden das überprüfen.«

»Ich bedaure, dass Sie mich verdächtigen. Ich liebte Fouad wie einen Sohn.«

»Sie haben mich rufen lassen, Signor Emilio?«

»Setz dich, Fouad. Wir müssen reden.«

Der Araber gehorchte.

»Ich bin bereit, deinen Vorschlag vom letzten Mal anzunehmen.«

»Welchen?«

»Die Zulieferer zu wechseln.«

Fouad riss die Augen auf: »Wirklich?«

»Ich habe lange darüber nachgedacht. Ich will den Kalabrier schon lange loswerden, und wenn ich diese Gelegenheit nicht nutze, wird eine ähnliche nicht wiederkommen. Seine Freunde stecken in Schwierigkeiten, er ist aber noch stark genug, um es mir heimzuzahlen. Deshalb will ich wissen, wie viel es dir wert ist, das Ganze durchzuziehen.«

»Einiges. Viel.«

»Genug, um auch ein persönliches Risiko einzugehen? Jedes Hindernis zu überwinden?«

»Sicher.«

»Denn du weißt, wer in diesem Fall das Hindernis ist.«

Fouad schluckte.

»Wenn du wirklich ins Spiel einsteigen willst, wirst du dich um den Kalabrier kümmern müssen.«

»In welchem Sinn?«

»Du hast mich verstanden. In einem endgültigen Sinn.«

»Machen Sie Witze? Signor Emilio …«

»Es ist der einzige Weg, wieder frei zu sein.«

Er schwieg und ließ dem anderen Zeit, die Vorstellung dieses neuen Szenarios zu verdauen.

»Ich bin jedoch kein Mann der Tat«, fuhr er fort. »Ich wäre dazu nicht imstande. Aber wenn du's dir nicht zutraust, dann ist alles so, als hätten wir nie miteinander geredet. Vergiss alles, und wir sind Freunde wie zuvor.«

Fouad war einen Moment sprachlos. Der Mann aus Imperia und der Kalabrier standen vor dem finalen Duell, und beide wollten ihn benutzen, um dieses Duell zu gewinnen. Wenn ich klug agiere, dachte er, kann ich viel gewinnen. Meinem Leben eine Wendung geben.

»Natürlich traue ich's mir zu«, sagte er. »Aber was geschieht danach? Wir müssen an alles denken, die Sache gut anstellen. Es wird Ermittlungen geben. Sie werden hier alles auf den Kopf stellen.«

»Eben, bevor wir es tun, muss alles in Ordnung gebracht werden. Wir müssen rein wie die Englein sein. Und die … Leiche … müssen wir in jedem Fall weit wegschaffen, sie darf in keiner Weise mit uns in Verbindung gebracht werden.«

»Aber wer sind wir?«

»Du und ich. Schluss. Ich will niemand anderen hinzuziehen, das wäre zu riskant.«

»Wie machen wir es?«

»Darüber habe ich nachgedacht. Am Wochenende, wenn niemand in der Firma ist. Besser gesagt, wirst nur du da sein. Ich werde ihn unter einem Vorwand herbestellen. Bücher. Kontrollen. Du wirst den Rest erledigen. Im Hof, damit wir hier keine Spuren hinterlassen. Und dann bringen wir die Leiche weg. Wir werden sie ins Meer werfen, so, dass sie nicht wieder hochkommt. Sie sollen denken, dass seine Kumpane ihn aus irgendeinem Grund aus dem Weg geräumt haben, wegen seiner Extratouren.«

»So weit die Polizei. Aber was werden seine Freunde denken?«

»Dass er sich mit dem Geld aus dem Staub gemacht hat. Ich

werde ihnen sagen, dass im Tresor etwas fehlt und dass ich es der Polizei nicht gesagt habe, damit diese ihre Nase nicht in unsere Bücher steckt. Seine Familie war in Schwierigkeiten, er merkte, dass die Luft für ihn dünn wurde, und ist abgehauen, ehe sie ihn festnehmen konnten.«

Fouad stieß einen kurzen Pfiff der Anerkennung aus. »Das kann klappen. Das kann klappen«, wiederholte er.

Der Mann aus Imperia tippte sich mit dem Zeigefinger an den Kopf. »Hier drinnen ist ein Gehirn erster Güte, mein Lieber. Vergiss das nie.« Er setzte eine Pause, dann fixierte er ihn: »Also. Deine Antwort?«

»Meine Antwort ist Ja. Aber vorher müssen wir uns einig werden.«

»Einig worüber?«

»Über das Geld. Worüber sonst?«

Der Mann aus Imperia schaute ihn an. »Ich habe dir eben erst eine Lohnerhöhung gegeben. Und du wirst deinen Anteil durch die neuen Zulieferer haben.«

»Ja, aber ich brauche jetzt Geld. Für eine persönliche Angelegenheit.«

»Wie viel?«

»Zwanzigtausend.«

Emilio dachte eine Weile nach, aber Fouad wusste, dass er einschlagen würde. Er hatte sich mit seinem Vorschlag inzwischen zu weit vorgewagt und konnte nicht mehr zurück.

»Einverstanden. Du hast mein Wort. Aber geh jetzt, wir sollten uns nicht zu viel zusammen sehen lassen. Wir müssen Bücher und Rechnungen auf Vordermann bringen.«

Fouad nickte und zog sich zur Tür zurück.

»Warte«, sagte Emilio. »Hast du eine Pistole?«

Er wollte schon Ja sagen, besann sich aber rechtzeitig. »Wenn Sie mir noch fünfhundert Euro geben, weiß ich, wo ich eine besorgen kann.«

»In Ordnung«, sagte der Mann aus Imperia, öffnete eine Schublade und zählte zehn Banknoten zu fünfzig ab. »Noch etwas. Wenn etwas schiefgehen sollte, werden sie mich verdächtigen. Uns. Ich werde ein Alibi haben. Du musst dir auch eines beschaffen.«

»Was ist ein Alibi?«

»Einer, der sagt, dass er in der betreffenden Nacht mit dir zusammen war. Aber nicht deine Frau, ein Außenstehender. Besser noch, weit weg von hier. Sie müssen glauben, dass du woanders warst.«

Fouad nickte. Sein Bruder würde das tun, wie schon viele andere Male. Er war ein Illegaler, aber nur zwei Jahre jünger, sie sahen einander sehr ähnlich, und Mohamed war oft mit Fouads Papieren über die Grenze gekommen. Er konnte es auch diesmal tun, Samstagmorgen nach Tunesien fliegen. Fouad würde ihm sein Handy geben, mit dem Abdel simste, um zu beweisen, dass er dort gewesen war. Ohnehin sollte Fouad das Handy an besagtem Tag besser nicht bei sich tragen. Nur durfte auch Nadia nichts davon erfahren. Und er musste einen Ort finden, wo er sich, fern von zu Hause, eine Woche lang verstecken konnte.

Sie drückten einander die Hand. Nachdem Fouad gegangen war, fasste der Mann aus Imperia sich an die Brust. Er legte das überzählige Geld in die Schublade zurück, nahm eine Pille und löste sie unter der Zunge auf. Das Herz fand wieder in seinen Rhythmus, und sofort verschwand der Schmerz.

Luciani und Bonucci

»Man hat ihn umgebracht! Man hat ihn vor Ihren Augen umgebracht!«

Polizeichef Bonucci ging in seinem Büro auf und ab, außer Rand und Band.

»Streng genommen ist er noch nicht tot«, murmelte Marco Luciani für sich.

»Ist Ihnen klar, was für eine beschissene Figur wir abgeben? Ist Ihnen das klar?! Die berühmte Mordkommission aus Genua. Ein Bluff, nur ein Bluff, das ist es, was ihr seid!«

Diesmal erhob auch Luciani die Stimme: »Was ist, haben Sie Angst, dass das Kommissariat auf der Beliebtheitsskala abrutscht?«

»Nehmen Sie sich nicht diesen Ton bei mir heraus! In weniger als vierundzwanzig Stunden lasse ich Sie versetzen! Dario Dolcis Sicherheit lag in Ihrer Verantwortung, und Sie haben versagt. Jetzt lacht ganz Italien über uns, und den Fall werden die aus Mailand lösen.«

»Woher, verdammte Scheiße, soll ich wissen, dass sein Leibwächter ihn überfällt? Oder dass ihn jemand vergiftet?«

»Ach, Sie konnten sich nicht vorstellen, dass man ihn vergiften würde? Wo das die einfachste Methode war, ihn umzubringen! Einen, der den ganzen Tag nichts anderes tut als essen … Natürlich hätten Sie daran denken müssen!«

Marco Luciani gab sich Mühe, ruhig zu bleiben. »Ich habe tatsächlich daran gedacht. Und mit Dolci darüber gesprochen. Ich habe ihm gesagt, er solle aufhören, ins Restaurant zu gehen und nur noch zu Hause essen, von ihm zubereitete oder jedenfalls sichere Speisen. Er hat mir ins Gesicht gelacht. Er hat gesagt, niemand würde es schaffen, ihn zu vergiften, weil ihm kein Geschmack, kein Geruch entgehe.«

»Nun, er hat sich geirrt.«

Dieses Gift war sowohl geschmacks- wie geruchlos, dachte Marco Luciani. Sonst hätte Dolci es identifiziert. Es sei denn … Es sei denn, es war in einer Speise versteckt, die er noch nie probiert hatte. Ein exotisches Essen, eine Rarität, auf kreative Weise zubereitet.

»Sie haben sich beide geirrt«, nahm der Polizeichef den Faden wieder auf. »Er wird vielleicht mit dem Leben bezahlen. Sie aber werden, wenn Sie nicht schnell den Täter finden, mit Ihrem Posten bezahlen.«

»An meinem Posten klebe ich nicht«, sagte Marco Luciani und stand auf, »das habe ich nie getan. Ich werde diesen Fall lösen, und dann wiederhole ich, was ich Ihnen bereits sagte. Ihre Arbeitsmethoden habe ich satt. Sie sind der typische Parvenu, der die Arbeit der anderen ausnutzt, um selbst Karriere zu machen. Wenn Sie nicht gehen, dann tue ich es.«

Er verließ das Büro, ohne dem Polizeichef Zeit für eine Replik zu lassen.

»Aber kann er denn nicht in der Fernsehsendung vergiftet worden sein?«, fragte Vitone. »Der Arzt sagt, er könnte das Gift auch einige Stunden vor seinem Zusammenbruch geschluckt haben, je nachdem, wie man es ihm verabreicht hat.«

»Warum sollte ein Kandidat so etwas tun? Außerdem hatten die anderen Juroren keinerlei Probleme«, bemerkte Luciani. »Oben in Mailand haben sie alle vernommen, und sie werten die Aufzeichnungen der Sendung aus. Bisher ist nichts dabei herausgekommen.«

»Und die Filipinos?«

»Sie wurden getrennt verhört und haben jeweils genau dasselbe erzählt. Dann habe ich sie selbst einbestellt. Entweder haben sie alles genau abgesprochen, oder sie sagen die Wahrheit.«

»Welchen Eindruck hatten Sie von ihnen?«

»Sie wirkten am Boden zerstört. Sie hatten …, sie haben Dolci gern. Sie schienen mir ehrlich unter Schock zu stehen. Abgesehen davon, dass sie, wenn er stirbt, beide den Job verlieren, und in Zeiten wie diesen findet man nicht leicht einen vergleichbaren, wo beide unterkommen, mit so einem Lohn.«

»Wie viel verdienen sie?«

»Zusammen fast 3500 Euro im Monat. Sie haben zwei Kinder hier in Mailand und zwei ältere auf den Philippinen.«

Marco Luciani nickte. Benigno und Gloria Maria hätten Dolci mühelos vergiften können, vorausgesetzt dass ihnen jemand das Gift besorgte. Aber warum hätten sie das tun sollen? Warum Gefahr laufen, vierzigtausend Euro im Jahr zu verlieren, noch dazu, wo der Verdacht zuerst auf sie fallen würde? Wie auch immer – ihre Täterschaft würde die Victoriyas ausschließen. Welche es leicht allein hätte tun können, ohne auf Komplizen angewiesen zu sein.

»Woran denken Sie, Commissario?«

»Wer in dieser Geschichte die Fäden zieht, ist ein äußerst raffinierter Kopf. Die Hausangestellten als Täter, das überzeugt mich nicht.«

»Mich auch nicht.«

»Und der Chauffeur?«

»Noch keine Spur.«

»Nein, was sie zum Chauffeur gesagt haben.«

»Wenig. Er behandelte sie arrogant. Hielt sich für etwas Besseres. Er arbeitete seit gut einem Jahr für Dolci. Er fuhr ihn in der Gegend herum, manchmal auch die Frau.«

»Und?«

»Und Ende. Sie reden nicht. Sie wissen nicht oder wollen nicht sagen, ob er ein Verhältnis mit ihr hatte.«

»Was meinst du, Vitone, warum ist er abgetaucht?«

»Weil er schuldig ist.«

»Oder weil er wusste, dass er der Hauptverdächtige sein würde.«

»Dann ist es kein kluger Schachzug. Wenn ich unschuldig bin, bleibe ich da, erhobenen Hauptes.«

»Mag sein. Der Fall liegt jedenfalls bei den Mailändern, wir könnten unsere Position nur verbessern, wenn wir ihn finden würden, bevor sie es tun.«

Nadia und Abdel

»Du musst dir keine Sorgen machen, Nadia. Ich werde für euch sorgen.«

»Du?«

»Es ist meine Pflicht. Ich bin sein Bruder.«

»Aber wie willst du das tun? Du hast keine Aufenthaltsgenehmigung, keine Arbeit …«

Abdel stellte den Kaffee auf den Couchtisch im Wohnzimmer, hob die Schultern und nickte. »In der Ölmühle werden sie mir einen Job geben. Fouad hatte mit seinen Chefs geredet und gesagt, dass sie fähige Leute suchen. Ich werde fragen, ob sie mich dort anstellen, um das zu tun, was er tat. Und wenn nicht, werde ich eine andere Arbeit finden. Es wird euch an nichts fehlen. Eine Frau kann das alleine nicht bewältigen.«

Die Leiche deines Bruders ist noch warm, dachte Nadia. »Ich bin in der Lage, allein auf mich aufzupassen, Abdel. Vielleicht ist es besser, wenn du wieder nach Hause fährst, nach Sfax, und schaust, was du vor Ort tun kannst.«

»Da unten? Da unten habe ich nichts. Du und die Kinder, ihr seid jetzt meine Familie. Wo soll ich denn hin?«

»Du hast deine Mutter. Sie wird in Sfax bleiben wollen, da bin ich sicher. Bei Fouad.«

»Nein, sie wird sein wollen, wo ihre Enkel sind. Sie wird dir helfen, sie aufzuziehen. Die ganze Gemeinde wird dich unterstützen. Fouad wollte sie zu guten Molems erziehen und …«

Die Panikwelle erfasste Nadia unvorbereitet, presste ihr Schläfen und Brust zusammen. Es war, als würde ein unsichtbares wildes Tier sie von allen Seiten bedrängen, sie fühlte sich ohnmächtig und versuchte zu schreien, aber ihre Kehle war wie von einer riesigen Blase verstopft, die Stimme und Lunge an der Entfaltung hinderte. Erschrocken packte Abdel sie an den Armen, schüttelte sie, und in diesem Moment platzte die Blase, füllte ihr Augen, Nase, Mund. Sie bekam einen Weinkrampf, eine unendlich lange Minute, sie japste, während ihr der Horror, allein geblieben zu sein, allein gegen alle, für immer, den Atem nahm.

»Beruhige dich, beruhige dich. Ich bin hier. Ich bin hier«, wiederholte Abdel und drückte sie immer fester, während sie nicht die Kraft fand, sich zu befreien. Schließlich ließ das Schluchzen endlich nach, die Luft strömte wieder in ihre Lungen. Wer ist dieser Mann? Und warum fasst er mich an?, dachte sie. Sie wollte ihn anbrüllen, er solle gehen, er solle verschwinden und sich nie wieder sehen lassen, aber irgendetwas in Abdels Augen hatte ihr immer Angst gemacht.

»Entschuldige, Abdel«, sagte sie in möglichst neutralem Ton, »ich bin todmüde. Ich möchte schlafen gehen.«

Abdel folgte ihrem Blick. Dieser wies zur Tür. Er verstand, dass es Zeit war, zu gehen. »Sicher. Entschuldige. Grüß mir die Kinder. Wir sehen uns morgen«, sagte er und drückte ihr unbeholfen einen Kuss auf die Wange. »Wir sehen uns morgen.«

Kaum war er gegangen, drehte Nadia zweimal den Schlüssel im Schloss um und lief ins Bad, um sich Gesicht und Arme zu waschen. Dann ging sie in ihr Zimmer. Lorenzo und Samir schliefen aneinandergeschmiegt im Ehebett.

Sie kehrte ins Wohnzimmer zurück, nahm die Visitenkarte, die sie ihr dagelassen hatten, drehte sie lange zwischen den Fingern und überlegte, wie sie vorgehen sollte. Um sich wieder ihres Lebens zu bemächtigen, musste sie dort ansetzen, wo sie einst gestartet war, sich ihren Namen und ihren Platz in der Welt zurückholen.

»Commissario Calabrò? Ich brauche Hilfe.«

»Wer spricht?«

»Hier ist Ginevra Ferrari. Nadia.«

»Was ist passiert?«

»Der Bruder meines Mannes. Er war hier. Er hat mich bedroht. Ich habe Angst.«

»Wo ist er jetzt?«

»Ich weiß nicht. Er kam gestern Abend.«

»Warum haben Sie nicht sofort angerufen?«

Sie zögerte.

»Hallo? Sind Sie noch dran?«

»Ja, entschuldigen Sie. Es ist nur … Er hat keine Aufenthaltsgenehmigung, ich wollte ihn nicht in Schwierigkeiten bringen. Aber heute Nacht konnte ich nicht schlafen. Und jetzt habe ich Angst, mit den Kindern die Wohnung zu verlassen.«

»Hören Sie gut zu. Bleiben Sie zu Hause und öffnen Sie niemandem. Ich schicke Ihnen die nächste Streife vorbei. Wie heißt dieser Herr, und wo können wir ihn finden?«

»Er heißt Abdel. Ich weiß nicht, wo er ist, ich nehme an, er ist gestern Abend wie gewöhnlich hier in eine Bar gegangen, um sich zu betrinken. Und dann wird er jemanden gefunden haben, der ihn beherbergt. Er hat keinen festen Wohnsitz.«

»In Ordnung. Machen Sie sich keine Sorgen. Wir kümmern uns darum.«

Ginevra zögerte einen Moment. »Herr Kommissar.«

»Ja, bitte?«

»Er ist derjenige, der mir die SMS geschickt hat, vom Handy meines Mannes aus.«

Calabrò rief sofort die Kollegen in Imperia an und schickte

sie zu Ginevras Wohnung. Außerdem sollten sie Abdel ausfindig machen, mit der gebotenen Vorsicht, da er bewaffnet und gefährlich sein konnte. Dann ging er Luciani verständigen: »Ich fahre nach Imperia. Es gibt Neuigkeiten.« Er berichtete kurz, was geschehen war, dann nahm er den Dienstwagen, versprach, dass er den Kommissar auf dem Laufenden halten würde, und fuhr los.

Fouads Bruder saß am Bistrotisch einer Bar. Als er die Beamten sah, blieb er ruhig, als wüsste er, dass er nur die Aufmerksamkeit auf sich zog, wenn er aufstand. Er wirkte nüchtern, vor sich hatte er lediglich einen Rest Cappuccino. Als sie um seine Papiere baten, zeigte er die des Bruders, in der Hoffnung, dass sie nur einen flüchtigen Blick darauf werfen würden. Dann versuchte er sich herauszuwinden, er habe sich geirrt, sie müssten die Brieftaschen vertauscht haben, er lebe jedenfalls schon lange hier, und seine Schwägerin, eine Italienerin, könne für ihn bürgen.

Als sie ihm erklärten, dass die Schwägerin ihn angezeigt habe, wollte er es nicht glauben. Dann schrie er, das sei nicht wahr, er verlangte, dass sie ihn zu ihr brächten, schob mit Gewalt den Arm eines Beamten weg und biss einem anderen in die Hand. Während sie ihn zu überwältigen versuchten, trat und spuckte er um sich, und dann, als er auf dem Boden lag, die Hände auf den Rücken gefesselt, weinte er vor Wut und Frustration. Am Ende folgte er ihnen auf die Polizeistation mit dem bitteren Lächeln desjenigen, der nichts mehr zu verlieren hat.

Luciani und Xabier

»Wir haben Xabier geschnappt.«

»Großartig! Erzähl mir alles, Vitone.«

Der Baske hatte seine Haare nicht geschnitten und sich noch nicht einmal darum gekümmert, das Motorrad zu wechseln. Wie so viele, die aus Mailand abhauten, war er Richtung Meer gefahren und zum Übernachten in einem Hotel in Alassio abgestiegen, unter seinem richtigen Namen.

»Also in welchem Sinn habt ihr ihn geschnappt?«

»Im wörtlichen. Wir haben ihn gepackt und hierhergeschleppt. Wenn Sie ihn verhören wollen ...«

»Ich komme.«

»Ich habe Ihnen das schon gesagt und wiederhole: Ich wurde angegriffen und habe mich verteidigt.«

»Und warum bist du dann abgehauen?«

»Ich bin nicht abgehauen. Wenn ich hätte abhauen wollen, dann hättet ihr mich sicher nicht gefunden.«

»Du hast dich aber nicht freiwillig gestellt. Du wusstest, dass wir dich suchen.«

»Eben nicht. Für mich war die Sache gegessen.«

Marco Luciani hob die Augenbrauen: »Das heißt, du stichst jemanden nieder, der vielleicht stirbt, und damit ist die Sache für dich gegessen?«

Xabier seufzte und fing an, sein Hemd aufzuknöpfen. »Was soll *ich* denn erst sagen?« Er entblößte seinen Oberkörper und zeigte ihnen eine schmale rote, mindestens fünfzig Zentimeter lange Wunde, die quer über seinen Brustkorb verlief. »Ich habe sie selbst genäht. Und ich habe sie für mich behalten. Wenn er mich allerdings anzeigt, zeige ich ihn auch an.«

»Und wie hat er dir diese Verletzung beibringen können?«

»Mit seinem Scheißstock. Den braucht er nicht zum Gehen, sondern zur Verteidigung. Darin verbirgt sich eine Klinge.«

Alles passte zusammen, der Kommissar nickte: »Warum bist du an jenem Abend in die Garage zurückgekehrt?«

»Er hat mich angerufen. Auf dem Handy. Er sagte, er müsse mich sprechen. Sie können es überprüfen, der Anruf muss nachweisbar sein.«

»Und dann?«

»Er hat mich sofort angegriffen und somit überrumpelt. Sonst hätte ich ihn abgeschlachtet wie ein Schwein.«

»Klar«, sagte Vitone. »Und warum soll er dich angegriffen haben?«

Sein Gegenüber schüttelte den Kopf. »Weil er irre ist. Ein gefährlicher Irrer.«

»Ist das deine Verteidigungsstrategie?«

»Ich bin das Opfer. Ich muss mich nicht verteidigen.«

»Wer hat ihn vergiftet?«

»Ver… was?!«

»Vergiftet. Dolci wurde mit Arsenik vergiftet.«

Xabier fing zu lachen an. »Das höre ich zum ersten Mal.«

»Komm schon, du wirst wohl Zeitung gelesen oder die Nachrichten gesehen haben. Man redet von nichts anderem.«

Der Baske zuckte die Achseln, ohne zu antworten.

»Hast du ihn vergiftet?«, fragte Vitone.

»Gift ist nichts für Männer, mein Freund, das ist was für Feiglinge. Wenn ich jemandem eine Lektion erteilen muss, nehme ich mein Messer. *Claro?*«

»Ich bin nicht dein Freund«, sagte Vitone, »und wenn du dich nicht benimmst, schicke ich die Kollegen Kaffee trinken, und dann führen wir beide mal ein Gespräch unter Männern.«

Xabier schwieg. Luciani sah ihm direkt in die Augen und stellte die Frage, die schon lange im Raum stand. »Du und Victoriya, habt ihr ein Verhältnis?«

Sein Gegenüber erwiderte kaltschnäuzig seinen Blick: »Was fällt Ihnen denn ein?«

»Komm, Xabier. Du bist ein attraktiver junger Mann, so ein richtig schöner Latino. Und Vika ist eine bildschöne Frau, findest du nicht?«

»Schön ist sie. Aber sie war ... ist ... in ihren Mann verliebt.«

»Das ziehe ich nicht in Zweifel. Doch sie ist jung. Und der Mann konnte sie in dem Gesundheitszustand, in dem er sich schon vor der Vergiftung befand, wohl kaum zufriedenstellen. Chauffeure, Gärtner oder Klempner entfachen die Phantasien vieler Frauen.«

»Sie haben zu viele Filme gesehen. Ich weiß nichts von dem Gift, von der ganzen Geschichte weiß ich nichts.«

»Willst du behaupten, dass Vika alles alleine gemacht hat?«

Alarmiert riss Xabier die Augen auf: »Was gemacht?«

»Das Gift. Entweder waren Sie das, oder es war Victoriya«, sagte Luciani, »ich sehe keine andere Möglichkeit. Ihr seid die Letzten, die Dolci getroffen haben, die Einzigen, die von seinem Tod profitieren würden.«

»Was hat Vika Ihnen gesagt?«

»Sie beschuldigt dich«, schaltete Vitone sich ein.

»Das glaube ich nicht.«

»Doch genau so ist es«, sagte Luciani und legte eine Hand aufs Herz.

»Wenn sie mich beschuldigt, ist sie eine Lügnerin. Sie hat beschlossen, den Mann kaltzumachen, und jetzt schiebt sie mir alles in die Schuhe.«

Luciani lächelte: »Eben hast du gesagt, dass Vika ihren Mann liebt. Warum hätte sie ihn dann vergiften sollen?«

Xabier fuhr sich mit der Hand übers Gesicht. Er war erschöpft. »Ich weiß nicht. Ich weiß nicht. Es reicht jetzt. Ohne meinen Anwalt werde ich kein Wort mehr sagen.«

Du hast schon genug gesagt, dachte Marco Luciani, du hast genug gesagt.

Abdel

»Also, warum bist du zu Ginevra gegangen?«

»Zu wem?!«

»Der Frau deines Bruders.«

»Sie heißt Nadia.«

»Eigentlich nicht. Ginevra ist ihr richtiger Name.«

»Den hat sie sich aber schnell wieder zugelegt«, sagte der Araber mit einer Grimasse. »Diese Hure.«

»Warum Hure?«

»Weil sie eine Frau ohne Respekt ist. Mein Bruder hat viel für sie getan. Und für mich. Er war ein guter Mensch. Sie aber …«, er unterbrach den Satz und spuckte auf den Boden des Vernehmungszimmers.

Calabrò gab ihm eine leichte Ohrfeige: »He, was glaubst du, wo du bist? Im Scheißhaus?«

»Entschuldige.«

»Auf dein Entschuldige ist geschissen. Was wolltest du bei deiner Schwägerin?«

»Wissen, was passiert ist. Wissen, wer Fouad umgebracht hat.«

»Und was hat sie dir gesagt?«

»Dass sie es nicht weiß. Sie hat angefangen zu schreien, hat mich weggejagt. Hat gesagt, sie will mich nicht mehr sehen.«

»Hast du sie angefasst?«

»Ich?! Aber nein! Ich denke gar nicht daran.«

»Hast du ihr gesagt, dass du den Platz ihres Bruders einnehmen willst? Dass du in ihr Bett kriechen willst?«

Abdel riss die Augen auf. »Nein! Mein Bruder ist gerade erst gestorben …«

»Aber sie ist eine schöne Frau. Blond. Italienerin. Gefällt sie dir nicht? So macht ihr das doch, oder? Bleibt ja eh alles in der Familie.«

»Sie widert mich an. Diese Hure. Mein Bruder wollte sie auch verlassen. Er blieb nur noch wegen der Kinder bei ihr. Ich habe ihm oft gesagt: Lass dich scheiden, die Kinder behalten wir, die Gemeinde hilft dir, es gibt viele Frauen … Er aber wollte ihnen nicht die Mutter nehmen.«

Calabrò nickte. »Du willst mir sagen, dass sie sich nicht mehr liebten? Dass die Ehe nicht funktionierte?«

»Sie kam ihren Pflichten nicht nach. Schlechte Frau, schlechte Mutter. Er dagegen war gut, obwohl er Yasmina gefunden hatte, wollte er keine Scheidung.«

Der Vizekommissar zuckte zusammen, verbarg dies aber geschickt. Yasmina war das Mädchen, das gemeinsam mit der Ehefrau die Leiche identifiziert hatte und dabei in Tränen aufgelöst gewesen war.

»Erzähl mir von ihr. Von Yasmina.«

»Ein gutes Mädchen. Sie hätten in Kürze geheiratet.«

»Wie, geheiratet?«

»Ja. In Tunesien. Ich bin in diesen Tagen hingefahren, um alles vorzubereiten. Ich habe mit unseren Verwandten, mit dem Geistlichen geredet, habe das Restaurant für das Fest gefunden. Alles war bereit. Alles war bereit«, sagte er, den Kopf schüttelnd. Dann legte er die Hände vors Gesicht und fing wieder zu weinen an.

»Warum hattest du Fouads Handy?«

»Das habe ich Ihnen gesagt. Er hatte es mir gegeben. Ich sollte seine Frau ansimsen, damit sie denkt, er wäre in Tunesien.«

»Und sie antwortete auf die SMS?«

»Ja.«

»Was schrieb sie?«

»Nichts. Das Übliche.«

»Und sie hat nie versucht, Fouad anzurufen?«

»Nein.«

»Wo ist das Handy deines Bruders jetzt?«

»Ich habe es ihr gegeben.«

»Wann?«

»Als ich zurückkam. Am Sonntag.«

Vor dem Vizekommissar tauchte das Bild des Handys auf, das er in Ginevras Schlafzimmer auf dem Nachttisch gesehen hatte. Er bereute, es nicht an sich genommen zu haben. Irgendjemand log hier, oder vielleicht logen sie alle, jeder für sich: aus Angst, aus Unwissenheit, oder weil er etwas Schwerwiegendes zu verbergen hatte. Aber zuallererst hatte Fouad gelogen. Was hatte er so Wichtiges in dieser Woche zu tun gehabt? Und warum war er in Genua gelandet?

»Sie hat ihn umgebracht, diese Hure«, sagte Abdel.

»Wer?«

»Nadia. Sie hat meinen Bruder umgebracht. Und dafür wird sie mir büßen.«

Der Vizekommissar setzte sich vor den Tunesier. »Fangen wir noch einmal von vorne an, Abdel, noch einmal von vorne.«

»Ich blicke da nicht durch, Commissario«, sagte Calabrò.

»Nach allem, was du mir erzählt hast, ist das wirklich ein Riesenschlamassel«, seufzte Luciani. »Aber warum kann nicht Abdel seinen Bruder getötet haben? Wenn es stimmt, dass er in die Schwägerin verliebt war …«

»Nein. Er war ab Samstagmorgen in Tunesien. Das haben wir bei der Fluggesellschaft überprüft. Und das Handy hat sich von Tunesien aus in Sizilien in das Netz eingewählt.«

»Richtig. Was bin ich doof. Er hat als Einziger ein Alibi.

Aber er hätte ihn von jemandem umbringen lassen können.«

»Er besitzt doch keinen Cent. Wie sollte er die Killer bezahlen?«

»Die Frau hatte zudem ein besseres Motiv. Der Mann wollte eine andere heiraten, eine Jüngere, und sie ihr vor die Nase setzen. Du hast mir gesagt, dass sie nicht besonders zu trauern scheint.«

»Nein. Aber auch sie hat ein Alibi. Sie war in jener Nacht mit den Kindern zu Hause. Und Fouads Leiche wurde von zwei Männern abgeladen.«

Marco Luciani dachte eine Weile nach. »Was gedenkst du also zu tun?«

»Ich werde die Frau beschatten lassen. Und einmal ausgiebig mit ihrer Verwandtschaft plaudern. Zu achtzig Prozent ist Mord eine reine Familienangelegenheit.«

Luciani

Geometer Casareto war bereits auf dem Platz. Aber er war nicht allein. Er spielte mit zwei weiblichen Vereinsmitgliedern, beide um die fünfzig, die Bälle hin und her. Marco Luciani begrüßte sie in der Meinung, sie hätten die Stunde vorher gemietet und wären geblieben, um Casareto warmzuspielen, doch sein gewohnter Tennispartner fuchtelte mit dem Schläger und sagte: »Marco, was dagegen, wenn wir heute ein nettes kleines Doppel spielen? Meine Schulter ist noch nicht ganz in Ordnung, ich will erst allmählich wieder einsteigen.«

Ich hasse gemischtes Doppel, dachte Luciani, sagte aber: »Klar, gerne.« Die beiden Damen reagierten mit ekstatischen Ausrufen, die Vorstellung, mit dem besten Doppelpartner des Clubs zu spielen, erregte sie ungemein.

Marco Luciani spielte fast nie gemischtes Doppel, weil er nicht recht wusste, wie er sich verhalten sollte. Die gegnerische Frau hart anzuspielen, kam ihm unfair vor, ebenso wie das Erlaufen von Bällen, die eigentlich auf seine Partnerin kamen. Eine solche Partie war von vornherein in Schieflage, denn der Mann sollte die Initiative übernehmen und sein Möglichstes tun, ohne seine Überlegenheit gegenüber den beiden Frauen herauszustreichen.

Sie spielten ein langsames Tempo, und während der Geometer sich pudelwohl zu fühlen schien, unterlief Luciani ein Fehler nach dem anderen, weil er mit kraftlosen Schlägen punkten wollte. Er war gekommen, um auf die Bälle einzudreschen, sich abzureagieren, die Wut abzuschütteln darüber, dass er Xabier den Mailändern hatte überlassen müssen, und er hatte nur noch mehr Wut und Schuldgefühle aufgestaut, weil er zwei Stunden von der Ermittlungszeit abgezwackt hatte. Er verlor mit seiner Partnerin 6–4, 6–3, ohne je richtig mit ihr harmoniert zu haben, während die anderen zutiefst befriedigt vom Platz gingen.

Anschließend, unter der Dusche, bat der Geometer den Kommissar um Verzeihung: »Das hat dir heute keinen Spaß gemacht. Sie hatten mich darum gebeten, und abzulehnen wäre mir unhöflich erschienen.«

»Klar, ist schon in Ordnung. Ich weiß nur einfach nicht, wie ich gemischtes Doppel spielen soll. Ich weiß nicht einmal, warum es heutzutage überhaupt noch gespielt wird.«

»Es ist eine Disziplin für Amateure«, sagte der andere lächelnd, »wie Partnertausch. Tatsächlich ist es besser, wenn Ehemann und -frau nicht gemeinsam auf einer Seite des Feldes stehen. Ich weiß nicht, ob du Erfahrung hast, ich gebe natürlich wieder, was man sich so erzählt, aber falls es dir einmal passieren sollte, musst du eines wissen: In einer *menage à quatre* bestimmen die Frauen das Spiel. Du musst dich nur dem Rhythmus deiner Partnerin anpassen, sie in ihren Phantasien unterstützen und sie zeigen lassen, dass sie besser als die andere ist. Wenn du auftrumpfen willst, machst du alles kaputt.«

Als der Kommissar zurück in die Dienststelle kam, fand er Vitone vor, der auf ihn wartete. Wut und Enttäuschung standen ihm ins Gesicht geschrieben.

»Schau mich nicht so an. Ich hatte vergessen, den Akku aufzuladen. Hast du oft versucht, mich zu erreichen?«

»Nur ungefähr fünfzig Mal.«

»Was ist passiert? Sag nicht, dass Dolci …«

»Zu Dolci habe ich keine Neuigkeiten. Aber die Mailänder

haben Xabier verhört, Commissario, und sie mussten ihn am Ende laufenlassen. Wegen der Vergiftung gibt es keine Beweise gegen ihn, und in puncto Überfall ist die Notwehrbehauptung überzeugend.«

»Weitere schlechte Nachrichten, Vitone?«

»Ja. Der im Abfall gefundene Apfel weist keine Giftspuren auf, die Teeblätter ebenso wenig.«

Marco Luciani ließ sich an seinem Schreibtisch nieder, knüllte einen zur Hälfte geschriebenen Bericht zusammen und setzte damit einen Drei-Punkte-Wurf in den Papierkorb. »Scheinen ein unschlagbares Paar zu sein.«

»Wer?«, fragte Vitone.

»Victoriya und Xabier. Sie sind jung, schön, skrupellos. Sie bestimmt das Spiel und lockt dich aus deiner Position, er kommt vor ans Netz und macht den Punkt. Sie zu passieren ist schwierig, denn sie lassen sich nicht einschüchtern. Wenn du ihr Tempo mitgehst, machen sie Hackfleisch aus dir. Du kannst nur hoffen, sie in Schwierigkeiten zu bringen, wenn du mit Köpfchen spielst, Verwirrung stiftest. Aber selbst dann ist nicht gesagt, dass du sie schlagen kannst. Dir muss gelingen, ihr Einverständnis zu unterminieren, einer der beiden muss nervös werden und beschließen, dass er die Partie alleine gewinnen will.«

»Ihre Vergleiche mit dem Tennis machen mir langsam Sorgen, Commissario.«

»Beim Spielen kriege ich den Kopf frei, und nach der Dusche sehe ich viel klarer.«

»Und was sehen Sie?«

Marco Luciani schaute aus dem Fenster und biss sich auf die Unterlippe. Es gab etwas an Vika und Xabier, was ihn nicht überzeugte, er stellte sie sich beim Spiel vor, ohne zu verstehen, was sie eigentlich wollten. Vielleicht waren sie gar nicht so verschworen, und der Kommissar musste herausbekommen, wer

von beiden außer Position geraten war. Er musste den Schwachpunkt des Paares treffen – in diesem Fall zweifellos den Mann.
Um das zu schaffen, brauchte er allerdings eine Frau, die noch
stärker als Victoriya war.

Calabrò und Riccardo

»Signor Riccardo Ferrari?«

»Der bin ich.«

»Polizei«, sagte Calabrò leise und zeigte den Ausweis vor. »Können wir irgendwo ungestört reden?«

Riccardo verließ den Tresen seiner Bar und ließ den Kommissar an einem Tischchen im Innenraum Platz nehmen, wo um diese Uhrzeit niemand saß. Er brachte zwei Kaffee und einen Teller phantastisch aussehenden Gebäcks. Calabrò nahm ein winziges kaffeebraunes Törtchen, das mit einer Schokoladenkomposition dekoriert war.

Während er kaute, ließ er sich, wie gewohnt, von Riccardo Ferrari erst einmal erzählen, wer er war, was er machte, seit wann er das Lokal führte, ob er Geschäftspartner hatte, eine Familie. So konnte er sich ein Bild von seinem Gegenüber machen, ein Gespür für die Aufrichtigkeit seiner Antworten entwickeln, indem er diese mit den Informationen abglich, die er bereits eingeholt hatte. Außerdem konnte er in seinem Gesprächspartner die Anspannung steigern, so dass sich bei den folgenden Fragen, jenen, die wirklich zählten, Wahrheit von Lüge leichter unterscheiden ließ.

»Wann haben Sie Ihre Schwester Ginevra das letzte Mal gesehen?«, fragte er schließlich.

»Nach dem Unglück, nachdem ich das mit ihrem Mann erfahren hatte, bin ich sofort zu ihr nach Hause gefahren.«

»Entschuldigen Sie. Ich meinte davor. Wann hatten Sie sie gesehen?«

»Nachdem sie geheiratet hatte, war unser Kontakt abgerissen. Nicht auf meinen Wunsch hin. Sie war in eine eigene, fremde Welt eingetreten und hatte alle Verbindungen zur Familie gekappt.«

»Und folglich?«

»Folglich habe ich sie in den letzten neun Jahren selten und immer nur zufällig getroffen, vielleicht mal auf der Straße, aber wir haben nie angehalten, um zu reden.«

»Sie hat nie wieder mit Ihnen gesprochen?«

Sein Gegenüber zögerte ein wenig zu lange, dann tat er so, als fiele ihm etwas ein: »Nur ein Mal, kürzlich. Sie kam zufällig hier in die Bar rein. Ich hätte sie fast nicht erkannt.«

»Erinnern Sie sich, wann das war?«

»Ich würde sagen, vor etwa einem Monat.«

»Und?«

»Nichts. Sie war selbst überrascht. Wir haben ein paar Worte gewechselt, um ehrlich zu sein waren wir beide verlegen, nach all der Zeit.«

»Ging es ihr gut?«

»Nun, sie hat eine Entscheidung getroffen, die ich nicht nachvollziehen kann, aber immer respektiert habe.«

Calabrò dachte einen Moment nach. »Ist sie zufällig ins Lokal gekommen, oder wusste sie, dass sie Sie hier antreffen würde?«

»Bestimmt zufällig. Ich habe erst vor kurzem eröffnet, und wie ich schon sagte, hatten wir keinen Kontakt mehr.«

»Hat sie Ihnen etwas von ihrem Mann erzählt?«

Riccardo schüttelte den Kopf. »Ich habe sie nicht gefragt. Sie wusste, wie ich über ihn dachte. Wir haben nur über die Kinder gesprochen, ich sagte, dass ich sie gerne kennenlernen würde.«

»Und was hat sie dazu gesagt?«

»Weder Ja noch Nein.«

»Auch Ihr Vater war gegen diese Heirat.«

»Absolut.«

»Auch mit ihm hat Ihre Schwester keinen Kontakt mehr gehabt.«

»Korrekt. Aber nach dem Unglück haben wir ihr und den Kindern unsere Unterstützung angeboten. Sie ist stolz, hat gesagt, sie brauche nichts. Aber ich weiß, dass sie Hilfe nötig hat, und dazu ist eine Familie da. Es kann Meinungsverschiedenheiten, auch Streit geben. Das ist normal. Aber im Notfall muss man zusammenhalten.«

Calabrò nickte. Er dachte genauso.

Tu, was du tun musst. Das hatte Ginevra gesagt, ehe sie die Bar verlassen hatte. Es war ein Satz, den sie als Kinder beim Spielen oft wiederholt hatten, so dass er innerhalb der Familie eine besondere Bedeutung erlangt hatte. *Tu, was du tun musst,* wenn der verwundete Soldat die Krankenschwester auffordert, das Bein abzunehmen, damit es keinen Wundbrand entwickelt. *Tu, was du tun musst,* wenn der Held den Anführer des Erschießungskommandos herausfordert, »Feuer frei!« zu rufen. *Tu, was du tun musst,* wenn der Gangster den Killer beauftragt, einen unbequemen Gegner aus dem Weg zu räumen.

Riccardo klopfte an die Bürotür.

»Herein.«

Der Commendatore saß an seinem Schreibtisch. Zu seiner Rechten waren die Tageszeitungen gestapelt, zur Linken stand der Computerbildschirm. Er sah dem Sohn in die Augen, ohne zu lächeln.

»Riccardo. Komm. Setz dich.«

»Ciao, Papa. Wie geht es?«

»Alles in Ordnung.«

Er erhob sich nicht, und der Sohn näherte sich nicht, um ihn zu küssen oder auch nur zu berühren. Es war nicht üblich zwischen ihnen.

»Wie geht es deiner Frau?«

»Gut, danke. Alles in Ordnung«, echote er.

Der Commendatore hielt die Hände im Schoß und hatte sich in seinem Sessel ein wenig weiter zurückgelehnt. Dies war die Stellung, die er, vielleicht unbewusst, einnahm, wenn jemand mit einer Bitte zu ihm kam, fast immer mit einer Bitte um Geld. Riccardo hatte ihn über die Jahre um reichlich Geld gebeten, für mehr oder weniger traumtänzerische Projekte. Das letzte schien allerdings funktioniert zu haben. Zumindest bis dato.

»Wie ich dir bereits am Telefon sagte, gibt es eine etwas heikle Angelegenheit, über die ich mit dir reden wollte.«

»Probleme mit dem Laden, darauf wette ich«, unterbrach der Vater ihn in einem Ton, als hätte er nur darauf gewartet.

Der Sohn spürte eine Woge der Wut, die vom Hirn abwärtsschoss und sich am Mageneingang ballte. »Es ist kein Laden. Und er hat keine Probleme. Im Gegenteil, wenn es so weiterläuft, eröffne ich in sechs Monaten eine Filiale.«

Der Vater hob eine Augenbraue. »Gut. Endlich eine gelungene Investition.«

Riccardo zwang sich, ruhig zu bleiben. »Kann jetzt ich reden?«

»Sicher.«

»Es geht um Ginevra.«

Der Blick des Commendatore verlor sich. Einen Moment schien am Grund seiner Pupillen ein Bild aufgetaucht zu sein, das nur er sehen konnte, die Möglichkeit einer anderen, längst verlorenen Welt. »Was ist passiert?«, fragte er in härterem Ton.

Riccardo berichtete von der Begegnung mit der Schwester, von dem, was sie sich erzählt hatten, Wort für Wort. »Sie kam nicht zufällig vorbei. Sie ist gekommen, um auf ihre Art um Hilfe zu bitten.«

Der Vater schwieg lange, während sein Gegenüber herauszufinden suchte, was er dachte.

»Auf diesen Augenblick habe ich lange gewartet«, sagte er schließ-

lich, »ich wusste, er würde kommen. Ich habe ihn wie eine Genugtuung erwartet, doch jetzt empfinde ich nur Traurigkeit. Für sie und für uns alle.«

»Ich auch.«

»Gut. Sonst noch etwas?«

Der Sohn starrte ihn verblüfft an. »Was heißt das? Ist das alles, was du zu sagen hast?!«

»Was soll ich sonst noch sagen? Es gibt nichts, was wir tun könnten.«

»Machst du Witze? Wir müssen eingreifen! Der Mann schlägt sie. Es geht auch um die Kinder. Kleine Kinder, die in einer solchen Umgebung nicht leben können.«

Der Vater gebot ihm mit einer Geste, innezuhalten. »Was willst du tun? Ihn anzeigen? Die Polizei, das Jugendamt alarmieren? Solche Geschichten liest man jeden Tag. Beim ersten Anzeichen einer Krise packt der Vater die Kinder und nimmt sie mit, zurück in seine Heimat. Die Mutter sieht sie nie wieder. Und das ist noch die günstigste Hypothese. Bei der ungünstigsten finden wir sie in der Zeitung wieder. Auf der Titelseite. Das ist ein Irrer, ein Fanatiker, keiner, mit dem man reden könnte.«

»Folglich?«

»Folglich was, Riccardo? Was schlägst du vor? Was hattest du im Sinn?«

»Nun, ich … weiß nicht … Ich bin sofort hergekommen und dachte …«

Du dachtest, dass du nicht die geringste Lust hast, dich für deine Schwester in diesen Schlamassel zu stürzen, dachte der Vater. Du bist gekommen, um mir den Schwarzen Peter zuzuschieben, wie du es immer getan hast.

»Irgendetwas wird man doch unternehmen können. Sie hat uns um Hilfe gebeten, Papa. Hast du ihr immer noch nicht verziehen?«

»Das hat nichts mit verzeihen zu tun. Es hat damit zu tun, dass man die Verantwortung für das eigene Handeln übernimmt, für die eigenen Entscheidungen. Ich habe das mein ganzes Leben lang getan, weil es niemanden gab, der mir den Rücken freigehalten hätte. Und dann habe ich es auch für euch getan.«

Riccardo senkte den Kopf. »Du hast recht. Du hast recht. Wir haben dich enttäuscht. Es ist schwer, das Kind eines perfekten Vaters zu sein.«

»Das hat nichts mit ...«

»Aber vielleicht könnten die Enkel dir einen etwas weniger bitteren Lebensabend bescheren. Sie sind sechs und acht. Und tragen keine Schuld.« Er erhob sich und seufzte tief.

Der Vater betrachtete den Computerbildschirm. »Geh zurück an die Arbeit. Kümmere dich um deinen Laden.«

»Versprich mir, dass du wenigstens darüber nachdenkst.«

»Worüber?«

»Über das, was man tun kann.«

Der Vater konzentrierte sich wieder auf den Monitor. Nachdem er eine Minute lang nichts gesagt hatte, verließ Riccardo das Büro.

Luciani, Sofia und Alessandro

Er hatte seinen besten, dunkelgrauen Anzug angezogen und war zum Frisör gegangen. In einem kurzen Anflug von Wahnsinn war er versucht gewesen, sich die grauen Haare, die an den Schläfen immer zahlreicher wurden, färben zu lassen. Dabei war er kein alter Vater, nach heutigen Parametern war es absolut normal, um die vierzig herum Kinder zu bekommen, aber er hätte sich gerne jünger gefühlt, voller Enthusiasmus und Energie. Er kann sich unmöglich an mich erinnern, hatte er sich tausend Mal wiederholt, aber auf irgendeine irrationale Art hoffte er, dass in Alessandros Unterbewusstsein etwas von den gemeinsam in Camogli verbrachten Monaten haftengeblieben war.

Er traf sie im Park der Villa Borghese, dort hatte Sofia ihn hinbestellt. Eine Bar mit Metallstühlen, wo die Leute im Frühling den kühlen Schatten genossen, die um diese Zeit aber fast verlassen war. Ale saß auf dem Pferdchen eines viersitzigen Karussells, er lachte zu einer Musik, die der Kommissar schon tausend Mal gehört hatte, ohne zu wissen, wie sie hieß. Die Wirklichkeit bestätigte den Eindruck der Fotos: Es war das schönste Kind, das er je gesehen hatte.

Sofia Lanni kam und begrüßte ihn mit einem Kuss auf die Wange. Sie wartete, dass die Fahrt zu Ende ging, dann nahm sie Ale auf den Arm, ohne sich um seinen Protest zu kümmern, und hielt ihn Marco hin: »Schau mal da. Dein Papa ist gekommen. Sag Hallo zu deinem Papa.«

Das Kind drehte den Kopf weg und wies auf das Karussell.

»Hallo, Ale. Ich bin Marco«, sagte er, indem er ihm die Hand reichte. Das Kind ignorierte ihn. Nicht gerade ein grandioser Einstand. Der Kommissar versuchte, die Scharte wieder auszuwetzen: »Willst du noch eine Runde fahren?«

Ale nickte.

»Okay.« Luciani holte eine Ein-Euro-Münze aus der Tasche und warf sie ein.

»Fängst du gleich an, ihn zu bestechen?«, fragte Sofia lächelnd.

»Ich versuche es.«

»Wenn er nach seinem Vater kommt, ist das vergebliche Liebesmüh.«

So war es. Nachdem man ihn vom Karussell gehoben hatte, weinte Alessandro verzweifelt, er schrie und brüllte, dann schoss er von der Mama weg, und als Luciani ihn verfolgte und schnappte, ehe er sich vor ein Fahrrad werfen konnte, schleuderte der Kleine sich förmlich gegen seine Beine, weinte verzweifelt und schrie: »Geh weg! Du bist hässlich, geh weg!« Er deckte ihn mit kleinen Faustschlägen ein und kickte Kies und Staub gegen seine edlen Beinkleider. Im Handumdrehen schien er nicht mehr das Kind auf dem Bild, sondern sein vom Satan besessener Zwilling zu sein.

Die Mutter versuchte, ihn auf den Arm zu nehmen, aber die Krise dauerte noch gut zehn Minuten, in denen die Passanten sie anschauten wie zwei Organhändler, die sich gerade ein Opfer geschnappt hatten. Schließlich bettelte Ale erschöpft zwischen einem Schluchzer und dem nächsten: »Hier braucht es ein bisschen Schnulllleeer«, und als Sofia ihn ihm gab, weinte er leise weiter. Schließlich ließ er sich in den Buggy setzen, wo er nach zwei Minuten eingeschlafen war.

»Macht er das immer so?«

»Er ist nervös. Gestern Abend habe ich ihm vorsichtig erklärt, dass er dich heute treffen würde, und in der Nacht ist er hundert

Mal aufgewacht. Die Sache überfordert ihn, selbst *wir* wissen nicht, wie wir damit umgehen sollen, wie soll *er* es dann können?«

»Er müsste sich freuen, seinen Vater wiederzusehen.«

»Nicht wenn er ihn zwei Jahre nicht gesehen hat.«

»Du sagst das, als wäre es meine Schuld.«

Sofia seufzte und versuchte, die Worte genau abzuwägen. »Ein bisschen ist es so, Marco. Als ich nach Camogli kam, um ihn mitzunehmen …, wusste ich nicht, wie es ausgehen würde. Ich wollte ihn für mich, fuhr aber nicht mit der Vorstellung ab, ihn dir für immer wegzunehmen. Du hast aber schlecht reagiert, hast mir keine Wahl gelassen. Ich habe die ganze Zeit gewartet, dass du dich melden würdest, dann habe ich kapiert, dass es dir wie üblich dein Stolz verbot. Und dann habe ich gehandelt.«

»Stolz?«, platzte Luciani heraus, »was redest du denn? Du hast mir gesagt, du liebst mich nicht und Ale sei nicht mein Sohn. Warum, verdammte Scheiße, hätte ich mich bei dir melden sollen?«

»Lass die Kraftausdrücke«, sagte sie und schlug die Augen nieder. »Du hast recht. Ich habe gelogen. Ich hatte Angst, du würdest uns nicht gehen lassen.«

Du hast gelogen, als du gesagt hast, dass Ale nicht mein Sohn sei, dachte Luciani. Aber hast du auch gelogen, als du sagtest, du würdest mich nicht lieben?

»Jedenfalls hast du jetzt gesehen, warum er einen Vater braucht. Ich kann nicht alles tun: Ihn lieben, ihm Regeln setzen, ihn bestrafen, wenn er sie nicht einhält, und ihn trösten, wenn er bestraft wird.«

»Verstehe. Du brauchst den bösen Bullen.«

»Er braucht einen Vater, Marco. Und ich brauche wieder eine Arbeit. Ich brauche sie aus finanziellen Gründen und weil ich andernfalls verrückt werde. Ich liebe Ale, ich liebe ihn sehr, aber vierundzwanzig Stunden am Tag mit einem dreijährigen

Kind zusammen zu sein, und das sieben Tage die Woche, nun, das wünsche ich keinem.«

»Mir wünschst du es anscheinend.«

»Ich will ihn doch nicht bei dir abladen. Nur die Verantwortung teilen. Jetzt ist er außerdem schon groß, das Gröbste müsste überstanden sein.«

Sie spazierten eine halbe Stunde die Wege entlang, redeten von diesem und jenem und genossen die milde Sonne. Wie eine Familie, dachte Marco Luciani, wir hätten eine Familie sein können. Aber wir werden es niemals sein, weil das Leben aus Einbahnstraßen besteht, und wenn du umkehren willst, knallst du höchstens frontal mit dem zusammen, den du zurückgelassen hast.

»Und hast du schon eine Arbeit gefunden?«, fragte er.

»Ich habe etwas in Aussicht. Nächste Woche habe ich ein Vorstellungsgespräch in Mailand.«

»In Mailand?«

»Ja. Der Job wäre aber hier in Rom. Könntest du auf Alessandro aufpassen, wenn ich nach Mailand fahre?«

Er dachte einige Sekunden nach, bevor er antwortete. »Hör mal, Sofia. Ich stecke mitten in einem Fall, besser gesagt, in zweien. Wenn ich das Kind in Genua behalte, muss mir auf jeden Fall meine Mutter helfen.«

»Das ist für mich okay.«

»Sicher ist es okay. Ich weiß aber nicht, ob es für sie okay ist. Als du ihn mitgenommen hast, wäre meine Mutter vor Schmerz fast umgekommen. Wenn er jetzt zur Oma zurückkehrt, darf er nie wieder verschwinden. Du musst mir schwören, dass er sie regelmäßig sehen wird.«

Sofia zögerte kurz. »Einverstanden. Kein Problem.«

»In dieser Frage ist es mir vollkommen ernst. Mir kannst du inzwischen nichts mehr anhaben, aber meiner Mutter wirst du nicht noch einmal weh tun.«

»Marco, ich habe es nicht absichtlich getan. Ich habe mich verändert, das habe ich dir gesagt. Du kannst beruhigt sein.«

Ich sträube mich, aber in Wirklichkeit möchte ich ihn bei mir in Genua haben, dachte Marco Luciani. Ich würde gerne Zeit mit ihm verbringen. Ich könnte ihn mit ins Büro nehmen, oder einmal ins Aquarium oder in den Erlebnispark mit ihm gehen. Was den Fall Fouad angeht, da hat Calabrò alles im Griff. Das eigentliche Problem war der Fall Dolci, aber ausnahmsweise schien das Glück geneigt, ihm den Weg zu ebnen.

»Also in Ordnung. Ale und ich, wir werden es krachen lassen, wie in alten Zeiten.«

Als hätte es seine letzten Worte gehört, schlug das Kind die Augen auf. Es ließ den Schnuller fallen und setzte ein zutiefst befriedigtes Lächeln auf.

»Nimm du ihn«, flüsterte Sofia, »wenn er beim Aufwachen gute Laune hat, sollte man das ausnutzen.«

Marco Luciani öffnete die Gurte des Buggys und nahm Alessandro auf den Arm. Er war viel schwerer als in seiner Erinnerung, aber trotzdem gertenschlank. »Sind wir aufgewacht?«

Ale schaute ihn an, perplex, er suchte den Blick seiner Mutter, die ihn anlächelte. Dann schlang er die Arme um den Hals des Mannes und legte sein Gesicht auf seine Schulter. Marco Luciani atmete tief ein und fand eine Spur des Geruchs wieder, den Ale als Baby verströmt hatte: ein Geruch nach Milch, Haut und Schweiß, der ihn an das weiß-blaue Holz der Strandkabinen erinnert hatte. Und er fühlte, dass niemand sie je wieder würde trennen können.

»Weißt du, Sofia, vielleicht habe ich eine Arbeit für dich«, sagte er.

»Was für eine Art Arbeit?«

Die Art, die dir immer am besten gelegen hat, dachte er.

Es war fast Mitternacht, als er sich vorsichtig dem Restaurant näherte, als läge ein Killer auf der Lauer, der ihn mit einer Salve Antipasti kaltmachen wollte. In dem Lokal war niemand mehr außer den Kellnern, die aufräumten.

»Na, mein Hübscher, leiden wir unter Schlafstörungen? Die Küche ist zu«, sagte einer von ihnen, als er Luciani eintreten sah.

»Das ist eine exzellente Nachricht. Können Sie mir den Besitzer rufen?«

»Was willst du? Frühstück? Cappuccino und Cremekrapfen? Das kannst du ruhig auch mir sagen!«

»Sind Sie der Besitzer?«

»Nein.«

»Dann können Sie mir nicht helfen«, sagte Marco Luciani und zeigte den Dienstausweis vor. Sein Gegenüber verschwand flugs im Hinterzimmer, und eine Minute später trat ein eleganter Fünfzigjähriger mit frisch geschnittenem grauen Haar auf den Kommissar zu, im Gesicht ein besorgtes Lächeln.

»Was gibt es?«

»Ich habe elf Jahre gebraucht, um einen Michelin-Stern zu bekommen. Und ich habe ihn nur ein Jahr behalten. Dolcis Besuch war ein Tiefschlag. Er hat mir einen Punkt abgezogen, nur weil die Toilette nicht angemessen geheizt war. Einen weiteren, weil ich, da wenige Gäste da waren, den Nebenraum geschlossen hielt. Ich wollte nur ein wenig Heiz- und Stromkosten sparen, aber er urteilte, das sei ›untragbar‹.«

Der Besitzer hatte ihn an einem Tisch in der Nähe der Küche Platz nehmen lassen, während die Kellner fertig abdeckten und den Saal aufräumten.

Bevor er sich setzte, hatte Marco Luciani die hellblauen, in Rom abgestempelten Kuverts mit den anonymen Briefen auf den Tisch fallen lassen. Der Besitzer war blass geworden.

Er hatte die Vorwürfe nur eine Minute lang zurückgewiesen, aber als der Kommissar dann von der DNA an den Briefmarken erzählte, und wie einfach man sich auch eine DNA-Probe des Wirts beschaffen könnte, hatte er sich hingesetzt und den Kopf zwischen die Hände genommen. Marco Luciani hatte dieselbe Komödie schon zweimal, ergebnislos, vor zwei anderen von Dolci verrissenen Gastronomen aufgeführt, aber jetzt wusste er: Er hatte den Absender der Briefe gefunden.

»Ich garantiere Ihnen, dass er an jenem Abend besser als im Paradies gespeist hat. Er selbst konnte am Essen keinen Kritikpunkt finden. Nur Kleinigkeiten. Trotzdem hat er die Endnote um zwei Stufen herabgesetzt. Die Leute lesen vielleicht nicht einmal den Artikel, schauen nur auf die Bewertung und den Preis, werfen einen Blick in ihren Geldbeutel und kommen nicht mehr. Und auch die anderen Kritiker passen sich an: In diesem Ambiente deckt einer den anderen, allzu große Abweichungen darf es in der Bewertung nicht geben, und so habe ich kurz darauf auch den Stern verloren. Schuld daran war aber Dolci.«

»Er hat Sie also geschädigt?«

»Natürlich, ganz massiv.«

»In welcher Größenordnung?«

»Tausende Euro. Gewiss. Und in Zeiten wie diesen können ein paar Tausend Euro darüber entscheiden, ob man den Laden durchbringt oder stirbt.«

»Witzig, dass sie dieses Wort benutzen«, sagte Luciani.

»Welches?«

»Sterben.«

Stille.

»Was wollen Sie damit sagen?«

»Dass es das ist, was Sie ihm gewünscht haben.«

»Ist halt so dahergesagt.«

»Dolci liegt aber wirklich im Sterben.«

Sein Gegenüber lachte nervös. »Denken Sie, ich hätte ihn getötet? Ich hätte ihn vergiftet? Schauen Sie, ich bin so unbeschwert, dass ich es Ihnen ins Gesicht sage: Ich bin froh, dass er stirbt, dieses Riesenstück Scheiße.«

Marco Luciani biss die Zähne zusammen. Der Wirt schlug mit der Faust auf den Tisch.

»Was ist, muss ich meine Meinung ändern, weil er krepiert? Ich bin kein Heuchler, Herr Kommissar, und der Tod ändert mein Urteil über die Menschen nicht. Dolci war ein Faschist, und ein Faschist bleibt er.«

»Was hat das denn damit zu tun?«

»Natürlich hat es damit zu tun. Er war deswegen sauer auf mich, was glauben Sie denn? Leuten wie ihm schmeckt es nicht, dass linke Unternehmer gelernt haben, Geld zu machen. Ihrer Meinung nach sollte einer, nur weil er Linker ist, immer arm bleiben oder seinen Profit für einen gemeinnützigen Zweck spenden. Aber wir sind es, die diesem Land den Stolz auf seine Einzigartigkeit und Besonderheit zurückgegeben haben. Die das Unheil des Großhandels bekämpft haben. Die die Erkenntnis verbreitet haben, dass es besser ist, gesund und natürlich zu essen, auch wenn man vielleicht ein bisschen weniger bekommt und mehr bezahlt. Zum Schutz unserer Gesundheit und der Würde desjenigen, der sät und produziert. Und all das ist gut, sauber und gerecht, dagegen gibt es nichts einzuwenden, es ist unanfechtbar. Kann das eine Mode sein? Vielleicht.

Niemand ist perfekt, und niemand ist ein Heiliger, aber die Guten sind wir hier, Commissario, und die Bösen sind die anderen. Daran hat für mich nie ein Zweifel bestanden.«

»Sie haben anonyme Briefe mit Todesdrohungen geschrieben. Ich weiß nicht warum, aber ich traue Ihrem Begriff von Gut und Böse nicht. Und ich werde Sie wegen dieser Briefe anzeigen.«

»Mit welcher Anklage?«

»Bedrohung.«

Sein Gegenüber zuckte die Achseln.

»Wenn ich außerdem herausbekomme, dass Sie auf die Drohungen Fakten haben folgen lassen, wird die Anklage weitaus gravierender ausfallen.«

Der Wirt fing zu lachen an. »Glauben Sie wirklich, ich könnte Dolci vergiftet haben? Wann denn? Und wie? Abgesehen davon, dass jemanden zu vergiften, entschuldigen Sie, das Letzte wäre, was ich tun würde. Weder mir noch sonst einem echten Küchenchef würde so etwas in den Sinn kommen.«

Luciani, Calabrò, Fabrizio und der Commendatore

»Wie ist Ihre Mission in Rom gelaufen, Commissario? Ich meine, von der Ermittlung mal abgesehen.«

»Alles in Ordnung. Vielleicht kommt Alessandro uns bald besuchen.«

Der Vizekommissar strahlte. »Wirklich? Das ist eine phantastische Nachricht!«

Marco Luciani bedeutete ihm, er möge die Stimme senken. »Das bleibt vorerst unter uns. Ich habe es nicht einmal meiner Mutter gesagt.«

Calabrò nickte und merkte, dass Luciani nichts hinzufügen wollte.

»Und du? Wie geht es mit Fouad voran?«

Calabrò machte es sich auf dem Stuhl bequem und berichtete von den jüngsten Entwicklungen.

»Das heißt, ihr konzentriert euch jetzt auf die Frau?«, fragte Luciani am Ende.

»Ja. Es war keine glückliche Ehe, Commissario.«

»Inwiefern?«

»Wir haben mit den Nachbarn geredet. Die Wände sind dünn in diesen Häusern. Man hörte Geschrei und Streitereien. In letzter Zeit immer häufiger.«

»Schlug er sie?«

»Das anscheinend nicht. Auch wenn sie einmal im Krankenhaus gelandet ist, wollte sie keine Anzeige erstatten. Der Vorfall wurde gemeldet, blieb aber ohne Konsequenzen.«

»Und was bringt uns das?«

»Im Moment nichts. Aber es muss berücksichtigt werden. Er hatte seinen eigenen Kopf, seine Vorstellungen, in manchen Dingen war er ein bisschen fanatisch. Das bestätigen auch die Kollegen.«

Es wurde an die Tür geklopft. Drei kurze, trockene Schläge. Iannece.

»Störe ich, Signor Commissario?«

Luciani bat ihn mit einer Geste ins Büro. »Du störst nie, Iannece. Im Gegenteil, ein weises Wort von dir könnte uns zum Trost gereichen.«

»Sprechen Sie, Signor Commissario.«

»Wir redeten gerade von Mischehen. Wir kommen einfach zu keinem abschließenden Urteil, ob sie nun etwas Gutes oder Schlechtes sind. Was meinst du dazu?«

»Mischehen? Ich bin von der alten Schule, Signor Commissario. Ich bin damit einverstanden.«

»Du bist einverstanden?«, fragte Calabrò verwundert.

»Natürlich. Mir sagt diese Mode von heute nichts, Männer mit Männern, Frauen mit Frauen … Ich weiß nicht … gemischt hat es immer gut funktioniert, jahrhundertelang. Auch um Kinder zu zeugen, ist es viel einfacher. Da wird ein ordentliches Rohr verlegt, und dann braucht man nicht die Röhrchen im Labor.«

Calabrò hob die Augen zum Himmel: »Nein, Iannece. Wir meinten Mischehen im Sinne verschiedener Ethnien.«

»Aahh, in dem Sinn. Aber trotzdem zwischen Mann und Frau?«

»Ja.«

»Dann ist es in Ordnung. Wo liegt das Problem? Es gibt überall gute und schlechte Menschen. Ich habe eine Frau aus meinem Dorf geheiratet, aber mein Bruder zum Beispiel eine aus Mailand, und das hat ganz gut geklappt.«

Marco Luciani holte tief Luft und erhob sich. »Du warst

gekommen, uns auf einen Kaffee einzuladen, stimmt's, Iannece?«

»Nun ... sicher, Signor Commissario.«

»Dann lasst uns runter in die Bar gehen, ich brauche ein bisschen frische Luft.«

Sie tranken ihren Kaffee und gingen ein paar Schritte, um nicht gleich ins Büro zurückzukehren. Marco Luciani dachte an Vika, an Sofia, an all die Frauen, mit denen er zu tun gehabt und die er nie verstanden hatte.

»Ich habe eine Frage an dich, Calabrò.«

»Lassen Sie hören.«

»Kann eine Frau sich in jemanden wie Dolci verlieben?«

»Was sollte dagegen sprechen?«

»Und gleichzeitig mit einem ins Bett gehen, den sie nicht liebt?«

»Was sollte dagegen sprechen?«

»Ich kann dir nicht folgen.«

Iannece räusperte sich. »Meiner Erfahrung nach, Signor Commissario, glaubt die Frau, was sie glauben will, und tut, was sie tun will. Das ist wie mit dem Raub der Sabinerinnen, kennen Sie das? Nachdem die Römer die Sabinerinnen geraubt und deren Väter mit dem Schwert vertrieben hatten, kamen diese Väter zurück. Sie wollten sich rächen und ihre Töchter zurückholen, aber diese verhinderten die Schlacht um des lieben Friedens willen. Um des lieben Friedens willen, oder weil sie sich bei ihren Entführern nicht unwohl fühlten?«

»Du hast auf alles eine Antwort, stimmt's, Iannece?«, fragte Calabrò.

»In aller Bescheidenheit, man tut, was man kann.«

»Dann habe ich eine Frage für dich. Könnte ein Bruder töten für eine Schwester, die er zehn Jahre nicht gesehen hat und die ihm im Grunde ziemlich egal ist?«

Marco Luciani antwortete als Erster. »Ein Bruder vielleicht nicht, aber ein Vater bestimmt.«

»Setz dich, Fabrizio. Soll ich dir etwas bringen lassen? Einen Kaffee, einen Cappuccino?«

Er war nervös, und das sah man. Es war rund fünfzehn Jahre her, seit er das letzte Mal die Villa der Ferraris betreten hatte. Nein, vierzehn. Ginevra hatte ihren Abschied vom Gymnasium gefeiert, gleich nach dem Abitur, eben in dieser Villa, alles in großem Stil, mit DJ, Sektempfang, Baden im Pool. Wie dumm man in dem Alter ist, dachte Fabrizio voller Reue. Ich war überzeugt, dass sie für mich keine Augen hätte, dass sie zu schön, zu reich, zu perfekt wäre. Und dass die Dinge, die sie mir beim gemeinsamen Büffeln sagte, von wegen ihr wären das Haus, der Vater und das Geld völlig egal und eines Tages würde sie alles aufgeben und abhauen, ich dachte, das wär alles nur Attitüde, einfach nur so dahergesagt. Stattdessen hatte sie es wirklich getan, und er hatte den Rest seines Lebens damit zugebracht, der verpassten Gelegenheit nachzutrauern. Ginevra vertraute sich ihm an. Ginevra hatte ihm jahrelang Botschaften geschickt, und er hatte sie nicht empfangen. Nicht entschlüsselt. Am Ende war sie mit diesem Tunesier durchgebrannt.

Der Commendatore beobachtete ihn. Er war ein Mann, der einen verunsichern konnte.

»Du hattest Ginevra gern«, fing er an, als hätte er erraten, worüber Fabrizio gerade nachdachte.

»Gewiss«, sagte er errötend. »Es ist viel Zeit vergangen«, fügte er hinzu, um seine Verlegenheit zu überspielen.

»Ihr wart gute Freunde, im Gymnasium. Ich erinnere mich, wie du zum Lernen zu uns kamst. Sie redete oft bei Tisch von dir. Du gehörtest fast schon zur Familie.«

Er setzte eine Pause, stand aus dem Sessel auf, trat ans Fenster, als suche er nach den passenden Worten. Dann sprach er weiter, während er in den azurblauen Himmel, in die Baumkronen vor der Villa blickte: »Weißt du, für einen Witwer ist es nicht leicht, Kinder großzuziehen. Und vor allem eine Tochter. Ich habe es nicht geschafft, das Vertrauensverhältnis herzustellen, das sie zu ihrer Mutter gehabt hätte. Und das ist meine Schuld, allein meine.«

»Ich bin sicher, dass Sie Ihr Bestes gegeben haben.«

»Weißt du, damals stand für mich außer Zweifel, dass sie eine Schwäche für dich hatte.«

Fabrizio schüttelte den Kopf. »Sie täuschen sich, Signor Ferrari.«

»Ich glaube nicht«, sagte der Commendatore, der ihn wieder fixierte. »Und ich war froh darüber. Wenn sie mit dir zusammen war, wusste ich, sie ist in Sicherheit.«

»Ihr gefielen andere Jungs. Andere Typen, meine ich. Ich war damals ein wenig … unbeholfen.«

»Vielleicht ein bisschen«, lächelte sein Gegenüber. »Du hast auch nie die Initiative ergriffen. Oder irre ich mich?«

»Ich dachte, ich hätte nicht das Niveau. Ich komme aus bescheidenen Verhältnissen und …«

»Unsinn. Ich habe bei der Erziehung meiner Kinder viele Fehler gemacht, aber eines habe ich ihnen beigebracht: Sich niemals über andere zu erheben, nur weil sie selbst mehr Glück hatten. Und die Menschen nach dem zu beurteilen, was sie sind, nicht nach Geld oder Markenklamotten.«

Fabrizio nickte. »Ginevra war so. Kein bisschen eingebildet. Ein zugängliches Mädchen, ohne Grillen.«

»Aber leider ist auch ihr ein Fehler unterlaufen. Eine schwere Fehleinschätzung. Ihre Großzügigkeit … das Vertrauen, das sie in andere setzte … Sie war stets bereit, allen zu helfen, auch Leuten, die es nicht verdienten.«

Er unterbrach sich, beinahe gerührt. Vermutlich dachte er an Vorkommnisse in Ginevras Kindheit und Jugend zurück.

Dann hob er wieder den Blick, der jetzt finster war. »Es ist

316

richtig, anderen Vertrauen zu schenken. Man darf aber nicht vergessen, dass es grundlegende, an Kultur und Religion gebundene Unterschiede gibt. Dass gewisse Einstellungen sich niemals ändern.«

Fabrizio begriff, dass er auf Ginevras Ehemann anspielte. Er nickte.

»Ich habe versucht sie zu warnen. Es ihr klarzumachen. Es gab keinen Weg. Und seitdem frage ich mich jeden Tag, was ich hätte tun müssen oder können, um zu verhindern, was dann geschehen ist.«

»Was ist denn geschehen?«, fragte Fabrizio alarmiert.

»Fouad. Der Mann meiner Tochter. Er ist ein … schlechter Mensch. Einer derjenigen, die die Liebe nehmen und sie in Gewalt verwandeln. Ginevras Leben ist die Hölle, sie ist aber so stolz, dass sie es jahrelang stumm erduldet hat. Hast du sie je auf der Straße gesehen?«

Fabrizio senkte den Kopf. Natürlich hatte er sie gesehen. In den ersten Jahren hatte er ihr sogar nachgestellt oder hatte dafür gesorgt, dass er ihr über den Weg lief. Nach der Geburt des ersten Kindes, und nachdem sie angefangen hatte, mit Schleier und dieser absurden Tunika herumzulaufen, hatte er es aufgegeben.

»Ab und zu begegne ich ihr. Und wenn ich ehrlich sein soll, tut es mir weh, sie so zu sehen.«

»Sie war ein tolles Mädchen, nicht wahr? Und ich glaube, sie ist es noch. Wenn sie das Haar offen tragen, diesen verfluchten Schleier ablegen könnte. Wenn sie wieder lächeln und einen Hauch Schminke auftragen könnte. Sie ist dreißig, Fabrizio. Dreißig.«

»Zweiunddreißig«, korrigierte dieser. »Aber das ändert nicht viel«, fügte er sofort hinzu.

Der Commendatore seufzte. »Mein Herz ist gebrochen, und ich weiß nicht, ob es je wieder in Ordnung kommt. Aber letzte Woche hat es zum ersten Mal nach langen Jahren einen Hoffnungsschimmer gegeben.« Er sah ihn fest an. »Ginevra hat um Hilfe gebeten. Sie hat Kontakt zu mir aufgenommen und alles erzählt. Von den

Schlägen. Den Demütigungen. Sie will ihren Mann verlassen, Fabrizio. Fliehen. Von vorne anfangen.«

»Das ist eine gute Nachricht.«

»Ja. Aber es gibt große Probleme.«

»Wegen der Kinder?«

Der Commendatore richtete seinen Zeigefinger auf seine Nase. »Hervorragend. Du hast sofort den Punkt getroffen. Es ist ihretwegen, dass sie ihn bisher nicht verlassen hat. Denn nach islamischem Recht würde sie sie verlieren. Sie dürfte sie nie wieder sehen.«

»Wir sind aber in Italien. Hier wird wohl auch das italienische Recht zählen.«

»Ja. Aber sie müsste dem Vater Umgang mit den Kindern gewähren. Und er würde im Handumdrehen mit ihnen nach Tunesien abhauen. Da wäre dann nichts mehr zu machen.«

Fabrizio schüttelte den Kopf. »Eine schöne Zwickmühle.«

Der Commendatore ging einige Schritte im Arbeitszimmer umher.

»Du wirst dich fragen: Warum erzählt er mir das alles?«

Er setzte wieder eine Pause. »Ich erzähle es dir, weil Ginevra mich nach dir gefragt hat.«

»Nach mir?!«

»Nach dir, Fabrizio. Sie wollte wissen, wie es dir geht, ob du verheiratet bist. Und sie hat, während sie sich an jene Jahre erinnerte, einen Satz gesagt. Sie hat gesagt: ›Ich war so dumm. Die schönen Dinge, die man hat, die Menschen, die einen liebhaben, die schätzt man erst, nachdem man sie verloren hat.‹«

Fabrizio seufzte. Auch ihm war im Laufe seines Lebens dieser Gedanke gekommen. Er hatte Ginevra nie besessen, nur heimlich geliebt. Und doch fehlte ihm jetzt diese aussichtslose Liebe.

»Ich bin inzwischen alt, Fabrizio. Und mein Sohn hat nicht die Eier, meinen Platz einzunehmen. Wie so viele Kinder, die in Watte gepackt wurden, ist er verwöhnt, zum Nichtsnutz geworden, jemand, der sich sogar vor dem eigenen Schatten fürchtet.«

Er näherte sich und legte Fabrizio eine Hand auf die Schulter. »Du dagegen bist zum Mann gereift. Mit Uniform. Und Pistole. Du hast breite Schultern. Jemand, der keine Angst hat, zu tun, was nötig ist.«

Luciani und Alice

Die Show musste weitergehen. Mit oder ohne Dolci, die Produktionstermine mussten eingehalten werden. Die Kandidaten mussten eliminiert, die Folgen im Studio geschnitten werden. Was dem Juror zugestoßen war, lieferte eine großartige Werbung für »Stelle in Cucina«: Alle würden der Sendung entgegenfiebern und die Termine verfolgen, um herauszufinden, ob einer der Kandidaten den Meister vergiftet haben könnte. Die Produktion hatte das Fernsehen, Websites und Zeitungen mit Pressekommuniqués überschwemmt, in denen jedwede Verbindung zwischen Dolcis Vergiftung und der Sendung ausgeschlossen wurde. Der Beweis, auf Video gebannt, war, dass alle drei Juroren sämtliche an jenem Tag zubereiteten Speisen probiert hatten, dass aber nur Dolci kollabiert war, und zwar zu Hause, Stunden später.

Marco Luciani wusste jedoch, auch wenn die Analyseergebnisse geheim gehalten wurden, dass weder an den Teeblättern noch an den Apfelresten Giftspuren gewesen waren. Andererseits musste man davon ausgehen, dass Vika, falls sie eines dieser Lebensmittel für den Giftanschlag benutzt hätte, sie hätte verschwinden lassen. Sie war schlau, und womöglich hatte sie absichtlich »saubere« Reste im Mülleimer platziert. Deshalb hielt der Kommissar gegenüber den Journalisten daran fest, dass keine Hypothese ausgeschlossen wurde.

Der Satz, den der Meister zu Vika gesagt hatte (Luciani dürfe Alice nicht auslassen), ließ ihn nicht los. Vielleicht hatte Dolci in dem Moment, als ihm schlecht wurde, den fremdartigen

Geschmack, den Geschmack des Giftes, erkannt und sich erinnert, zu welchem Gericht er gehörte. Aber hatte er diesen Satz tatsächlich gesagt, oder versuchte Vika, Luciani auf eine falsche Fährte zu locken?

»Die Plätze sind bereit. In zehn Minuten fangen wir an.«

Alice nickte, ohne die Augen zu öffnen. Sie saß auf einem Mäuerchen an der Strandpromenade und versuchte sich zu konzentrieren, Kräfte zu sammeln und innerlich noch einmal durchzugehen, was sie zu tun und zu lassen hatte. Stell sofort das Wasser und den Ofen an, falls du sie brauchst. Bereite Eis vor. Such alle Zutaten zusammen, ohne Ausnahme. Tranchiere schnell, aber präzise. Einen Topf nach dem anderen, behalt sie im Auge, bis sie alleine weiterköcheln können. Reinige die Arbeitsfläche und fang neu an. Arbeite und spiele dabei den Zeitplan im Kopf durch. Sie hatte die Augen geschlossen und sah vor sich, welche Bewegungen sie auszuführen, welche Fehler aus den vorherigen Runden sie zu vermeiden hatte. Alles abschmecken. Nicht mit Salz übertreiben. Nicht hetzen. Nicht hetzen. Nicht hetzen.

Sie schlug die Augen auf und zuckte zusammen, als sie Marco Luciani sah, der sie aus höchstens zwei Meter Entfernung beobachtete.

»Habe ich Sie erschreckt?«

»Ich bin ein wenig nervös. Gleich beginnt der Wettbewerb.«

»Kann ich Ihnen ein paar Fragen stellen? Es dauert nur einen Moment.« Er holte ein bisschen aus, ehe er zum Punkt kam.

»Ja, ich erinnere mich, ich habe Dolci um Hilfe gebeten, und er ist an meinen Platz gekommen, um den Arapaima zu probieren.«

»Ja, genau dieses Vieh. Wie haben Sie ihn zubereitet? Mit welchen Beilagen, meine ich.«

»Mit Estragon, Bohnen, Kirschtomaten …«

»So haben Sie ihn präsentiert. Vorher hatten Sie aber eine andere Variante zubereitet, oder irre ich mich?«

Alice trocknete sich den Schweiß am Hals. »Ja, ich hatte an eine Soße mit Limetten und Ingwer gedacht. Aber Dolci hat sie gekostet und gesagt, sie harmoniere nicht mit dem Eigengeschmack des Fisches. Also habe ich während der Zubereitung umdisponiert. Das war hart, ich hatte wenig Zeit.«

»Folglich haben Sie jene Soße weggeschüttet. Und die anderen Juroren haben sie nicht probiert.«

Alice schien einige Sekunden nachzudenken, dann starrte sie ihn bestürzt an: »Ich glaube es nicht. Ich glaube nicht, dass Sie wirklich denken können …«

»Ich denke nichts. Vorerst. Ich beobachte. Stelle Fragen. Aufrichtige Menschen erkenne ich fast immer.«

»Und ich bin es nicht?«

»Nein. Sie denken sich eine Menge unwahrscheinlicher Stories aus. Antworten Sie auf meine Frage.«

Alice platzte mit einem Lachen heraus, um ihr Unbehagen zu überspielen. »In Sachen Diplomatie sind Sie nun wirklich … Wie blöd ich bin, ich dachte, ich hätte Sie positiv beeindruckt. Stattdessen glauben Sie, ich hätte Dolci vergiftet. Wozu überhaupt? Das steht in den Sternen. Er ist ein sympathischer Mensch, er verhätschelte mich, gab mir Ratschläge …«

»Ich beschuldige Sie in keiner Weise, Signorina. Ich versuche nur herauszufinden, wie er vergiftet werden konnte und wann. Ich war fast den ganzen Tag mit ihm zusammen, und er hat nur während der Aufzeichnung im Studio gegessen.«

»Also soll ich es gewesen sein. Und die anderen Kandidaten?«

»Sie stehen alle unter Beobachtung. Wenn Sie einen speziellen Verdacht haben, sagen Sie es mir.«

Alice ließ den Blick schweifen und suchte ihre Konkurrenten jenseits der Absperrungen, die den Bereich der auf der Piazza eingerichteten Küche abgrenzten, vor einer spektakulären Kulisse aus Yachten, Pinien und einer bunten Häuserzeile, die direkt aufs Meer blickte.

Lucrezia, die ätzende Römerin, stand da und redete mit der Produktionssekretärin.

»Wir wären verrückt, wenn wir so etwas machen würden. Wir sind fast am Ende, wer setzt schon so eine Riesenchance aufs Spiel?«

»Was steht denn auf dem Spiel?«

»Was auf dem Spiel steht? Publicity. Wir alle sind aus dem Showgeschäft, besser gesagt, die meisten waren es, und wir suchen verzweifelt den einstigen Ruhm wiederzuerlangen. Ruhmkugeln, hätten sie diese Scheißsendung nennen sollen.«

»Dolci hat viele Feinde, die mehr bieten könnten als nur ein bisschen Publicity. Ihr habt vielleicht kein Motiv, aber einer von euch könnte im Auftrag gehandelt haben.«

Alice riss die Augen auf. »Meinen Sie das jetzt ernst? Das ist absurd.«

»Tatsache ist jedenfalls, dass jemand ihm drohte. Und dass er vergiftet wurde.«

Ein Produktionsassistent kam, die Kandidatin zu rufen. »Drei Minuten, Alice. Wir fangen an.«

Sie nickte. »Ich komme sofort.« Dann stand sie auf und schüttelte den Kopf. »Ihretwegen bin ich jetzt völlig durcheinander, Herr Kommissar. Ich fühle, dass ich heute schlecht kochen werde.«

Ihr Augen fingen zu glänzen an, während sie das rote Kopftuch aus der Tasche holte.

Sie war so schön, dass Marco Luciani ein Ziehen im Magen spürte, das Bedürfnis, sich zu entschuldigen. Aufrichtig zu sein. »Es tut mir leid. Manchmal bin ich ein wenig brüsk. Ich bin aber ebenfalls nervös und verwirrt. Dolci hatte sich unter meinen Schutz gestellt, und ich habe versagt. Ich will das Menschenmögliche tun, um es wiedergutzumachen.«

Alice drehte ihm den Rücken zu und band sich das Tuch um den Kopf. »Es ist zu spät, um es wiedergutzumachen.« Sie überquerte die Straße und sprang über die Absperrung. »Auf geht's!«, schrie sie. »Heute wird einmal richtig gekocht!«

Der Juror, der Dolci ersetzte, war fast genauso dick, aber auch wenn er ein Fünf-Sterne-Koch war, konnte er ihm absolut nicht das Wasser reichen. Sicher, er war sympathisch. Sogar freundlich. Aber er kam aus Amerika, und ihn die italienische Küche beurteilen zu lassen, das war, als würde man einen Finnen zum Fußballspielen nach Botafogo schicken.

Marco Luciani blieb ein wenig im Abseits, um die Kandidaten zu beobachten, die sich in zwei Dreierteams aufteilten. Dann rannten sie los und suchten einen Fisch und weitere Zutaten für ein typisch ligurisches Menü zusammen. Dieses sollte binnen zwei Stunden den Touristen serviert werden, die sich schon hinter der Absperrung drängten und einander auf die Juroren und die berühmtesten Kandidaten aufmerksam machten.

Der Kommissar versuchte der Anfangsphase des Wettbewerbs zu folgen. Alice war mit Lucrezia in einer Mannschaft gelandet, und ihr Kapitän versuchte verzweifelt, die beiden zur Zusammenarbeit zu bewegen. »Was zum Teufel macht ihr denn?!«, schrie irgendwann der gelbe Juror. »Ich weiß nicht mehr, was ich tun soll, Chef«, sagte der Kapitän und breitete die Arme aus, »sie wollen verlieren, um ins Ausscheidungsduell zu rutschen und sich dort gegenseitig zu eliminieren. Nur springe ich dabei mit über die Klinge.« Der Juror nahm das Heft in die Hand: »Alice, Lucrezia. Da stehen Leute, die auf euer Essen warten. Ich will mich euretwegen nicht zum Affen machen. Und du, Kapitän, sieh zu, dass du dir Respekt verschaffst. Du hast heute das Sagen.« Sein Gegenüber machte ein Gesicht, als wollte er antworten, probier du's doch, und das ließ sich der Juror nicht zweimal sagen: »Alice, geh da rüber, mach den Teig für die Frittüre. Lucrezia, komm hierher und reinige die Krebse. Fangt an zu kochen, wie es sich gehört, sonst schwöre ich bei Gott, dass ich euch beide nicht ins Duell, sondern direkt nach Hause schicke.«

Die Drohung zeigte Wirkung, und die beiden Frauen nahmen die Arbeit wieder auf. Marco Luciani beobachtete noch einige Minuten lang das rote Tuch, das sich hektisch bewegte, aber kaum stieg der Fischgeruch auf, spürte er einen Stich im Magen und ging weg, hinauf Richtung Dorfzentrum. Lass Alice nicht aus, wiederholte er für sich. Agiere mit Bedacht und lass sie nicht aus.

Sofia

Es war der dritte Abend, den sie in der Hotelbar verbrachte. Das Vorstellungsgespräch war gut gelaufen, und sie hatte sofort ein Trainee-Programm begonnen. Gegen fünf hatte Sofia Feierabend, dann schlug sie die Einladungen der Dozenten aus, gemeinsam noch etwas trinken zu gehen, nahm ein Taxi und fuhr zum Hotel M. Als sie Marco gefragt hatte, wie er die Rechnung zu begleichen gedenke, hatte er geantwortet, sie solle sich keine Sorgen machen, die Dienststelle in Genua habe Mittel im Überfluss, und dem neuen Polizeichef sei es eine Freude, die Auslagen zu ersetzen. Sofia hatte ihm nicht recht geglaubt, sondern ahnte vielmehr, dass sie schnellstmöglich ein Ergebnis liefern musste, auch weil Alessandro ihr langsam fehlte und sie sich dauernd fragte, ob er aß, schlief und was Vater und Oma ihm sagten, um die Abwesenheit der Mutter zu erklären.

Im Hotel angekommen, ging sie hoch ins Zimmer und zog sich um. Ein elegantes Kostüm, Oberteil mit dreiviertellangen Ärmeln und kurzer Rock, ein Set »aus der Zeit vor Ale«, wie der Löwenanteil ihrer Garderobe. Sie ging hinunter ins Restaurant, um alleine zu essen, dann nahm sie den Kaffee am Bartresen, der unaufdringlichen Musik des Pianisten oder des Radios lauschend. In den drei Tagen waren viele Männer an sie herangetreten, einige davon interessant. Die meisten wussten nicht recht, wo sie sie hinstecken sollten. Managerin in der Modebranche, sagte sie vage. Zwei Russen waren sofort zum Punkt gekommen: »Wie viel kostest du?« Sie hatte rasch den Hocker gewechselt und gesagt, sie sei nicht interessiert.

Ihr Gin Tonic war fast leer, sie versuchte, den Barkeeper auf sich aufmerksam zu machen, aber ehe sie sprechen konnte, stellte er ihr einen neuen hin. »Der kommt von dem Herrn dort.«

Sie wandte den Blick in die angezeigte Richtung, während ihr Herz schneller schlug. Zum ersten Mal gestattete sie sich, ihn genauer zu betrachten. Endlich hatte er sich entschlossen. Er hatte sie schon eine Weile beobachtet, und nachdem sie die Avancen eines deutschen Stahlmanagers zurückgewiesen hatte, schien er beschlossen zu haben, dass sie einen Versuch wert war.

Xabier hob das Glas zu einem stummen Toast, und Sofia, die ihre Erregung zu verbergen suchte, schenkte ihm ein überraschtes Lächeln.

Xabier stand auf, wie zu erwarten war, und kam an die Bar. »Ich hoffe, ich habe Sie nicht beleidigt«, sagte er und blickte ihr tief in die Augen.

»Nicht die Spur. Aber meinen Sie nicht, dass Sie ein wenig anmaßend sind?«

»Wie, anmaßend?«

»Ich nehme an, dass Ihre Kundinnen mindestens zehn Jahre älter sind als ich.«

Der Baske blähte die Brust und verzog das Gesicht. »Wofür halten Sie mich? Eine Art Gigolo?«, flüsterte er.

Sofia Lanni lächelte, als wollte sie sagen: Spar dir die Komödie.

»Ich kann sehr gut unterscheiden, ob jemand eine schöne Frau bewundert oder den Preis von Schuhen, Kleid und Handtasche taxiert. Und den möglichen Inhalt der Tasche.«

Xabier errötete. »Sie irren sich. Der Blick, den ich Ihnen zugeworfen habe, gehörte zur ersten Sorte.«

»Das will ich hoffen«, sagte sie mit herausforderndem Lächeln, »aber der, den Sie auf diese andere Dame geworfen haben, war von der zweiten Sorte.«

»Haben Sie mich überwacht?«

»Sagen wir, Sie sind der einzige Mann hier drin, auf dem man die Augen ruhen lassen kann.«

»Sagen Sie nicht, Sie taxierten ebenfalls die anwesenden Herren.«

Sofia warf ihm einen abschätzigen Blick zu. »Wirke ich wie eine, die in einer Bar anschaffen geht?«

»Nein. Ich tue es aber genauso wenig.«

»Aber Sie sind hier.«

»Nur zufällig. Dies ist ein besonderer Moment. Meine … Haupteinnahmequelle hat derzeit andere Verpflichtungen. Und so …«

»Suchen Sie nach Alternativen«, sagte sie lächelnd.

»Eher nach Gelegenheiten. Aber nicht unbedingt beruflicher Natur, wenn Sie verstehen, was ich meine.«

»Ich verstehe vollkommen. Dann sollten Sie es vielleicht Kitzel nennen.«

Sofia nahm einen Schluck Gin Tonic, stellte das Glas ab, lächelte den Barkeeper an und sagte: »Schreiben Sie das auf die 410, bitte«, dann glitt sie vom Hocker und vorbei an Xabier, der sich umdrehte, um ihren geschmeidigen Gang zu bewundern. Sofia ging auf ihr Zimmer, machte sich im Bad frisch, und nach einigen Minuten wurde verhalten an die Tür geklopft.

»Ja?«

»Zimmerservice.«

Sie öffnete die Tür einen Spaltbreit. Xabier hatte einen Eiskübel mit Champagner und zwei Gläser in der Hand. Eine echte James-Bond-Nummer, aber genau so etwas hatte sie erwartet.

»Eigentlich habe ich nichts geordert«, sagte sie.

»Eben. Die Order gebe ich hier«, erwiderte Xabier.

»Das werden wir ja sehen«, sagte Sofia.

»Also hat dir dein Lieblingstantchen den Laufpass gegeben? Sie muss verrückt sein. Oder ist ihr das Geld ausgegangen?«

Er lächelte stolz und richtete sich bequem in dem zerwühlten Bett ein. »Sie hat Probleme. Aber sie ist keineswegs ein Tantchen.«

»Ach nein?«, fragte Sofia.

»Nein. Sie ist ungefähr so alt wie du. Und zudem bildschön.«

»Nicht schlecht. Du bist ein Glückspilz. Reich, jung und schön. Seltene Kombination. Und wie hat sie ihr Geld gemacht, wenn die Frage erlaubt ist?«

»Das Geld gehört dem Mann.«

»Jetzt sind wir zurück in der Normalität. Lass mich raten: Der Mann hat euch erwischt, und jetzt ist sie auf dem Rückzug.«

»Nicht unbedingt. Warum interessiert dich das überhaupt so?«

Sofia merkte, dass sie zu weit gegangen war. »Hast recht. Warum mich das so interessiert? Gewöhnlich bin ich diskreter. Aber vielleicht fühle ich mich heute Abend wie im Urlaub, fühle mich wohl, und daher … Aber du hast recht, besser, wir wissen nichts voneinander. Morgen sagen wir sowieso Auf Wiedersehen, und der Rest ist Schnee von gestern.«

Xabier wandte sich zu ihr. »Du willst mich nicht mehr sehen?«

»Warum sollte ich?«

»Ich sagte es bereits. Ich habe auch Urlaub. Wir könnten ein bisschen Spaß haben. Uns irgendwo ein schönes Eckchen suchen.«

»Brauchst du mich, um deine Freundin eifersüchtig zu machen?«

Xabier nahm ihre Hand. »Nein. Nicht nur du bist heute

Nacht auf deine Kosten gekommen. Ich dachte, man könnte das wiederholen. Wenn beide Lust dazu haben.«

Sofia strich mit ihrem Fingernagel über seinen Schenkel. »Wenn es nur um Lust geht, lässt sich darüber reden.«

Sofia kam aus der Dusche, den Körper in einen Bademantel, die Haare in ein Handtuch gehüllt.

Sie fühlte sich matt, die Beine schwach. Der Spiegel hatte ihr Lächeln erwidert, wie sie es seit Monaten nicht gesehen hatte.

»Ich habe dir ein schönes warmes Bad eingelassen«, sagte sie zu Xabier, der auf der Schwelle wartete.

»Ach. Ich dachte an eine schnelle Dusche.«

»Hast du's eilig?«

»Nicht besonders.«

»Mit Unterwassermassage …«

Er lächelte. »Aber ja doch, lassen wir's geruhsam angehen.«

Sofia strich ihm über die Wange: »Etwas dagegen, wenn ich zum Föhnen noch einmal hereinkomme?«

»Natürlich nicht.«

»Ich kontrolliere die Post, und dann bin ich wieder da.«

Während er ins Bad ging, setzte Sofia sich aufs Bett, nahm das Handy des Spaniers vom Nachttisch und verband es per Kabel mit dem Apparat, den Marco ihr gegeben hatte. Auf dem Display erschien die Schrift »Alles kopieren?«, sie drückte »Ja«. »Verbliebene Zeit: 32 Minuten.« Sofia glaubte zu sterben. Es dauerte zu lange. Sie wartete ein bisschen, um zu sehen, ob die errechnete Wartezeit sank, doch sie verharrte eisern auf 32 Minuten. Sie hörte das Geräusch der Spülung, harrte noch ein wenig aus (Wartezeit: 29 Minuten), dann ging sie zurück ins Bad, um sich die Haare zu trocknen.

»Das Wasser wird kalt«, seufzte Xabier nach einer Weile und wollte aus der Wanne steigen.

»Warte«, sagte sie und stellte den Föhn ab, »ich lass dir noch ein bisschen heißes ein und bringe dir ein Glas Champagner.«

»Nicht nötig, es ist Zeit, dass ich mich anziehe. Ich muss kontrollieren, ob Anrufe eingegangen sind.«

Sofia beugte sich über die Wanne, so dass der Ausschnitt des Bademantels einen Blick auf ihre Brüste freigab. »Wie war die Massage?«

»Nicht schlecht. Ich überlasse dir den Platz.«

Sie setzte eine Schnute auf. »Ich hab's nicht gern alleine.« Sie drehte das heiße Wasser auf und ließ es laufen. »Bin sofort wieder da.«

Sie schaute ins Schlafzimmer. Noch immer kopierte das Handy Daten. Sie nahm den Champagner aus dem Kübel und füllte zwei Kelche, dann ging sie ins Bad zurück und setzte eine Miene auf, die besagte, dass sie weiterspielen wollte.

Er nahm das Glas, schüttelte aber den Kopf. »Ich glaube, ich habe fürs Erste alles gegeben. Vielleicht später.«

Sofia schlüpfte aus dem Bademantel und in die Wanne. »Hmm … kuschelig.« Sie legte sich auf ihn, den Rücken auf seiner Brust. »Halt mich so. Halt mich noch sieben Minuten so.«

Luciani und Sofia

Die Großmutter stand vor Alessandros Zimmertür, lauschte, ohne sich sehen zu lassen, und lächelte. Marco Luciani näherte sich leise und hörte, wie das Kind Selbstgespräche führte. Auch er blieb vor der Tür stehen und horchte. Ale spielte mit den Power Rangers und führte gerade einen Feldzug gegen ein paar fürchterliche Monster.

»Bum!« – »Aaahhh!« – »Du bist tot!«

Marco Luciani hüstelte, dann trat er ein.

»Hallo, Ale, darf ich mitspielen?«

Das Kind schaute ihn von unten her an, und er streckte sich schnell auf dem Boden aus: »Eine Invasion durch die Marsmenschen?«

»Ja. Von Monstern!«

»Die wissen nicht, mit wem sie sich angelegt haben! Wir kommen ihrem Angriff zuvor!«

Ale jubelte: »Juhuu!«

»Welcher Power bist du?«, fragte der Vater.

»Blau!«, antwortete Ale, presste ihn sich an die Brust und legte Luciani den roten in die Hand.

Marco verlor sich in Karatetechniken, in den Lauten, die die Figuren von sich gaben, wenn man ihnen auf den Bauch drückte. Während sie kämpften, entwarf er eine komplexe Geschichte vom Krieg der Welten, der Ale mit geringem Interesse folgte, ab und zu »Ja!« schreiend und einen Drachen oder einen Dinosaurier quer durchs Zimmer schleudernd. Als Donna Patrizia sie zu Tisch rief, sah der Kommissar auf die Uhr und merkte, dass er über eine Stunde lang gespielt und alles andere vergessen hatte. »Ab ins Gefängnis«, sagte er zu Ale, indem er die Figuren in eine Schachtel packte. »Mal sehen, ob euch eine Nacht hinter Gittern die Zunge löst!«

Ale lachte, ohne recht verstanden zu haben, was der Vater gesagt hatte. »Und wir gehen wohl besser Hände waschen. Da hängen noch Blut und Dynamit dran.«

»Marco! Was redest du denn?«

»Keine Angst, Großmutter, es ist nicht unser Blut.«

»Gut, aber trotzdem …«

»Was gibt's zum Abendessen?«

»Dein Lieblingsmenü: Pasta mit Butter, Kartoffeln und Stracchino.«

Ale stieß einen Begeisterungsschrei aus: »Lecker!«

Nach dem Essen hatte Ale ein bisschen gequengelt: zuerst hatte er keine Lust, Füße zu waschen und Zähne zu putzen, dann wollte er einen Gutenachtkuss von der Mama. Er bat den Vater, sie auf dem Handy anzurufen, Sofia war aber nicht erreichbar, und das traf Ale.

»Wirst sehen, morgen früh ruft sie an«, sagte Marco Luciani, dann las er ihm ein Märchen vor und streckte sich neben ihm auf dem Bett aus, bis sie beide eingeschlafen waren. Donna Patrizia hatte ihn nach einer halben Stunde geweckt: »Besser, du legst dich zum Schlafen in dein Bett, sonst tut dir morgen der Rücken weh.«

Jetzt saß der Kommissar mit einer Tasse Tee auf dem Sofa, schaute auf den schwarzen Fernseher und dachte über die Jahre nach, die er verloren hatte. Das Baby Alessandro, das er gemeinsam mit Donna Patrizia einige Monate lang gehütet hatte, und dieses Kind hatten praktisch nichts mehr gemein. Sie sahen einander nicht einmal ähnlich.

Es war nicht immer einfach, ihn zu bändigen. Es gab gute

und weniger gute Tage, aber je länger sie zusammen waren, desto vertrauter wurden sie. Im Gegensatz zu damals konnte man mit Alessandro nun reden, spielen, argumentieren, man konnte ihm Märchen und Geschichten erzählen, und er seinerseits erzählte, was ihm im Kopf herumging. Und oft tat er das mit urkomischen Ausdrücken. Er hatte sich bei Sofia gut entwickelt. Schade, dachte Marco Luciani, schade, dass die Dinge nicht anders gelaufen sind.

Er sah, dass das Display des Handys aufleuchtete – eine SMS von Sofia. »Zu spät geworden, um Ale anzurufen, entschuldige. Hat sich aber gelohnt. Wir sehen uns morgen Nachmittag.«

»Hier, bitte. Fotos, Videos, Anrufe, Nachrichten. Alles Mögliche.«

Sofia hatte das Gerät auf den Schreibtisch des Kommissars gelegt, der mit einem Blick der Bewunderung antwortete. Sie hatte es geschafft.

»Ein ›Danke‹ oder ein ›Bravo‹ wäre nicht unangebracht«, fügte sie nach einer Weile hinzu, da er keinen Ton sagte.

»›Bravo‹ wäre wohl zu kurz gegriffen. Du warst phantastisch.«

»Dieselben Worte, die er gebraucht hat«, sagte Sofia und blickte ihm tief in die Augen, ohne jedoch das Eis schmelzen zu können, das sie trübte.

Ich bin nicht mehr eifersüchtig, dachte Marco Luciani. Wenn ich es wäre, hätte ich dich nicht da hingeschickt. »Gut. Ich hoffe, du hattest auch deinen Spaß.«

»Stört dich die Vorstellung nicht?«

»Warum sollte sie?«

»Vielleicht weil seiner so groß ist wie … Kennst du diese Pfeffermühlen in den Restaurants? Und er kann damit umgehen, aber hallo.«

Marco Luciani schaute sie überrascht an. Es war nicht ihre

Art, so vulgär zu sein. Sie wollte partout, dass ihm die Sicherungen durchbrannten, aber das würde ihr nicht gelingen. Auch Penisneid war etwas, was er nie empfunden hatte.

»Hast du schon geguckt, was drauf ist?«

Sie setzte ein gewitztes Lächeln auf. »Warum sollte ich?«

Biest, dachte er. »Okay, jetzt kümmere ich mich darum.«

»Also ist mein Job erledigt?«

»Was mich betrifft, ja.«

»Schade, ich hätte gerne Überstunden geschoben.«

»Davon hält dich niemand ab.«

Sie schwiegen eine Weile, dann sagte Sofia: »Also gehe ich jetzt. Du wirst hier wohl einiges zu tun haben.«

»Ja.«

»Warum kommst du nicht in meinem Hotel vorbei, wenn du fertig bist? Wir essen etwas und reden ein bisschen über Alessandro.«

Marco Luciani seufzte: »Ich bin wirklich zu eingespannt. Geh du dich ausruhen. Ich würde sagen, das Beste ist, ich bringe ihn dir morgen früh ins Hotel und ihr fahrt nach Rom zurück. Ich komme ihn besuchen, sobald der Fall abgeschlossen ist.«

Sofia schlug die Augen nieder. »Du hast dich verändert.«

»Zum Glück.«

»Nein. Du hast zugelassen, dass die Verbitterung dich vergiftet … Du warst gut und freundlich, Marco. Du warst besser als ich.«

Und deshalb hast du mich aufs Kreuz gelegt, dachte er. Aber das wird nicht wieder vorkommen.

Er nahm den Apparat und ging hinunter ins Büro der Informatiker, um sich alle Daten auf einen Computer herunterladen zu lassen. Dann machte er es sich bequem und fing an, die Files zu untersuchen. Als er das Video fand, war es fast Mitternacht. Er rief Kommissar Rossini an, da er wusste, dass dieser noch wach war. »Bringt Vika und Xabier aufs Kommissariat, ohne dass sie einander sehen. Ich habe etwas, das sie interessieren dürfte.«

Luciani, Vika und Xabier

»Ich habe meinen Mann nicht umgebracht. Und ich habe nicht den Auftrag gegeben, ihn umzubringen. Ich liebe ihn.«

»Sicher. Das wissen wir, Signora Dolci. Allerdings lieben Sie auch Xabier«, sagte Kommissar Rossini.

»Wer behauptet das?«

»Das behauptet dieses Video. Es ist ziemlich explizit. Wollen Sie es sehen?« Marco Luciani startete die Filmaufnahme. Sie war mit Ton. Man sah Victoriya in Naheinstellung, auf einem Bett im Hotel M. kniend. Ihr Gesicht war in Ekstase, dahinter ein hochkonzentrierter Xabier, der sie nahm, indem er sie mit einer Hand an der Hüfte hielt, mit der anderen an ihren Haaren zog, so dass sie in die Kamera blickte.

Vika schaute eine Sekunde lang hin, dann drehte sie den Kopf weg. »Ihr ekelt mich an. Wie seid ihr da rangekommen?«

»Das hat uns ein Freund geschickt. Anonym.«

»Ich hoffe, es hat dich aufgegeilt, Commissario. Ist das die Art, wie du dich rächst?«

»Rächen wofür?«, fragte Luciani.

»Weil du an seiner Stelle sein wolltest.«

»Sie sind auf dem Holzweg, Signora Dolci. Völlig auf dem Holzweg.«

»Dieses Video ändert jedenfalls nichts.«

»Meinen Sie?«, fragte Rossini. »Da wäre ich nicht so sicher. Wenn ein Mann umgebracht wird, ist die Frau immer die Hauptverdächtige. Und wenn der Mann reich ist, eine schöne

Lebensversicherung und die Frau einen jungen, abgebrannten Liebhaber hat, nun …«

»Nun was? Das Leben ist kein Taschenbuchkrimi. Meine … Beziehung zu Xabier ist keine Liebesbeziehung. Es ist ein paar Mal vorgekommen, aber es hat keine Bedeutung.«

»Und Ihr Mann ist im Bilde?«

Vika schwieg, als wäre sie unentschlossen, was sie sagen sollte. Dario lag in der Klinik im künstlichen Koma, es war ungewiss, ob er jemals wieder aufwachen würde. »Ich habe meinen Mann immer respektiert. Dieses Video … diese Dinge … haben keine Bedeutung.«

»Somit gibt es nur zwei Hypothesen. Dass Xabier Ihren Mann aus Eifersucht vergiftet und niedergestochen hat oder dass Sie Ihrem Liebhaber den Auftrag gegeben haben, Ihren Mann zu töten. Welche bevorzugen Sie?«

Victoriya wurde rot vor Wut. »Sie haben nichts verstanden, Commissario. Xabier … hätte das nie getan. Es gibt andere Spuren. Die Briefe haben Sie selbst gesehen. Viele Leute bedrohten Dario.«

Rossini verzog das Gesicht. »Zwischen Drohungen und konkreten Handlungen besteht ein großer Unterschied. In diesem Fall ein Unterschied von zwei Millionen Euro.«

»Wo hast du die letzten Nächte geschlafen?«

»Bei einer Freundin.«

»War ihr Mann beruflich unterwegs? Aber nein, die Männer deiner Freundinnen haben ein gewisses Alter. Sie sind alle schon im Ruhestand, wenn nicht auf dem Friedhof.«

Xabier starrte Kommissar Rossini an. »Was ich mache, geht nur mich etwas an. Es ist ein ehrlicheres Geschäft als eures.«

Marco Luciani schüttelte den Kopf. »Das glaube ich wahrlich nicht. Aber vermutlich decken sich unsere Begriffe von ›ehrlich‹ nicht ganz. Wir verlieren so nur Zeit. Wir wissen, warum du Dolci vergiftet hast. Wenn du gestehen willst, ist das günstiger für dich und für eine mögliche Strafminderung. Wenn nicht, geht es auch so, und du kriegst dreißig Jahre.«

»Ich habe niemanden vergiftet. Mir scheint auch nicht, dass Dolci tot ist.«

»Noch nicht«, sagte Rossini, »aber wenn er nicht durchkommt, blüht dir eine äußerst harte Strafe. Und einer, der deinem Gewerbe nachgeht, der hat im Knast nichts zu lachen.«

Diesmal konnte Xabier seine Besorgnis nicht verbergen. »Ich sagte Ihnen bereits, dass ich niemanden vergiftet habe. Ich kenne mich nicht aus mit Giften, ich wüsste nicht einmal, wie ich es anfangen soll. Hätte ich ihn umbringen wollen, hätte ich ihm die Kehle durchgeschnitten, und fertig.«

»Soll das heißen, dass Vika ihm das Gift verabreicht hat, und du wolltest ihm danach noch den Rest geben?«, schaltete sich Luciani ein.

»Das habe ich nicht gesagt.«

»Weißt du, ihr spielt dieses Spielchen zu zweit. Und ich habe noch nicht begriffen, was für ein Paar ihr seid.«

»Wir sind kein Paar.«

Der Ton, in dem er es gesagt hatte, bestätigte Marco Lucianis Vermutung. »Du bist verliebt. Sie nicht, habe ich recht?«

Xabier brach in Gelächter aus. »Ich liebe keine.«

»Ich würde gerne verstehen, ob du ihn aus eigenem Antrieb vergiftet hast, um Vika ganz für dich zu haben, oder ob ihr gemeinsame Sache gemacht habt.«

»Ich habe Ihnen die Wahrheit gesagt. Ich habe ihn nicht vergiftet. Ich und Vika, wir sind kein Paar.«

Marco Lucianis Lächeln wurde noch breiter. »Würde man nicht sagen, wenn man sich das hier anschaut.« Er drückte ein paar Tasten auf dem Smartphone und schob es dem Basken unter die Nase, die Lautstärke am Anschlag. Vikas Stöhnen erfüllte den Raum, immer lauter, immer schneller, bis zur finalen Eruption.

Marco Luciani wartete, bis Stille eingekehrt war, und betrachtete Xabier, der sich hektisch fragte, wie und wo sie an dieses Video gekommen waren.

»Also?«, fragte Kommissar Rossini.

»Also was?«

»Du sitzt ganz schön in der Patsche. Dies ist der Beweis, dass ihr ein Liebespaar seid, oder zumindest wart. Jetzt kann dir nur noch ein Wunder helfen, denn wenn Dolci stirbt, sind dir dreißig Jahre sicher.«

Diesmal klang das Gelächter des Basken fast boshaft. »Dies ist der Scheißbeweis für gar nichts. Das sind Vika und ich beim Bumsen, okay. Aber was meinen Sie, wer dieses Video gedreht hat?«

»Warum haben Sie uns nicht gleich gesagt, dass Ihr Mann dieses Video gemacht hat?«

»Weil das seine Sache war. Unsere Sache. Außerdem hat er es nur einmal getan, als Test. Es gefiel ihm nicht, und ich war sicher, er hätte es gelöscht. Ich weiß nicht, wie Xabier drangekommen ist.«

»Aber diese Information hätte Sie entlasten können, Signora Dolci«, sagte Rossini. »Schwer vorstellbar, dass Sie Ihren Mann umbringen sollten, wenn er Ihnen einen großzügigen Lebensstil und sogar einen Liebhaber gestattete.«

»Wir mochten es so, daran ist nichts Schlechtes.«

»Ich urteile nicht über Sie.«

»Natürlich urteilen Sie über mich«, erwiderte Vika, »aber ich bin daran gewöhnt, kein Problem. Seit ich nach Italien gekommen bin, halten mich alle für eine Nutte. Und doch habe ich Dario nie betrogen, nie. Xabier war unser Spielzeug, aber ich habe nie alleine mit ihm gespielt.«

»Und auch Xabier war damit zufrieden?«

Vika seufzte. »Dachte ich. Aber heute Morgen habe ich das hier bekommen.«

Sie nahm ihre Handtasche vom Boden auf und holte einen Brief in einem weißen Kuvert heraus, das sie Rossini reichte.

Der Kommissar nahm es. Der Umschlag glich den von Hand in Dolcis Briefkasten eingeworfenen, nur trug er diesmal Briefmarke und Poststempel.

»Lesen Sie ihn ruhig, dieser ist unterschrieben«, sagte Vika.

Rossini öffnete ihn, überflog ihn und reichte ihn Luciani.

»Liebe Vika,
es war Dein Mann, der mich in eurer Garage angegriffen hat. Er war wahnsinnig vor Eifersucht. Du bist verwirrt, aber ich weiß, dass Du mich liebst. Ich weiß es. Aber Du hast zu lange unter ihm gelebt, unter seinem Einfluss, und Du kannst Deine Gefühle nicht mehr erkennen. Ich hoffe, er stirbt bald, dieses Schwein. Denn erst wenn er tot ist, wirst Du frei sein. Der Geist wird alles klar sehen, Du wirst den Unterschied zwischen Besitz und Liebe erkennen. Und ich werde für Dich da sein. Verzeih mir, bitte. Was ich getan habe, habe ich für Dich getan. Für uns. Du wirst mir eines Tages danken,

Xabier.«

»Warum haben Sie uns den nicht früher gegeben?«, fragte Rossini.

»Ihr habt mir nicht die Zeit gelassen. Ihr seid wie tollwütige Hunde über mich hergefallen, mit diesem schrecklichen Video.«

»Auch dieser Brief scheint Sie zu entlasten. Xabier sagt darin, dass er alles alleine getan hat.«

Vika nickte.

»Er muss Ihretwegen den Kopf verloren haben.«

»Seit er Dario niedergestochen hat, hat er oft anzurufen versucht. Aber ich bin nie rangegangen. Vielleicht hat er mir deshalb geschrieben.«

»Wahrscheinlich aus Reue. Oder vielleicht wollte er Sie zur Komplizin machen.«

»Er muss gedacht haben, dass ich, wenn Dario stirbt, seine Partnerin werde. Ich bin noch jung und wohlhabend genug, um ihn auszuhalten.«

»Folglich hat er es aus Kalkül, nicht aus Liebe getan.«

Vika lachte: »Wo liegt da der Unterschied? Wie sagt Dario immer: Wir verlieben uns in die Menschen, die wir brauchen.«

Marco Luciani stand schon eine Weile schweigend da. Dieser Brief kam beinahe einem vollgültigen Geständnis gleich. Xabier musste wirklich verliebt sein, um so etwas zu schreiben und sich vollkommen in die Hände seiner Partnerin zu begeben. Dies bestätigte, dass der Schwachpunkt des Paares immer er gewesen war.

Aber auch diese wenigen Zeilen würden nicht zu einer Verurteilung ausreichen, wenn sie nicht herausfanden, wie er Dolci vergiftet hatte. Xabier kochte nie für Dolci, und sicher gingen sie nicht zusammen einen trinken.

»Die Bordbar!«, schrie er plötzlich und ließ alle zusammenzucken.

»Was?«, fragte Rossini.

»Was sind wir für Idioten! Hat die Spurensicherung die Flaschen aus der Bordbar untersucht?«

Calabrò und Ginevra

Calabrò hatte im Laufe der Jahre mit vielen Witwen zu tun gehabt. Auf jeden Mann, der eines gewaltsamen Todes starb, kam mindestens eine Frau, die den Schicksalsschlag hinnehmen musste. Er hatte alle Sorten getroffen, manche standen unter Schock und waren verzweifelt, andere waren unter Schock und erleichtert, einige heuchelten Trauer, weil sie es gar nicht hatten erwarten können, den Mann endlich loszuwerden, andere heuchelten sie, weil sie selbst oder ein Komplize dafür gesorgt hatten, ihn loszuwerden. Mit der Zeit hatte Calabrò gelernt, die verschiedenen Typologien zu erkennen, und selten irrte er. Aber Ginevra Ferrari, genannt Nadia, konnte er gar nicht zuordnen. Dass sie erleichtert war, lag auf der Hand. Von Fouad hatte sie immer nur gesprochen, wenn der Vizekommissar gezielt gefragt hatte, aber nie hatte sie sich zu einem weiteren Kommentar, zu einem zärtlichen Wort, einer sehnsüchtigen Erinnerung hinreißen lassen. Die Überlegungen außerhalb des Verhörs, die Fragen, die sie der Polizei gestellt hatte, drehten sich allesamt nur um sie selbst oder die Kinder.

Und nun, nach kürzester Zeit, war Ginevra ins Haus ihres Vaters zurückgekehrt. Calabrò wiederholte sich im Stillen, halb resigniert, halb enttäuscht, die Worte, mit denen sie ihm telefonisch die neue Adresse mitgeteilt hatte: »Wenn Sie mich kontaktieren müssen, finden Sie mich dort.« Diese Frau war aus der Enge des Elternhauses geflüchtet, um sich dann vom Ehemann unterjochen zu lassen, und als sie endlich hätte frei sein können, war sie wieder in einen Käfig geflüchtet. Ich darf mir kein Urteil über sie erlauben, dachte er, sie hat zwei Kinder, hat sicher finanzielle Probleme und wird wegen der Ereignisse noch unter Schock stehen. Vielleicht braucht sie nur eine Phase der Ruhe und Sorglosigkeit, ehe sie wirklich neu anfängt.

Das Handy klingelte mit dem Ton, der Maria Antonietta vorbehalten war, ein Song von Mango, den er genauso verabscheute wie seine Exfrau.

»Was ist?«

»Du bist zu spät.«

»Ich bin vor der Tür. Sind Lele und Betta fertig?«

»Seit einer halben Stunde.«

»Dann kommt runter.«

Calabrò begrüßte die Kinder mit einem Kuss und hielt Elisabetta umschlungen: »Heute Abend schläfst du also bei deiner Freundin? Bist du sicher? Willst du nicht mit Lele zu deinem Papa kommen?«

Betta schüttelte den Kopf. »Tut mir leid, Papa. Es gibt ein Fest und dann die Pyjama-Party.«

»Kein Problem. Lele und ich werden einen echten Männerabend verbringen. Mit Bier, Bratwurst und Rülpsern.«

Mary verdrehte die Augen. »Bitte, Emanuele …«

»Ja, Mama. Keine Angst, ich bin schon acht!«

»Sieben.«

»Ja, gut, fast acht.«

Es war das Wochenende, das für den Vater reserviert war, und Mary konnte nicht erwarten, dass sie gingen. Sie hatte einen neuen Partner, und als Calabrò sie gebeten hatte, die Wochenenden zu tauschen, damit er auch mit Betta zusammen sein konnte, hatte sie wie immer Nein gesagt. Seit eineinhalb Jahren, also seitdem auch der letzte Vermittlungsversuch gescheitert war, sabotierte sie sein Leben auf jede erdenkliche Weise: Mit den Umgangszeiten, den Alimenten, mit dem, was man den Kindern sagen durfte und was nicht. Er zahlte es ihr mit derselben Wut heim, zog aber weniger Befriedigung daraus. Sie aßen zu dritt bei McDonald's, gegen drei setzten sie Betta dann an der Wohnung der Freundin ab und stiegen wieder ins Auto.

»Lele, warst du schon mal in Imperia?«

»Nein. Wo ist das?«

»Hier in der Nähe. In Ligurien. Wir könnten jetzt hinfahren.«

»Warum?«

»Eine berufliche Sache. Dauert nicht lang.«

»Mit dem Polizeiauto?«

Calabrò lächelte: »Besser nicht. Wir sind inkognito unterwegs. Wir sind Geheimagenten.«

»Hmm.«

»Und dann fahren wir nach Monte-Carlo, die Formel-1-Rennstrecke anschauen. Mal sehen, ob wir hundertachtzig Sachen schaffen.«

»Geil. Darf ich schalten?«

»Klar.«

Anderthalb Stunden später kamen sie bei der Villa an, unangemeldet. Aber das Glück war auf ihrer Seite: Ginevra war zu Hause, die Kinder spielten im Garten.

»Nehmen Sie Platz, Herr Kommissar. Was für eine Überraschung. Ist das Ihr Sohn? Was für ein hübscher Junge. Wie heißt du?«

»Emanuele.«

Ginevra streichelte ihm über die Wange, dann rief sie ihre Söhne: »Kinder, kommt, hier ist ein neuer Spielkamerad für euch. Warum zeigt ihr ihm nicht euer Zimmer?«

Lorenzo und Samir traten auf Emanuele zu. Der Kleine lächelte, der Große wirkte genervt und behandelte ihn ein wenig von oben herab.

»Kannst du ›Vier Farben‹ spielen?«

Emanuele zuckte die Achseln.

»Ja oder nein?«

»Ich weiß nicht. Was ist das denn?«

»Wenn du es nicht kennst, wie willst du es dann spielen können?«

»Kinder!«, sagte die Mutter. »Bringt es ihm bei, dann könnt ihr alle zusammen spielen.«

Samir lächelte. »Ich zeig's dir. Es ist leicht, komm.«

Calabrò sah sie Richtung Villa verschwinden, und zum ersten Mal fokussierte er seine Aufmerksamkeit auf Ginevra Ferrari. Sie schien eine ganz andere Person zu sein als die, die ihm in den ersten Tagen nach dem Mord begegnet war. Ihr Gesicht war entspannter, die Augen leuchteten, die blonden Haare fielen offen auf ihre Schultern. Als Mädchen muss sie ein echtes Schmuckstück gewesen sein, dachte er, und er konnte sich vorstellen, was der Vater empfunden hatte, als sie mit Fouad durchbrannte.

»Kann ich Ihnen etwas anbieten, Herr Kommissar?«

»Ein Glas Wasser nehme ich gerne.«

»Setzen Sie sich hierher, in den Schatten. Heute ist es angenehm, ein schöner Tag.«

Sie gab dem Zimmermädchen ein Zeichen, welches nach einer Minute mit einer Flasche Wasser und einem Glas zurückkam.

Sie redeten ein wenig von den Kindern, von den Schwierigkeiten, die sie in diesem Alter hatten, und Calabrò fragte sie ausführlich um Rat, um eine vertrauliche Atmosphäre herzustellen. Als sie aufgehört hatte, sich die Hände zu kneten und an ihrem Nagelbett zu knabbern, fing der Vizekommissar mit Fragen zu Fouad an, dazu, wie die Dinge in der letzten Zeit zwischen ihnen gelaufen seien. »Auch ich lebe getrennt von Emanueles Mutter«, vertraute er ihr an.

»Aber um das Kind kümmern Sie sich?«

»Ich habe zwei. Ihn und Elisabetta, die größere. Ich sehe sie nur am Wochenende, alle vierzehn Tage. Und außer der Reihe, wenn die Mutter Termine hat.«

»Eine Trennung ist immer schlimm. Und für die Kinder ist es eine Tragödie.«

»Wie haben Ihre auf das Verschwinden des Vaters reagiert?«

Ginevra lächelte bitter. »Samir hat es meiner Meinung nach nicht richtig begriffen. Er hat noch keine Vorstellung vom Tod, von seiner Endgültigkeit. Lorenzo hat es verstanden, für ihn ist es ganz schlimm, sein Papa war sein Idol. In gewissen Momenten ist er besonders lieb zu mir und spielt den Beschützer, weil er sich als Mann im Haus fühlen will, in anderen bricht seine Wut hervor, und dann lässt er sie an mir aus. Ich glaube, das ist unvermeidlich.«

»Es ist ja nicht Ihre Schuld. Das kann er doch begreifen.«

»Na ja, für Kinder muss immer jemand schuld sein, wenn etwas Schlimmes passiert. So erziehen wir sie, und das ist auch sinnvoll. Sie sind zu klein, um über das Schicksal nachzudenken, darüber, dass es manchmal ungerecht ist; mit so etwas können sie sich noch nicht auseinandersetzen. Außerdem ist Lorenzo ein bisschen … wie soll ich sagen … ein Macho? Er hegt ein Überlegenheitsgefühl gegenüber Frauen, angefangen bei seiner Mutter und den Schulkameradinnen, und ich muss leider sagen, dass er das von seinem Vater hat.«

Langsam wurde das Gespräch interessant. »Ihr Mann war ähnlich?«

Ginevra nickte. »Anfangs nicht. Aber am Anfang nimmt man vieles nicht wahr, geht darüber hinweg. Doch dann, als ich schwanger wurde, fing er damit an, dass er einen Jungen wolle, und er formulierte das nicht als Präferenz, sondern …«

Die Schritte des Commendatore Ferrari knirschten im Kies des Gartenwegs. Calabrò verfluchte ihn im Stillen, weil er eine vielversprechende Unterhaltung unterbrach.

»Papa, ich darf dir Kommissar Calabrò vorstellen.«

»Vizekommissar«, sagte dieser im Aufstehen.

Der Mann trat entschlossen näher und drückte ihm die Hand. Der Druck war kräftig, kräftiger als nötig.

»Was verschafft uns das Vergnügen, Herr Vizekommissar? Gibt es Neuigkeiten bei der Ermittlung? Haben Sie herausgefunden, wer es war ...«

Calabrò schüttelte den Kopf. »Noch nicht. Wir sind aber auf der richtigen Fährte, denke ich. Und wir werden unser Möglichstes tun, um die Mörder Ihres Mannes zu finden«, sagte er mit einem Blick auf die junge Frau. »Da Sie schon einmal hier sind, Signor Ferrari«, fuhr er dann fort, »würde ich Ihnen gern ein paar Fragen stellen. Wenn Sie nichts dagegen haben.«

Der Commendatore seufzte und setzte sich, die Hände in seinem Schoß faltend. »Einverstanden. Ich höre.«

Calabrò fing mit einigen Routinefragen an, dann kam er auf das Thema zu sprechen, das ihn eigentlich interessierte. »Signor Ferrari, wenn ich nicht irre, hatten Sie Ihre Tochter lange nicht gesehen. Ich meine vor dem Unglück.«

»Mhh-mhh.«

»Darf ich fragen warum?«

»Das ist kein Geheimnis, Commissario. In der Stadt weiß es jeder. Ich war gegen die Heirat meiner Tochter mit diesem Mann. Wir sind aneinandergeraten, Ginevra und ich, stimmt's, Schatz? Und da wir beide einen starken Charakter haben, ist jeder fortan seiner Wege gegangen. Das ist alles.«

»Nicht einmal die Geburt der Kinder hat Sie einander wieder nähergebracht?«

»Von den Kindern habe ich nur durch Zufall erfahren«, gab

er zurück und betrachtete die Tochter, die ihrerseits eine Gartenlaterne anstarrte.

»Signora Ferrari?«

»Was soll ich sagen? Ich habe es immer wieder aufgeschoben. Am Anfang, als Lorenzo geboren wurde, wollte ich es tun, aber dann kamen so viele Dinge zusammen … verkomplizierten sich … und dann, je mehr Zeit verging, desto mehr schien es mir zu spät zu sein.«

»Hätte Ihr Mann Ihnen die Erlaubnis gegeben, Ihre Eltern zu sehen? War er einverstanden damit, dass die Enkel ihre Großeltern kennenlernen?«

»Mein Mann hatte seine eigenen Vorstellungen, Herr Kommissar. Leider war er, wie ich Ihnen sagte, manchmal etwas rigide.«

Der Vater schaltete sich erneut ein: »Warum jetzt in der Vergangenheit wühlen? Ginevra hat schwierige Phasen durchlebt, es ist sinnlos, das zu leugnen. Aber jetzt ist sie hier, beschützt, geborgen.« Er legte ihr eine Hand auf den Arm, aber Ginevra antwortete nicht auf die väterliche Berührung. Für Calabrò war nicht zu übersehen, dass sie sich sofort verkrampft hatte. Wenn sie das Bild einer Familie abgeben wollten, die endlich wieder glücklich vereint war, so war ihnen das nicht gelungen.

»Gehen die Kinder zur Schule?«

»Klar gehen sie«, sagte sie.

»Aber nicht mehr in dieselbe.«

»Wir haben sie abgemeldet«, sagte der Großvater, »und in eine Privatschule gegeben, zu Schwestern. Der Fall hatte ein … morbides Spannungsfeld um sie her erzeugt, die Kameraden schauten sie scheel an, die Lehrer unterstützten sie nicht besonders. Jetzt geht man richtig auf sie ein.«

Calabrò nickte. »Also sind sie jetzt in einer katholischen Schule.«

»Natürlich. Wir sind in Italien, das ist unsere Religion. Darf man seine Kinder jetzt nicht mehr auf eine katholische Schule schicken?«

»Papa, ich bitte dich …«

»Nein, wo denken Sie hin«, Calabrò breitete die Arme aus, »ich dachte nur, sie wären Moslems. Ich weiß, dass Väter in der Regel dazu tendieren, sie nach ihrer Religion zu erziehen, und …«

»Jetzt bin ich für sie der Vater«, unterbrach der Commendatore ihn, »und ich bin überzeugt, die richtige Entscheidung getroffen zu haben. Sie sind noch klein, sie wurden noch keiner Gehirnwäsche unterzogen, und jetzt werden sie ein normales Leben führen können.«

Calabrò wandte sich Ginevra zu, die erneut stumm die kleine Laterne fixierte.

»Die Katholiken tun sich auch nicht gerade durch Respekt gegenüber den Frauen hervor«, warf er aufs Geratewohl ein.

Ginevra antwortete nicht, dann schien ihr etwas Wichtiges einzufallen, denn sie schaute auf die Uhr und sagte: »Entschuldigen Sie mich, Herr Kommissar, ich muss den Kindern einen Happen zu essen machen. Bleibt Emanuele bei uns?«

Der Vizekommissar merkte, dass der günstige Augenblick verstrichen war, länger zu bleiben hätte die Sache nur verschlimmert.

»Ich danke Ihnen, aber wir müssen jetzt auch los. Ich habe Lele versprochen, dass wir nach Monte-Carlo fahren, und es soll nicht zu spät werden.«

»Dann gehe ich sie rufen.«

Kaum waren sie allein geblieben, fixierte Calabrò den Commendatore. »Haben Sie Fouad je kennengelernt?«

Sein Gegenüber zögerte einen Moment. »Ginevra stellte ihn mir vor vielen Jahren vor. Sie waren gerade erst zusammengekommen.«

»Machte er einen negativen Eindruck auf Sie?«

»Einen miserablen. Und im Laufe der Zeit hat sich mein Eindruck bestätigt.«

»Haben Sie ihn denn je wiedergesehen?«

»Nie.«

»Und Sie haben in all den Jahren nie wieder etwas von Ihrer Tochter gehört?«

Der Commendatore schüttelte den Kopf. »Nicht bis zum Moment des Mordes. Von dem ich im Übrigen nicht überrascht war. Dieser Mann war ein Taugenichts.«

Alice

Im Studio in Mailand war die Stunde des finalen Duells zwischen den beiden Frauen gekommen. Alice und Lucrezia standen nebeneinander vor den Juroren und warteten auf Anweisungen. Die anderen Kandidaten waren bereits in Sicherheit und beobachteten sie von der Galerie aus.

»Lucrezia«, fragte der gelbe Juror, »meinst du, du verdienst es weiterzukommen?«

»Ich denke schon, Chef.«

»Warum?«

»Weil ich sehr motiviert bin. Heute habe ich einen Fehler gemacht, aber ich will zeigen, was in mir steckt.«

»Wem willst du das zeigen?«

»Italien.«

»Und deinem Vater?«

»Auch meinem Vater.«

Der gelbe Juror betrachtete sie schweigend. »Es ist schwierig, sich mit einem Fünf-Sterne-Koch zu messen.«

»Deswegen hatte ich auch einen anderen Weg gewählt. Aber die Faszination fürs Kochen lässt mich einfach nicht los. Nur in der Küche kann ich zeigen, wer ich wirklich bin.«

Der gelbe Juror nickte und blickte auf Alice. »Alice, warst du heute besser als Lucrezia?«

»Das kann ich nicht beurteilen, Chef. Das ist eure Aufgabe.«

»Ich habe den Eindruck, dir ist es nicht besonders wichtig, weiterzukommen.«

»Eigentlich war es mir sehr wichtig, Chef. Aber heute konnte

ich mich nicht konzentrieren. Das, was Maestro Dolci zugestoßen ist …« Sie hielt inne, weil sie die Tränen aufsteigen
spürte.

Der gelbe Juror suchte mit dem Blick die Produktionssekretärin. Neben ihr stand einer der Autoren der Sendung, der ihm
bedeutete weiterzumachen.

»Wir alle sind verstört, Alice. Und wir beten für ihn. Wir
alle werden unser Bestes geben, auch aus Achtung vor ihm,
nicht wahr, Leute?«

Die Kandidaten applaudierten von der Galerie, ein Applaus,
in den sofort auch die Juroren einstimmten.

»Der Wettbewerb hat seine Regeln«, sagte der grüne Juror,
»und er muss weitergehen. Wie sagt ihr in den USA, Dan?«,
wandte er sich lächelnd an den amerikanischen Kollegen.

»*The show must go on.*«

»Genau. Deshalb geht jetzt auf eure Plätze.«

»Nein, Chef.«

»Bitte?«

»Für mich ist hier Schluss. Ich ziehe mich zurück.« Sie trat
zwei Schritte vor und band ihre schwarze Schürze los.

»Bist du sicher, Alice?«

»Ich bin sicher. Inzwischen habe ich getan, was ich zu tun
hatte. Mich interessiert nicht, zu gewinnen, ich wollte nur wissen, wie weit ich gehen kann.«

»Und, weißt du das jetzt?«

»Ja, Maestro. Ich kann sehr, sehr weit gehen.« Sie lächelte:
»Ich kann sogar zulassen, dass Lucrezia weiter geht.«

Die Konkurrentin schaute sie misstrauisch an, als fürchtete
sie irgendeinen Hinterhalt.

»Es ist schade, dich zu verlieren, Alice«, sagte der gelbe Juror.

Sie nickte und legte die Schürze auf den Tisch.

»Ich danke euch. Es war ein tolles Abenteuer.«

Der grüne Juror umarmte sie. »Es waren deine Abenteuer,

die uns haben träumen lassen. Und ich bin sicher, dass deine Songs jetzt um einige Zutaten reicher sein werden.«

Alice umarmte auch den gelben Juror, etwas länger als den grünen, dann trat sie zu dem amerikanischen Juror und gab ihm die Hand. »*See you soon*«, sagte sie hastig.

Während sie den Kameraden auf der Galerie zum Abschied zuwinkte, brandeten Applaus und Aufmunterungsrufe auf. Dann ging sie noch einmal an Lucrezia vorbei, die den Kopf in eine andere Richtung gewandt hielt, und verließ den Saal mit ihrem federnden Schritt, das rote Kopftuch in der Faust, durch die Tür an der Rückwand.

Luciani und Alice

Alice trat aus der Wohnanlage und schaute sich um. Es ist schlimm, ins Gefängnis zu gehen und zu wissen, dass niemand dich vermissen wird. Ebenso schlimm wie herauszukommen, ohne dass jemand auf dich wartet. Sie ließ den Rucksack auf den Boden fallen, nahm ihr Handy, um ein Taxi zu rufen, aber in diesem Moment hielt neben ihr ein Clio und ein langer, dünner Arm winkte sie durch das Seitenfenster heran.

»Sind Sie gekommen, um meine Niederlage zu genießen?«

Marco Luciani betrachtete sie. »Ich bin gekommen, um mich zu entschuldigen. Und Sie auf ein Glas einzuladen.«

Alice zögerte einen Moment. »Ist das eine Vorladung? Oder eine Einladung, die ich ausschlagen kann?«

»Sie können sie ausschlagen.«

»Sehr gut. Also Adieu«, sagte sie und kehrte ihm den Rücken zu.

Marco Luciani stieg aus dem Wagen. »Tut mir leid, dass Sie ausgeschieden sind. Ich wusste es nicht einmal. Was ist passiert?«

»Das kann ich Ihnen nicht sagen. Wir unterliegen der Schweigepflicht. Ich bin jedenfalls nicht eliminiert worden, sondern freiwillig gegangen.«

»Warum denn das?«

»Nach dem, was Dolci zugestoßen ist, hatte es keinen Sinn mehr weiterzumachen. Wie steht es um Dario?«

Der Kommissar schüttelte den Kopf. »Es geht zu Ende. Eine Frage von ein, zwei Tagen.«

Sie schwiegen beide, dann blickte Alice Luciani an. »Jetzt würde ich gern etwas trinken.«

Sie stieg ins Auto, und Luciani fuhr schweigend Richtung Zentrum, bis er eine offene Bar fand. Im Innenraum hing ein Fernseher, der in voller Lautstärke ein Fußballspiel übertrug, und so setzten sie sich ins Freie.

»Für mich keinen Kaffee. Lieber ein Lemonsoda.«

»Lemonsoda?!«, wiederholte sie.

»Klar. Das ist das beste existierende Getränk.«

Die junge Frau dachte einen Moment nach. »Wissen Sie was? Das nehme ich auch.«

Sie schwiegen, dann schaute Alice den Kommissar an. »Sie sagten, Sie seien gekommen, um sich zu entschuldigen?«

»Ja. Letztes Mal habe ich Sie ein wenig hart angefasst.«

»Sie verdächtigten mich. Sie haben Ihren Job gemacht.«

»In Wahrheit habe ich Sie nie verdächtigt.«

Alice sah ihn skeptisch an. »Jedenfalls verdächtigen Sie mich jetzt nicht mehr?«

»Nein. Der Fall ist fast gelöst, es fehlt nur noch das Geständnis des Schuldigen.«

»Wirklich? Wer ist es?«

»Auch ich unterliege der Schweigepflicht«, sagte Luciani grinsend, »aber sagen wir, wenn Dolci nicht durchkommt, wird sein Fahrer die nächsten zwanzig Jahre nicht mehr hinter dem Steuer sitzen.«

Der Kellner kam, um die Bestellung aufzunehmen und betrachtete neugierig Alices kahlen, tätowierten Schädel, so wie jedermann, aber sie schien das nicht mehr wahrzunehmen.

»Wollen Sie die Geschichte meiner Haare hören?«, fragte sie, den Blick des Kommissars abfangend.

»Hängt davon ab, welche Geschichte Sie mir erzählen.«

»Inwiefern?«

»Ich kenne schon drei verschiedene. Eine habe ich irgendwo

im Netz gelesen, sie besagt, Sie seien so geboren. Eine seltene genetische Disposition. Eine andere haben Sie in einem Interview erzählt, von der Trauer über den Verlust Ihres Großvaters, als sie neun waren. Sie verloren einen Großteil der Haare, Ihre Mutter beschloss, sie kahl zu scheren, und die Haare wuchsen nicht mehr nach.«

»Sie haben Erkundigungen über mich eingezogen?«, bemerkte sie lächelnd. »Ich bin geschmeichelt.«

»Das ist meine Arbeit. Ich muss möglichst viele Dinge über die Verdächtigen wissen.«

»Eben haben Sie doch gesagt, dass Sie mich nicht im Verdacht hatten!«

»Sie haben nicht die Exklusivrechte aufs Lügen, mein Fräulein.«

Sie schüttelte resigniert den Kopf. »Und die dritte Geschichte?«

»Die dritte habe ich in einer alten Werbung für Krebsforschung gefunden.«

Alice nickte: »Man hat mich gefragt, ob ich Pate stehen will, ich bin oder war ein bekanntes Gesicht. Ich tat es gern, natürlich gratis.«

»Der Slogan ist gut. ›Um ein Haar.‹«

»Ja. Er sitzt. Er soll die Leute dazu bringen, früher zur Vorsorge zu gehen, statt zu warten, bis es vielleicht zu spät ist.«

»Also ist dies die wahre Geschichte?«

Alice lächelte. »Die wahre Geschichte wollte ich Ihnen gerade erzählen, wenn Sie Interesse haben. Und sie ist ganz simpel.«

Marco Luciani flüsterte »Entschuldigung« und ließ sie weiterreden.

»Es ist so, Herr Kommissar, dass ich von einem anderen Planeten komme. Oder aus einer Parallelwelt, wenn Ihnen das lieber ist. Da drüben sind wir alle so. Ohne Kopf- und Körperbehaarung. Haare sind zu nichts gut, ein Überbleibsel der Evolution. Sie sind hässlich, nutzlos, unhygienisch. Auch in eurer Welt sind sie zum Untergang verdammt, genau wie Gletscher, und das ist kein Zufall: Früher waren wir von Haaren bedeckt, um uns gegen die Kälte zu schützen, heute hat das aber keinen Sinn mehr. Die Erderwärmung schreitet unaufhaltsam voran.«

»Ja, und ich finde, das ist eine wunderbare Aussicht. Mein Plan B sieht vor, ein Stück Land in Kanada zu kaufen und zu warten, bis ich dort etwas anbauen kann.«

»Das wird dauern.«

»Ich meinte, für meinen Sohn Alessandro, um seine Zukunft abzusichern. In der Zwischenzeit könnte ich mich von den Rotröcken anwerben lassen.«

»Von wem?«

»Den kanadischen Polizisten. Sie arbeiten alleine, zu Pferd, und jeder deckt ein riesiges Gebiet ab. Es gibt fast keine Mordfälle, und es bleibt einem eine Menge Zeit, um für sich zu sein, zu lesen, nachzudenken.«

»Ich glaube nicht, dass mir das Spaß machen würde«, sagte Alice, »das Leben ist zu kurz, um nachzudenken. Ehe man den Sinn begreift, ist es schon vorbei. Über das Leben nachzudenken ist wie Zeit mit dem Lesen von Gebrauchsanweisungen zu verlieren. Das bringt nichts. Ich sage, schalt es einfach an, dieses bekloppte Ding von Videorekorder, Computer oder Handy, und versuch es zum Laufen zu bringen.«

Der Kommissar spürte, dass er unter der Glut dieser schwarzen Augen schmolz wie ein jahrhundertealter Gletscher. »Und die Tätowierung?«

»Die Tätowierung ist anders als eure. Ihr lasst euch hier oft tätowieren, um an etwas aus eurer Vergangenheit oder Gegenwart zu erinnern: ein Ereignis, den Namen eines geliebten Menschen. Bei uns sind aber alle Tage gleich, und Liebe existiert nicht, es gibt nur Sex, aber der ist nicht so angenehm wie hier. Wenn bei uns ein Kind geboren wird, gehört es niemandem, es gibt eine Organisation, die sich darum kümmert, bis es groß genug ist, alleine zurechtzukommen. Wenn es dann heranreift, spricht jeder von uns mit dem Meister der Tätowierungen und öffnet ihm sein Herz. Und wenn der Jugendliche bereit ist, wählt der Meister eine Tätowierung, die erzählt, wer er ist, was er werden will, eine einzigartige Tätowierung, die uns immer von den anderen unterscheiden wird. Unsere Tätowierungen sind ein Plan für die Zukunft. Sie halten die Monster fern und fordern die Erwachsenen auf, die Entscheidungen der Jugendlichen zu respektieren und, wenn möglich, zu befördern.«

»Darf ich erfahren, was Ihre bedeutet?«

Alice schüttelte den Kopf. »Nein. Es ist zu früh. Hier bei euch kommunizieren die Lebewesen auf andere Art miteinander, sie offenbaren sich nach und nach. Das ist eine Art, die mir nicht missfällt. Wenn man in ein fremdes Land geht, sollte man ein Säckchen der eigenen Wurzeln mitnehmen, sich aber auch an den Rohstoff vor Ort anpassen.«

Marco Luciani hörte ihr aufmerksam zu und versuchte, aus ihren Worten Indizien herauszuhören, die ihm weiterhelfen konnten. »Und wie sind Sie hier in der Küche gelandet?«

»Ich habe andere Welten bereist. Aber als ich hier ankam, stellte ich überwältigt fest, was Essen bedeuten kann, mit welcher Sorgfalt Speisen verarbeitet werden können. Wir haben nichts in der Art. Wir ernähren uns vom Überlebensnotwendigen, ohne jeden Genuss.«

»Ich glaube, ich würde gerne mal Ihren Planeten erkunden.«

Alice hob eine Augenbraue. »Gehört das zu diesen Kommunikationsformen, die ihr hier auf der Erde benutzt? Diese Zweideutigkeit?«

Der Kommissar schüttelte den Kopf. »Ich meinte es absolut ernst. Und eindeutig.«

»Vielleicht werde ich eines Tages Ihre Ansichten korrigieren.«

»Über Ihren Planeten? Oder über die Zweideutigkeit?«

»Über das Essen.« Alice entblößte ihre Fuchszähne, und instinktiv erwiderte Marco ihr Lächeln. »Das wäre eine enorme Leistung. Schwieriger, als in dieser Sendung zu gewinnen.«

Der Kellner brachte das Lemonsoda. Alice lobte den erfrischend-durstlöschenden Geschmack des Getränks, das neben Kohlensäure zwölf Prozent Glukose-Fruktose-Sirup mit etwas Zitronensaft enthielt, aber Marco wusste nicht, ob sie ihn auf den Arm nahm.

»War Ihre Großmutter wirklich Sängerin?«, fragte er unvermittelt.

»Meine Oma war Kostümschneiderin. Sie sang nur unter der Dusche, übrigens falsch.«

»Und Ihre Eltern?«

»Die habe ich nie kennengelernt. Mein Vater ist abgehauen, als er erfuhr, dass meine Mutter schwanger war, und gleich darauf war auch meine Mutter nicht mehr für mich da.«

»Also sind Sie bei der Großmutter aufgewachsen?«

»Ich nannte sie so, aber sie war nur eine freiwillige Helferin im Waisenhaus. Sie hatte mich ins Herz geschlossen, und dasselbe gilt für ihren Sohn.«

»Ihren Sohn?«

Alice wandte den Blick ab und richtete ihn auf etwas in weiter Ferne. »Ich sag's Ihnen, es ist ja nichts dabei. Die alte Dame war Dario Dolcis Mutter.«

Marco Luciani riss den Mund auf, aber es dauerte einige Sekunden, ehe er einen Ton herausbrachte. »Wie?! Sie kennen Dolci? Will sagen, Sie kannten ihn schon vorher?«

»Ich kenne ihn, seit ich fünf war. Und er ungefähr dreißig. Aber ich bitte Sie, sagen Sie es niemandem. Das ist unser kleines Geheimnis.«

Das Schweigen dauerte unnatürlich lange, während Alice sich die Tränen trocknete und der Kommissar versuchte, die neuen Informationen zu verarbeiten.

»Aber … wussten die anderen davon? Die Juroren, die Leute aus der Produktion …«

»Im Show- und Fernseh-Geschäft kennt fast jeder jeden, und dies ist keine Sendung mit Vorausscheidung: die Kandidaten werden nach unterschiedlichen Kriterien ausgesucht. Lucrezia ist die Tochter eines berühmten Küchenchefs. Mauro ist mit einem der Autoren befreundet. Auch die Partnerin eines Chefredakteurs der Nachrichten war dabei. Ich kam durch Dolcis Empfehlung dazu, wenn es das ist, was Sie wissen wollten, hatte aber nicht mehr Protektion als die anderen. Sobald der Wettbewerb läuft, gibt es für keinen mehr eine Sonderbehandlung.«

Warum erzählt sie mir diese Geschichte?, fragte sich der Kommissar. Das hatte sie gar nicht nötig. »Dolci ist ein merkwürdiger Mensch«, sagte er.

Sie antwortete: »Ach?«, im Sinne von: Auch schon gemerkt?

»Ein Satz von ihm hat meinen Verdacht auf Sie gelenkt.«

»Und zwar?!«

»Ehe er nach der Vergiftung das Bewusstsein verlor, sagte er zu seiner Frau: ›Sag dem Kommissar, er soll Alice nicht auslassen.‹«

Ihr blieb der Mund offen stehen. Sie schien über diese Worte nachzudenken, dann errötete sie plötzlich heftig. »Das hat er gesagt?«

»Ja, laut seiner Frau. Sie hat sich das hoffentlich nicht nur ausgedacht. Ist es möglich, dass Victoriya eifersüchtig auf Sie war?«

Alice lächelte: »Ihr Männer seid schon wirkliche Trottel.«

Sie nahm den letzten Schluck Lemonsoda, dann betrachtete sie den Clio. »Hören Sie, würden Sie mich vielleicht am Flughafen absetzen?«

»Wo müssen Sie denn hin?«

»Ich fliege nach Barcelona zurück.«

Marco Luciani schüttelte den Kopf. »Ich sollte Sie nicht gehen lassen, solange der Fall nicht abgeschlossen ist.«

»Ich habe nicht vor zu fliehen«, sagte sie lächelnd, »ich lasse Ihnen meine Handynummer da. Und meine Adresse.«

Calabrò

»Papa. Papaaa. Papaaaa.«

Calabrò unterbrach den Abwasch und ging zu seinem Sohn ins Nebenzimmer. »Was ist, Lele? Warum schläfst du nicht?«

»Ich kann nicht.«

»Du müsstest doch müde sein. Es war ein anstrengender Tag.«

Das Kind schüttelte den Kopf. »Nein. Ich bin nicht müde. Überhaupt nicht.«

»Soll ich dir ein Märchen vorlesen?«, fragte der Vater und nahm das Buch vom Nachttisch.

»Nein. Spielen wir eine Runde ›Wer ist es?‹«

»Jetzt?! Es ist schon spät, Emanuele.«

»Fünf Minuten, Papi, bitte.«

Calabrò seufzte. Er war müde, todmüde, er konnte es nicht erwarten, sich aufs Sofa zu hauen. Aber Emanuele war den ganzen Tag brav und geduldig gewesen, und dann fiel ihm ein, dass er es gewesen war, der dem Kind das Spiel geschenkt hatte.

»Einverstanden. Eine schnelle Partie.«

Er nahm die Schachtel und fing an, die Schildchen mit den Personen aufzustellen. Es war ein amüsantes Detektivspiel für zwei: Ein Schuldiger musste aus einer Reihe von Personen herausgefiltert werden, indem man nach und nach die Verdächtigen aussortierte. Dazu stellte man je abwechselnd Fragen wie: »Ist er blond?«, »Hat er schmale Lippen?«, »Trägt er eine Brille?«, und klappte die Schildchen um, die der Beschreibung nicht entsprachen, bis schließlich nur noch eines stand. Emanuele und der Vater wählten jeweils den Täter aus, den der andere erraten musste, dann begannen sie.

»Hat er braunes Haar?«, fragte Calabrò.

»Nein. Hat er Ohrringe?«, fragte Emanuele.

»Nein. Ist er dunkelhäutig?«

»Nein. Hat er wulstige Lippen?«

»Ja.«

Nach sieben oder acht Fragen erriet zuerst Emanuele den Täter. »Es ist Theo!«

»Bravo, Schatz. Richtig.«

»Weißt du, wer meiner war?«

Bei Calabrò standen noch drei Figuren. »Charles?«, fragte er.

»Richtig!«, sagte Emanuele und deckte das Gesicht auf.

»Weißt du, Papa, mir kommt es so vor, als würde er jemandem ähnlich sehen?«

»Meinst du?«

»Hmm … ja. Aber ich komme nicht drauf, wem.«

»Jemandem, den ich auch kenne?«

»Vielleicht jemandem, den wir zusammen gesehen haben.«

Calabrò dachte eine Weile nach. »Ein alter Mann … Kennen wir alte Leute, du und ich? Ich glaube, ich nicht. Wird ein Schauspieler sein. Jetzt leg dich aber schlafen.«

»Ein Opa«, sagte Emanuele. Es war diese vermeintlich beiläufige Art, mit der er es sagte, die den Vizekommissar hellhörig werden ließ.

»Ein Opa? Von wem denn?«

»Weiß nicht. Jetzt schlafe ich. Gute Nacht, Papa.«

Calabrò rührte sich nicht. Es musste etwas sein, worüber Lele lange nachgegrübelt hatte. Was hatten sie heute gemacht … Da kam ihm die Erleuchtung. »Weißt du, dass er ein wenig dem Opa von Lorenzo und Samir ähnelt?«, sagte er.

Emanuele richtete sich im Bett auf. »Das stimmt!«

»Kahlköpfig, mit weißem Schnurrbart. Aber der hier trägt eine Brille.«

»Vielleicht hat er auch eine, zum Lesen.«

»Ja, kann sein.«

»Also siehst du, dass er ihm ähnelt?«

Sie schwiegen eine Weile, dann fragte Calabrò: »Sag mal, wie haben Lorenzo und Samir denn auf dich gewirkt?«

»Na ja, normal.«

»Sie sind dir nicht besonders sympathisch?«

»Doch, schon … Samir schon irgendwie.«

»Und Lorenzo nicht?«

Lele gähnte heftig. »Ich bin müde, Papi. Das Raten war anstrengend.«

»Ich habe dich gefragt, ob Lorenzo nicht sympathisch ist.«

»Doch, doch.«

»Habt ihr gestritten?«

»Nein.«

»Hat er dir etwas gesagt oder getan?«

»Nein, Papa, ich bin müde.«

»Du weißt, dass du mir alles sagen kannst.«

Emanuele schnaubte, streckte sich auf dem Bett aus und vergrub seinen Kopf im Kissen. »Um wie viel Uhr gehe ich morgen nach Hause?«

Der Vizekommissar wollte ihn noch einmal nach Lorenzo fragen. Aber er hatte genügend Intuition, um einzusehen, dass man ein Kind nicht wie einen Erwachsenen vernehmen konnte. Ein Erwachsener konnte einem, wenn man ihm zehn Mal dieselbe Frage stellt, zehn verschiedene Antworten geben, jedes Mal tiefgründiger oder aus einem anderen Blickwinkel. Hier dagegen war es das Klügste, nicht zu insistieren, Emanuele Zeit zu lassen, abzuwarten, dass er von sich aus Signale geben würde. Ihm klarzumachen, dass man da war und bereit, ihn anzuhören, wenn er bereit war.

Luciani und Vika

»Leitungswasser, Arsenik, Extrakt der Spanischen Fliege. Ein Rezept aus dem Mittelalter, Aqua Tofana genannt. Geruch- und geschmacklos, selbst für Dario.«

Vika riss die Augen auf und begann leise zu weinen, wobei sie die Tränen in einem kleinen bestickten Taschentuch auffing. Sie und Marco Luciani unterhielten sich flüsternd im Wartesaal der Intensivabteilung des Niguarda-Krankenhauses, wo der Kritiker noch immer im Koma lag.

»Worin war das Gift?«, fragte sie.

»Im Wasser. Ein angebrochenes rotes Fläschchen. Die Idioten von der Kriminaltechnik hatten nur den Stock Ihres Mannes mitgenommen und ein paar Fotos gemacht. Die Bordbar haben sie sich nicht einmal angeschaut. Wenn ich daran denke, dass Ihr Mann auch mir das Wasser angeboten hatte … Das Lemonsoda hat mir das Leben gerettet.«

»Xabier wäre vermutlich nicht traurig gewesen, wenn es Sie auch erwischt hätte. Ich habe gemerkt, dass er eifersüchtig war.«

Marco Luciani schwieg.

»Und was passiert jetzt? Hat er gestanden?«, fragte Vika.

»Noch nicht. Er leugnet noch immer. Aber er wird gestehen.«

Eine Krankenschwester öffnete die Tür.

»Ich muss jetzt rein. Wollen Sie auf mich warten?«

»Sicher.«

Xabier wird nicht sprechen, solange Dario lebt, dachte der Kommissar. Es bringt ihm keinen Vorteil. Wenn es aber böse endet und er einen Schuldspruch wegen vorsätzlichen Mordes riskiert, dann wird er einsehen, dass ein Kompromiss für ihn vorteilhafter ist.

Eine Viertelstunde später kam Vika aus der Intensivabteilung. Ihr Gesicht war schmerzverzerrt, die Augen geschwollen und gerötet. Sie suchte Zuflucht in Marco Lucianis Armen und weinte noch lange, ehe sie einen Satz artikulieren konnte: »Es geht ihm schlechter. Der Arzt meint, es bleibe ihm nur noch wenig Zeit. Höchstens zwei Tage.«

Ginevra und Fabrizio

»Ich bin müde, Mama.«

»Ich auch. Und ich hab Hunger.«

»Ich auch.«

»Auf geht's, Kinder, wir sind da.« Ginevra kramte in der Handtasche nach dem Schlüssel. Noch zehn Minuten, dann würden Lorenzo und Samir vor dem Fernseher sitzen, mit einem schönen Glas Milch und etwas zu knabbern, und sie könnte sich endlich ein wenig ausruhen. Doch als sie sich umdrehte, um das Gartentor hinter sich zu schließen, stand ein Mann vor ihr.

»Hallo, Ginevra.«

Sie zuckte zusammen.

»Habe ich dich erschreckt?«, fragte er besorgt.

Sie brauchte einen Moment, um ihn wiederzuerkennen, denn er hatte sich einen Bart wachsen lassen und trug nicht die Uniform des Wachdienstes, in der sie ihn hin und wieder auf der Straße gesehen hatte.

»Ich bin es, Fabrizio.«

»Entschuldige, Fabrizio, ich hatte nicht damit gerechnet, dich hier zu sehen. Wie geht es dir?«

»Mir? Gut. Na ja, einigermaßen. Und du, wie geht es dir?«

Ginevra verzog leidvoll das Gesicht und senkte den Blick, wie es sich für eine trauernde Witwe gehörte. »Ich schlage mich so durch. Ich stehe noch unter Schock.«

An einem hübschen Plätzchen schlägst du dich durch, dachte er mit einem Blick auf den Kiesweg und die Palmen, hinter denen sich die Villa der Ferraris verbarg. »Das glaube ich«, sagte er.

»Mama, kommst du? Ich habe Hunger!«, schrie Lorenzo.

»Geht schon mal vor, Kinder, ich bin gleich bei euch.«

Sie betrachtete Fabrizio mit einer Mischung aus Widerwillen und Neugier, als wollte sie sagen: Sag's gleich, wenn du etwas brauchst.

Ihr Gegenüber räusperte sich. »Hör mal, Ginevra, ich weiß, dass ich nicht herkommen sollte, dass es besser ist, wenn man uns nicht zusammen sieht, aber ich musste … ich musste einfach wissen, dass … dass du dich an mich erinnerst, das ist's.«

»Natürlich erinnere ich mich an dich.«

»Und dass … dass nicht viel Zeit vergehen wird, ehe wir uns wiedersehen.«

Ginevra musterte ihn alarmiert und versuchte herauszufinden, ob er getrunken hatte oder einfach ein wenig sonderbar geworden war. Noch ein wenig sonderbarer als in der Schulzeit.

Da sie nicht sprach, setzte er wieder an: »Dein Vater hat gesagt, es sei besser, eine Weile auf Abstand zu bleiben. Aber ich wollte dich nur daran erinnern, dass ich da bin. Auf dich warte. Ich warte schon ein Leben lang auf dich.«

Während er das sagte, schlug er die Augen nieder, dann hob er sie sofort wieder und suchte eine Reaktion in ihrem Blick. Die war nicht erfreut. Eher verängstigt.

»Sag so etwas nicht, Fabrizio«, flüsterte sie und schaute nach rechts und links.

Er erschrak. Vielleicht belauschte man sie. Vielleicht gab es hier Mikrophone. Es war leichtsinnig gewesen herzukommen.

Er seufzte tief, riss die Augen auf und nickte mehrmals, um ihr zu verstehen zu geben, dass er verstanden hatte.

»Mama!«, rief Samir, der immer noch auf dem Kiesweg stand und wartete.

»Jetzt muss ich wirklich gehen, entschuldige«, sagte sie mit einem Lächeln.

»Klar, klar. Mach dir keine Sorgen. Ich bleibe jedenfalls in der Gegend. Ruf mich an, wann du willst. Demnächst. Ich warte auf dich. Ich warte auf deinen Anruf.«

Ginevra nickte, flüsterte »Entschuldige«, während sie das Tor schloss, dann drehte sie sich um und ging schnell den Weg entlang. Sie nahm Samir an die Hand und hastete Richtung Villa, ohne sich noch einmal umzudrehen.

Fabrizio verweilte und betrachtete Ginevra, die sich auf dem Kiesweg entfernte. Sie hatte immer noch eine tolle Figur. Jetzt, da sie nicht mehr in dieser Kutte steckte, konnte man das sagen. Ein paar Kilo mehr als auf der Schulbank, klar, aber das stand ihr. Außerdem hatte auch er ein bisschen zugelegt, vor allem am Bauch, und allmählich lichtete sich sein Haar. Ginevras Haare dagegen waren immer noch schön. Blond, wenn auch kürzer und ein wenig matter als damals. Das ist normal. Und die Augen, ihre Augen waren immer noch strahlend, groß, durchdringend. Die Augen sind der Spiegel des Herzens, und ihre Herzen, das spürte er, hatten sich seither nicht verändert. Die Gefühle bleiben dieselben, ja, werden sogar stärker, vor allem wenn sie auf Widerstände treffen und sich nicht entfalten können. Das Warten, die Hindernisse machen eine Eroberung noch wertvoller.

Ginevra war hinter einer Palme verschwunden, an der Hand den kleinen Sohn. Zwei Kinder sind viel, dachte Fabrizio, und diese halbafrikanischen Visagen gehen mir gehörig gegen den Strich. Aber wir werden eigene Kinder kriegen, und die werden viel schöner sein.

Erneut schaute er sich um, nach rechts und nach links, wie sie es getan hatte, dann lief er zügig an der Mauer entlang zurück, dorthin, woher er gekommen war.

Calabrò, der im Auto saß und scheinbar in ein Handygespräch vertieft war, hatte ihn aufmerksam beobachtet und außerdem mit dem Zoom fotografiert.

Und wer zum Geier bist du?, dachte er. Er ließ ihm rund zwanzig Meter Vorsprung, dann startete er den Wagen und nahm die Verfolgung auf.

Fabrizio ging hinaus, stieg wieder in den Wagen und fuhr Richtung Meer. Seine Hände waren verschwitzt, und er hatte seine Beine nicht richtig unter Kontrolle. Sie zuckten immer wieder. Zweimal wäre er fast auf das Auto vor ihm aufgefahren, dann beschloss er, zu halten, auszusteigen und ein paar Schritte zu gehen. Er zündete eine Zigarette an, die ihn allmählich beruhigte, im Schritttempo gelangte er ans Ziel, fast ohne es zu merken. Er blieb stehen und betrachtete das Meer, die flachen Wellen, die sich am Strand brachen, hin und her, hin und her.

Es ist sinnlos, dass ich mir etwas vormache, sagte er sich. Ich schaff das nicht allein. Ich bin ein Mann geworden, ja, und ich habe breite Schultern, wie Signor Ferrari sagt, ja. Aber ein Mord … das ist keine Kleinigkeit.

Was hatte er zu verlieren? Alles. Aber dieses ›alles‹ war nicht die Welt. Einen miesen Job, mit idiotischen Arbeitszeiten, die seinen Organismus zerrüttet hatten. Eine Mietwohnung in der Altstadt, in die kaum Tageslicht fiel, was tagsüber das Schlafen erleichterte, auf Dauer aber auch deprimierend war. Eine Frau hatte er nicht, Geld ebenso wenig. Wenige Freunde, und diese wenigen konnte er nie sehen, weil sie einer normalen Arbeit nachgingen und inzwischen verlobt oder verheiratet waren, einige hatten auch schon Kinder.

Zu gewinnen dagegen hatte er viel. Ginevra, vor allem. Mit zweiunddreißig musste sie noch attraktiv sein. Er stellte sie sich vor, wie sie den Schleier ablegte und endlich die blonden Haare löste. Er stellte sie sich nackt vor, unter dieser verfluchten Tunika. Er hätte gerne vorher mit ihr gesprochen. Von ihr die Bestätigung be-

kommen, dass sie ihn noch liebte. Der Vater hatte es ihm jedoch verboten. »Wenn sie euch zusammen sehen, seid ihr beide verloren. Sie werden leicht eins und eins zusammenzählen. Wenn du sie dagegen seit fast fünfzehn Jahren nicht gesehen hast, was solltest du dann für ein Motiv haben? Sie werden dich niemals verdächtigen.«

»Aber wenn wir dann ein Paar werden ...«, hatte er zu entgegnen versucht.

»Wartet, bis Gras über die Sache gewachsen ist. Wenn du es richtig anstellst, wird der Fall schnell zu den Akten gelegt. Sechs Monate, maximal ein Jahr. Und dann wird es nur folgerichtig wirken, dass sich eine junge Frau, die zwei Kinder hat und verwitwet ist, einen neuen Mann nimmt.«

Sicher, die zwei Söhne. Ein schönes Problem, und wenn es nach ihm gegangen wäre, hätte er die liebend gern dem Vater untergejubelt. Aber hätte Ginevra sich in diesem Fall auf ihn eingelassen? Wir sind keine Kinder mehr, sagte er sich mit einer Grimasse. Wir können uns nichts mehr vormachen. Sie sehnt sich jetzt nach mir, braucht mich jetzt. Das ist das Last-Minute-Angebot, und es ist ein Komplettpaket, friss oder stirb. Sie, die Kinder und die hunderttausend Euro in bar. Und dann die Stelle in der Firma des Vaters, mit normalen Arbeitszeiten, freien Wochenenden. Und da bin ich noch am Grübeln? Man verlangte keine Untat von ihm, nur, eine misshandelte Frau zu erlösen, für Gerechtigkeit zu sorgen. Der Held muss das Ungeheuer töten, um ein solcher zu werden.

Aber ich bin kein Held, dachte er. Ich brauche Hilfe. Wenn er auf etwas von dem verzichten musste, was der Commendatore ihm versprochen hatte, dann sicher nicht auf Ginevra. Aber hundert- oder fünfzigtausend Euro, das würde im Grunde keinen großen Unterschied machen. Wenn er einmal Teil der Familie geworden war, würde er gewiss keine Geldprobleme mehr haben. Er konnte die Hälfte des Geldes dem richtigen Mann abgeben, und er wusste schon, wer dafür in Frage kam.

Er fand Angelo in der gewohnten Bar vor einem Pokerautomaten stehend.

»Scheiße«, empfing dieser ihn und verzog das Gesicht, »bis vor einer Minute war ich am Gewinnen. Dieser verfickte Gauner ...« Angelo zog einen Zehner aus der Tasche. »Hier, wechsle den mal. Vielleicht bringt er dir Glück.«

»Nein, ich hab noch. Ich hebe sie mir für die Spiele auf. Juventus gewinnt morgen nicht, da bin ich sicher. Und X 2 steht bei 3,60. Ich nehme das als Basis und bin auf der sicheren Seite.«

Angelo griff sich Zettel und Stift und ging die Quoten für den italienischen und europäischen Fußball kontrollieren. Während er sie las, ließ er sich von Fabrizio einen Kaffee und ein Stück Focaccia ausgeben, dann warf er einen Blick auf die Uhr. »Zwei Minuten, und ich bin bei dir. Dann habe ich das hier ausgespielt.«

Er spulte bei der Wettannahme ein Dutzend Partien ab, fast alle mit doppelter Chance, und setzte fünfzig Euro. Dann investierte er 44 Euro ins Systemspiel des Super-Enalotto – der Jackpot lag bei 24 Millionen – und ließ sich an Stelle des Wechselgeldes drei Rubbel-Lose zu je zwei Euro geben. »Die schaue ich mir nachher in Ruhe an, an meinem Glücksplätzchen. Dort habe ich einmal tausend Euro gewonnen.«

Fabrizio lächelte. »Ein Volltreffer.«

»O ja. Aber um alles wieder hereinzuholen ..., bräuchte ich den Superenalotto-Jackpot. Hahaha. Jedenfalls die Lévy-Prozess-Reihe, die ich gespielt habe ... wenn das klappt, sind das über 1700, auch nicht zu verachten.«

Hoffentlich klappt es wie üblich nicht, dachte Fabrizio, denn Angelos Geldnöte waren der Grundpfeiler, auf dem er mit Mühe das ganze Gebäude errichtet hatte.

Sie parkten am Parrasio und warteten darauf, dass ihre Runde begann. Einen Zettel unter das Rollgitter, um nachzuweisen, dass *sie vorbeigekommen waren. Am Anfang des Jobs hatte Fabrizio Angelo einmal gefragt, wozu es gut sein sollte, um halb zwölf zu kontrollieren, und ob es nicht klüger gewesen wäre, es auf zwei oder drei Uhr in der Nacht zu verschieben, weil es dann wahrscheinlicher war, Einbrecher auf frischer Tat zu ertappen. »Wir sind nicht hier, um uns die Einbrecher zu schnappen«, hatte sein Kollege erklärt, »sondern das Geld unserer Klienten. Wir sind wie eine Versicherung. Sie verhindert kein Unglück, entschädigt dich aber, wenn eines geschieht.« — »Und wir entschädigen sie?«, hatte Fabrizio gefragt. »Was redest du für einen Scheiß?«, hatte Angelo geblafft. »Sie werden durch die Versicherungen entschädigt. Aber nur, wenn sie bei uns Klienten sind, sonst schauen sie in die Röhre.«*

Fabrizio hatte schnell gelernt. Kein Heldentum. Keine Fragen. Keine Schnüffeleien. Uhrzeiten einhalten, Zettel deponieren, wann immer möglich einen kleinen Nebenverdienst einstreichen. Und hin und wieder, aber nur wenn die Sache bombensicher war, einen kleinen Coup landen. Oder demjenigen den richtigen Tipp geben, der an ihrer Stelle zuschlagen konnte.

»Wie viel haben sie dir versprochen?«

»Hunderttausend.«

»Und wie hoch ist mein Anteil?«

»Fünfzig. Halbe-halbe.«

Angelo dachte eine Weile nach, während er seine Zigarette zu Ende rauchte. Dann warf er sie mit theatralischer Geste aus dem Fenster. »Das ist eine Menge Geld. Aber das Risiko ist groß.«

»Ich weiß«, sagte Fabrizio und starrte vor sich auf die Straße.

»Aber du tust es nicht für die fünfzigtausend. Du tust es für das Mädchen.«

Fabrizio zog eine Grimasse.

»Sobald sie frei ist, heiratest du sie und bist für immer aus dem Schneider. Der Vater ist Millionär. Und die fünfzigtausend brauchst du dann nicht mehr.«

Der andere schwieg.

»Gerechter wären vielleicht hundert für mich und das Mädchen für dich.«

Diesmal drehte Fabrizio sich um und schaute ihn an. »Niemand garantiert mir, dass ich sie heirate. Und in jedem Fall muss Zeit vergehen, damit wir keinen Verdacht erregen. Mindestens ein Jahr.« Er dachte einen Moment nach. Vielleicht war es ein Fehler gewesen, mit Angelo darüber zu reden, aber mittlerweile hatte er ihn eingeweiht und konnte nicht mehr zurück. »Und dann habe ich die Sache aufgetan. Ich habe dich gefragt, ob du mitmachen willst, wenn du nicht interessiert bist, musst du es nur sagen.«

»Natürlich bin ich interessiert. Ich wollte nur meinen gerechten Anteil. Wie auch immer, es ist okay, wir sind Partner zu je der Hälfte. Sehen wir zu, dass wir den Job gut machen, und um den Rest kümmern wir uns hinterher. Wir wollen das Fell nicht aufteilen, ehe der Bär erlegt ist.«

Die Stille im Auto war drückend geworden.

»Wie viel Zeit haben wir?«, fragte Angelo.

»Nicht viel. Ende der Woche fliegt der Typ nach Tunesien. Es muss vorher passieren.«

Luciani und San Giuda

Marco Luciani verließ die Dienststelle und ging Richtung Piazza della Vittoria, die er mit langen Schritten überquerte. Er passierte die Unterführung, die beim letzten Hochwasser bis zur Decke geflutet gewesen war, ein Bild, das er nie wieder vergessen würde, dann ging er vom Ende der Via XX Settembre hinauf zum Mercato Orientale, bog rechts ab und gelangte in die Piazza Colombo. Das Geschäft befand sich an der Ecke zur Via Galata. Er blieb stehen und sah sich erst einmal die Schaufenster an, in denen Olivenöle in Flaschen und Kanistern jedweder Größe aufgereiht waren. Angesichts der Preise fuhr er zusammen. Wer konnte es sich erlauben, für einen halben Liter Öl achtzehn oder zwanzig Euro auszugeben? Ich brauche wenig, dachte er, ideal wäre ein Fläschchen von zwanzig Zentilitern. Er trat ein, fragte nach dem besten Öl, steckte es unverpackt in die Jackentasche und stieg schnell weiter die Via San Vincenzo und Via XX Settembre hoch, bis zum De Ferrari. Rund zehn Minuten später stand er in der Kirche San Matteo und hob den Blick, um einen alten Bekannten zu grüßen.

In der jahrhundertealten Kirche der Familie D'Oria empfingen den Besucher die Büsten von acht Aposteln mit unwandelbarem und heiterem Blick. Vier auf einer Seite, vier auf der anderen. Es waren durchweg sehr beliebte und geachtete Heilige, die von den Gläubigen um Gnade, Genesung oder sonstige Hilfe in schwierigen Momenten angerufen wurden. Jeder Heilige hatte sein Spezialgebiet, jeder Heilige schützte einen

Beruf oder eine Sparte. Nur San Giuda Taddeo hatte einen mürrischen Blick. Ihn rief, wohl aufgrund der Namensgleichheit mit dem großen Verräter, nie jemand an. Er war der Schutzheilige der aussichtslosen Fälle geworden, die letzte Hoffnung, die erst intervenierte, wenn alle anderen mit ihrem Latein am Ende waren.

Vor einigen Jahren hatte sich Marco Luciani, auf Anregung seines Nachbarn, der auch die dunkle Seite des Heiligen kannte, schon einmal an ihn gewandt. Es hieß, der Heilige habe sich, wohl wegen Auftragsmangels, auf die moralisch nicht ganz untadeligen Wünsche verlegt. Angeblich rief ihn manch einer nicht nur an, um einen Kranken zu retten, sondern um den Krankenhäusern neue Kundschaft zu verschaffen. Übertreibungen, sicher, Blasphemie. Und doch hatte der Kommissar von dem Heiligen genau das erhalten, worum er gebeten hatte, und nun wollte er es erneut versuchen.

Er fixierte das Gesicht der Statue und versuchte sich zu konzentrieren, die Gefühle zu bündeln, die er San Giuda übermitteln wollte. Letztes Mal habe ich dich um eine Sache am Rande der Legalität gebeten, setzte er im Stillen an, und ich danke dir, dass du mir geholfen hast. Ich glaube jedoch, dass die Sache für dich, wie für mich, einen etwas bitteren Nachgeschmack hatte. Aber jetzt bietet sich uns vielleicht die Chance auf Wiedergutmachung. Deshalb bitte ich dich, San Giuda, die Dinge wieder ins Lot zu bringen. Ein Leben wird genommen, ein anderes gegeben. Die Parze, eine der drei, aber frag mich nicht, wie sie heißt, ist dabei, einen Lebensfaden zu kappen, und ich werde versuchen, die mit einer fadenförmigen Ölspur in die Irre zu führen. Öl kann man nicht schneiden.

Er nahm die Brieftasche, und wie er es damals getan hatte, schob er in den Opferstock unter der Büste des Heiligen eine halbierte Banknote. Es ist doppelt so viel wie beim letzten Mal, falls du nach Gewicht abrechnest. Ich hoffe, ich kann dir auch den Rest vorbeibringen.

Rasch erklomm er die steile Gasse, die zur Piazza De Ferrari führte. Iannece wartete mit dem Dienstwagen auf ihn. Er startete mit Sirenengeheul und quietschenden Reifen, die Touristen reckten die Hälse, ob sie nun auf dem Weg zum Palazzo Ducale waren oder weiter hinten, auf der Suche nach dem Haus von Kolumbus. Sie wendeten unter dem Centro dei Liguri und fuhren auf die Stadtautobahn. Zehn Minuten später waren sie auf der Autobahn nach Mailand.

»Noch kämpft er. Aber es ist fast zu Ende.« Victoriya sagte das so dahin, ohne offensichtliche Gefühlsregung. Schmerz und Erleichterung schienen sich jetzt in ihrem Gemüt die Waage zu halten. »Wenigstens wird er nicht mehr leiden«, fügte sie hinzu.

Marco Luciani betrachtete sie und merkte, dass sie völlig erschöpft war. Seit drei Tagen hatte sie das Krankenhaus nicht verlassen und in Darios Zimmer im Sessel geschlafen. Ich will da sein, wenn er aufwacht, hatte sie dem Kommissar gesagt, ich will, dass mein Gesicht das Erste ist, was er sieht. Und sollte er nicht durchkommen, will ich da sein, um mich zu verabschieden. Seine Augen sind geschlossen, aber seine Seele wird, wenn sie entschwebt, meine Anwesenheit spüren. Sie wird an mir vorbeifliegen und mich streicheln.

»Haben Sie einen Priester gerufen?«

»Ehrlich gesagt war ich unsicher. Dario war religiös, gläubig. Ging aber nie in die Kirche. Am Ende habe ich doch einen Geistlichen gerufen, er müsste gleich kommen. Schaden kann es jedenfalls nicht.«

Eine halbe Stunde später erschien der Priester, über dem Gewand eine kleine weiß-violette Stola, auf die zwei goldene

Kreuze gestickt waren. Marco Luciani nahm ihn beiseite und erklärte ihm, dass es ihm gelungen sei, Öl zu besorgen. »Das geweihte Öl habe eigentlich ich mitgebracht«, erwiderte der Priester überrascht. »Was für ein Öl ist es denn?«

»Natives Olivenöl, italienisch, kalt gepresst …«

»Nehmen Sie mich auf den Arm? Das hier ist Öl, geweiht von Jesus Christus, unserem Herrn. Einmal geweiht, ist jedes Öl das richtige.«

Marco Luciani bedachte ihn mit einem Blick, den er sonst Serienmördern vorbehielt. »Hören Sie. Geweiht oder nicht, der Leib dieses Mannes kann kein x-beliebiges Öl empfangen. Wenn Sie ihm die Letzte Ölung geben wollen, dann muss es dieses hier sein«, sagte er mit Nachdruck und zeigte dabei das grüne Fläschchen vor, das er aus Genua mitgebracht hatte.

Der Priester schüttelte den Kopf. »Es ist kein geweihtes Öl.«

»Ich war extra in der Kirche, um es weihen zu lassen. In der Chiesa di San Matteo in Genua. Wenn Sie mir nicht trauen, weihen Sie es.«

»Was ist los?«, fragte Vika besorgt. »Gibt es Probleme?«

»Der Herr hier möchte, dass ich statt des Öles, das ich mitgebracht habe, seines verwende. Ich aber …«

Victoriya betrachtete Luciani, der bedeutsam nickte.

»Tun Sie, was er sagt, Vater. Bitte. Was kann es inzwischen für einen Unterschied machen?«

Der Priester hob die Augen zum Himmel, als wollte er sagen, Herr, gib mir die Kraft, dieses Martyrium zu überstehen. Dann segnete er das von Luciani mitgebrachte Öl und nahm das Fläschchen. Vika und der Kommissar senkten den Kopf und beteten mit gefalteten Händen, während der Priester flüsternd Dario Dolcis Stirn salbte. Dessen Herzschlag war schwach – und wurde immer schwächer. Die Maschine, die den Blutdruck maß, fing an zu pfeifen. Als das Öl die Lippen des Meisters berührte, meinte Marco Luciani, ein Lächeln darauf zu erkennen.

Dann blieb Dario Dolcis Herz stehen, der Blutdruck fiel zusammen. Vika erschauerte, als hätte etwas sie berührt.

»Ihr Öl hat nicht gewirkt, Commissario«, sagte Victoriya, als sie sich ein wenig gefangen hatte. Marco Luciani war sprachlos und wütend. Warum hatte San Giuda Dolci nicht gerettet? Und dabei war er sicher, dass er dieses Lächeln auf den Lippen hatte aufscheinen sehen, als hätten sie den Geschmack des Öls gekostet.

San Giuda hat ihm nicht geholfen, wiederholte er sich im Stillen. Vielleicht hatte der Heilige sich wirklich zum Bösen bekehrt und konnte mittlerweile nur noch sündige Wünsche erfüllen.

Calabrò und Luciani

»Fabrizio Greco. Zweiunddreißig Jahre. Geboren in Imperia. Nach dem Abitur in verschiedenen Arbeitsverhältnissen tätig. Als Maurer, Klempner, Maler. Vor drei Jahren vom Wach- und Schließdienst eingestellt. Eifrig, aber nicht immer zuverlässig. Mit den Kollegen hat er kaum vertraulichen Umgang, manche meinen, er sei ein wenig langsam im Kopf. Weder von Ehefrauen noch Freundinnen oder Kindern ist etwas bekannt.«

Calabrò machte eine Pause, Luciani bedeutete ihm fortzufahren.

»Die Verbindung zu Ginevra besteht darin, dass sie Schulkameraden waren. Er könnte folglich einfach vorbeigekommen sein, um Hallo zu sagen, nichts Merkwürdiges. Allerdings …«

»Allerdings?«

»Allerdings habe ich ein paar Worte mit einem Zimmermädchen gewechselt, das in der Villa des Commendatore Ferrari arbeitet. Ich habe ihr das Foto von Fabrizio Greco gezeigt, und rate mal … Er hat den Commendatore vor wenigen Wochen getroffen.«

»Ein tüchtiges Zimmermädchen.«

»Äußerst tüchtig. Und äußerst hübsch«, sagte Calabrò lächelnd. »Ich habe ihr versprochen, dass sie keine Schwierigkeiten bekommen wird, vorerst sollte die Aussage also unter uns bleiben.«

Luciani nickte.

»Und dann gibt es noch eine andere Verbindung«, sagte Calabrò.

»Lass hören.«

»Dieser Fabrizio arbeitet für dieselbe Firma, in der auch der andere Wachmann tätig ist.«

»Welcher?«

»Angelo Durso. Derjenige, der bezeugt hat, die beiden Eigentümer in der Ölmühle gesehen zu haben, in der Nacht, in der Fouad getötet wurde. Er und dieser Fabrizio sind befreundet, sie sehen sich oft. Ihr Chef meint, dass sie manchmal die Tour gemeinsam machen, auch wenn das nicht sein sollte. Glauben Sie an Zufälle, Commissario?«

»Nein.«

»Ich auch nicht. Und jetzt raten Sie mal. Ich habe ihren Chef gefragt. In der betreffenden Nacht hatten beide Dienst.«

»Meinst du, auch Fabrizio war an der Ölmühle?«

»Die Eigentümer haben ihn nicht gesehen. Vielleicht hatten sie sich getrennt, um Fouad zu suchen.«

»Wir müssen ihn danach fragen. Ihn und seinen Kollegen.«

»Da gibt es ein Problem.«

»Das wäre?«

»Er ist verschwunden. Er hat vor wenigen Tagen gekündigt, aus heiterem Himmel, und ist abgetaucht.«

Angelo Durso erwachte um kurz vor zwölf Uhr mittags. Er hatte wie ein Kind geschlafen, ohne komische Träume. Kein Anzeichen von Panik, keine Zweifel. Warum sollte er auch welche haben? Töten ist ein bisschen wie Liebe machen, wie schwimmen oder Rad fahren. Die Angst konzentriert sich ganz aufs erste Mal, ist das erst mal geschafft, gibt es keine Probleme mehr. Und seine Taufe, die hatte er schon empfangen, ohne Patenonkel oder -tanten, ohne Zeugen. Der einzige Unterschied war, dass er damals instinktiv gehandelt hatte, ohne Vorsatz. Während er diesmal reichlich Zeit zum Nachdenken gehabt hatte, er musste es sogar tun, musste alles bis ins letzte Detail planen. Vor allem weil er mit einem Partner agie-

ren würde, mit einem Kameraden, dem er nicht traute, einem, der sich jederzeit in die Hose machen und abspringen konnte.

Fabrizios Problem ist, dass er ein Zauderer ist, dachte er. Deshalb findet er keine Frau und hockt nach fünfzehn Jahren noch da und trauert seiner Schulkameradin nach, die wahrscheinlich nicht einmal etwas für ihn übrighatte. Jetzt sagt er, er sei bereit, für die Liebe zu töten, doch genau das ist das Bedenkliche, denn es gibt kein dümmeres Motiv als Liebe. Es ist ein schwaches Motiv, auf Liebe kann man immer verzichten, insbesondere auf eine Liebe, die du fünfzehn Jahre nicht gesehen hast.

Ich tue es wenigstens wegen des Geldes, dachte er, und das gibt einem die richtige Entschlossenheit, Geld ist wirklich unverzichtbar.

Sie würden es noch am selben Abend tun. Es würde nicht schwierig sein. Das Problem war die Leiche, sie musste für möglichst lange Zeit verschwinden. Alle würden denken, der Kerl wäre in Tunesien, während er als Fischfutter Richtung Westen trieb. Mit ein bisschen Glück würde die Leiche nicht wieder auftauchen. Andernfalls würde sie irgendwo in Frankreich gefunden werden, die anonyme Leiche eines Nordafrikaners ohne Papiere, die Fingerabdrücke vom Fischfraß unkenntlich gemacht. Vielleicht würden die Nachrichten sogar eines dieser Rührstücke über die Boat-People bringen, die auf der Flucht über Bord geworfen werden. Aber selbst wenn sie ihn identifizieren würden, vielleicht in sechs Monaten - wer würde eine Verbindung zu ihnen erkennen?

»Aber ich will, dass sie die Leiche finden.«

»Nicht so laut.«

»Ich will, dass sie ihn finden«, wiederholte Fabrizio flüsternd. »Andernfalls wird Ginevra niemals frei sein. Ehe ein Vermisster für tot erklärt wird, können Jahre vergehen.«

Angelo hob die Augen zum Himmel. »Frei wird sie wohl sein. Und mit dir zusammen sein können. Wenn sie dann auch noch

Brief und Siegel vom Papst will, um wieder zu heiraten, ist das nicht mein Problem.«

»Aber es ist mein Problem. Und ich entscheide.«

»Dann entscheide. Und viel Glück«, sagte sein Gegenüber brüsk und tat, als wolle er gehen.

»Warte. Ja, Scheiße noch eins. Warte. Lass uns eine Lösung finden.«

Angelo trank seinen Cappuccino aus und schaute hinaus auf die Straße. Es gab keine Lösung. Die Leiche musste verschwinden. Nur deshalb war er immer noch da, in dieser Bar, und ließ sich seinen Cappuccino schmecken, während die Prostituierte, die er getötet hatte, für immer in einer Schlucht ruhte, in den Wäldern nahe der Grenze. Nie wieder aufgetaucht. Und es waren fast zwei Jahre vergangen. Ihre Zuhälter mussten angenommen haben, sie sei abgehauen, denn in der Handtasche hatte Angelo zwölftausend Euro gefunden. Entschieden zu viel für die Einnahmen eines Tages. Die Moldawierin hatte wohl vor, allen Lebewohl zu sagen und möglichst viele Kilometer zwischen sich und ihre Zuhälter zu bringen. Er war ihr letzter Freier gewesen, und statt sich bezahlen zu lassen, hatte sie ihm Geld geboten, wenn er sie über den Colle di Tenda nach Frankreich bringen würde. Aus der Nervosität des Mädchens hatte er geschlossen, dass irgendetwas im Busch war.

Der Rest war einfach. Als das Mädchen ihn bat, im Wald anzuhalten, weil sie pinkeln musste, folgte er ihr und nahm sie noch einmal. Und in dem Moment, in dem er kam, zückte er die Pistole und schoss ihr in den Nacken. Er konnte sich nicht erinnern, in seinem Leben je so viel Lust empfunden zu haben. Aber noch mehr Lust empfand er, als er einen Blick in die Handtasche warf und sein Herz wie wild zu pumpen begann.

Der einzige Fehler war gewesen, dass er dieses Geld zu schnell verzockt hatte. Leicht verdientes Geld wirft man aus dem Fenster, das war die Lektion, die er gelernt hatte. Diesmal würde er besser aufpassen, diesmal würde er die fünfzigtausend gut investieren.

Denn es war Zeit, aus diesem Drecksloch herauszukommen und wirklich ein neues Leben anzufangen. Auf den Kanaren kam man mit dem Geld eine Weile gut zurecht. Und wenn er sich erst einmal eingelebt hatte, konnte er ein kleines Geschäft eröffnen oder schlimmstenfalls in einem Lokal als Türsteher arbeiten.

»Wenn wir sie irgendwo hinbringen würden, weit weg?«, überlegte Fabrizio, »dann locken wir die Ermittler auf die falsche Fährte. Die Vermisstenanzeige wird in jedem Fall verspätet eingehen, und ist erst einmal eine Woche um, wird die Polizei nicht mehr durchsteigen.«

Angelo öffnete die Autotür und setzte sich wie gewöhnlich auf den Beifahrersitz. »Hör auf mich, Kumpel. Das ist eine Spitzengelegenheit, aber nur, wenn man das Risiko auf ein Minimum reduziert. Andernfalls ist es die Gelegenheit für zwanzig Jahre Bau. Du meinst, wir sollen ihn weit weg bringen: tot oder lebendig? Wenn er lebt, überzeugst du ihn dann? Und wenn er tot ist, hast du die Nerven, mit einer Leiche spazieren zu fahren?«

»Wer soll uns denn schon anhalten, mit dieser Karre?«

»Stimmt. Es ist aber auch ein Auto, an das man sich leicht erinnert. Wo würdest du ihn überhaupt hinbringen wollen?«

»Weiß nicht.«

»Sieh zu, dass du es bis heute Abend weißt. Wenn es mich aber nicht überzeugt, machen wir auf meine Art weiter.«

Luciani und Alice

»Also, darf man erfahren, wozu Sie gekommen sind?«

»Ich wollte dir sagen, dass Dolci es nicht geschafft hat. Er ist gestern gestorben.«

»Ich habe es gehört«, sagte Alice.

»Und ich wollte dir sagen, dass ich den Fall gelöst habe. Ich habe den Täter gefunden.«

»Sagen Sie nicht, ich war es.«

»Nein. Es war Xabier, der Chauffeur. Er hat ihn vergiftet.«

»Folglich haben Sie mich nicht mehr im Verdacht?«

»Ich hatte dich nie im Verdacht, Signorina.« Er war zum Du übergegangen und hoffte, sie würde ihn nicht bitten, es rückgängig zu machen.

Er war mit dem Flugzeug von Mailand nach Barcelona gekommen und hatte von vier Uhr nachmittags bis halb acht am Abend vor ihrer Haustür gewartet. Endlich war sie aufgetaucht, ein wenig benommen, untergehakt bei einem jungen blonden Burschen.

Als sie Luciani sah, hatte sie sich auf die Treppe gesetzt und ungläubig den Kopf geschüttelt. Sie hatte auf Englisch mit dem Mann diskutiert, der schließlich gegangen war, eher enttäuscht als verärgert.

»Wozu haben Sie den ganzen Weg auf sich genommen?«, wiederholte Alice, während sie zwei Bier einschenkte.

»Wie gesagt, um dich zu informieren, dass …«

»Ein Anruf hätte genügt.«

Marco Luciani breitete die Arme aus. »Okay. Die Wahrheit ist, dass … ich es nicht ohne dich ausgehalten habe.«

Sie biss sich auf die Unterlippe, bis sie schmerzte.

»Ich habe immer noch den Verdacht, dass du irgendeinen komischen Zaubertrank bereitet hast. Ein Liebeselixier, oder so. Aber für mich.« Er nahm ihre Hand und führte sie an seine Lippen, sie jedoch zog sie zurück.

»Nein, wirklich, ich …«, versuchte Alice zu sagen.

»Was?«

»Ich glaube nicht, dass das funktionieren würde. Wir sind sehr verschieden, und ich bin kein einfacher Mensch …«

Marco Luciani merkte, dass er alles falsch machte. Fleisch wird nicht auf kleiner Flamme gebraten, hatte Dolci ihm einmal gesagt, und ebenso wenig Frauen.

»Ach, scheiß drauf«, sagte er und presste seine Lippen auf die von Alice, ohne ihr die Zeit für Ausflüchte oder weitere Lügen zu geben. Sie zögerte nur einen Moment, dann erwiderte sie seinen Kuss. Ihre Zungen umfingen einander wie zwei Schwestern, die man bei der Geburt getrennt hatte und die sich ihr Leben lang gesucht hatten. Alice schmeckte nach Bier, nach Marihuana und nach Kaugummi, und Marco drückte sie an sich mit dem deutlichen Gefühl, dass sie recht hatte, es würde keine einfache Beziehung werden, aber wann war eine Liebesbeziehung schon einfach? Er spürte, dass er mit Alice neue phantastische, unerforschte Welten erkunden würde, mal würde er losgelöst von den Gesetzen der Schwerkraft dahinschweben, mal am Sauerstoffmangel schier ersticken. Er küsste sie, mit geschlossenen Augen, ihren glatten Schädel streichelnd, mit den Fingerkuppen den Linien der Tätowierung folgend, und vor sich sah er das Bild der Erde, wie aus dem All fotografiert, so hellblau und fern, fern von allem, unbedeutend und mächtig.

Lass Alice nicht aus, sagte Marco Luciani sich immer wieder. Lass Alice nicht aus. Er hatte diesen Satz wie eine Anklage verstanden. Erst als er sie hatte erröten sehen, hatte er begriffen, dass es sich um eine Ermunterung handelte.

»Hallo, Calabrò. Haben Sie Luciani erreicht?«

»Nein. Immer nur die Mailbox.«

Kommissar Rossini schnaubte: »Hat er denn kein privates Handy?«

»Machen Sie Witze? Es ist schon ein Ereignis, wenn er das Diensthandy anschaltet.«

»Weißt du denn, wo er hin ist?«

»Er hat irgendetwas von einer Auslandsreise gesagt. Wenn er nicht in Italien ist, erwischen wir ihn nicht. Er hat kein Roaming. Ist es dringend?«

»Nein. Nur leugnet der Chauffeur von Dolci noch immer, und die Frau redet nicht mit mir. Bei diesem Fall passt immer noch nicht alles zusammen. Ich habe ihm auch auf die Mailbox gesprochen, wenn du von ihm hörst, dann sag ihm, er soll mich anrufen.«

Calabrò

»Signor Greco?«

Fabrizio schob gerade den Schlüssel ins Schloss der Haustür. Er kam von der Arbeit und sehnte sich nach seinem Bett. Die drei Männer waren wie aus dem Nichts aufgetaucht, auch wenn er meinte, den einen, der gesprochen hatte, den mit der hässlichen Visage des angepissten Bullen, schon einmal gesehen zu haben.

»Polizei«, sagte Calabrò und zeigte den Ausweis vor. Einer der beiden Beamten in Zivil nahm die Pistole aus dem Holster des Wachmannes, während der andere seine Waffe im Anschlag hielt.

»Was ist das für ein Zirkus? Ich habe nichts getan.«

»Keine Sorge. Wir nehmen Sie nicht fest. Wir wollen Ihnen nur ein paar Fragen stellen.«

Um zwölf Uhr mittags fiel Fabrizio fast um vor Müdigkeit, aber er hatte noch nicht geredet.

Er wiederholte ein ums andere Mal, dass er diesen Fouad nicht kenne, ihn nie im Leben gesehen habe. Er habe Ginevra seit fünfzehn Jahren nicht getroffen und sei an jenem Tag nur an der Villa vorbeigekommen, um sein Beileid zu bekunden. Nie und nimmer könne er jemandem auch nur ein Haar krümmen, es sei denn, um Gefahr von anderen Menschen abzuwenden. Sie mögen ruhig seine Pistole kontrollieren, er habe nie einen Schuss abgegeben. Was seinen Kollegen Angelo Durso angehe, am Abend des Mordes seien sie nicht zusammen gewesen. Ja, auch er sei im Dienst gewesen, sie hätten aber völlig verschiedene Touren gehabt.

Durso habe er das letzte Mal am Tag vor dessen Kündigung gesehen. Er hatte vage etwas angedeutet, dass er gern ein anderes Leben anfangen, auf die Kanaren, in die Karibik oder jedenfalls weit weg gehen würde.

Calabrò war wütend auf den Wachmann und auf sich selbst. Vielleicht hatte er unüberlegt agiert, zu impulsiv, sich auf seinen Instinkt verlassend, der ihm sagte, dass dieser Mann schuldig, absolut schuldig war. Das war eines seiner Defizite, wie Luciani ihm stets wiederholte. Zu handeln, noch ehe er über die Folgen seines Handelns nachgedacht hatte. Aber für ihn war es so besser, besser, als den rechten Zeitpunkt zu verpassen und anzukommen, wenn der Zug abgefahren war. Er trank einen Kaffee und fragte sich, was dieser Tag ihm noch bescheren konnte, als der Klingelton von Mango seine Überlegungen unterbrach.

»Ich bin's, Mary.«

»Ich weiß. Was ist los?«

»Darf man erfahren, wo du Emanuele am Samstag hingebracht hast?«

»Warum?«

»Hältst du es für angezeigt, ein siebenjähriges Kind zu einer Ermittlung mitzunehmen? Am einzigen Tag, den du in zwei Wochen mit ihm verbringst?« Sie schrie nicht, aber wahrscheinlich nur, weil die Kinder schliefen.

»Es war keine Ermittlung. Ich bin nur bei jemandem vorbeigefahren, um Guten Tag zu sagen. Sag mir lieber, was passiert ist, statt so ein Trara zu veranstalten.«

»Du willst wissen, was passiert ist? Ich sage dir, was passiert ist. Passiert ist, dass mein Kind heute Abend eine halbe Stunde lang geweint hat und ich ihm schwören musste, dass ich es nie wieder nach Imperia zu diesen Kindern und diesem Mann bringen würde, der ihm Angst eingejagt hat. Der Vater deiner neuen Freundin, soweit ich verstanden habe.«

»Sie ist keine Freundin von mir. Sie ist die Frau eines Mordopfers.«

Mary zögerte eine Sekunde. »Also war es doch eine Ermittlung?«

»Himmelarsch!«, schrie Calabrò. »Willst du mir jetzt sagen, was zum Henker passiert ist, oder nicht?!«

»Mein Vater ist umgebracht worden«, sagte Lorenzo, »und jetzt bringe ich dich um!« Er zielte mit der Pistole auf Emanuele, der instinktiv die Arme hob. Es war eine riesige Pistole, und einen Moment fragte er sich, ob sie überhaupt echt sein konnte.

»Bum! Bum!«, schrie der Junge und drückte den Abzug. »Stirb! Stirb, du Schwein!«

Emanuele war einen Augenblick perplex, dann merkte er, dass es besser war, sich auf die Erde zu werfen und so zu tun, als wäre er tot.

»Er ist tot! Du hast ihn umgebracht!«, sagte Samir.

Lorenzo lächelte befriedigt. »Ich habe ihn umgebracht, ja, aber er war es nicht, der unseren Vater erschossen hat. Er war nur ein Soldat des Alten.«

Emanuele öffnete die Augen und stand auf. Und hörte sich selbst fragen: »Weißt du, wer euren Vater getötet hat?«

Lorenzo starrte ihn an, nickte mit wissender Miene, dann nahm er ihn am Arm und zog ihn ans Fenster. Es ging auf den Garten. »Klar. Er war's.«

»Mein Papa?! Das stimmt nicht! Er ist Polizist, er ist hier, um herauszufinden …«

»Nicht dein Vater. Der andere.«

»Dein Opa?!«

Lorenzo wies das mit einer Geste von sich. »Der ist nicht mein Opa.«

»Wer ist er dann?«

»Weiß ich nicht. Ich habe ihn nie gesehen. Er ist ein Mann, der sich meine Mutter holen wollte.«

Calabrò, Fabrizio und der Commendatore

Der Richter tobte. »Ich soll einen Durchsuchungsbefehl, basierend auf der Aussage eines achtjährigen Kindes, unterzeichnen?! Eines Kindes im Schockzustand, dessen Vater umgebracht wurde? Das können wir nicht ernst nehmen.«

»Ich weiß«, sagte Calabrò. »Aber Kinder sind sehr sensibel, sie nehmen Dinge wahr, die uns entgehen.«

»Was ist das eigentlich für eine Geschichte, dass er nicht der Großvater sein soll?«

»Das Kind ist verwirrt. Es hat ihn nie gesehen, irgendwann verschwindet der Vater, und er taucht auf. Wie auch immer, abgesehen von den Aussagen des Kindes, gefällt mir Ginevras Vater nicht. Er hasste Fouad. Und sicher fehlte ihm nicht das Geld, um zwei Killer zu engagieren. Fabrizio Greco und seinen Kollegen. Das passt alles zusammen.«

»Das ist nur eine schöne Theorie bar jeden Beweises«, sagte der Richter, »eine von denen, die eine Karriere zunichtemachen können …«

Meine oder deine?, dachte Calabrò.

»… und wenn Sie denken, dass ich auf einer solchen Grundlage das Haus des Commendatore durchsuchen lasse, so haben Sie sich getäuscht.«

»Wir haben aber die Aussage des Zimmermädchens, wonach der Wachmann bei ihm war, wenige Wochen vor dem Mord.«

»Das genügt nicht.«

»Es genügt, um Greco festzuhalten und seine Wohnung zu durchsuchen.«

»Was hoffen Sie zu finden?«

»Ich weiß nicht. Die Pistole, zum Beispiel.«

»Selbst wenn er es war – er hat sie bestimmt weggeworfen.«

»Herr Richter, inzwischen haben wir ihn festgenommen und verhört. Das weiß jeder. Ich hatte gehofft, er würde einknicken, aber das hat er nicht getan. Wenn wir ihn freilassen, sind wir blamiert. Vielleicht kommt bei der Durchsuchung etwas heraus.«

Sein Gegenüber seufzte. »Einverstanden. Aber diese Vorgehensweise gefällt mir nicht. Ihr baut Mist, und dann soll ich es wieder ausbügeln. Ich werde mich morgen beim Polizeichef beschweren. Ergreifen Sie ohne meine Erlaubnis keine weiteren Initiativen.«

Die Luft in Fabrizios kleinem Apartment war abgestanden. Speisereste in der Küche, schmutziges Geschirr in der Spüle. Das Bett war ungemacht, und die Laken dufteten nicht gerade frisch. Calabrò bewegte sich vorsichtig, während die Videokamera alle Phasen der Durchsuchung aufzeichnete. Die Pistole, die Pistole, die Pistole, wiederholte er im Geist und durchstöberte die klassischen Verstecke: hinter dem Heizkörper, im Spülkasten der Toilette, unter irgendeiner losen Fliese. Nach fast zwei Stunden wollten sie schon aufgeben, als ihn einer der Männer rief. »Commissario, schauen Sie einmal.«

Auf dem kleinen Balkon des Apartments standen Geranientöpfe und ein größerer Kübel mit einem vertrockneten Zitronenbaum. Der Beamte griff ihn am Stamm und zog daran. »Kein Widerstand.« Er zog kräftiger und hob ihn ganz aus dem Topf. Darunter lag ein Paket aus wasserdichter Folie. Sie öffneten es, und Calabrò lächelte.

»Ich habe Ihnen gesagt, dass dieses Geld ein Vorschuss auf die Arbeiten war.«

»Fünfundzwanzigtausend Euro? Als Vorschuss scheint mir das einen Tick zu hoch.«

»Es gab viel zu tun. Böden, Decken, Wasser- und Stromleitungen. Und Geld ist für den Commendatore kein Problem.«

»Und warum haben Sie es im Blumentopf versteckt?«

»Banken traue ich nicht. Es war ein gutes Versteck.«

Fabrizio war nervös, aber er gab sein Bestes, um sich zu beherrschen. Er wusste, dass sie ihm nicht glaubten, aber er wusste auch, dass sie beweisen mussten, dass er log. Und Beweise hatten sie nicht. Sie hatten seine Dienstpistole beschlagnahmt, wahrscheinlich wussten sie schon, dass daraus nicht geschossen worden war. Der Commendatore würde dann seine Version bestätigen, und damit war alles in Butter.

»Und du kannst diese Arbeiten ausführen?«

»Das meiste schon, ich bin ganz geschickt. Für das Übrige hätte ich Spezialisten angeheuert. Ich hätte die Arbeiten koordiniert und am Ende meinen Verdienst einbehalten.«

»Hast du Pläne, die du uns zeigen kannst? Kostenvoranschläge? Du wirst dem Commendatore doch einen Kostenvoranschlag erstellt haben?«

»Ich habe den Grundriss des Hauses gesehen und habe es Pi mal Daumen überschlagen. Für den Rest genügte ein Handschlag, wie unter ehrlichen Leuten üblich. Er vertraut mir und hat mir grünes Licht gegeben.«

»Nein, er hat dir einen Batzen Bargeld gegeben. Aber er ist ein Unternehmer, kein Trottel. Deine Geschichte hinkt.«

Der Wachmann zuckte die Achseln. »Wenn ihr's nicht glaubt, ist das euer Bier. Ich habe nichts getan, und ihr könnt mich nicht festhalten.«

»Und ob wir das können. Hättest du nichts zu verbergen, dann hättest du uns vorher gesagt, dass du den Commendatore gesehen und von ihm dieses Geld bekommen hattest.«

»Ich wollte ihn nicht in Schwierigkeiten bringen. Es war Schwarzgeld.«

»Toller Schachzug. Das Gericht wird dir sicher glauben.«

Der Commendatore empfing Calabrò im Atrium seiner Villa, ohne zu lächeln, ohne ihm einen Platz anzubieten. Ja, er hatte in den Nachrichten von der Festnahme des Wachmannes gehört. Ja, sicher erinnerte er sich an ihn. Er war ein Klassenkamerad seiner Tochter. Ja, er hatte ihn kürzlich wiedergesehen. Er hatte ihn rufen lassen, und sie hatten sich hier in der Villa getroffen.

»Und bei dieser Gelegenheit haben Sie Herrn Greco den Vorschuss gegeben?«

»Exakt.«

»Wie viel Geld war es?«

»Fünfzigtausend Euro.«

Calabrò machte sich eine gedankliche Notiz: fünfundzwanzigtausend Euro waren verschwunden. Der Anteil für den Komplizen vermutlich. »Wofür?«

»Ich habe ihn mit den Arbeiten an einem alten Haus von uns betraut. Ein Bauernhaus, das ich renovieren wollte. Ich erinnerte mich, dass er ein guter Maurer war, und da …«

»Sie wissen, dass das Gesetz den Transfer einer so großen Summe Bargeldes verbietet?«

Sein Gegenüber breitete die Arme aus. »Ich weiß.«

»Außerdem kann man diese Arbeiten von der Steuer absetzen. Warum vorher bezahlen – und schwarz?«

»Ich habe eine Anzahlung geleistet, die Rechnungen hätte er später ausgefertigt. Er hat keine eigene Firma, er musste erst einmal die Rechnungen von Installateuren, Elektrikern, Maurern usw. abwarten. Aber unterdessen musste er ja das Material besorgen.«

Calabrò schüttelte den Kopf. »Sie erwarten nicht, dass ich Ihnen glaube, oder?«

»Warum nicht?«

»Weil es eine Lüge ist. Und obendrein eine schlecht konstruierte. Sie würde vor Gericht nicht standhalten.«

Die Anspielung auf einen möglichen Prozess schien ins Schwarze getroffen zu haben. Der Blick des Commendatore trübte sich für einen Moment. »Ich muss etwas trinken.« Er ging Richtung Bibliothek, gefolgt von Calabrò, schenkte sich einen Schluck Whisky ein und bot auch seinem Gast davon an, welcher ablehnte. Der Commendatore setzte sich in einen Sessel und nippte an seinem Whisky, in Gedanken versunken. Dann stand er auf, schaute eine Weile aus dem Fenster, öffnete es und zündete sich mit langsamen Bewegungen eine Zigarette an. Im Garten hörte man die Stimmen von Lorenzo und Samir, die spielten. Mit ihnen war wieder Leben ins Haus eingekehrt. Sie würden gut und schnell heranwachsen, waren aber noch auf seine Führung angewiesen. Auf sein Beispiel. Er rauchte die Zigarette auf, als wäre er alleine im Zimmer, dabei kehrte er dem Vizekommissar die ganze Zeit den Rücken zu, der schwieg und wartete, aus Angst, er könnte den greifbaren Sieg noch aus der Hand geben.

Schließlich trat der Alte an den Schreibtisch und öffnete eine Schublade.

Bei Calabrò schrillten die Alarmglocken, er öffnete die Jacke, bereit, seine Waffe zu ziehen.

»Hier, bitte«, sagte der Commendatore, indem er ein paar großformatige Papierbogen auf den Schreibtisch legte, »die Grundrisse des Hauses und die Pläne für die Renovierung. Mag sein, dass Fabrizio mir zu viel Geld abgeknöpft hat. Kennen Sie sich damit aus, Herr Vizekommissar?«

Sein Blick war wieder undurchdringlich geworden, mit einer arroganten Note.

Calabrò fühlte sich verloren.

Marco und Alice

Marco Luciani hatte den Tisch auf der kleinen Terrasse gedeckt. Zwei Teller, zwei Gläser, darin die Servietten, außerdem Besteck, Brot, Öl und Salz. Topfuntersetzer, eine winzige Vase mit einem Sträußchen Schnittblumen. Und außen herum zahlreiche Kerzen in Laternen, die sie vor der Meeresbrise schützten. Er betrachtete den erleuchteten Arc de Triomf, einen Bogen, der keinen militärischen Sieg, sondern den Fortschritt von Wissenschaft und Technik feierte, und lauschte eine Weile den Stimmen der Leute, die in den Lokalen der Passeig de Picasso ein Bier tranken und Tapas aßen.

»Soll ich das Bier aus dem Kühlschrank holen?«, fragte er, als er wieder in die Wohnung trat.

»Ja, das Essen ist fast fertig.«

Alice stand vor dem Herd. Unter der Schürze trug sie nur superknappe Shorts, und Marco spürte die unbändige Lust, seine Zähne in ihren Hintern zu graben.

»Schau mal hier nach oben. Und sag mir, ob es dir schmeckt.«

Gierig verschlang er den Happen Meeresfrüchte-Paella, den sie ihm hinhielt, und nahm dabei unter dem bekannten Geschmack einen anderen, für ihn vollkommen neuen wahr. Es war der Geschmack eines Morgens, an dem man die Stadt mit dem Rad erkundet, an dem man sich vor der Barceloneta in die Fluten stürzt, an dem man am Sant-Antoni-Markt im Vorbeigehen einen Obstsalat isst. Es schmeckte wie das erste Mal, als sie im Schlafzimmer hinter halb geschlossenen Läden miteinander Sex hatten. Es war der Geruch ihres Körpers, der zwischen den Laken schwamm wie ein Weißwal in den Wellen. Es war der Geschmack ihres Geschlechts, eine violette Seeanemone, die sich auf einem glatten weißen Felsen öffnete und ihn in eine Parallelwelt katapultierte, wie ein Sprung hinab am Korallenriff.

»Also, was meinst du? Bin ich in Sicherheit?«, fragte sie, als Marco auch den zweiten Teller verputzt hatte.

Er schüttelte den Kopf. »Tut mir leid, Alice. Zieh die Schürze aus.«

Sie trat heran, mit gespielter Enttäuschung, beugte sich vor, so dass er ihre Brüste bestaunen konnte. »Zieh du sie mir aus, Herr Kommissar.«

»Calabrò, hier ist Rossini. Immer noch keine Nachricht von Luciani?«

»Nichts. Ich habe ihm eine E-Mail geschickt, aber er hat nicht geantwortet.«

»Xabier hat gestanden, die anonymen Briefe geschrieben zu haben. Und das Auto manipuliert zu haben. Er hat auch gestanden, dass er Vika mit Gewalt genommen hat. Der Brief, den er ihr geschrieben hat, um sie um Verzeihung zu bitten, beziehe sich darauf, nicht auf das, was Dolci zugestoßen ist. Aber eine Sache leugnet er weiterhin. Er sagt, er wisse nichts von dem Gift, und nicht er habe diese Flasche in die Bordbar gestellt. Auch sein Anwalt hat ihm zu einem Geständnis geraten, aber davon will er nichts wissen.«

»So wie Sie das erzählen, scheinen Sie ihm zu glauben.«

Rossini zögerte. »Mir sind zumindest gewisse Zweifel gekommen.«

»Und wer könnte sie sonst hineingestellt haben?«

»Jemand, der Xabier reinreiten wollte. Jemand, der Dolci aus irgendeinem anderen Grund hasste.«

Marco Luciani erwachte schlagartig, mitten in der Nacht, von fürchterlichem Durst geplagt. Alice hatte ihm, gemessen an seinen Gewohnheiten, zu viel zu essen gegeben. Er spürte ein Stechen im Bauch und im Mund den Geschmack von Knoblauch. Er stand auf, wobei er versuchte, sie nicht zu wecken, ging in die Küche und schenkte sich ein Glas Leitungswasser ein, aber die Beklemmung verschwand nicht. Lass Alice nicht aus, kreiste es in seinem Kopf herum, lass Alice nicht aus. Ein Mann, der im Sterben liegt, will seinen Mörder nennen, nicht eine neue Liebesgeschichte initiieren.

Das stille Wasser löscht den Durst nicht, dachte er. Er öffnete den Kühlschrank, fand eine Flasche Sprudel und stürzte über die Hälfte des Inhalts hinunter. Dann ließ er einen befriedigten Rülpser entweichen, der seinem Magen Erleichterung verschaffte und aus seinem Hirn die Watte fegte, die es seit Tagen betäubte, wie eine Windbö, die die Wolken verjagt und den Himmel in neuem Licht erstrahlen lässt. Im Licht der Wahrheit.

San Giuda hat Dolci nicht gerettet, weil dieser nicht gerettet werden wollte. Er lachte in sich hinein, schüttelte den Kopf und sagte sich: Trottel, wieso bist du nicht früher darauf gekommen? Er wusste jetzt, was geschehen war.

Luciani und Victoriya

Der Sarg hatte die Ausmaße eines Kleinwagens. Und es hatte acht Leute gebraucht, um ihn anzuheben. Eine unnütze Anstrengung, dachte Commissario Luciani, denn die Leiche Dario Dolcis war, seinem Wunsch entsprechend, verbrannt worden.

Auch Benigno und Rosa Maria waren nach Hause gegangen, nur er war bei Vika geblieben, um zu warten, dass die Asche abkühlte. »Was wirst du damit tun, mit der Asche?«

»Ich werde sie zu Hause aufbewahren. Zumindest für den Moment. Ich kann mich nicht von ihm lösen.«

Der Kommissar nickte.

»Was geschieht mit Xabier?«, fragte sie nach einer Weile.

»Inwiefern?«

»Wie viel wird er bekommen?«

»Ich weiß nicht. Mindestens zwanzig Jahre. Machst du dir Sorgen um ihn?«

»Warum sollte ich? Er hat mich vergewaltigt«, sagte sie, ohne ihn anzusehen.

»Und deshalb hat Dario ihn attackiert?«

Victoriya nickte.

Marco Luciani wartete, ob sie noch etwas sagen würde, dann sprach er: »Es war aber nicht Xabier, der Dario vergiftet hat.«

Sie drehte sich überrascht um: »Wie bitte?«

Sie hatten eine Abmachung, sie und er. Eine einfache, klare Abmachung. Jeder würde dem anderen geben, was er konnte: Liebe, Zu-

wendung, Kameradschaft, Lachen, Geld, Schönheit, Beistand,
Achtung, bis dass der Tod sie scheide. Nur um eines hatte sie ihn
gebeten: Betrüg mich nicht. Nur um eines hatte er sie gebeten:
Betrüg mich nicht. Nun hatte Victoriya die Abmachung gebro-
chen. Und der Tod würde kommen, sie zu scheiden, aber nur für
ein paar Stunden. So lange würde es dauern, sie wieder in ihrem
hellblauen Kleid herzurichten; dann würde er ihr dahin folgen,
wo es keine Unterschiede in Alter, Besitz und Gewicht mehr geben
würde. Wo ihre Seelen frei sein würden zu leben, ohne sich um den
Neid derjenigen zu kümmern, die ihr Leben nicht in der ganzen
Fülle zu leben verstanden. Dario Dolci nahm das rote Fläschchen,
das er vorbereitet hatte. Seine dicken Finger hantierten mit äu-
ßerster Behutsamkeit, als er ein wenig Aqua Tofana in eine Tasse
füllte. Dann wusch er sich die Hände und schenkte den Tee in
beide Schalen. Er atmete tief durch und trug das Tablett mit ei-
nem aufgesetzten Lächeln ins Wohnzimmer.

Victoriya war blass, sie hatte seit seiner Rückkehr kaum ein Wort
gesprochen und knetete sich noch immer die Hände. Du bist
durchsichtig wie Quellwasser, dachte Dario bei ihrem Anblick.
Und im Moment lastet auf deinen Schultern ein größeres Gewicht
als auf meinen.
»Es gibt etwas, das ich dir sagen muss, Dario.«
»Sprich.«
»Du musst Xabier entlassen. Ich will ihn nicht mehr sehen.«

Vika hatte sich unterdessen ein wenig beruhigt. Das Geständnis
und Darios Umarmung hatten ihr gutgetan.
Sie schlug die Augen nieder, nahm die Tasse und reichte sie ih-
rem Mann.
Dario Dolci stellte sie ab und ergriff ihre Hand. »Vikulia, hör
mir gut zu. Wenn du dich in ihn verliebt hast, kannst du mir das
sagen. Es wäre nichts Verwunderliches dabei. Ich würde es akzep-

tieren. Ich bin alt, früher oder später wird unsere Beziehung zu Ende gehen.«

Sie betrachtete ihn verzweifelt, küsste ihn auf den Mund: »Ich liebe dich, Dario. Nur dich. Warum kannst du das nicht akzeptieren? Alles, was ich tue, tue ich für dich. Er ist es, der sich verliebt hat, glaub mir, ich habe nichts getan, um ihn zu ermuntern.«

Dario Dolci nickte. Sie war aufrichtig, zu neunzig Prozent. Und eine Frau, die einen zu neunzig Prozent liebt, ist weitaus mehr, als man sich wünschen kann. Er streichelte Vikulias Hand, die er immer noch hielt, und dachte, dass er niemals glücklicher als in diesem Augenblick sein würde.

Sie gab ihm einen Kuss und stand auf. »Lass uns jetzt den Tee trinken, ich brauche ihn.«

Dario hielt sie mit einer Geste zurück. »Entschuldige, Liebling, ich würde ihn gerne mit einem Tropfen Milch nehmen.«

Victoriya sah ihn überrascht an. Er trank nie Milch. »Klar. Ich bringe sie dir sofort.«

»Danke.«

Kaum hatte er sie in der Küche verschwinden sehen, überlegte Dolci nicht lange. Er nahm die beiden Tassen und tauschte deren Plätze, wobei er darauf achtete, nichts zu verschütten. Als sie zurückkam, hatte er gerade die Tasse vor sich platziert, die ursprünglich für Vika gedacht war.

»Hier, bitte. Wie viel möchtest du?«

»Ich mache das schon.« Lächelnd goss er ein wenig Milch in die dunkle Flüssigkeit. Dann atmete er ein, hob die Tasse und stieß stumm mit Vika an, die es ihm gleichtat. Der Himmel hatte beschlossen, ihn in den Abgrund zu stürzen, dann wieder emporzuheben, um ihn auf die Probe zu stellen. Um ihn daran zu erinnern, dass alles, was er besaß, im Nu verschwinden konnte. In diesen Abgrund werde ich nie wieder zurückkehren, dachte er. Ich werde nicht mehr dahin zurückkehren.

»Ich werde ihn sofort entlassen«, sagte er. »Gönn dir jetzt eine

Pause. Ruh dich aus. Vergiss diesen hässlichen Vorfall. Bald wird ein neues Leben beginnen.«

Er schloss die Augen und nahm einen kräftigen Schluck. Als er sie wieder aufschlug, lächelte Vika ihn an. Sie war nicht mehr blass, und ihr Blick war der einer verliebten Frau. Wie schön du bist, dachte Dario Dolci, wie schön du bist, mein Leben.

»Dario trank kein stilles Wasser. Nur Sprudel«, sagte Marco Luciani. »Das Fläschchen hatte er in die Bordbar gestellt. Und ehe er das Bewusstsein verlor, hat er niemanden beschuldigt, denn er fiel keinem Mord zum Opfer. Er starb, weil er dem Ende eurer Liebe ins Angesicht geblickt hatte, und das schien ihm erschreckender als der Tod selbst.« Er hatte aber auch den Beginn einer neuen Beziehung gesehen, und sein letzter Gedanke galt mir – und Alice.

Sie schaute ihn fuchsteufelswild an. »Warum sagst du, er wollte mich umbringen? Er dachte, ich hätte ihn betrogen, hatte das Gift jedoch nur in seine eigene Tasse getan. Er hätte mich niemals getötet. Niemals. Er liebte mich, und ich liebte ihn auch. Ich liebe ihn, ich werde ihn immer lieben, und du wirst unsere Beziehung nicht mit diesem Scheißdreck besudeln!«

Marco wollte ihr gerade widersprechen, doch dann hielt er es für besser, ihr den Glauben an die Wahrheit zu lassen, die für sie weniger schmerzlich war. »Allerdings hat er sich selbst getötet. Und das hast auch du verstanden.« Dolci war Chemiker, fähig, die Zutaten eines Giftes zu dosieren. Und Luciani war sogar dabei gewesen, als er sich die Spanischen Fliegen besorgt hatte.

Sie wandte das Gesicht ab.

»Also wird Xabier aus dem Gefängnis freikommen«, sagte sie nach langem Schweigen.

»Die Mordanklage gegen ihn werde ich fallenlassen. Aber wenn du ihn wegen Vergewaltigung anzeigst, wird er einige

Jahre sitzen. Für die Vergewaltigung muss er büßen, in gewisser Weise hat damit alles angefangen.«

Vika seufzte. »Er hat mich genommen, ja, auch wenn ich das nicht wollte. Mit einem Messer am Hals. Aber wer würde mir glauben? Ich würde von allen Zeitungen durch den Schmutz gezogen werden: Die Nutte, die mit dem reichen, berühmten Mann zusammenlebte und es sich vom Chauffeur besorgen ließ. Während der Mann zusah und filmte.«

»Aber diesmal war es anders.«

»Ja. Manchmal machten wir es so, als Spiel, aber Dario war immer dabei, um zu kontrollieren, dass es nicht zu weit ging. Diesmal nicht. Deshalb wollte ich nicht. Ich hatte Angst.«

»Vor Xabier?«

Sie lächelte, wie man es vor einem dummen Jungen tut. »Nein. Ich hatte Angst vor mir. Ich liebte Dario, und ich liebte unser gemeinsames Leben. Ich hatte Angst, es könnte mir auch ohne sein Beisein gefallen.«

Marco Luciani hatte eine Frage auf der Zunge, zog es aber vor, sie für sich zu behalten. Sie schwiegen eine Weile, dann fragte Victoriya: »Wenn herauskommt, dass es Selbstmord war, wird die Versicherung nicht zahlen, oder?«

»Ich fürchte nein. Und Dario wusste das. Vielleicht hat er das Fläschchen deshalb in die Bordbar gestellt. Um den Verdacht auf Xabier zu lenken. Und ihn für das zu bestrafen, was er dir angetan hatte.«

Vika nickte und schaute Marco Luciani in die Augen. »Darf ich dir einen Vorschlag machen, Commissario?«

»Wenn es um dieses Geld geht, nein.«

Luciani und der Commendatore

Es ist Zeit, dass ich persönlich eingreife, dachte Marco Luciani. Calabrò war ein exzellenter Vize, und in der Vergangenheit hatte er äußerst haarige Fälle praktisch alleine gelöst. Sie waren ein eingespieltes Doppel, in dem jeder seinen Beitrag leistete. Calabrò war belastbar, zuverlässig, stand die Ballwechsel durch und konnte über Stunden ein konstantes Spielniveau halten. Es gab aber Momente, in denen Grundlinienschläge nicht mehr ausreichten. Jetzt, da der Fall Dolci gelöst war, konnte der Kommissar sich persönlich nach Imperia aufmachen. Er war der Mann für die Attacke, er musste nach vorne gehen, den Ballwechsel an sich reißen und den entscheidenden Punkt machen, den Volley, der das Match beschloss.

Der Kommissar saß in einem Sessel in der Bibliothek des Commendatore, der ihn aus halb geschlossenen Augen ansah, ebenfalls in einen identischen Sessel versunken. Marco Luciani hatte ihn auf den ersten Blick als das erkannt, was er war: ein reicher, arroganter Mann, den keinerlei Zweifel anfochten. Einer, der es gewohnt war, für sich und die anderen zu entscheiden, überzeugt, immer im Recht zu sein. Er hat den Mann seiner Tochter umbringen lassen und ist stolz darauf, dachte er. Ich lese es in seinem Gesicht, dass er stolz darauf ist und es nicht erwarten kann, Applaus zu ernten. Aber er kann nicht, nicht wenn er einen vor sich hat, der ihn attackiert und herausfordert, denn dann überwiegt die Freude daran, den anderen zu verarschen, zu zeigen, dass er klüger, gebildeter, schlauer ist.

Luciani gab es ungern zu, aber so jemand hätte vor einem wie Calabrò niemals die Waffen gestreckt. Das war eine Frage der Kaste, der Mentalität. Der Commendatore sah den Vizekommissar nicht als würdigen Gegner an.

»Wenn es weiter nichts gibt, Commissario ... Ich hätte einiges zu tun. Und die Dinge, die Sie mich gefragt haben, hatte ich bereits Ihrem Vize beantwortet.«

»Die Geschichte mit dem Landhaus, ja. Ich muss zugeben, dass sie gut konstruiert ist.«

»Was wollen Sie damit sagen?«

»Dass Sie Grips haben. Ernsthaft. Sie haben einen Weg gefunden, diese Geldzahlung zu rechtfertigen, wenn auch schwarz, und Sie haben uns die Hände gebunden.«

Sein Gegenüber machte eine ungeduldige Geste. »Darüber können Sie denken, wie Sie wollen.«

Marco Luciani sah ihm direkt in die Augen. »Sie sind ein Commendatore der Italienischen Republik.«

»Ja, und?«

»Commendatore. Das bedeutet ein Vertrauensmann. Ein Mann, der Wort hält, ein Ritter.«

Der sah ihm gerade ins Gesicht. »Und das bin ich, darauf können Sie einen Eid schwören.«

»Ich glaube, Ritter zu sein bedeutet, dass man bereit ist, im Namen eines höheren Gesetzes zu handeln, selbst wenn man dabei die Gesetze der Menschen brechen muss. Es bedeutet aber auch, bereit zu sein, für das eigene Handeln einzustehen.«

Der Alte hielt seinem Blick immer noch stand, aber der Kommissar sah tief in seinen Augen einen Funken Unsicherheit aufschimmern.

»Sie haben das 75. Lebensjahr vollendet, Commendatore, also laufen Sie nicht Gefahr, im Gefängnis zu landen.«

»Sie haben das Gesetz gebrochen«, setzte Marco Luciani nach langem Schweigen wieder an, »aber Sie haben es aus Liebe zu Ihrer Tochter getan. Um sie zu retten. Ich bin sicher, neunzig Prozent der Väter hätten ebenso gehandelt oder würden zumindest Ihre Entscheidung gutheißen.«

Da sein Gegenüber nichts erwiderte, sprach er weiter: »Sie werden ein Geständnis ablegen, Sie werden Ihre Schuld gegenüber der Justiz begleichen, durch Hausarrest oder einige andere Sanktionen. Gemeinnützige Arbeit. Alles wird praktisch so weitergehen wie zuvor. Ihr Tochter wird sich ein neues Leben aufbauen können, und Sie werden nicht wollen, dass dieser Wachmann Ihr Haus belagert.«

In den Augen des Commendatore flackerte ein Alarmsignal auf.

»Sie haben sich in die Hände eines gemeingefährlichen Menschen begeben. Wir glauben, dass er seinen Komplizen eliminiert hat, und er hat bereits Ihrer Tochter nachgestellt. Wenn wir gezwungen sind, ihn auf freien Fuß zu setzen, wird er sich gehetzt fühlen und womöglich die Kontrolle verlieren. Sie werden alle in Gefahr sein: Sie selbst, Ginevra, die Kinder, Ihr Sohn Riccardo, all jene, die mit dieser Geschichte zu tun hatten.«

Wieder eine Pause, damit der Commendatore jedes Wort sacken lassen konnte.

»Wenn Sie gestehen, wird dieser Mann bezahlen. Er wird für geraume Zeit ins Gefängnis wandern. Ihre Tochter wird frei sein. Das ist es, was Sie wollten, nicht? Ihr die Möglichkeit geben, neu anzufangen.«

Das Schweigen des Commendatore dauerte lange an. Sehr lange. Marco Luciani hielt die ganze Zeit den Blick auf ihn gerichtet, während die Augen des anderen von einer Zimmerecke zur anderen hetzten und sich schließlich senkten.

»Haben Sie Kinder, Commissario?«, fragte er mit schwacher, zögerlicher Stimme.

»Ja. Eins.«

»Dann können Sie mich vielleicht verstehen. Und können verstehen, warum ich, ehe ich fortfahre, vorausschicken muss, dass mein Sohn mit dieser Sache nichts zu tun hat.«

»Schlagen Sie mir einen Handel vor? Bitten Sie mich darum, ihn außen vor zu lassen?«

»Ich sage Ihnen, dass Riccardo von all dem nichts weiß. Ich gebe Ihnen mein Ehrenwort, und es ist ein Wort, das noch einen gewissen Wert besitzt.«

Marco Luciani betrachtete ihn. Er war aufrichtig, oder zumindest wirkte es so.

»Geben Sie mir auch das Ihre, Commissario?«

»Wenn es die Wahrheit ist, Commendatore, werden Sie keine Mühe haben, es mir zu beweisen.«

Aus dem Garten drangen die Stimmen der Kinder herein, der Ball klatschte gegen die Hauswand.

»Meine Enkel … werden mir nicht mehr ins Gesicht sehen.«

Diese Kinder glauben nicht einmal, dass du ihr Großvater bist, dachte Luciani. Davon abgesehen hältst nicht einmal du sie für deine richtigen Enkel. Wenn sie dir etwas bedeuten würden, hättest du ihnen nicht den Vater genommen.

Commendatore Ferrari wandte sich zum Fenster, als riefe er eine Instanz an, die über ihnen stand. »Ihr Vater war ein schändlicher Mensch, und deshalb habe ich Fabrizio dafür bezahlt, dass er ihn tötet.«

Luciani, Calabrò und Fabrizio

»Dein Auftraggeber hat gestanden«, sagte Marco Luciani.

»Wer?«

»Commendatore Ferrari. Du und dein Komplize, ihr sitzt in der Tinte.«

Fabrizio sagte nichts. Der Trick war uralt, zu einem der beiden Verdächtigen zu sagen, dass der andere gestanden hätte. Und umgekehrt.

»Das glaubst du nicht? Es steht alles hier im Protokoll. Wort für Wort. Willst du es lesen? Setz dich.« Ohne die Antwort abzuwarten, warf Calabrò die Blätter auf den Schreibtisch. Fabrizio nahm sie nach kurzem Zögern und fing an zu lesen. Es war alles aufgeführt. Der Vorschlag. Die Übereinkunft. Die vom Commendatore als Vorschuss gezahlten fünfzigtausend Euro. Die weiteren fünfzigtausend, die er Fabrizio ausgehändigt hatte, kaum dass Fouads Leiche identifiziert worden war.

Der Wachmann sah Calabrò an. Calabrò sah den Wachmann an.

»Also? Hast du mir etwas zu sagen? Zum Beispiel, wo das restliche Geld steckt?«

»Ich habe es meinem Kollegen gegeben. Angelo Durso.«

»Wofür?«

»Für den Mord an Fouad.«

Calabrò riss die Augen auf. Er hatte nicht erwartet, dass er so schnell einknicken würde.

»Das heißt, was hier in dem Protokoll geschrieben steht ...«

»Ist alles wahr.«

Er setzte eine Pause.

»Aber der Commendatore weiß nicht, was in jener Nacht geschehen ist.«

»Da ist das Auto. Das schwarze, das jetzt kommt.«

Fabrizio und Angelo sahen Fouads Mercedes Kombi vorbeigleiten.

»Keine Hektik. Ich habe einen Peilsender angebracht, wir können ihn nicht verlieren.«

Fabrizio zündete den Motor und fuhr in einem einzigen flüssigen Wendemanöver aus der Parklücke. Wenn nichts Überraschendes dazwischenkam, war der Tunesier unterwegs zur Ölmühle. Ein abgelegener Ort ohne Zeugen. Ideal für das, was sie zu tun hatten.

»Er ist abgebogen.«

»Bist du sicher?«

»Und ob ich sicher bin. Ich habe ihn nicht eine Sekunde aus den Augen gelassen.«

»Und wo zum Geier fährt er hin?«

»Woher zum Geier soll ich das wissen?«

Fabrizio verlangsamte das Tempo, um Zeit zum Nachdenken zu gewinnen.

»Wenn ich ihn auf dieser Nebenstraße verfolge, fallen wir womöglich auf.«

»Dann halt an. Hast du nicht gesagt, du hast ihn mit einem Sender ausgestattet?«

»Hm.«

»Wir schalten ihn ein, sehen, wo er hinfährt, und dann kommen wir nach.«

»Einverstanden. Aber wir müssen auf jeden Fall in seiner Nähe bleiben. Der Sender hat keine große Reichweite.«

Er schloss das Gerät an das Navi an und fing an, die Route des anderen Wagens zu verfolgen. Er war etwa einen Kilometer entfernt und steuerte auf die Autobahn zu. Fabrizio machte sich Sor-

gen, dass sie ihn verlieren könnten. Aber als er gerade starten und die Verfolgung aufnehmen wollte, bog der Mercedes nach links ab und kehrte auf eine Parallelroute zurück.

»*Wo fährt er denn jetzt hin?*«

»*Er scheint wieder den Weg zur Firma einzuschlagen.*«

»*Da ist er aber einen schönen Umweg gefahren.*«

»*Meinst du, er hat uns bemerkt? Fürchtete er, verfolgt zu werden?*«

»*Glaube ich nicht. Komm, fahren wir auch los.*«

Sie setzten sich in Bewegung. Nach einem Kilometer bemerkte Angelo am Wegrand einen Wagen der Verkehrspolizei. Ein Beamter kontrollierte gerade die Papiere eines jungen Mannes am Steuer eines Fiat 500. Der Wachmann hob die Hand zum Gruß, und sie fuhren unbehelligt weiter.

»*Er wollte die Kontrolle umgehen*«, *sagte er nach einer Weile,* »*deswegen hat er einen anderen Weg eingeschlagen.*«

»*Er hat etwas zu verbergen*«, *sagte Angelo nickend.* »*Geklautes Auto. Abgelaufene Aufenthaltsgenehmigung. Was weiß ich.*«

»*Er ist längst Italiener. Er braucht keine Aufenthaltsgenehmigung.*«

»*Auf den Italiener ist geschissen. Er isst keinen Schinken und betet Allah an. Und steckt seine Frau in eine Burka.*«

»*Das ist keine Burka. Die Burka ist das Ding, das dich komplett verhüllt. Es ist eine Tunika, mit einem simplen Kopftuch. Meine Oma hat auch immer eins getragen. Deine wahrscheinlich auch.*«

Angelo schnaubte: »*Seit Omas Zeiten haben sich zum Glück ein paar Sachen geändert. Jedenfalls meine ich, wenn eine so einen Scheißaraber heiratet, dann hat sie die Prügel von ihm auch verdient.*«

»*Er hat gehalten*«, *sagte Fabrizio und zeigte auf den Punkt auf dem Monitor.*

»*Ich würde sagen, er ist an der Ölmühle angekommen.*«

»*Bestimmt.*«

»Wir sind auch fast da.«

Sie stellten das Auto fünfhundert Meter vor dem Eingangstor ab, stiegen aus und setzten den Weg zu Fuß fort. Fouad konnte sie nun ruhig sehen, aber wenn noch jemand im Betrieb war, wäre das ein Problem. Sie wollten keine Zeugen, und sie wollten niemanden eliminieren, der mit der Sache nichts zu tun hatte. Wenn Fouad nicht allein sein sollte, würden sie eine andere Gelegenheit abwarten.

»Ich sehe seinen Wagen nicht.«

»Er wird hintenrum gefahren sein. Dort ist noch ein kleinerer Parkplatz.« Angelo sah auf die Uhr, eher aus einem konditionierten Reflex heraus als aus echtem Interesse. »Geh zurück und hol das Auto, ich warte hier auf dich.«

Fabrizio hatte sich gerade auf den Fahrersitz gesetzt und wollte den Motor anlassen, als er ein Auto die Steigung hochkommen hörte. Kurz bevor ihn das Scheinwerferlicht einfangen konnte, duckte er sich auf den Beifahrersitz. Sie haben mich nicht gesehen, dachte er. Sein Herz schlug verzweifelt gegen die Rippen, als wollte es aus der Brust springen. Angelo war vor dem Tor, hoffentlich hielt er sich versteckt.

Angelo sah die Scheinwerfer und trat vor, um Fabrizio zu zeigen, wo er halten solle. Zu spät merkte er, dass es nicht ihr Auto war, sondern ein anderes. Ein weißer Volvo, der bei Angelos Erscheinen plötzlich bremste.

Er trat heran, gesehen hatten sie ihn ohnehin schon, und nun war das Wichtigste, kühlen Kopf zu bewahren und eine plausible Erklärung zu finden.

»Was ist los?«

»Ah, Sie sind es, Signor Franco. Guten Abend. Nichts. Eine normale Kontrolle«, sagte er und grüßte auch Signor Emilio mit einem Nicken.

»Ist nicht ganz dein Revier, oder täusche ich mich?«

»Ja ... aber man hat uns auffällige Vorgänge in diesem Abschnitt gemeldet. LKW. Ich hoffe nicht, dass hier Giftmüll abgeladen wird oder Ähnliches. Als ich vorbeikam, sah ich ein Licht in der Ölmühle brennen, aber auf dem Parkplatz steht kein Auto, und daher ...«

»Ach ja. Das haben wir angelassen, eben um Diebe abzuhalten. Wir sind einen Bissen essen gegangen, und jetzt machen wir weiter. Bücher, Bilanzen, Rechnungen. Die Bürokratie ist ein Irrsinn«, sagte der Kalabrier.

Angelo nickte. »Klar. Klar«, aber er konnte nicht anders: Er musste auf die Uhr sehen. Es war zehn vor elf.

»Tagsüber ist nie die Zeit«, schaltete sich Herr Emilio ein, »mittlerweile muss man selbst in der Nacht arbeiten.«

»Für mich der Normalfall«, gab der Wachmann lächelnd zurück.

»Du hast etwas auf dem Kasten, Angelo«, sagte der Kalabrier und holte die Brieftasche aus der Jacke. »Ich mag Leute, die ihre Arbeit gewissenhaft tun.« Er reichte ihm einen 50-Euro-Schein.

»Das kann ich nicht annehmen.«

»Wie? Willst du mich beleidigen?«

Sein Gegenüber steckte ihn ein. »Dann danke.«

»Gute Nacht und noch eine ruhige Schicht«, sagte der Kalabrier. »Wenn uns etwas Verdächtiges auffällt, rufen wir dich an.«

»Alles klar. Auch euch eine gute Nacht.«

Kaum war der Volvo hinter dem Tor verschwunden, ließ Angelo die angestaute Luft aus seinen Lungen entweichen, außerdem, halb unterdrückt, einen befreienden Fluch. »Fickt euch doch ... Ausgerechnet heute Abend!«

Er ging zurück zum Wagen. Von Fabrizio keine Spur. Erst als er das Auto mit der Taschenlampe ausleuchtete, entdeckte er ihn halb auf den Vordersitzen liegend.

»Was machst du denn da?«

»Ich habe ein Auto vorbeikommen sehen und mich weggeduckt. Ich glaube nicht, dass sie mich bemerkt haben.«

»Komm hoch. Dafür haben sie mich bemerkt.«

»Nein!«

»Doch. Ich habe die Scheinwerfer gesehen und dachte, du wärest es.«

Fabrizio schlug mit der Faust aufs Armaturenbrett. »Verdammte Scheiße. Dann ist alles im Eimer. Besser, wir hauen ab.«

»Warte. Warte einen Moment.«

»Warten, worauf?«, fragte Fabrizio, aber Angelo brachte ihn mit einem Wink zum Schweigen. Er war am Nachdenken.

Fabrizio war fast schon panisch. »Lass es uns ein andermal tun, ich habe eine böse Vorahnung.«

»Einverstanden, hauen wir hier ab. Aber wir bleiben in der Gegend. Immerhin haben wir den Peilsender.«

»Den Peilsender. Um was zu tun?«

»Wir verfolgen ihn, wenn er wegfährt.«

»Du bist verrückt. Ich bin raus.«

»Was?!«

»Das ist zu gefährlich. Es gibt jetzt Zeugen, und …«

Angelo sah ihn wütend an. »Ich wusste, dass du nicht den Mumm hast. Mach, was du willst, aber ich verzichte nicht auf dieses Geld.«

Luciani, Calabrò und Fabrizio

»Das ist also deine Version?«, fragte Calabrò. »Du warst auf Reichweite an Fouad dran und hast dann verzichtet?«

»Genau. Ich schwöre es Ihnen, so war es«, sagte Fabrizio.

»Und wer soll ihn dann umgebracht haben?«

»Mein Kollege. Er hat ihn abgepasst. Wir hatten den Peilsender am Auto angebracht.«

»Dein Kollege kann das nicht widerlegen. Er ist verschwunden. Und außerdem waren die Mörder zu zweit.«

Fabrizio breitete die Arme aus. »Er hat sich wahrscheinlich von jemandem helfen lassen.«

Marco Luciani hatte den Eindruck, dass er ehrlich war. »Aber wenn er es war, warum bist du dann zum Commendatore gegangen, um die zweite Rate abzuholen?«

Der Wachmann senkte den Kopf. »Angelo hat mich gezwungen. Er kam zurück, sagte, der Job sei erfolgreich erledigt und er wolle bezahlt werden.«

»Er hätte doch gleich selber hingehen können.«

»Sie kannten sich nicht. Er wollte nicht in Erscheinung treten.«

»Oder vielleicht wolltest du die Meriten einstreichen«, sagte Luciani.

Fabrizio schwieg.

»Oder vielleicht habt ihr Fouad umgebracht, dann hast du dir das Geld genommen, hast deinen Komplizen umgebracht und erzählst uns jetzt einen Haufen Scheiße«, schaltete Calabrò sich ein. Fabrizio warf Luciani einen flehenden Blick zu. »Ich sage die Wahrheit. Das Geld, das habe ich Angelo gegeben. Und ich habe ihn nie wiedergesehen.«

Angelo fuhr auf einen Rastplatz. Er war beunruhigt. Dies ist der gefährlichste Moment überhaupt. Wenn Fabrizio sich in die Hosen gemacht hat und zur Polizei gegangen ist, bin ich erledigt. Aber er brächte sich in eine prekäre Lage, weil er weiß, dass ich ihn ebenfalls beschuldigen würde. Er hielt eine Hand auf dem Rollkoffer, die andere in der Tasche, am Pistolengriff. Fabrizio stand am Tresen und trank einen Orangensaft, neben sich einen weiteren, identischen Rollkoffer. Er war blass, unter seinen Hemdsärmeln hatten sich zwei große Schweißflecken gebildet. Sie wechselten einen raschen Blick, dann trat Angelo an die Kasse und bestellte einen Kaffee, während Fabrizio zur Toilette ging.

Angelo folgte ihm eine Minute später und sah sich um: Ein Kerl pisste ins Urinal, aber er sah nicht wie ein Polizist aus. An einer der Toilettenzellen stand die Tür offen: ein Vater half seinem kleinen Sohn beim Pinkeln. Er war erleichtert. Im Beisein eines Kleinkindes würden sie niemals das Risiko eingehen, einen bewaffneten Mann zu verhaften.

Eine der Türen ging einen Spaltbreit auf, Fabrizio huschte heraus, und er trat ein. Drinnen stand der Rollkoffer.

»Entschuldigung, Sie haben den hier vergessen«, rief er ihn zurück. Als er ihm seinen Koffer übergab, berührte er Fabrizios Hand. Sie war schweißnass.

»Danke.«

»Ich habe dir die fünfzigtausend komplett überlassen«, flüsterte Fabrizio.

»Warum?«

»Weil es so richtig ist. Gib sie demjenigen, der dir geholfen hat.«

Angelo verriegelte die Toilettentür, ließ die Schlösser des Koffers aufschnappen. Die Farben der Fünfziger- und Hunderterbündel waren besser als jedes Picasso-Gemälde. Der Commendatore hatte

Wort gehalten und die Endrate beglichen. Addiert mit der Anzahlung von fünfundzwanzigtausend waren das fünfundsiebzigtausend Euro. Mit diesem Kapital konnte er in Costa Rica eine ganze Weile von den Zinsen leben. Er verließ die Toilette. Vater und Sohn waren nicht mehr da, auch nicht der Kerl vom Urinal. Fabrizio hatte auf ihn gewartet, und Angelo zögerte. Dieser Junge war komisch, es war richtig gewesen, ihn nicht zu erwähnen, als die Polizei ihn zu jener Nacht befragt hatte und er das Alibi der Ölmühlen-Besitzer bestätigen sollte. Er hatte gesagt, bei seinem Kontrollgang sei er allein gewesen, nicht um Fabrizio einen Gefallen zu tun, sondern weil dieser Idiot einem Polizisten gegenüber keine zwei Sekunden standgehalten hätte. Er war ein Trottel, und früher oder später würde er einen Fehltritt begehen. Bei der Witwe, in die er verliebt war, oder jemand anderem. Vermutlich brächte er es sogar fertig, Ginevra zu erzählen, dass sie ihren Mann umgebracht hatten. Um seine Belohnung einzufordern. Da würde Angelo aber schon über alle Berge sein mit seinem Batzen Geld.

»Versuch nie wieder, mich zu kontaktieren«, sagte er, »das ist das letzte Mal, dass wir uns sehen. Morgen werde ich weit weg sein.«

Fabrizio nickte. »Scheint mir eine exzellente Idee.«

»Und halt den Mund, wenn dir dein Leben lieb ist.«

»Glaubst du ihm?«, fragte Calabrò.

»Zu neunzig Prozent«, antwortete Luciani.

»Warum?«

»Weil er ein harmloser Typ zu sein scheint. Ich kann mir nicht vorstellen, dass er ein armes Schwein kaltblütig umbringt.«

»Sein Komplize aber schon. Alle meinen, er sei gewalttätig, ein Streithahn, der sein ganzes Geld am Pokerautomaten verzockt und ständig klamm ist.«

»Das Hauptproblem ist ein anderes«, sagte Luciani, »wenn er die Wahrheit sagt, war Fouad in jener Nacht in der Ölmühle. Warum haben die Besitzer uns das nicht gesagt?«

Alice und Marco

Alices Stimme war warm und ein wenig belegt. Man hörte Geräusche im Hintergrund, und Marco Luciani fragte sich, ob sie an jenem Morgen alleine in ihrer Wohnung in Barcelona war oder ob der blonde Jüngling am Vorabend mit zu ihr gekommen war.

»Eine Million Euro sind eine Menge Geld für einen Polizeikommissar.«

»Und du meinst, ich könnte für Geld einen Unschuldigen im Gefängnis schmoren lassen? Wenn Vika Xabier wegen Vergewaltigung anzeigen will, wird er dafür büßen. Aber er wird nicht für einen Mord büßen, den er nicht begangen hat.«

»Das sagst du, dass er ihn nicht begangen hat. Welche Beweise hast du, dass Dolci sich selbst vergiftet hat?«

Marco Luciani zögerte. »Das ist die logischste Erklärung. Dolci war in der Lage, das Gift anzurühren, Xabier nicht.«

»In jedem Fall ist Xabier schuldig. Du könntest ihn zehn Jahre im Bau lassen, das wäre nur die gerechte Strafe für das, was er getan hat. In der Zwischenzeit würde die Versicherung zahlen. Und dann könntest du den Fall wieder aufrollen und ihn entlasten.«

Marco Luciani sah sie vor sich, in der Küche, einen Espresso in der Hand. »Meinst du das ernst?«

»Natürlich meine ich das ernst. Es ist die richtige Vorgehensweise.«

»Nein, das ist es nicht. Ich bin da, um für die Einhaltung des Gesetzes zu sorgen.«

Er hörte, dass Alice Rauch aus dem Mund blies. »Auf dem Planeten, von dem ich komme, gibt es keine geschriebenen Gesetze. Sie dienen nur dazu, Verwirrung zu stiften und die Anwälte reich zu machen. Tatsächlich gibt es dort nicht einmal Anwälte. Wenn jemand ein Verbrechen verübt oder etwas Unrechtes tut, dann ist der ganze Planet betroffen. Und dann greift eine archaische Macht ein, die das Gleichgewicht wiederherstellt und die Dinge geraderückt.«

»Alice, was redest du da für einen Stuss?«

Sie schwieg, und er meinte, sie vor sich zu sehen, wie sie die Augen senkte, um sie dann wieder zu öffnen und ihm diesen verschlagenen Blick zuzuwerfen, dem er nicht widerstehen konnte.

»Du bist für mich die Inkarnation dieser Macht, Marco. Du bist ein gerechter Mann, und du trägst in dir das Wissen, was die richtige Entscheidung ist.«

Marco Luciani lief am Kai des Aquariums entlang und versuchte, seine neuen Saucony im Zaum zu halten. Sie waren leicht und ließen ihn dahinfliegen, aber er brauchte ein gemächlicheres Tempo, einen konstanten Rhythmus und ausreichende Sauerstoffversorgung für das Gehirn. Von seiner Entscheidung hingen das Schicksal Xabiers, Vikas und auch der Villa Patrizia ab. Dolcis Witwe hatte ihm eine Million für sein Schweigen geboten, eine Million dafür, dass Xabier im Mordprozess in erster Instanz verurteilt wurde und sie genug Zeit hatte, mit der anderen Hälfte der Versicherungsprämie zu verschwinden. Mit seinem Anteil könnte Marco Luciani seine Mutter stoppen, ehe sie bei Brambilla unterschrieb. Könnte die Villa renovieren lassen. Könnte mit Alice einen Agriturismo eröffnen und ein neues Leben beginnen. Wenn Xabier gestehen würde, könnte er, dank Strafminderung und guter Führung, nach acht oder zehn Jahren freikommen. Das mochte eine angemessene Strafe dafür sein, dass er seinerzeit einen Jungen überfahren und getötet, Dolci bedroht und Victoriya vergewaltigt hatte. Die Tatsache, dass die Versicherung zu der Bank gehörte, die seine Mutter beraubt hatte, war ein schöner Zufall, und da er nicht an Zufälle glaubte, vervollständigte diese wundersame Wiedergutmachung ein makelloses Bild. Es schien wie geschaffen, ihn in Versuchung zu führen, auf dass er sich auf einen Schlag für alles revanchierte. Er konnte nicht umhin, an den Basken zu denken, der Sofia Lanni im Zimmer des Hotels M. fickte und ihr mit seinem pfeffermühlengroßen Schwanz Schreie der Lust entlockte. Unterm Strich hatte er nichts dagegen, wenn er im Gefängnis dieselbe Behandlung erfahren würde.

Er lief auf dem Kai zurück, wich der Touristenschlange an den Ticketschaltern aus und bog links ab. An der Piratengaleone hing der übliche Kanalgeruch, er zog das Tempo an, fand sich bald beim Galata-Museum und dann an der Stazione Marittima und der Doria-Brücke, seinem Lieblingsabschnitt, weil er auf dem federnden Holzsteg laufen und dabei die Lanterna, die Kreuzfahrtschiffe und die Stadtautobahn bestaunen konnte.

Auf diese Weise würde sich alles fügen, wiederholte er sich, alles käme in Ordnung.

Er musste, wie so oft, zwischen Wahrheit und Gerechtigkeit wählen. Erstere war einfach, einmal aufgedeckt, musste sie nur ausgesprochen werden. Letztere war komplizierter, sie musste sorgfältig abgewogen werden, mit ganz individuellen Maßeinheiten. Es ist ungerecht, dass Xabier sofort aus dem Gefängnis kommt, ohne für seine Taten zu büßen; dass Vika allein und mittellos zurückbleibt; dass meine Mutter das Haus verliert, dass ich weiterhin mit Bürokratie, Einsparungen und den Optimierern kämpfen muss.

Wenn es um mich ginge, würde ich es nicht tun, dachte er,

das Tempo weiter anziehend, ich brauche wenig bis nichts zum Leben, aber warum soll Alessandro für meine Entscheidungen büßen? Er hat schon so lange ohne Vater gelebt, und ich werde nicht immer bei ihm sein können. Ich müsste ihn zumindest finanziell absichern, wenn du ein Kind hast, treten deine Bedürfnisse in den Hintergrund, und du musst tun, was besser für das Kind ist. Er dachte an seinen Vater, an die Entscheidungen, die dieser getroffen und wie er ihm gesagt hatte: »Du bist nicht besser als ich, Marco.« Er dachte an seines Vaters Fähigkeit, das Leben zu genießen, und er wünschte, sie möge sich in Alessandros DNA wiederfinden, nachdem sie eine Generation übersprungen hatte.

Er hielt vor dem Bigo, um seine Muskeln zu dehnen. Der Lauf hatte ihm gutgetan. Er war hellwach und klar im Kopf, entschlossen, das Richtige zu tun. Am nächsten Tag hatte seine Mutter einen Termin, um bei Brambilla den Vertrag zu unterzeichnen, und er hatte einen Termin bei Polizeichef Bonucci.

Er ging zurück zum Auto, nahm das Handy und rief Victoriya an.

»Commissario. Wie geht's?«

»Alles okay, danke.«

»Hast du mir etwas zu sagen?«

»Ja. Ich habe entschieden, dass Bedauern besser ist als Reue.«

»Was soll das heißen?«

»Wenn ich deinen Vorschlag annehmen würde, würde ich bereuen, es getan zu haben. Ich bereue lieber, es nicht getan zu haben.«

»Ich bin nicht sicher, ob ich das verstanden habe.«

»Meine Antwort ist Nein, Vika. Ich will dieses Geld nicht.«

»Ich wusste, dass ich dich nicht würde überzeugen können.«

»Aber ich weiß, wem du es geben kannst.«

Fouads Tod

Calabrò betrat das Büro des Mannes aus Imperia, ohne sich ankündigen zu lassen oder zu klopfen. Die Ermittlung zog sich schon zu lange hin, und nun wollte er sie auf seine Art weiterführen.

»Ich habe die Schnauze voll«, fing er an, »ich will jetzt die Wahrheit hören.«

Der andere stammelte einige Worte. »Aber wie … was … Sie …«

Der Vizekommissar stemmte die Hände auf den Schreibtisch und bohrte seinen Blick in den des Mannes, der sich zur Tür wandte auf der Suche nach Beistand.

»Es wird niemand kommen, dir zu helfen. Wir sind hier unter uns. Schau mich an. Schau mich an! Fouad war hier in jener Nacht.«

Der Mann aus Imperia schüttelte den Kopf und schnappte zweimal mühsam nach Luft.

»Er war hier. Wir wissen es. Versuch nicht, zu leugnen. Hast du ihn umgebracht? Oder hat dein Partner ihn umgebracht? Oder ihr beide?«

Der Mann aus Imperia legte eine Hand aufs Herz und streckte die andere Richtung Schublade aus.

»Halt!«, sagte Calabrò und zog die Pistole, »versuch es nicht.«

»Die Pillen …«, japste sein Gegenüber. »Ich wollte nur …«

Calabrò öffnete die Schublade. Darin war eine Pillendose voller kleiner Pastillen. »Die hier?«

Der Mann aus Imperia nickte und streckte die Hand nach ihnen aus. Calabrò trat einen Schritt zurück. »Nichts zu machen. Ich schwöre bei Gott, dass ich dich krepieren lasse, wenn du mir nicht die Wahrheit sagst.«

Der Mann krümmte sich vor Schmerzen. Es war, als drückte eine Hand mit ungeheurer Kraft sein Herz zusammen, um es zu zerquetschen.

»Bitte …«

»Bitte mich nicht. Wenn du deine verschissenen Pillen willst, musst du mir sagen, was in jener Nacht passiert ist.«

Der Mann aus Imperia hatte den Kopf auf den Schreibtisch gelegt. Eine Träne lief aus seinem linken Auge und benetzte die Lederauflage.

»Ich bitte Sie …«

Calabrò nahm eine Pille heraus und hielt sie zwischen Daumen und Zeigefinger. »Wirst du es mir sagen?«

Der Mann öffnete den Mund, konnte aber nicht sprechen. Er nickte, so fest er konnte. Calabrò schob ihm eine Pastille unter die Zunge, dann noch eine. Er wartete, dass der Anfall vorüberging.

Für die Italiener hat nichts einen Wert, dachte Fouad, während er Richtung Ölmühle fuhr. Das gegebene Wort zählt nicht, es ist in den Wind gesprochen, und sei es nur der Windhauch vom Wedeln einer Banknote. Emilio und Franco, seit vielen Jahren Partner, sind bereit, einander zu verraten, um jeweils ihre Haut und das Vermögen zu retten. Und ich hänge dazwischen.

Ihm fiel ein, dass samstagabends auf der Aurelia oft Polizeikontrollen waren. Er hatte nicht vor, sich mit zu viel Promille erwischen zu lassen. Allah möge mir verzeihen, dachte er, aber ohne die heimlichen Schlucke aus Nadias Wodka-Flasche hätte ich nicht den Mut gehabt, das Haus zu verlassen. Es war aber vor allem die Pistole, die Franco ihm gegeben hatte und die, in ein Wachstuch eingeschlagen, unter dem Sitz lag, welche ihm Sorgen bereitete. Er beschloss, die Hauptstraße zu verlassen und einen Umweg zu fahren. Vorsicht ist die Mutter der Porzellankiste, wiederholte er sich im Stillen.

Dumme Sau. Dumme, undankbare Sau, knurrte er in Gedanken an seine Frau. Was haben die italienischen Weiber nur im Hirn? Ist ihr nicht klar, dass ich mich problemlos scheiden lassen und sie auf die Straße setzen könnte? Ich habe sie vor ihrem Vater, vor ihrer Familie gerettet, ich habe sie ernährt, indem ich wie ein Esel Tag und Nacht geschuftet habe, ich habe nie von ihr verlangt zu arbeiten, nur Haus und Kinder zu versorgen. Ich habe nie etwas von ihrer Familie gewollt, auch wenn sie reich ist. Und sie, die alles zurückgelassen hat, konnte durch mich weiterhin die Dame spielen. Jetzt bitte ich sie einmal um etwas, ein einziges Mal, und wie üblich geht gleich die Welt unter. Eine andere Frau im Haus, um Himmels willen. Nachdem sie jahrelang geklagt hat, sie wolle eine Hilfe. Ich hab's kapiert, du bist eifersüchtig. Aber du bist keine sechzehn mehr, du bist eine erwachsene Frau und Mutter, das verstehst auch du, dass du dem Mann etwas zugestehen musst, dem Mann, der sich für dich krummlegt. Denn wenn ich mir noch eine Frau ins Haus holen muss, eine, die überall ihren Senf dazugibt und einem am Ende auf die Eier gehen wird wie jede Frau, dann lass mich wenigstens eine junge wählen, eine, die ich hin und wieder mit Freuden bumse. Andererseits ist Nadia immer eine Egoistin gewesen, überlegte er, sie ist dazu erzogen worden, alles zu haben, und alles für sich. Sie kann kein Stück Torte teilen, ihren Mann schon gar nicht.

Wie viel Heuchelei hatte er in diesem Land vorgefunden. Wie viele Vorurteile. Jedes Mal wenn er einen Italiener kennenlernte, fragte der ihn zuerst nach der Sache mit den Moslems, die vier Frauen heiraten. Bis dann immer erklärt war, dass das praktisch nicht mehr vorkam. Und dass bis zu vier Frauen zu heiraten keine Beleidigung der Frauen war, im Gegenteil. Es ist eine Hilfe.

Denn Frauen ohne Mann sind nichts wert. Deshalb ehelicht ein Mann die ledig gebliebene Schwester seiner Frau. Er ehelicht die Freundin, die Witwe geworden ist. Er kümmert sich um sie. Wir respektieren sie, unsere Frauen. Nicht wie die Italiener.

Er setzte den Blinker und bog nach links ab, auf die Straße, die parallel zur Aurelia verlief. Ich darf mich nicht von der Wut oder anderen Gedanken ablenken lassen, sagte er sich. Ich muss konzentriert bleiben. Was er spielte, war ein gefährliches Spiel, das ihn das Leben kosten, ihn aber auch nach oben katapultieren konnte. Alles hing von seiner Entscheidung ab. Das Leben besteht aus Entscheidungen, immer. Das Leben ist eine Folge von Türen, die sich öffnen, und fast alle schließen sich in deinem Rücken wieder, wenn du den falschen Weg einschlägst, kannst du nicht mehr zurück.

Jetzt lagen zwei Türen vor ihm, und beide würden einen Mörder aus ihm machen. Das war unumgänglich, darüber nachzudenken war also reine Zeitverschwendung. Die einzige Entscheidung, die er treffen musste, war, welchen der beiden Partner er töten und mit wem er sich verbünden sollte. Der Instinkt sagte ihm, dass Signor Emilio schwächer war, also das leichtere Opfer; aber er sagte ihm auch, dass man dem Kalabrier nicht über den Weg trauen konnte. Nur einer Sache war er sich sicher: Beide brauchten ihn, um die Firma weiterzuführen.

Er öffnete mit der Fernsteuerung das Tor, fuhr auf den Hof, parkte den Mercedes aber nicht vor dem Haupteingang, sondern fuhr auf die Rückseite und stellte den Wagen am Wareneingang ab, da, wo die LKW andockten, um die Oliven abzuladen. Er betrat die Firma über den Lieferanteneingang, stieg in den ersten Stock hinauf und schaltete das Licht im Labor an. Zum x-ten Mal sah er auf die Uhr: halb elf. Abdel wird gerade mit Mama zu Abend essen, wahrscheinlich hat er Nadia schon eine SMS geschickt, dachte er. Mein Alibi ist perfekt. Ich für meinen Teil muss es nur nach Genua schaffen, mich eine Woche in Gabrielas Wohnung verstecken und dann nach Hause zurückkehren, als wäre nichts geschehen. Es gibt unangenehmere Arten, die Zeit totzuschlagen. Er umschloss die Pistole in seiner Jackentasche und strich mit der Kuppe des Daumens über den Sicherungshebel. Er hatte geübt, ihn lautlos zu betätigen, auch wenn das keinen großen Unterschied machen würde.

Während er wartete, warf er einen Blick auf das Register der letzten Lieferungen. Die Rechnungen waren in Ordnung. Alle Ankäufe waren mit Lieferschein registriert. Das Lampantöl, das Beta-Carotin und das Chlorophyll waren in ein Lager verräumt worden. Selbst wenn eine Inspektion käme, gäbe es nichts zu beanstanden.

Er hörte ein Auto im Hof und trat ans Fenster.

»Der Wachmann hat uns gesehen. Wir müssen es verschieben.«

»Jetzt werd nicht gleich panisch.«

Der Mann aus Imperia schwitzte, während seine Augen zwischen der Straße, dem Außen- und dem Rückspiegel hin und her sprangen, um zu kontrollieren, ob der Wachmann immer noch da war.

»Es ist alles unter Kontrolle. Sei nur einen Moment still und lass mich nachdenken«, sagte der Kalabrier, einen ruhigen und gleichzeitig entschlossenen Ton wahrend, als müsste er einem Kind das Schwimmen beibringen.

Er drückte auf den automatischen Toröffner, fuhr auf den Hof, beschrieb einen Bogen und hielt neben dem schwarzen Mercedes.

»Fouads Wagen ist hier.«

»Gut. Den werden wir brauchen.«

»Brauchen wozu? Wir müssen es abblasen, basta, verstehst du das nicht?«

»Wenn wir es abblasen, sind wir geliefert. Es ist letztlich ein Glück, dass wir diesen Arsch getroffen haben.«

»Was redest du für einen Scheiß? Er hat uns gesehen, er wird sagen, dass wir hier waren.«

»Eben. Er weiß nicht, dass Fouad hier ist. Wenn wir ein Alibi brauchen sollten, wird er es uns liefern.«

Der Mann aus Imperia kontrollierte das letzte Register, schlug es zu und gähnte laut. »Ich geh mal raus, eine rauchen.«

»Ich komme mit«, sagte der Kalabrier und warf Fouad einen Blick zu.

Dieser verstand, dass der Moment gekommen war, und sagte: »Ich hole meine Jacke.« Dann folgte er den beiden Chefs. Seine Knie zitterten, und im Bauch hörte er ein Rumoren, das nichts Gutes verhieß. Ruhig bleiben, dachte er, ruhig bleiben. In fünf Minuten ist alles vorbei.

Sie standen im hinteren Hof, der von der Straße aus nicht einsehbar war. Der Mann aus Imperia holte sein Feuerzeug heraus und gab es zuerst dem Kalabrier, dann Fouad. Er wollte sich gerade selbst eine Zigarette anzünden, als der Kalabrier sagte: »Warte, die dritte bringt Unglück.«

»Auch mit Feuerzeug? Ich dachte, nur bei Streichhölzern.«

»Was macht das für einen Unterschied?«

Er nahm sein Dupont-Feuerzeug und zündete seinem Kompagnon die Zigarette an, während Fouad die Szene verständnislos verfolgte.

»Ein Aberglaube aus Kriegszeiten«, erklärte Signor Emilio und stieß den Rauch aus, »im Dunkeln, im Schützengraben, kann dich dein Feind bei der ersten Zigarette orten, bei der zweiten zielen und bei der dritten schießen.«

»Das heißt, es wurden nie mehr als zwei angezündet?«

»Doch, es wurden trotzdem drei angezündet. Aber der Jüngste kam zuletzt dran.«

»Warum der Jüngste?«, fragte Fouad.

»Aus Achtung vor den Älteren.«

»Das scheint mir nicht richtig. Wenn einer sterben muss, ist es besser, es trifft den Ältesten.«

Der Kalabrier lächelte. »Eben, der Letzte, der sie sich angesteckt hat, ist er.« Er blies den Rauch aus und gab Fouad einen Wink mit dem Kopf. Der Tunesier ließ die Zigarette fallen, holte die Pistole aus der Tasche, legte auf den Kalabrier an und betrachtete ihn mit einem komischen Grinsen.

»Was zum Henker hast du vor?«, rief dieser aus.

Fouad schaute verschlagen: »Ich habe dich erschreckt, nicht wahr? Ich wollte dir nur sagen, dass dein Partner mich angeheuert hat, damit ich dich töte.« Er machte eine Pause. »Aber auch du hast mich gebeten, ihn umzubringen. Und zu deinem Glück habe ich beschlossen, deinen Vorschlag anzunehmen.« Er schwenkte den Arm, entsicherte die Waffe und hielt sie dreißig Zentimeter vor das Gesicht des Mannes aus Imperia. Er sah ihn erbleichen und betätigte den Abzug. Die Detonation hallte in dem verlassenen Hof wider, aber der Mann aus Imperia ging nicht zu Boden. Als Fouad erneut abdrückte, verschmolz die Detonation mit dem Echo des ersten Schusses.

»Worauf zum Geier wartest du?!«, schrie der Mann aus Imperia mit völlig entstelltem Gesicht.

Fouad drehte sich um und sah den Kalabrier mit einer Pistole in der Hand. Einen Augenblick später zerriss ihm ein Schmerz, wie er ihn noch nie empfunden hatte, den Leib, er hustete, wollte ihn abschütteln. Ein Schwall warmen Blutes füllte seinen Mund, schwappte über Kinn und Hals wie ein Fluss, der plötzlich über die Ufer tritt. Fouad spürte, wie sein Gedärm sich entleerte, eine faulige Wärme, die an den Beinen und Waden hinabkroch. Er öffnete die Augen und merkte, dass er auf die Knie gegangen war, denn die anderen waren viel höher und größer als er, mit den Augen suchte er seine Mutter Aziza, wie an jenem Tag, an dem sie ihn vor der Bande der Chedli-Brüder gerettet hatte, indem sie, einen Prügel in der Hand, wie eine Furie im Hof erschienen war. Ich war acht, dachte er, während der Fluss ihn weiter durchströmte, ich war so alt wie Lorenzo jetzt. Das Gesicht seines Sohnes war das Letzte, was er sah, und während er zwischen den Wellen nach Luft rang, erblickte er auch Samirs Gesicht, aber es war grau und fern. Dann schloss die Flut ihm wieder die Augen, und er wusste, dass er starb. Während er auf den schwarzen Grund des Flusses stürzte, murmelte er: »Yasmina«, und dies war sein letztes Gebet.

»Wie oft wolltest du ihn denn noch auf mich schießen lassen?! Du weißt, ich hab's am Herzen, verdammte Scheiße!«

Der Mann aus Imperia war schweißgebadet, sein graues Haar klebte an der Stirn, und er hielt sich mit schmerzverzerrtem Gesicht eine Hand auf die Brust. Einen langen Augenblick dachte der Kalabrier, dass er gut daran getan hätte, ihn auch loszuwerden. Er lächelte bei dem Gedanken, ihn erschreckt zu haben. Einen Moment musste er geglaubt haben, Fouad würde ihn wirklich umbringen. Dass sein Partner ein doppeltes Spiel gespielt habe. Andererseits hatte er selbst, als Fouad die Waffe auf ihn angelegt hatte, kurz Panik bekommen und sich gefragt, ob die beiden anderen sich geeinigt hatten, ihn zu eliminieren. Stattdessen schien es einfach nur ein Streich gewesen zu sein, der letzte dieses dummen Aufschneiders, der es selbst in einem so dramatischen Augenblick nicht versäumt hatte, den dicken Max zu machen. Das war das letzte Öl, das du uns geklaut hast, du Arschloch, dachte er beim Anblick von Fouads Leiche. Das waren die letzten Flaschen voller Gülle, die du mit unseren Etiketten in Umlauf gebracht hast. Lohn und schwarze Extraprämien haben dir nicht gereicht, nein, du wolltest noch mehr. Du wolltest einen von uns gegen den anderen ausspielen. Und du hast zu viel gequatscht.

»He, träumst du? Was tun wir jetzt?«, schrie der Mann aus Imperia.

»Beruhige dich, wenn du dir nicht ein paar Ohrfeigen fangen willst. Geh ins Auto. Dort liegt eine Plane im Kofferraum. Nimm sie und bring sie her. Dieser Idiot hat sich in die Hose geschissen, wir müssen aufpassen, dass wir nicht alles einsauen.«

»*Und was machen wir jetzt?*«, kreischte Emilio erneut. »*Wo bringen wir ihn hin?*«

»*He, was hast du denn? Bist du durchgeknallt? Hol jetzt diese Scheißplane, habe ich dir gesagt!*«

Sein Gegenüber gab sich einen Ruck und ging den Kofferraum öffnen. »*Laden wir ihn in unser Auto?*«

»*Nicht im Traum. Wie willst du denn dann die Spuren beseitigen? Wir laden ihn in seins, und dann stellen wir es irgendwo in der Gegend ab.*«

Der Kalabrier zog Latexhandschuhe an, durchsuchte Fouads Jacken- und Hosentaschen, holte Brieftasche und Hausschlüssel heraus und kontrollierte, dass sie komplett geleert waren. Sie schafften es, ihn auf die gewachste Plane zu legen, ohne allzu viel Blut und Exkremente in der Gegend zu verteilen, dann schlossen sie sie sorgfältig, banden sie zusammen und wuchteten sie mit Mühe in den Kofferraum des Mercedes. Der Mann aus Imperia lehnte sich ans Auto, um Luft zu schöpfen.

»*Jetzt krieg bloß nicht wieder einen deiner Scheißanfälle.*«

»*Ich brauche meine Pillen.*«

»*O Himmelarsch … Geh sie holen. Und wenn du schon mal hochgehst, schalt das Licht aus und mach die Tür zu. Ich spritz das hier inzwischen mit dem Schlauch sauber*«, *sagte der Kalabrier und deutete auf den Wasserhahn im Hof.*

Während der Mann aus Imperia die Ölmühle betrat, wässerte Franco die gesamte Szenerie und schwemmte Blut, Exkremente, Schlamm und Staub in die Abwasserrinne. Auch wenn die Kriminaltechnik kommen sollte, werden sie nichts finden, dachte er. Bevor sie hier ankommen, wird sowieso einige Zeit vergehen. Erst einmal müssen sie ihn identifizieren.

Der Mann aus Imperia ließ sich nicht blicken. Der Kalabrier wartete noch ein paar Minuten, dann ging er hoch ins Büro. Emilio saß in seinem Sessel, totenbleich, eine Hand auf dem Herzen.

»*Wie fühlst du dich?*«

»Er hört nicht auf. Der Anfall hört nicht auf«, stammelte er.

Der gefährlichste Teil kommt jetzt, dachte der Kalabrier. Mit einer Leiche im Kofferraum bis nach Genua zu fahren. Das Problem war, dass sie mit zwei Autos fahren mussten, damit sie das von Fouad dalassen und mit ihrem zurückfahren konnten.

»Wir können nicht zu lange warten. Meinst du, du kannst fahren?«

Sein Kompagnon schüttelte verneinend den Kopf.

»Okay. Dann werde ich mir allein behelfen, wie üblich.« Wütend ging er in den Hof zurück, ließ den Wagen an, wendete und fuhr vom Parkplatz.

Calabrò

Eine Ermittlung ist wie ein verfluchtes Puzzle, dachte Calabrò. Die ersten Teile sind schwer zu finden, sehen alle gleich aus und passen nie ineinander. Aber hat man einmal den entscheidenden Punkt überschritten, dann geht alles viel schneller, im Handumdrehen findet alles seinen Platz. Den Kalabrier verhafteten sie, während sein Partner noch zur Beobachtung im Krankenhaus war. Den Wachmann fassten sie in Mentone, in einer Wohnung, die ihm der Bruder zur Verfügung gestellt hatte. Blöd wie er war, hatte er nicht das Weite gesucht, und statt unterzutauchen, hatte er auf sich aufmerksam gemacht, indem er den Besitzer einer Bar bedrohte, in der er fast siebenhundert Euro am Pokerautomaten verspielt hatte. Unter dem Bett hatte er einen Rollkoffer voller Geld. Abdel führte sie zu dem Lager, wo sie zweitausend Liter Oliven- und Lampantöl versteckt hatten, 35 Kilogramm Chlorophyll und zwei Eimer Beta-Karotin. Geschätzter Wert: 250 000 Euro. Er erzählte, was sein Bruder in der Firma tat, nämlich minderwertiges Öl in Speiseöl zu verwandeln. Er habe zudem versucht, sich selbständig zu machen, indem er heimlich kleinere Ölmengen unterschlagen hatte. Wahrscheinlich habe er sich irgendwann zu viel erlaubt, und seine Chefs seien zu der Überzeugung gelangt, es sei besser, ihn loswerden. Während der Kalabrier sich in hartnäckiges Schweigen hüllte, schien Angelo Durso fast stolz wie ein Kind zu sein, dass ausgerechnet er es war, der den letzten Puzzlestein einfügte.

Der Kalabrier fuhr die Straße hinab, die zur Ölmühle führte. Ich hätte nicht auf Emilio bauen dürfen, dachte er. Jetzt wird die Sache schwierig, ich kann nicht alleine bis Genua fahren und das Auto dort lassen. Sein Alibi sah vor, dass er vor Morgengrauen wieder in Imperia war. Ich könnte ihn höchstens irgendwo im Wald abladen und hoffen, dass sie eine Weile brauchen, um ihn zu finden, wenn ich ihn aber im Auto lasse, wird er sofort identifiziert. Und alleine kann ich ihn nicht weit weg schaffen. Er fuhr über eine verlassene Straße durch die Hügel und versuchte, sich an einen geeigneten Ort zu erinnern, um die Leiche loszuwerden. Ich könnte ihn in eine Schlucht werfen und das Auto nach Imperia zurückbringen, aber das ist zu riskant.

Plötzlich tauchten seitlich von ihm Scheinwerfer auf, die auf einer Nebenstraße aufgeflammt waren. Er konnte gerade noch bremsen. Der Wagen der Wachleute stand quer auf der Straße, und ehe der Kalabrier reagieren konnte, wurde er von einer Taschenlampe geblendet und sah aus dem Augenwinkel einen Mann, der auf das Seitenfenster zutrat.

»Steig aus dem Auto!«, schrie Angelo Durso mit angelegter Pistole.

Er hob die Hände, dann hörte er das Staunen aus der Stimme des Wachmanns heraus: »Signor Franco?!«

Der Kalabrier stieg aus dem Auto, während sein Gegenüber ihn verblüfft anstarrte. »Was machen Sie denn hier?«

»Ich wollte nach Hause.«

»Aber das ist das Auto des Tunesiers. Wo ist er?«

Der Kalabrier starrte die Pistole an, Angelo folgte seinem Blick und steckte sie in den Gürtel. Der Kalabrier bemerkte, dass die Dienstwaffe im Holster steckte.

»Er hat meins genommen. Hast du auf ihn gewartet?«

»Nein, es ist nur …«

»Was?«

Der Wachmann dachte einen Moment nach. »Okay. Ich habe

ihn verfolgt. Die Frau vermutet, dass er sie betrügt, und daher ...«

»Verstehe«, sagte der Kalabrier. Also hast du gesehen, dass er heute Abend in der Firma war, dachte er.

»Aber wie es aussieht, hat er mich gelinkt. Hat er Sie gebeten, die Autos zu tauschen?«

»Genau«, sagte der Kalabrier, »das ist ein ganz Ausgeschlafener. Nimm's dir nicht zu Herzen. Weißt du was? Ich wollte ein bisschen Öl mit nach Hause bringen. Ich schenke dir einen Kanister.«

Er öffnete den Kofferraum, dann trat er einen Schritt zurück. »Heb du ihn heraus, mein Rücken ...«

Angelo beugte sich vor, sah die Plane und nahm den Geruch des Todes wahr. Er machte einen Satz zurück, aber sein Nacken stieß gegen den Lauf von Francos Pistole.

»Gut. Du hast jetzt zwei Möglichkeiten. Du hilfst mir, dieses Arschloch loszuwerden, und in drei Stunden ist alles vorbei. Oder du zwingst mich, noch eine Leiche zu hinterlassen, und dann ist für dich in drei Sekunden alles vorbei.«

Calabrò sah Angelo Durso an. »Und was hast du ihm gesagt?«

»Was hätte ich ihm sagen sollen? Er hatte die Arbeit für mich erledigt, ich würde das Geld des Commendatore einsacken, und ich hatte nicht die Absicht, bei dem armen Fouad im Kofferraum zu landen. Ich habe ihm gesagt, ich würde ihm helfen, und ob ich ihm helfen würde, Scheiße noch eins.«

Der Vizekommissar sagte nichts.

»Ich riskiere nicht einmal viel«, fügte der Wachmann hinzu. »Verstecken einer Leiche, nicht einmal das, weil ich ihn nicht versteckt habe, im Gegenteil, ich habe ihn euch auf dem Silbertablett serviert. Okay, Mitwisserschaft, das schon. Aber das sind Kinkerlitzchen.«

Calabrò lächelte. »Du bist ja wirklich ein ganz Schlauer.« Er trat näher und traf ihn am Kiefer, mit aller Kraft. Durso krachte mitsamt seinem Stuhl zu Boden und fing an zu jammern und zu greinen.

»Was mich angeht, ist die ganze Geschichte nicht glaubhaft. Meiner Meinung nach wart ihr euch von Anfang an einig, du und der Kalabrier. Ich werde alles tun, damit du zwanzig Jahre kriegst.«

Epilog

Alice, Marco und Alessandro

»Und, wie geht's dir hier? Fehlt dir Genua?«

»Weißt du, was mein Assistent immer sagt?«, gab Marco grinsend zurück. »Heimweh kommt aus einem leeren Magen.«

Alice lächelte. »Und die Wohnung?«

»Ist perfekt. Ich denke, ich werde sie bis mindestens Oktober behalten.«

Sie betrachtete ihn verwundert: »Das hattest du mir nicht gesagt.«

»Ich sage es dir jetzt. Bist du sauer?«

Alice spürte den Drang, ihn zu küssen, hielt sich aber zurück. Sie nahm seine Hand und drückte sie. »Bist du verrückt? Du hättest doch zu mir kommen können …«

»Ich will dir nicht auf die Pelle rücken. Außerdem wird Alessandro den ganzen Sommer bei mir sein. Sofia ist in ihrem neuen Job sehr eingespannt, und meine Mutter ist durch den Umzug und die Pflege meiner Tante erschöpft. Er hat sich jedenfalls auch gut akklimatisiert, nicht wahr, mein Liebling?«

Der Kleine hatte es satt, seine Sandburg an der Wasserkante zu bauen, und war jetzt damit beschäftigt, Alices Tätowierung zu betrachten. Bei ihrem ersten Anblick war er noch erschrocken, dann hatte er angefangen, sie zu studieren, zu berühren, sie mit den Fingern nachzuzeichnen. Alice ließ ihn gewähren, ohne genervt zu wirken. Auch weil Alessandro ihr jedes einzelne Mal, ehe er das Spiel abbrach, einen Kuss auf die Wange drückte und dann lachend wegrannte.

»Du hast mir noch nicht gesagt, was diese Tätowierung bedeutet.«

»Nichts, was man erklären könnte. Man muss es herausfinden. Dein Sohn hat es schon kapiert.«

Marco Luciani nickte. Alice hatte ihm wenig von sich erzählt, vor allem von den Jahren, die sie in der Einrichtung verbracht hatte, und er versuchte, ihr Schweigen zu respektieren.

Er betrachtete seinen Sohn und dachte, dass er auch über ihn, über die Jahre, die sie getrennt verbracht hatten, nie alles erfahren würde. »Willst du noch einmal ins Wasser, Ale?«

»Ja!«, schrie er und rannte Richtung Meer.

»Warte. Du brauchst die Schwimmflügel.«

»Nein! Ich will sie nicht!«

»In Ordnung. Dann bleibst du bei Papa auf dem Arm, wie üblich.«

Alessandro schlang ihm die Arme um den Hals und ließ sich ins Wasser tragen. Alice folgte.

»Heute Morgen habe ich mit dem Direktor des Waisenhauses geredet«, sagte sie, »Vika hat Wort gehalten. Das Geld ist eingegangen.«

Marco nickte. »Dolci wäre erfreut.«

»Ja. Er war immer sehr großzügig zu uns. Er hat stets gespendet und seine Zeit investiert, ohne sich dessen zu rühmen, um denen zu helfen, die es verdienten. Ohne je eine Gegenleistung zu verlangen.«

»Schau«, sagte Ale. »Schau, Papa.« Er strampelte mit den Füßen, um zu zeigen, dass auch er schwimmen konnte.

»Klasse, Ale.«

»Aber du hättest etwas davon für dich behalten können«, sagte Alice, »jetzt, da du ohne Arbeit bist …«

»Ich verkaufe die Wohnung meines Großvaters. Ich werde eine Weile davon leben können.«

Sie lächelte und applaudierte angesichts der Fortschritte des Kindes. »Dann müssen wir heute Abend feiern. Ich koche dir, nein euch ein besonderes Essen.«

»Darüber wäre Dolci auch erfreut«, sagte Marco Luciani. Er betrachtete Alessandro. Er betrachtete Alice. Er betrachtete die Stadt, die im Rhythmus des Meeres atmete. Zum ersten Mal in all den Jahren fühlte er sich frei, eine neue Geschichte zu schreiben.